Zhongguo gudai
zhimou gushi daguan

# 中国古代
# 智谋故事大观

## 求生存·避纷争·远纠葛·拒人情的赢家思维

郝勇/编著

江西美术出版社
全国百佳出版单位

**图书在版编目（CIP）数据**

中国古代智谋故事大观 / 郝勇编著 . -- 南昌 : 江西美术出版社 , 2019.6
ISBN 978-7-5480-6891-4

Ⅰ . ①中… Ⅱ . ①郝… Ⅲ . ①历史故事—作品集—中国—当代 Ⅳ . ① I247.81

中国版本图书馆 CIP 数据核字（2019）第 044391 号

出 品 人：周建森
企　　划：北京江美长风文化传播有限公司
策　　划：北京兴盛乐书刊发行有限责任公司
责任编辑：楚天顺　康紫苏
版式设计：尹清悦
责任印制：谭　勋

**中国古代智谋故事大观**

**编　　著：郝　勇**

出　　版：江西美术出版社
社　　址：南昌市子安路 66 号江美大厦
网　　址：http：//www.jxfinearts.com
电子信箱：jxms@jxfinearts.com
电　　话：010-82093791　　0791-86566124
邮　　编：330025
经　　销：全国新华书店
印　　刷：北京柯蓝博泰印务有限公司
版　　次：2019 年 6 月第 1 版
印　　次：2019 年 6 月第 1 次印刷
开　　本：710mm × 960mm　1/16
印　　张：25
ISBN 978-7-5480-6891-4
定　　价：49.80 元

# 卷首语

智谋是一种博弈，一种智慧的博弈，文明赋予其生命，历史铸就其辉煌。智谋历久弥新，历史上的辉煌已成为过去，今天如何使之大放异彩才是我们要思考的。从这个方面来说，智谋是一个既传统而又现代的智计博弈。

说它传统，是因为中华民族历来是一个长于思辨、善于筹谋的智慧民族。我们的祖先曾以自己的聪明才智创造了光辉灿烂的中国古代文明。继承它们仿佛对于每个人而言都变成了天经地义的事情，我们无法拒绝“传统”的诱惑，是因为几千年来，中华民族博大精深的历史底蕴和文化内涵就是这样一代一代传承积淀而成的……

说它现代，是因为祖先们从自身的生存实践中创造出来的这些生存智谋，其精髓不仅适用于当时那个时代，而且成为后人的智慧宝库。应当承认，祖先的这些生存智谋，早已潜移默化地融入了我们的现实生活中，引领着我们的思想。今天的人们，之所以能从中获取到制胜的力量，是因为祖先的智慧魅力对后人的支配力量是无法撼动的……

囿于容量所限，本书仅从策略、机敏、语言、洞察、处世五方面入手，精心选择、编写了历史上的先人们在治国安邦、治军用兵、断案决讼、平定动乱、为人处世等方面的智谋故事，并配以“智谋点拨”，旨在让读者在了解丰富精彩、妙趣横生的故事时，还会有深切的领悟，从而在现实生活中，做出更富有智慧的选择。

读罢此书，相信你从中所获得的助益是不言而喻的……

# 目 录

## 策略篇

## 机敏篇

## 语言篇

## 洞察篇

## 处世篇

# 策略篇

智谋是产生策略的源泉，策略是运用智谋的方法。没有智谋而大讲策略或没有策略而定智谋，都好比木偶演戏，虽然变化多端，但不能解决实际问题。策略达到出神入化的时候，智谋也就被发挥到极致了。

# 公子突设计破敌

春秋时期，诸侯国各自为政，周朝虽存天子之名，却无天子之实权，只是一具政治空壳。公元前8世纪，郑国在诸侯国中势力渐渐强盛起来。强大起来的郑国，很想在中原有所作为，进一步奠定其在诸侯中的地位，但戎人的不时侵扰，成为困扰郑国发展的障碍。

当时，在今天河北卢龙和山西交城、平陆一带，居住着许多少数民族，他们被统称为戎人。戎人士兵在数量上虽然比中原各国要少得多，但作战勇敢，敢打敢冲，战斗力很强。他们平时以部族为单位，作战时联合成一个群体，以步兵为主，机动灵活，时聚时散，常常侵入中原。当时，由于戎人的部落位置都集中在偏北方，于是郑国就成了他们经常侵入的地方。

面对这样的敌人，国君郑庄公很是头痛，不平定后方的戎人之乱，就无法向前发展，进一步增强国家实力，但同戎人作战又总无从下手，一不小心还会吃败仗！

这一年，北方的戎人又一次大举进攻郑国。郑庄公想派兵前去抵抗，又担心难于取胜。公子突见父亲在对戎人出兵的事情上迟疑不定，就问："君父为何迟疑不决？"

郑庄公说："戎人是步兵，而我们善于车战。两军交锋，我们的战车虽攻守兼备，但远不如步兵灵活，我怕他们突然从后面绕到前面袭击我们。"

公子突听后，便献计说："戎人有勇无谋，又不是经过正规训练的军队，纪律松散，对付戎人，必须智取。我们先派一些勇士作为钓饵，和戎人一接触便向后退。您事先设下三道伏兵等待他们。戎人的品性我十分了解，他们轻率而不整肃，贪得无厌而不讲配合。打仗胜利了，争名夺利，各不相让；失败了，又各奔东西，互不相救。他们见我军后退，前面的人为抢财物和俘虏必然贸然前进，遇到我们的伏兵，他们定会迅速奔逃。而后面的部队也不会上前相援。敌兵没有后继者，就会全线崩溃。我们只要再进行围剿，全部歼灭他们是没有问题的，如此一来我们多年的心头之患就解决了。”

郑庄公认为公子突说得有理，便采纳了他的计策，派大夫祝聃带兵设下三重伏兵，并告知祝聃，切记要等到敌人进入第二重伏兵地带时再发动反击，然后派出小股部队前去诱敌。郑军的小股部队遇见戎人的部队时，稍一接触即伪装不敌，佯装败退，并且故意遗留下大量的武器及军用物资，戎人的士兵见到遗留下的武器和军用物资，马上你争我夺，一片混乱，并乱作一团地向前冲，当小股部队将戎人军队引入第二道埋伏地点时，祝聃领兵突然杀出，将敌军分割成两段。前面的戎人利用他们的勇敢不畏死地冲过第二道伏兵，前面还有第三道伏兵等着他们，果然如公子突所料，后面的戎人部队遇到伏兵不顾前面的部队正受到郑国军队的前后夹击，后退逃走，于是，事先埋伏好的一直没有发动的第一道伏兵又把这一部分戎人部队团团围住。戎人部队被分割成了两段，前后不能互相照应，又都受到郑国军队的前后夹击，戎人步兵的机动性优势顿时无从发挥。这时，郑国军队战车的强大力量得以发挥，不但能够轻松抵御戎人步兵的冲击，而且攻击起被围困的戎人步兵毫不费力。最后，戎人在这种前后夹击中全军覆没。

公子突的妙计帮助郑国一举消灭了长期困扰后方的戎人，从此再无后顾之忧，于是开始向外发展和扩充势力，不久便成为春秋时期一个强大的诸侯国。

**【悟在当下】知彼知己，百战不殆**

兵法云：“知彼知己，百战不殆。”公子突诱敌之计所以成功，关键在于知彼知己，对敌我双方情况非常熟悉和了解。戎人勇敢，但军纪不严，军心散乱，他们得胜骄傲，贪图战利品而轻兵前进。他们遇挫而馁，不顾全局，互不相救。这是他们的劣势所在。而郑军善于车战，这就是优势所在。

“知己”和“知彼”是互相联系的。不能正确地认识自己，也就不能正确地对待他人；不能正确地认识他人，也就不能正确地对待自己。人与自然的关系也是这样，如果人不能在更高意义上理解对自然的“征服”，一味地破坏生态平衡，最终危及的是人类自己的生存。

总之，只有在更高意义上理解“知彼知己，百战不殆”，才真正有可能战胜自己，克服困难，恰当处理各种关系，合理解决一切问题。

# 楚王战绞侯

公元前700年，楚国发兵攻打绞国（今湖北郧县西北）。大军行动迅速，兵临城下，气势旺盛。绞国自知出城迎战，凶多吉少，决定坚守城池。绞城地势险要，易守难攻。楚军多次进攻，均被击退。两军相持一个多月。楚国大夫屈瑕仔细分析了敌我双方的情况，认为绞城只可智取，不可强攻。他向楚王献上一条“抛砖引玉”的计谋。

屈瑕说：“攻城不下，不如利而诱之。”楚王问他诱敌之法。屈瑕建议：“现在绞城已经被围困一个多月了，城中缺少薪柴，此时，我们派些士兵装扮成樵夫上山打柴，当他们运柴返回时，敌军一定会出城劫夺柴草。前几天，让他们先得一些小利，等他们麻痹大意，大批士兵出城劫夺柴草的时候，设伏兵断其后路，然后聚而歼之，乘势夺城。”楚王听后觉得计策虽好，但担心绞国不会轻易上当，屈瑕洞悉楚王疑虑，于是又说：“大王请放心，绞国不仅国小而且人民容易轻躁，轻躁则少谋略。有这样香甜的钓饵，不愁它不上钩。”楚王于是依计而行，命一些士兵装扮成樵夫上山打柴。

绞侯听探子报告有樵夫进山的情况，忙问这些樵夫有无楚军保护。探子说，他们三三两两进出，并无兵士跟随。绞侯马上布置人马，待“樵夫”背着柴火出山之机，突然袭击，果然顺利得手，抓了三十多个“樵夫”，夺得不少柴草。一连五天，收获不小。绞国士兵见有利可图，于是出城劫夺柴草的人越来越多。楚王见敌人已经吞下钓饵，便决定迅速逮“大鱼”。第六天，绞国士兵像前五天一样出城劫掠，“樵夫”们见绞军又来劫掠，吓得没命地逃奔，绞国士兵紧紧追赶，不知不觉被引入楚军的埋伏圈内。只见伏兵四起，杀声震天，绞国士兵哪里抵挡得住，慌忙败退，又遇到伏兵才发现已经没有了归路，绞国士兵死伤无数。

楚王此时趁机攻城，绞侯自知中计，却已无力抵抗，只得请降。

**【悟在当下】抛砖引玉**

“抛砖引玉”用于军事，是指用相类似的事物去迷惑、诱骗敌人，使其懵懂上当，中我圈套，然后乘机击败敌人的计谋。

“砖”和“玉”，是一种形象的比喻。“砖”，指的是小利，是诱饵；“玉”，指的是作战的目的，即大的胜利。“引玉”才是目的，“抛砖”是为了达到目的而采用的手段。

现代商战中，要合理使用此计，必须充分了解对方的情况，包括他们的综合实力、心理素质、性格特征，这样才能让此计发挥效力。

## 假道伐虢

春秋时期，晋国首先称霸，成为诸侯中的大国。当时在晋国南面还有两个小的诸侯国，一个是虞国，一个是虢国。虞、虢两国同姓近支，关系很密切，又因为都是小国近邻，唇齿相依，很早就订有盟约，一旦有事，两国互相派兵援救。长期以来，这两个小国就用这种办法在强国的夹缝中生存，也没有哪个强国有实力能一举同时吞并这两个国家。

这时候，晋国的晋献公为了进一步扩充疆土，称霸各国，就想兼并邻近的虞、虢两个小国。但要想吞并这两个小国，并不是很容易的事情，因为这两个国家之间关系不错。晋国如果袭击虞国，虢国会出兵救援；晋国如果攻击虢国，虞国也会出兵相助。

公元前658年，晋国大臣荀息向晋献公献上一计。他说：“要想攻占这两个国家，必须要离间他们，使他们互不支持。虞国的国君贪得无厌，我们正可以投其所好。”当时，晋国有两件镇国宝物屈产良马和垂棘之璧，晋献公每日都要骑驾良驹、赏玩美玉。荀息建议晋献公拿出这两件心爱的镇国宝物——屈产良马和垂棘之璧，送给虞公。献公有点舍不得。

荀息说：“大王放心，只不过是让他暂时保管罢了，等灭了虞国，一切不都又回到你的手中了吗？”献公依计而行，派出使节来到虞国，向虞公表达了两国交好之意，并将两件镇国的宝物送给了虞公。虞公得到良马和美璧，又自以为结交了强大的晋国，高兴得嘴都合不拢。

晋国拉拢了虞国后，就故意在晋、虢边境制造事端，终于找到了伐虢的借口。晋国要求虞国借道让晋国伐虢，虞公得了晋国的好处，所谓“拿人手短，吃人嘴软”，只得答应。虞国大臣宫之奇听说后，马上进宫再三劝说虞公：“这件事不能答应的，我们虞、虢两国，世代交好，唇齿相依，虢国一亡，唇亡齿寒，晋国是不会放过虞国的。而且，强国环临，如果失去了虢国这个长期以来的伙伴和军事上的盟友，我们的国家很快就会灭亡！”

虞公却说：“我们已经结交上了强大的晋国，现在晋国终于有求于我们了，我们怎么也不能得罪啊，得罪晋国岂不马上惹祸上身？为了交一个弱朋友去得罪一个强有力的朋友，那才是傻瓜哩！”于是就同意了晋国借用虞国的道路，进攻虢国。为此，虞、虢两国断交了。

晋军顺利地通过虞国道路，前往攻打虢国。没有虞国的帮助，弱小的虢国很快就被晋国打败，晋国没有费什么气力就取得了胜利。晋军班师回国时，晋军统军大将里克把劫夺的部分虢国财产送给虞公。虞公大喜过望，越来越认为结交晋国、放弃虢国是正确的选择，就盛情款待晋军大将里克。里克这时趁机装病，称不能带兵回国，而且需要暂时把部队驻扎在虞国京城附近。虞公毫不怀疑，还自以为有晋国的大军在国内驻扎，其他强国就不敢随意来犯。

几天之后，晋献公亲率大军借口前去迎接班师回国的里克，来到虞国，虞公出城相迎。晋献公就约请虞公外出打猎。虞公打猎不一会儿，就看见京城中起火。等到虞公赶回城外时，京城已被晋军里应外合强占了。就这样，晋国又轻而易举地灭了虞国。

晋国士兵又从虞公的住所搜出了晋国战前送给虞公的宝物——屈产良马和垂棘之璧，送回到晋献公的手中！

**【悟在当下】给贪图小利者小恩小惠**

此计的关键在于“假道”。善于寻找“假道”的借口，善于隐蔽“假道”的真正意图，突出奇兵，往往可以取胜。虞国之所以被晋国灭亡，原因有很多，但与虞公贪图小利、看不到危险有直接关系。战争总是围绕一定的利益进行的，因此，“利而诱之”谋略应用在作战过程中屡试不爽。

在现实生活中，这一策略也被各个领域的人广泛使用。不过，这一谋略的有效实施是有条件的。对贪利者，可以引诱其上当；对不贪不愚之人，则很难奏效。

## 郑庄公韬晦

当初，郑武公从申国娶来妻子，因为她娘家姓姜，丈夫的谥号是武，所以人们就叫她武姜。武姜生了庄公和共叔段兄弟两个，生庄公时武姜难产，受到惊吓，所以给他取名叫寤生（就是难产的意思），并从心里很讨厌庄公。

姜氏偏爱共叔段，想立他为王，她屡次向武公请求，武公都没有答应。

等到庄公继了位，武姜为共叔段请求将制这个地方作为封邑。庄公回答说：“制这个地方是非常险恶的城邑，虢叔就死在这里，除此以外，别的城邑我都照您的吩咐办理。”于是，武姜就要了京。庄公让共叔段居守在那里，称他为京城大叔。

因为京这个地方的规模太大，与共叔段的身份不符，此事在众臣中引发争议，大夫祭仲对庄公说：“都邑的城墙超过一百雉（高一丈，长三丈为一雉），那可是国家的祸害呀。古代圣王的规定：大的都邑不能超过国都的三分之一，中等的不能超过五分之一，小的不能超过九分之一。现在京这个都邑的规模不合法度，这不符合古代圣王的制度，您将要承受不了。”

庄公不紧不慢地回答说：“姜氏要这样做，我怎么能躲避这祸害？”祭仲回答说：“姜氏怎么可能满足！不如及早给大叔安排个地方，别让他的势力发展蔓延。一旦蔓延起来，就难以对付了。蔓延的杂草尚且难以根除，何况是国君那受宠爱的弟弟呢！”庄公说：“多做了不义的事，必然自取灭亡，你姑且等着瞧。”

过了不久，大叔又要求把郑国西部和北部边境上的两个城邑在名义上属于庄公，而在实际上属于他。公子吕说：“一个国家不能忍受有两个君主，您将要对他怎么办呢？要是把君位让给大叔，我请求去辅佐他；如果不给他，那我请求除掉他，不要让百姓产生二心。”

庄公说：“用不着你着急，他将要自己赶上灾祸。”

过一段时间，大叔又收服了两属的地方作为自己的郡邑，领地扩大到廪延。子封说：“行啦！大叔的势力要再雄厚，将会夺得民众。”庄公说：“做不义的事，必然不能得到百姓的拥护，势力再扩大了就必将垮台。”

大叔修治好了城郭，聚集百姓，修理了盔甲兵器，装备好步兵，准备袭击郑国国都，而武姜将为他打开城门，作为内应。庄公听说了他们行动的日期，就命令子封率二百辆战车去攻打京城。京城的百姓背叛了共叔段。共叔段逃到鄢，庄公攻打到鄢。五月辛丑，共叔段逃到共国。

**【悟在当下】以守为攻，后发制人**

这个故事记叙了春秋初期郑国王室内部的一场斗争。在弟弟和母亲的步步紧逼下，郑庄公运用韬光养晦之计，表面上佯作“愚”而无能，实际上则暗藏杀机，慎重行事，以守为攻，后发制人。

韬晦之计运用于现代企业经营中，即暂时避开市场的竞争热点，不动声色地开发新产品，研制新项目，等待时机成熟之后再将产品推向市场，从而一举占领市场。

## 孙武练兵，杀一儆百

春秋时，齐国人孙武，带着他的《孙子兵法》到了吴国，呈给吴王。吴王细细阅读后对伍子胥说：“孙武的这十三篇兵法好极了，他真是个奇才！”于是命伍子胥去请孙武来王宫相见。

见面之后，吴王说及本国兵微将寡，问孙武怎样才可以扩军强国。孙武将当前形势做了分析后，便说：“我的十三篇兵法，不但可施于军旅，还可以动员妇人女子，驱而用之！”吴王大笑起来，说：“我从来未曾听说过可以训练女人上战场杀敌的！”

孙武

孙武说：“不相信可以当面试试，如不成功，甘当欺君之罪！”“真的吗？”吴王说，“好，且看看你的本领！”于是就在后宫选出180名宫女，交给孙武接受训练。

孙武将她们分为两队，命吴王的两个宠姬担任两队队长，又令所有宫女，每人各执一支戟。孙武说：“军旅之事，纪律森严，有赏有罚，号令必行。”孙武把宫女编成左右两队，右姬管右队，左姬管左队，各拿兵器，示以军法：一不许队伍混乱；二不许交谈喧哗；三不许私自行动。

第二天一早，全体齐集校场训练，吴王也坐在楼上观看。180名娘子军全副武装，右手握剑，左手拿盾，分站两旁。吴王看见心爱的宠姬威风凛凛，心里着实欢喜。孙武升帐，传令布阵，将黄旗两面，授给两位队长，令为前导，众女跟随队长之后，五人为伍，十人为总，要紧随相继，不得脱离。听鼓声进退，脚步不得混乱。传谕已毕，令队伍皆跪下听命。一会儿，孙武又下命令：“鼓声一响，两队齐起；鼓声再响，左队向右转，右队向左转；鼓起三通，各挺剑互斗。锣声起后收兵！”将规矩讲得一清二楚。

号令一出，众女都掩口嬉笑起来。击鼓的军士禀告，第一次鼓已击过了，但她们有的起，有的跪，参差不齐。孙武站起来非常严肃地说：“规矩不明，号令不熟，是将领的罪过。可再申前令，解释清楚！”军吏奉命再大声告谕一次。鼓吏第二次击鼓，这些女子依旧嬉笑耳语，挨肩斜倚，乱成一片。

孙武忽然双目一瞪，大发虎威，喝问：“执法吏何在？”“有！”“我已说过，规矩不明，号令不熟，是将领的罪过；今已约束再三，号令已明，却明知故犯，违反号令，就是军官和兵士之罪。”左右见孙武正发怒，不敢违抗，便将两姬捆绑起来。

吴王见要斩他的爱姬，大吃一惊，急命人持节驰救，令曰：“寡人已知将军的用兵能力了，但两姬乃寡人心爱之人，非此两人，食不甘味，睡不安寝，请看在寡人面上，赦免一番！”孙武拒绝，说：“军中无戏言，臣已奉命为将，若听君命，赦免有罪，将何以服众？斩！”

不一会儿，两姬的头颅挂起来，宫女无不身体发抖，牙关发颤，诚惶诚恐地跪在帐下听令。

孙武又将副队长任命为队长。于是再击鼓发令，宫女们前、后、左、右、跪、起都符合规矩要求，没有一个敢出声的。

自此之后，吴王深知孙武善于用兵，于是拜孙武为将军。孙武纵兵驰骋，西破强楚，北威齐晋，捷报频传，显名诸侯，使吴王阖庐称雄一方。

**【悟在当下】杀一儆百**

所谓“杀鸡儆猴”“杀一儆百”，就是威慑恫吓之意，这是权术，是驭众手段。步骤划一，法令贯彻执行，必须依靠严厉的手段。军队如果没有铁的纪律，就不能令行禁止，就不会有战斗力。同时纪律应该是无私的，罚不避亲，行不畏贵，法才有权威性，令才有号召力。

管理现代企业和机构，也同治军一样，要有严明的纪律和有令则行的作风。在执行纪律中，做到一视同仁，公开、公平、公正，不受个人因素影响，不可感情用事。以一警众，是为了维护企业和社会的秩序和纪律。

## 退避三舍

春秋时期，晋献公晚年时十分宠爱一个叫骊姬的妃子，并且为了把骊姬所生的儿子奚齐立为太子，竟将原来的太子申生杀了。太子申生一死，晋献公的另外两个儿子重耳和夷吾，都感到了危险，于是便逃难到别的诸侯国，其中重耳流亡到了楚国。

重耳流亡楚国期间，楚国的成王结识了他。楚成王认为重耳日后必有大作为，就以国君之礼相迎，待他如上宾。重耳也对楚成王十分尊敬，两个人就这样交上了朋友。

一天，楚成王设宴招待重耳，两人饮酒叙话，气氛十分融洽。忽然楚成王问重耳："你若有一天回晋国当上国君，该怎么报答我呢？"重耳略一思索说："美女侍从、珍宝丝绸，大王您有的是，珍禽羽毛，象牙兽皮，楚地更是盛产，晋国哪有什么珍奇物品献给大王呢？"楚成王说："公子过谦了。话虽然这么说，可总该对我有所表示吧？"重耳笑笑回答道："要是托您的福，果真能回国当政的话，我愿与贵国友好。假如有一天，晋、楚两国之间发生战争，我一定命令军队先退避三舍（一舍等于三十里），如果还不能得到您的原谅，我再与您交战。"

四年后，重耳真的回到晋国当了国君，就是历史上有名的晋文公。晋文公励精图治，把晋国治理得井井有条。晋国在他的治理下日益强大。然而，当时群雄皆起，诸侯争霸，发生战争是在所难免的事情。

公元前632年，晋国和楚国之间终于因为不和而发生了战争。由于楚国比较强大，因此统军大将成得臣就想要先发制人，率领楚国大军重兵压境。

楚军一进军，晋文公立刻命令晋军往后撤。晋军中有些将士想不开，说："我们的统帅是国君，对方带兵的是臣子，哪有国君让臣子的道理？"大将狐偃解释说："打仗先要凭个理，理直气就壮。当初楚成王曾经帮助过主公，主公在楚成王面前答应过：要是两国交战，晋国情愿退避三舍。今天后撤，就是为了实现这个诺言啊。要是我们对楚国失信，那么我们就理亏了。我们退了兵，如果他们还不罢休，步步紧逼，那就是他们输了理，我们再跟他们交手也不迟。"这样，晋军一口气后撤了九十里，到了城濮才停下来，布置好了阵势。楚国有些将军见晋军后撤，想停止进攻。可是成得臣却不答应，他率领军队步步紧逼，一直追到城濮，跟晋军遥遥相对。成得臣还派人向晋文公下了战书，措辞十分傲慢。

晋文公也派人回答说："贵国对我的恩惠，我从来都不敢忘记，所以一直退让到这儿。现在，既然你们还是不肯罢手，那么，我们只好在战场上比个高低。"

成得臣一向骄傲自大，从不把晋人放在眼里。晋国的将军用两面大旗，指挥军队向后撤退。他们还在战车后面拖着伐下的树枝，战车后退时，地下扬起一阵阵的尘土，显出十分慌乱的模样。成得臣不顾前后地直追上去，正中了晋军的埋伏。晋军的中军精锐，猛冲过来，把成得臣的军队拦腰切断。原来假装败退的晋军又回过头来，前后夹击，把楚军杀得七零八落。

这时候，晋文公又发出命令，让将士们只要把楚军赶跑就是了，不要再追杀。成得臣由此逃了出来，带着残兵败将逃回楚国。

晋军占领了楚国营地。把楚军遗弃下来的粮食吃了三天，才胜利回国。晋国胜利的消息传到周的都城洛邑，周襄王和大臣们都认为晋文公言而有信，退避三舍后还能打败楚国，所以立下大功。周襄王亲自去慰劳晋军，于是晋文公趁此机会，给周襄王造了一座新宫，并约各国诸侯召开大会，订立盟约。

从此，晋文公当上了中原的霸主，成为“春秋五霸”之一。

**【悟在当下】退一步海阔天空**

“退避三舍”是指退让、忍让和回避，不与人相争或主动让步，以求避免冲突。在古代，一“舍”即三十里，三舍是九十里，晋文公在兵力占优势的情况下仍然信守诺言，真是难能可贵。

现在说的“见到那个家伙，谁都会退避三舍”则是指远远躲开某人的意思。人间世事往往是十分复杂的，若全是针锋相对、寸步不让，未必有好结果，退一步海阔天空，有的时候，适当的礼让更容易赢得舆论的理解和支持，从而为你取得成功打下基础。

## 将相和

战国时期，群雄争霸，纷纷自立为王。七雄各占一方，其中以秦国最为强大。秦昭襄王曾设计用十五连城换和氏玉璧，实际上是要以强凌弱欺负赵国。赵国蔺相如足智多谋，舌战强秦，完璧归赵。回国后赵王封蔺相如为丞相，廉颇听说后怒气冲冲。回想自己连年南征北战，蔺相如只不过是凭借着口舌之辩，况且他未经过大战却官居自己之上，因此廉颇怨气冲天。

一天，有门客进来报告说：“蔺相如赴宴，街上人民高声欢呼丞相，非常荣耀啊！”廉颇闻听气往上撞，心想：何不拦住去路好好羞辱他一番。于是率领仆从来到大街上，将人马一字排开在蔺相如必经的要道上。蔺相如车马行至此处难以再往前进，连忙吩咐绕道而行以免伤了彼此的和气。廉颇又穿过小巷挡住去路，蔺相如说：“这老将故意拦挡去路，我退让又有什么关系？”于是再次吩咐从人另寻别路去赴宴，谁知廉颇又一次追赶到前方。这次拦路更鲁莽，命仆从口出不逊，说短论长。蔺相如镇静心神，细细地琢磨：“这老将虽年过花甲却像孩童一样，竟忘却将相不和乃是国家大忌。”于是，令从人将车马退转，罢宴回府，这时候廉颇才得意扬扬地大笑起来。

不久，这件事就传遍大街小巷，惊动了大夫虞卿，他便入朝禀告大王。赵王听后沉吟了半晌，认为这件事关系国家兴亡，连忙命虞卿快去调解，并告诫虞卿必须要二人和好。

虞大夫领命先到丞相府。虞卿说：“我最近听说老将廉颇得罪了丞相，挡路三次。多蒙丞相宽宏大量，我奉王命特来问候。”蔺相如说：“我为国家而退让，众诸侯国畏惧他武艺高强，但我并不怕，我只是担心，倘若我们同室操戈，那强秦一定会乘虚而入。我一定不会与他冲突的。”虞卿点头称赞。

虞卿又来到将军府，通禀后与廉颇相会。虞卿说：“我久慕老将军知兵善战，威镇诸侯。这朝中文有蔺相如、武有将军您，何愁赵国不富强。”廉颇听后怒容满面：“那蔺相如是何等之人，不配伴在君王之侧。提起赵国安危唯我一人独掌，那蔺相如他有何能保国安邦？我管叫他丞相做不长。”虞卿摇头微笑道：“老将军，蔺相如只身入强秦谁敢前往，不怕油锅威吓，气吞八荒，不辱使命完璧归赵，在渑池众诸侯的面前羞辱秦王。他不怕油烹怎能怕将军你，蔺相如有远见不和将军论短长。那秦王若知你们将相不和，一定会兴兵来犯。到那时内忧外患必难以固守，蔺相如他怕的是国破民亡、妻离子散啊。”廉颇闻听如梦惊醒：“虞大夫！蔺相如真是深明大义，我做事太蛮横骄傲了。蔺丞相为国为民低头忍辱，太可敬了，真叫我越想越愧悔。我立刻到他那里去负荆请罪。”

廉颇摘金盔脱蟒袍身背荆杖，徒步而行前往相府。到门前也不禀报就往府内闯，众门客谁都不敢拦挡。廉颇进书房见蔺相如独自躺在床上看书，就含羞带愧地一语不发跪在一旁。蔺相如一抬头见廉颇跪在一旁，身背荆杖，忙撇下书简惊慌失措地下床跪倒，说：“老将军，你这是干什么？”

廉颇说：“多蒙丞相宽宏大量，以国家为重不忍伤了同僚。我从前太自私了，三次蛮横欺压丞相。现在我负荆请罪而来，望丞相责罚教训。”

蔺相如急忙搀起廉颇把荆杖扔在一旁说：“老将军，以前的事情就不要再提了，只要我们同心合力抗强敌，无论文武都是国家的栋梁啊！”

**【悟在当下】辨清利害再行动**

蔺相如是一个具有远见卓识的政治家，他面对廉颇的当街羞辱，能够理智地克制自己的情绪，以国家利益为重，避免了赵国朝廷内部的分裂，将相合力共同使国家强盛，能对抗强敌。在这里，蔺相如做到了“因利制权”，注重将国家利益作为自己行动的准绳，自觉服从国家利益，获得了人民的景仰。

与政治领域比较起来，“因利制权”的策略在经济领域表现得相当明显。运用这一策略的时候，强调领导者和经营者所采取的战略手段、经营方法都要以现实的利害为出发点，辨别利害之后再采取行动，不仅符合社会的需求，而且能够获得良好的经济效益。

## 围魏救赵

战国时期，战争频繁，军事人才辈出。庞涓、孙膑就是其中的佼佼者。相传二人同出于鬼谷子门下，一个事魏，一个事齐，且各为其主，战场相逢，斗智斗勇。

魏惠王仿效秦孝公，要找一个商鞅式的人才，于是用重金招徕天下人才。当时有个叫庞涓的魏国人前来求见，向魏惠王讲了些富国强兵的道理。魏惠王听了挺高兴，就拜庞涓为大将。

于是庞涓天天操练兵马，先从附近几个小国下手，一连打了几次胜仗，后来连齐国也被他打败了。从那时起，魏惠王更加信任庞涓。庞涓便开始张狂起来，但他知道，他的同学孙膑，对用兵之法谙熟精通远在自己之上。庞涓自觉能力不及孙膑，恐其贤能高于自己，影响了自己的地位，便把孙膑骗到魏国，施毒计将孙膑致残，剜去孙膑的两个膝盖骨并在他的脸上刺上字，企图使孙膑既不能行走，又羞于见人。为了留住性命，以图复仇，孙膑装疯，幸得齐使者救助，后来逃到齐国。

孙膑

齐国大将田忌听说孙膑是个将才，把他推荐给齐威王。齐威王也正在改革图强，同孙膑谈论兵法后，见孙膑不仅熟谙兵法，而且对指挥作战有一系列独到的见解，对孙膑的军事才能深信不疑，只恨没早点见面，便拜孙膑为军师。

公元前353年，魏惠王为了报失去中山国的旧恨，便想派大将庞涓前去攻打中山国。中山国原本是东周时期魏国北邻的小国，被魏国收服，后来赵国乘魏国国丧之时趁机将中山国强占，庞涓认为中山国不过是弹丸之地，距离赵国又很近，不如直接攻打赵国都城邯郸，既解了旧恨又一举两得。魏王听从庞涓的建议，踌躇满志，以为宏伟的霸业从此开始，于是立即调拨五百辆战车，命令庞涓为将，直奔赵国围了赵国都城邯郸。赵王急难中只好求救于齐国，并许诺解围后以中山国相赠。齐威王应允，任命田忌为元帅，孙膑为军师，率领一支8万人的军队去救援赵国。

当田忌与孙膑率兵进入魏赵交界之地时，田忌想进军赵国邯郸，以解赵围。孙膑制止，对田忌说："要解开乱麻，不能用蛮力强拉硬扯；要排解打斗的纠纷，不能手持武器帮着击刺把自己也卷进去。要避开其强势，直接攻击其空虚部位，利用形势迫使他们不得不停止，自然便解决了。现在魏国和赵国互相攻打，精锐部队必然都在外面战斗，而留在国内的都是些老弱残兵。将军不如率领军队直接攻打魏国都城大梁，占据魏国的交通要道，攻打魏国防备空虚的地方，那么魏国必然会放弃赵国，回军来救。这样齐军既可以救赵，又可以调动魏军跋涉奔走，趁魏军疲惫之时一举击败魏军，不但可解赵国之围而且也能坐享魏国疲惫之师的利益。”

田忌依计而行。果然，庞涓得知魏都被围的消息，十分慌张，在攻下赵都邯郸后，顾不得部队的休整和喘息，被迫留下少数兵力留守邯郸，抛弃辎重，急忙率领轻车锐骑，昼夜不停地回救大梁。庞涓这样做，虽是出于无奈，却犯了兵家大忌！庞涓仓皇回救大梁，早已在孙膑的意料之中，他在魏军回师的必经之地桂陵设伏。魏军离开邯郸，归路中又陷伏击与齐军战于桂陵，齐军以逸待劳，士气旺盛，如同猛虎下山，魏军长途跋涉疲惫，溃不成军，很快，疲惫不堪的魏军就被打得大败！庞涓勉强收拾残部，退回大梁，齐师大胜，赵国之围得以解决。后来，魏国被迫与齐国议和，并且将赵国都城邯郸归还给赵国。

**【悟在当下】避实就虚，化被动为主动**

“围魏救赵”变攻坚为击虚，变被动趋战为以逸待劳，变击敌有备为出其不意，比直趋邯郸参战确实高明得多。它的基本思想是趋利避害、机动歼敌。对敌作战，好比治水：敌人势头强大，就要躲过冲击，如用疏导之法分流。对弱小的敌人，就抓住时机消灭它，就像筑堤围堰，不让水流走。

生活中也是这样，有的时候以硬碰硬并不是好的方法，只需避实就虚，改变一种方式就能达到以逸待劳，化被动为主动。这样做事往往会变得轻松顺利，也避免消耗过多的精力。

## 暗度陈仓

秦朝末年，政治腐败，群雄并起，纷纷反秦。刘邦的部队首先进入关中，攻进咸阳。势力强大的项羽也随后进入关中，逼迫刘邦退出关中。鸿门宴上，刘邦险些丧命。刘邦脱险后，不得不率部退驻汉中。为了麻痹项羽，刘邦接受了张良的计策，退走时，将汉中通往关中的用木材架在悬崖峭壁上的几百里的栈道全部烧毁，表示不再返回关中。这样，既便于防御，又能迷惑项羽，让他以为刘邦真的不打算出师逐鹿了，以松懈项羽的防备。

公元前206年，逐步强大起来的刘邦，派大将军韩信出兵东征。出征之前，韩信就命令周勃等带领大队人马去修复已被烧毁的栈道，限期三个月完成，并摆出要从原路杀回的架势。可是烧毁的栈道接连有几百里，高低不平，地势险要。修了没有几天，就摔死了几个人。刘邦兴师动众修栈道的消息传到关中，立刻引起关中守军的重视。守在关中西部地区的雍王章邯，一方面派探子去打听修栈道的实际情况，密切关注修复栈道的进展情况，另一方面派主力部队在各个关口要塞加紧防范，以阻拦汉军进攻。

汉高祖刘邦

一个月过去了，关中没有一点动静，探子每天都来报告，说修栈道的士兵和民工天天都有摔死的，逃跑的，这栈道估计一年也难修好。而且当雍王听说汉王所拜的大将原来是曾经钻过别人裤裆的懦夫韩信时，就逐渐放松了警惕。

忽然有一天传来急报：汉军已经攻入关中，陈仓被占。栈道还没有修好，汉军插翅难飞，这怎么可能呢？原来，韩信表面上派了许多人去修复古栈道，装作要从栈道杀出去的样子，故意吸引项羽的注意力，暗地里却和刘邦主力翻越柴关岭抄小路迂回过去袭击陈仓，采取里应外合的战术，一举攻下大散关，打败章邯，并轻而易举地拿下了陈仓城，打开了守卫关中平原的西大门，并随之攻占了雍地和咸阳。

没过多久，翟王董翳、塞王司马欣先后投降。不到三个月的时间，关中就成为汉王刘邦的地盘，从而为刘邦统一中原奠定了基础。

**【悟在当下】奇正相生，出奇制胜**

暗度陈仓，意思是采取正面佯攻，当敌军被牵制而集结固守时，则悄悄派出一支部队迂回到敌后，乘虚而入，进行决定性的突袭。此计与声东击西计有相似之处，都有迷惑敌人、隐蔽进攻的作用。二者的不同处是：声东击西，隐蔽的是攻击点；暗度陈仓，隐蔽的是攻击路线。

明修栈道，暗度陈仓，用来比喻用假象迷惑对方以达到某种目的。明里做的是假的，暗地干的才是真的。实质上是利用对方思维结果与己方的真实意图之间的空隙，由一方人为制造两方的思维“错位”。这种“错位”的隐蔽性越强，越不容易被人发现。

生活中有时用“明修栈道，暗度陈仓”的方式，奇正相生，往往能达到出奇制胜的效果，但要掌握好“奇”“正”的辩证关系，原则性与灵活性相结合，由奇变为正，而适时的正面强攻又可能转化为奇。

## 背水为阵

公元前205年，汉将韩信偷袭魏王豹，灭掉魏国。当年十月，汉王又派他与张耳率几万军队向东继续进攻赵国。赵王赵歇和赵军统帅陈余立刻在井陉口聚集二十万重兵，严密防守。

赵国谋士李左车对陈余说：“韩信这次出兵，一路上打了很多胜仗，真是一路威风，现在他又乘胜远征企图攻下赵国，其势锐不可当。不过，他们运送粮食需经过千里之遥，长途跋涉。现在我们井陉山路狭窄，车马不能并进，汉军的粮草队必定落在后面。你暂时给我三万人，从小道出击，拦截他们的武器粮草，断绝他们的供给，汉军不战死也会饿得半死。你再在这里坚守要塞，不与他们交战，他们前不能战，后不能退，用不了几天我们就可活捉韩信。”陈余是个迂腐之人，又自以为是，他不听李左车的话，还说：“韩信的兵力很少，长途千里赶到这里又筋疲力尽，像这样的敌人我们都不敢打，别国会怎么看我们，不是更瞧不起我们了吗？”陈余没有采纳李左车的意见。

韩信将军队安营扎寨在距井陉口三十里的地方，召集将军们在营中部署。韩信分析了两边的兵力，敌军人数比自己的多上十倍，硬拼攻城，恐怕不是对方的敌手，如果久拖不决，又经不起消耗，经过反复思考，他定下了一条妙计。他命一将领率两千精兵，每人拿一面汉军红旗，从小路爬上附近山头，到树林隐蔽之处埋伏起来，并命令等到与赵军开战后，自己率军佯败逃跑，赵军倾巢出动追击汉军的时候，这两千精兵迅速杀入敌营，插上汉军的军旗。韩信又命令张耳率军一万，在绵延河东岸，摆下背水一战的阵式，自己亲率八千人马正面佯攻。

韩信

背水历来是兵家之大忌，一旦背水，非死不可。陈余得知消息，大笑韩信不懂兵法，不留退路，自取灭亡。第二天天刚亮，只听汉军营中战鼓隆隆，韩信亲率大军向井陉杀来。赵军主帅陈余早有准备，立即下令出击。两军杀得昏天黑地。韩信早已部署好，此时一声令下，部队立即假装败退，并且故意留下大量的武器及军用物资。陈余见韩信败，大笑道：“区区韩信，怎是我的对手。”他下令追击，一定要全歼韩信的部队。

汉军背水而战，士兵们在没有退路的情况下，表现得非常勇猛。这时韩信埋伏的两千轻骑兵，见赵军倾巢出击，立即飞奔驰入赵营，拔掉赵国的全部军旗，换上汉军的红旗。

韩信带着败退的队伍撤到绵延河边，与张耳的部队合为一股。韩信对士兵们进行动员：“前边是滔滔河水，后面是几十万追击的敌军，我们已经没有退路，只能背水一战，击溃追兵。”士兵们知道已无退路，个个奋勇争先，要与赵军拼个死活。

赵军久战不能取胜，又抓不住韩信，想收兵回营，回头一看军营里已全部插上汉军的红旗，以为赵王已被俘虏，顿时军心动摇，纷纷逃跑。韩信、张耳突然率部杀了回来，陈余完全没有料到，他的部队认为以多胜少，胜利在握，斗志渐衰，加上韩信故意在路上遗留了大量军用物资，士兵们你争我夺，一片混乱。锐不可当的汉军奋勇冲进赵军阵营，只杀得赵军丢盔弃甲，一派狼藉，正是“兵败如山倒”。陈余下令马上收兵回营，准备修整之后，再与汉军作战。他们退到大营前面时，只见大营那边飞过无数箭来，射向自己。陈余在慌乱中，才注意到营中已遍插汉军军旗。赵军惊魂未定，营中汉军已经冲杀而出，韩信、张耳同时从两边夹击赵军。张耳一刀将陈余斩下马，赵王赵歇也被汉军生擒，赵军二十万人马全军覆没。

**【悟在当下】置之死地而后生**

反向思维是一种创造性的思维，它利用了事物的可逆性，从反方向进行推断，寻找常规的交叉道，并沿着交叉道继续思考，运用逻辑推理来寻找新的方法，制定新的方案。韩信正是运用辩证的思维方法，抓住事物的内在联系，利用消灭敌人和保存自己的心理，背水为阵，达到激发将士的勇气、获得奇效的目的。

在学习这种方法的时候，不可不加分析，机械模仿。“置之死地而后生”重要的是求得“生”的希望。只把自己置之死地而无生望，无疑是自杀行为。在日常学习、工作和生活中，难免遇到各种各样的挫折，有时会陷入僵局，面对困难，要冷静思考，沉着应对，迎难而上，在绝境中捕捉新的生机，确定新的发展战略。

## 献疑兵之计夺骁关

张良，字子房，今安徽亳州人。陈胜、吴广农民起义爆发后，他聚众起兵反秦，后依附刘邦，成为刘邦的重要谋士。张良曾为刘邦出了不少好主意，他建议刘邦联合英布、彭越，重用韩信，劝刘邦不要立六国之后为王，主张刘邦追击项羽歼灭楚军。

当时，刘邦一面下令做好加紧进攻武关的准备，同时请张良前来密商有关入关的事宜。张良向刘邦提出应先派遣一人，潜入关中，为刘邦入关进行游说，以为内应。张良向刘邦推荐了一位魏国人名叫宁昌，此人胆大机敏、善于应变，刘邦十分赞同这一举措。

天亮，刘邦的大军向武关进发。武关在陕西丹凤县东85里处，是秦关中的重要门户，也是东西交通的枢纽。但这位武关守将，西望咸阳，赵高专权，滥杀王公大臣，秦二世昏庸，耽于声色犬马；东望中原，王离败、章邯降，大势已去。眼看刘邦大军骤至，守关的残兵败将根本难以抵御。再加上风闻刘邦一路上仁厚信义，不杀降官，便干脆打开关门迎入了刘邦。

张良

刘邦万万没有想到，一座雄关就这么兵不血刃地攻了下来，眼看前面就是驿关，便下令督促大军直通骁关。

张良忙对刘邦说："沛公切勿急躁，武关虽然得手容易，若不加强防卫，项羽大军随后就到，你能抵挡得住吗？"

刘邦恍然大悟："子房以为应该如何防守？"

张良说："现在就是要关门谢客，立即加固关防，使它固若金汤，并派重兵良将镇守，以拒各路诸侯于关外。这样，沛公便可以领兵从容击杀秦军于关中，直捣咸阳，何愁暴秦不灭？"

于是刘邦依照张良的计谋，令士卒加固武关，并派一员得力的将领守关，才驱兵来到骁关下。

扎营之后，刘邦带着张良等一班谋士，前往观看地形。这骁关在关中蓝田县境，故又名蓝田关，气势雄伟，地形险要，易守难攻，再加上有重兵把守，绝非武关那么容易攻下，张良建议干脆退守武关，以观望东西两面的形势。

然而，刘邦深深明白，滞留武关无疑是坐以待毙。

他请来张良，决心强攻骁关，不是鱼死，就是网破！

张良告诉他：不可！并分析说："《太公兵法》告诉我们，战当然要靠勇气才能取胜，但也不是单靠勇气就能够取胜的。骁关，固若金汤，子婴把他的全部赌注都压在了骁关。骁关一破，他即成为瓮中之鳖，因此他不得不拼着性命死守。更何况秦兵还十分强大，并没有到不堪一击的时候。因此现在先不要忙于进攻，可以派兵在骁关对面的山上，遍插沛公旗帜以为疑兵，让他们有如临大敌的感觉，先摧垮他们的士气。另外，现今秦将眼见秦大势已去，灭亡在即，早已斗志涣散，各谋前程，可以派郦食其和陆贾等善辩之士，诱之以利，晓之以理，暗中联络，以为内应。这样，何愁骁关不破！”

于是，刘邦派了郦食其和陆贾，带了黄金珍宝，暗中去拜见守关秦将。这些将领果然早已人心惶惶，都愿与刘邦讲和，这使刘邦去掉了一块心病。他问张良：“现在攻打骁关没有问题了吧？”

“我以为条件还没有成熟，”张良答道，“郦食其和陆贾虽然买通了个别将领，但是还应该看到，秦军的士兵大部分都是关中人，他们的父老和妻室儿女都在那里，他们绝不会让别人攻进他们的家园、杀戮他们的亲人，因此，他们一定会奋不顾身地抵抗。与其和他们拼杀，还不如等到他们松懈疲惫之时，迂回包抄，前后夹击。”

于是，刘邦率主力绕过骁关，悄悄翻越蓝田东南25里的蒉山，突然出现在秦军背后，在蓝田的南部大破秦军，并进一步占领蓝田，这样骁关的后路被切断，前后夹击，不攻自破。

这样，关中大门洞开，秦都咸阳已无险可守。刘邦十万大军压境，破咸阳如探囊取物。秦始皇万万没有想到，他十年征战扫灭六合，又苦心经营了十载的强大帝国，在他死后不到三年，就这般迅速地倾覆了。

**【悟在当下】审时度势，运筹帷幄**

两军相逢，智者胜。智者能审时度势，运筹帷幄，使自己的弱势变成强势，牢牢掌握主动权。张良用“攻心”之术，取得了主动权。

善于抓住对方的心理，处理复杂的问题，是一种很好的策略。

## 董公献计讨项羽

秦朝末年，项羽趁着农民起义的机会，参加了反秦战争。灭了秦朝以后，他决定重新划分封地，把统一了的中国又弄得四分五裂。

当时名义上的首领还是楚怀王。项羽把他改称为义帝，表面上承认他是帝，实际上只让义帝顶个虚名，当个傀儡，一切分封的事，都得听他幕后做主。同时，他把六国的旧贵族和有战功的将领分别加封了王位，一共封了十八个王，而他自称为西楚霸王。项羽自称霸王，等于宣布他有权号令其他的诸侯，诸侯都得由他指挥。分封诸侯以后，各国诸侯就都分别带兵回自己的封国去，项羽也回到他的封国西楚的都城彭城。

项羽

在十八个诸侯中，项羽最嫉恨的就是刘邦。他把刘邦封在偏远的巴蜀和汉中，称为汉王；又把关中地区封给秦国的三名降将章邯等人，让他们挡住刘邦，不让刘邦出来。汉王刘邦当然对他的封地很不满意，但是自己兵力弱小，无法跟项羽抗衡，只好带着人马到封国的都城南郑去，以图日后有大的发展。

刘邦被封汉王定都南郑后，在南郑拜韩信为大将军，还定三秦，立汉制，设郡县，施恩德，赐民爵，治理关中。这时，项羽已带领军队来到了彭城，派九江王英布在郴暗杀义帝，然后又挥军东进，讨伐齐王田荣。汉王刘邦听到这个消息之后，计划乘楚国腹地兵力空虚之机，向东征讨项羽。

这年三月，刘邦集合关中优势兵力，向东行军到洛阳，途中遇到一位八旬老人，此人是新城的董公，说有要事面见汉王。刘邦将他传到面前，问有何事？董公说："臣闻顺德者昌，逆德者亡，师出无名，如何服人？请问大王出兵，去讨何人？"刘邦道："项羽无道，我们发兵东讨。"董公说："古语有言，'明其为贼，敌可乃服。'项羽暴虐无道，最明显的莫过于弑主一事。大王以前与项羽共立义帝，今义帝被项羽暗杀，已成天下公敌。现大王一军东征，力恐不足，臣有一计，大王可令全军戴孝，为义帝发丧，并传檄诸侯，让天下都知项羽弑主罪行，这样，大王不仅师出有名，还可联合各路诸侯，共讨项羽，不是更好吗？"刘邦听后，连称妙计，忙说道："多蒙先生指教。"当时，刘邦想将董公留在身边，董公以年老多病，不求仕进为由，告辞而去。

刘邦大军抵达洛阳后，立即在宫内为义帝设下灵位，下令全军素服三日，一面亲领群臣前往宫中哭灵，一面分派使臣，带着檄文，布告各国。檄文上写道：“天下共立义帝，今项羽暗自在江南杀义帝，大逆不道，寡人亲自为义帝发丧，全军戴孝三日，现发关内之兵，收三公之士，东下江汉，愿和各诸侯共讨暗杀义帝之人。”

檄文传到各国，得到了各诸侯王的响应。不久，汉王刘邦就征集到各路人马，共计56万人。四月，刘邦见时机成熟，留韩信把守要塞，亲自率领大军向东出发，一路势如破竹，直下西楚之都彭城。

**【悟在当下】争取民心，联合抗敌**

“明其为贼，敌可乃服”，这是一句古训，意思是说，将对手的罪行公布于天下，这样才可以战胜他们。项羽恃勇自傲，将自己摆在霸王的位置上，而且暗杀义帝。董公抓住项羽这一为天下所共愤的不义行为，向刘邦献计，最后，不仅使刘邦师出有名，而且可与各诸侯组成统一阵线，联合抗敌，变军事上的劣势为优势。

古往今来，社会都非常重视舆论的巨大力量和导向作用。现代社会，广播、电视、报纸、刊物、网络等新闻媒体已成为传播文化、推销商品的主要宣传阵地。然而，“水能载舟，亦能覆舟”，不管什么形式的报道，都必须以争取民心、获取支持为前提。

## 木罂渡河擒魏豹

公元前205年四月，汉王刘邦兵败彭城，退到荥阳、成皋一线与项羽相持。五月，原与刘邦结盟的魏王豹背汉降楚，派大将柏直、冯敬扼守黄河临晋渡口，企图阻挡汉军北进。八月，刘邦为了消除身后之患，任命韩信为左丞相，率曹参、灌婴二将，领兵伐魏。

韩信率领大军来到临晋渡口，遥见对岸魏军把守很严，不好强攻，于是就下令暂且安营扎寨。一面派人收集船只，与魏军隔河相距；一面派探兵暗察上游地势。不久，探卒来报，说上游夏阳地方，魏军防守很松。韩信就带领曹参、灌婴二将前去察看地形，但到夏阳实地一看才明白为什么魏军不在此防守了，只见夏阳河段，水深滩险，汹涌澎湃，别说是行船，就是羽毛只怕也很难浮起来，而且河中布满了礁石，船只根本无法通行。曹参、灌婴二将看后都摇头作难，韩信却皱眉苦思了好一阵。回到汉军营地，韩信仍然决定利用夏阳河段，采用声东击西之计，出其不意击败魏军。当即，传来曹、灌二将，命曹参领兵上山伐木，大小都行，越快越好；又令灌婴带人前往市场，购买数千瓦罂，每个瓦罂能容纳二石的物品。二人听后，都感到很意外，一齐问道："将军要这些东西有什么用？"韩信说道："二位不必急问，到时自知。"二人只得奉命退出，分头行事。

两天之后，曹参、灌婴二人将所需物品都办齐了，就向韩信复命。韩信又命令道："你二人再将所备物品制成木罂，制法均在这封函中。制成后，立刻回报。"说完，将一封函信交到二人手中。

二人受命出帐，马上指挥将士，按函中要求，用四木夹住一个瓦罂，捆绑牢固，然后再将木罂用绳连起，数十个连成一排，分别连成数十排。由于日夜赶制，几天后，木罂已制造完毕。

韩信见准备工作已经做好，等到黄昏，又召来曹、灌二将，命灌婴率领数千人马，守住前些天收集来的船只，命令士兵只准击鼓呐喊，不准擅自渡河，违令者斩。而他自己则与曹参统领大队人马，暗中搬运木罂，连夜赶到夏阳。然后指挥将士把木罂放入河中，每个木罂内载2~3人，用桨划水，缓缓向对岸渡去。因木罂体轻，浮力又大，四周都是木头，即使撞到河中礁石也不会破损，因此顺利渡过了这段险峻的河段。

与此同时，扼守临晋渡口的魏将柏直、冯敬，忽然听到对岸汉军鼓响如雷，喊声震天，只当韩信要强行渡河，急忙调动人马，严密注视对岸动静。他们哪里知道，对岸汉军只是虚张声势，而真正的汉军主力，正在韩信指挥下，在他们认为滩险水急、难以行船的夏阳，用木罂徐徐渡过了黄河。

汉军过了河，魏军尚未发觉。韩信率领大军，以迅雷不及掩耳之势，下东张，拔安邑，直逼魏都平阳。魏王豹兵败后，逃到东垣，被汉军包围，魏豹走投无路，只得下马就擒。不到一个月，韩信就平定了魏地。

**【悟在当下】声东击西，避人耳目**

“声东击西”，是自古以来兵家常用的战术。“声东”者，为明，以虚充实，虚张声势，迷惑敌人；“击西”者，为暗，以真正的实力、迅雷不及掩耳的速度，将敌人击败。这样的例子颇多，韩信伐魏首战成功就是运用了这种战术。韩信在临晋渡口布置了一部分兵力，虚张声势，给敌人造成一种假象，目的正在于掩盖自己的真正意图，然后率领主力，从魏军意想不到的地方，用常人意想不到的工具——木罂，载军过河，将魏军打了个措手不及。

## 激曹咎下成皋

曹咎

公元前204年六月，项羽攻陷荥阳，兵下成皋。当时，韩信、张耳驻兵小修武。刘邦逃亡，带领诸将北渡黄河，投往韩信营中，又得了许多军马，兵势又振，于是和众将商议，准备南下收复成皋。帐下郎中郑忠谏道：“现楚军气势正盛，我军新败，不宜正面接触，不如派兵深入楚地，扰其后方，断其粮道，使楚军乏食自乱，到那时再挥军南下不迟。”刘邦觉得郑忠所言有理，当即派部将卢绾、刘贾，领步兵二万，骑兵数百，渡过白马津，潜入楚军腹地，会同彭越，在燕西焚烧了楚军粮草，又乘势连续攻下睢阳、外黄等十七城。

项羽在成皋，正想挥师西进，忽然听说彭越、卢绾领兵深入楚国内地，焚粮草、拔城池的消息，气得火冒三丈。他深知：彭越乃是一员悍将，如果自己不亲征就不能剿灭，于是，他召来大司马曹咎说：“现在彭越、刘贾等已潜入内地，焚我军粮、毁我城池，看来我不亲征，不能扫灭此贼！将军留守成皋，千万不要出战，只要挡住汉王，使他不能东来，就是有功劳。我这次攻击彭越，大约十五天便可平定梁地，然后再来与将军会合，切记！”项羽临行，怕曹咎性暴误事，又留司马欣相助。

项羽一走，刘邦认为时机已到，立即领兵南下，兵临成皋城。但汉军前去挑战，一连数日，曹咎就是闭门不出。消息报知刘邦，刘邦欲下令强攻，张良、陈平道：“大王勿躁，强攻难破，还是用计取。”两人深知曹咎性格，经过商议，决定用激将之法，诱敌出城，然后设伏破敌。于是刘邦依计一面派兵往诱曹咎，一面在城东汜水两岸设下伏兵，专等曹咎中计前来。

汉军再逼城下，见楚军仍不出战，张口就骂，声声不堪入耳。城中守军见此，纷纷向曹咎请战。曹咎性格暴烈，也想开城厮杀，司马欣在旁劝道：“将军勿忘项王临行之言，免遭汉王诱敌之计。”曹咎听后，也只得强按怒火，下令坚守勿出。

汉军骂了一日，见城中仍无动静，只得撤回大营。

第二天，汉军又来到城下叫骂，而且人数更多，指名道姓咒骂曹咎。曹咎气得七窍生烟，坐卧难宁。

中午时分，汉军骂累了，索性解衣松带，席地而坐，取出干粮，饱食一顿，待精神恢复后，起身再骂。曹咎的忍耐已到极限，他大喝一声，召集兵马，杀出城来。塞王司马欣来不及劝阻，也只得随着曹咎奔出城外。

楚军突然杀出城来，汉军来不及抵挡，丢盔卸甲向汜水方向退去。曹咎没想到汉军如此不堪一击，下令追击，临近汜水，见汉兵纷纷凫水向对岸逃去，他也催动人马，下水追杀。楚军才渡一半，忽听一声锣响，两岸伏兵四起，前岸有夏侯婴领兵相阻，后岸有樊哙驱兵冲杀。曹咎至此，方知中计，他身在水中，急令回军。但两岸箭如飞蝗，没游到岸边，大部分将士已被射杀。曹咎跃马登岸，和司马欣合兵一处，身边所剩兵马已经不多，又被汉兵团团围住，眼见突围不成，当即大叫一声：“悔不听项王之言！”拔出宝剑自刎身亡。司马欣见曹咎自杀，知刘邦也不能轻易放过自己，也举枪自刺，断喉毙命。

刘邦见曹咎、司马欣已死，立即挥军直扑成皋城下，夺回了城池。

**【悟在当下】加深修养，拒绝暴躁**

人的性格各有差异，比如有的人平和，有的人暴躁。两人相斗，暴躁者易输；两军对垒，暴躁者易败。张良、陈平深知曹咎为人暴躁，抓住项羽东返之机，运用激将之法、诱敌之计，将曹咎引出城池，才得以全歼楚军，再下成皋城。

这是因为暴躁者易冲动，一旦冲动，便会失去理智，只图一时痛快，而不顾后果。此种人为师，不会教出好学生；此种人为将，将会屡屡受挫。所以，性格的修养，不仅关系到个人的前途，还直接关系到事业的成败。

## 韩信计斩龙且

公元前203年十月，韩信发兵攻下临淄，齐王田广、齐相田横乘乱逃出，派人向楚王项羽求救。

项羽思考多时，觉得还是发兵相救为好，以牵制韩信，免得他前来与刘邦会师，增加两线压力。于是，派大将龙且，副将周兰，领兵二十万东往救齐。

龙且奉命，统领大兵，日夜兼程，进入齐境，立即派人报齐王，叫他领兵前来会师。田广闻救兵已到，心中大喜，急忙整顿兵马，出高密城迎接楚军。两军合兵一处，行至潍水东岸，扎下大营。

韩信闻楚军救齐，深知龙且是个劲敌，派人报知汉王刘邦，调来曹参、灌婴两军，在潍水西岸筑塞，与对岸楚齐联军隔河相持。夜间，韩信观察了地势，决定计胜龙且，当即下令：全军坚守不出，违令者斩。

楚将龙且，见汉军如此，认为韩信胆小怯战，便想渡河进击。旁边从吏谏道："汉军远来，久经战阵，其锋不可挡。齐军已吃败仗，又在本土作战，因顾念家室，极易逃散，我军虽勇，也不免受到牵动。最好是坚壁自守，不与汉军交锋。一面再使齐王派人到汉军占领的城市游说，告知那里的人们，齐王无恙，楚军来救，人们必大举来援，不肯降汉。汉军距这里有两千里，兵至齐地，无城可依，无粮可食，又怎能坚持长久？不用多少时日，便不攻自破了。”

龙且听后，摇头说道：“我深知韩信其人，他少年贫贱，衣食无着，曾寄食漂母，受辱胯下，没有什么过人之勇。况且我奉项王之命，领兵救齐，如不战而胜我又有什么战功？如我兵胜韩信，定可震动齐地，齐王也必委国予我，我将得到齐国的一半土地，这不是名利双收吗？”周兰怕龙且轻战有失，也在旁劝道：“将军不可轻视韩信，他助汉王平定三秦，又灭赵平燕，今又发兵攻齐，素闻此人足智多谋，还望将军三思而后行！”龙且笑道：“韩信所遇，皆是庸将，今日我要叫他首级难保。”说完，修好一封战书，派人过河送往汉营。韩信见了，提笔写了四字：来日决战。当即遣回来使。

韩信见战机来临，命令全军准备布袋万余，不得有误。因营中粮袋颇多，将粮食倒出，便可使用，所以不到半天，布袋已准备齐备。韩信又召来部将傅宽，授计道：“当夜色降临，你可带领一支人马，拿着布袋，前往潍北上流，择水浅之处，将布袋就地装满沙石，塞住流水。明日交战之时，听到我军号炮，立即令军士将布袋捞出，让河水奔腾冲下，不得有误！”

傅宽走后，韩信又吩咐曹参、灌婴二将道：“明日见龙且登上西岸，当率军力敌，擒斩龙且、周兰。”二人领命，知韩信素来善于用兵，也不多问，当即退下。

第二天，汉军饱食一顿，韩信发令，命曹参、灌婴二将留守西岸，自带裨将数名，领兵渡过潍水，列阵向楚军挑战。龙且见了，也摆阵相迎。韩信打马出阵，大叫道：“龙且快来受死！”龙且也跃马出营，大声叱道：“韩信，你原是楚臣，为何背楚降汉？今日天兵到此，还不快快下马投降！”说着，挥刀自取韩信，没几个回合，韩信便退回阵中，另外有数名战将杀出，挡住龙且。龙且抖擞精神，力敌众将。周兰怕龙且有失，打马出阵相助，汉将渐渐不敌。韩信见了，打马就走，又从潍水奔回西岸。汉将见韩信退走，也边打边撤，陆续返回汉军大营。龙且见状，大笑道：“没想到韩信如此不堪一击。”说着一马当先，领着人马，渡河向对岸杀去。周兰见河水甚浅，心中生疑，欲告诫龙且，但龙且马快，已快达岸，也只得打马急追。等到周兰追上龙且，他们已登上西岸。此时，楚军渡过河的只有两三千人，大部分人马尚在河中。周兰正欲向龙且说明情况，忽听一声炮响，河水随之涨起，转眼丈余，汹涌而下。河中楚军将士，无处立足，多被冲走，还没等龙且反应过来，汉军在韩信、曹参、灌婴率领下，从三面杀来，将数千楚军层层围住。没多长时间，楚军终因寡不敌众，龙且被斩，周兰被擒，其他人马也尽数被歼。

东岸楚兵见主将已死，吓得胆战心惊，四散而走。齐王田广也似惊弓之鸟，率众向高密逃去。

韩信斩龙且，败楚军后，立即派出人马追赶田广。追到城阳，将其生擒。韩信因他烹杀郦生，过于残忍，便下令推出斩首，到此，齐地皆平。

**【悟在当下】变劣势为优势**

孙子云："地者，远近险易广狭死生也。"所以，成功利用地形，集中优势兵力，彻底消灭敌人，是古来兵家常用战术之一。

聪明的指挥者总是千方百计变自己的劣势为优势，以达到歼灭敌人的目的。潍水之战，楚军二十万，而汉军只有数万，优劣分明，但韩信抓住龙且的轻敌思想，诱敌深入。这样，在河西岸，楚、汉两军的力量对比就发生了变化，龙且由强变弱，由众变寡，被汉军围住，全部被歼。

同样，在现代社会，我们要充分利用环境因素来解决矛盾，处理问题。

## 兵贵神速占荥阳

汉景帝时，周亚夫成功地运用了出其不意、攻其不备的策略，打得敌人措手不及，使自己处于一种主动地位，顺利平定了吴、楚七国之乱。

汉景帝三年一月，吴、楚等七国举兵谋反。吴王刘濞帐下大将田禄伯请战，欲领五万精兵西进武关，就可以直捣长安，一举成功。刘濞不从。又有少将军桓将军献计：兵进洛阳，取武库，据敖仓，占据这些地势险要的军事重地，物资充足，可攻可守，阻山带河，号令各路诸侯，举兵的大事也就可成了。刘濞仍不从，反而将数十万大兵发往梁国，欲攻取睢阳。梁王刘武闻讯，积极备战，但吴国实力雄厚，吴王早就立志反叛，准备充分，梁国根本不是对手，被打得毫无还手之力，形势十分危急。

周亚夫

汉景帝听闻吴、楚等国叛乱，又接到梁王刘武的告急文书，十分焦急，遂任命周亚夫、窦婴为大将军，领兵前往梁国增援，平复反叛的吴、楚叛军。

汉景帝

周亚夫奉命率军出发，发现梁国形势虽然危急，但一时半刻并无灭国的危险，仍然可以支撑一阵，就不急于派兵增援梁国，而是让梁国军队拖住叛军，自己乘机集中兵力，打算先抢占有利地势，然后再派兵切断叛军粮道，择机进军一举取胜。于是周亚夫下令各路平叛军队齐会军事重镇荥阳，自己也准备了驿车六辆，欲驰赴荥阳指挥。

周亚夫率人行到霸上，忽然有一人军前拦道，说："将军率领大军前去讨吴、楚的反叛贼子，如果战胜，国家社稷就安定；一旦不胜，天下就危险了，此战关系重大，能否听我一言？"周亚夫听后，忙下车相揖，虚心问道："愿闻先生高论。"那人道："吴国素来以富裕闻名各国，吴王很早就有了反叛之心，已经蓄养兵士多年，此次闻听将军出征，我料他必埋伏兵士于殽山、渑池之间，准备乘将军不备，围歼将军，将军不可不防！且兵贵神速，将军何不绕道右行，走蓝田，出武关，进抵洛阳，直接攻入武库。敌人闻后必大吃一惊，其他各路反叛诸侯闻后也会大为震动，共疑将军神兵从天而降，不战便已生畏了。"周亚夫听后，连称妙计，遂问那人姓名，方知是赵涉。

周亚夫见赵涉如此多谋，便留他在军中，下令右行，走蓝田，出武关，星夜兼程，果然顺利到达了洛阳。一入洛阳城，周亚夫大喜道："七国造反，我乘车到此，竟然一路无阻，岂非大幸。明日我将进军荥阳、成皋，如此，右有武库，左有敖仓，地势有利，物资充足，荥阳以东，便不足忧虑了！”

周亚夫到达荥阳后，立即下令搜索渑池间的要隘，果然发现不少吴王伏兵，遂派兵围剿，擒住一半，逐散一半。至此，周亚夫更加信服赵涉有先见之明，经上奏景帝，拜赵涉为护军，有赵涉出谋划策，周亚夫更是如虎添翼。

不久，周亚夫乘叛军与梁军在睢阳鏖战之机，派出一支人马，截断了叛军粮道，使叛军不战自乱，吴国叛军缺粮断饷，又远离本国，无心作战，就急忙班师回国。周亚夫又乘叛军后撤之机，挥军掩杀，此时的吴国叛军怎是占据要地、以逸待劳的汉军的对手，稍一接触就被打得大败。于是在不足三个月的时间内，周亚夫便平定了吴、楚七国之乱。

**【悟在当下】速战速决，抢占有利时机**

荥阳、成皋一线，历来是易守难攻的战略要地。以吴王刘濞为首的叛军陈兵梁郊，与刘武激战，失去了占据战略要地的良机，又怎能不败！而周亚夫快速地到达洛阳，集中兵力，据守荥阳、成皋，形成了一种进可攻、退可守的有利局面，为彻底平定叛军奠定了良好的基础。在这里，成败的关键在于果断用兵，强调一个“速”字。

信息时代，知识爆炸，科学技术飞速发展，学会快速搜集信息，快速传递信息，快速更新产品，快速周转货物，快速投入市场，成为商业竞争取得成功的重要因素。

因此，时间就是生命，速度就是效益。同样，在人们的日常生活中，要学会在别人前面思考问题，善于把握和利用时机。

## 李广布疑兵安然撤退

西汉景帝时期，北方匈奴势力逐渐强大，不断兴兵进犯中原。当时飞将军李广任上郡太守，负责抵挡匈奴的入侵。

李广

李广，陕西成纪（今甘肃秦安）人，骁勇善射。文帝时，曾出击匈奴，杀敌甚重，被拜为武骑常侍。景帝即位后，先调他为上谷太守，后又徙迁至上郡。在汉军四大将军——车骑将军卫青、骑将军公孙敖、轻车将军公孙贺、骁骑将军李广中，匈奴最畏惧的就是李广。李广的一生，大都投入了抗击匈奴的事业。他身经大小七十几次战斗，由于英勇善战，成为匈奴贵族心目中可怕的劲敌。

汉景帝中元六年六月，匈奴再次大举入侵边关，入雁门，进上郡，掠走了朝廷所养的大批马群。景帝闻讯，立即派出一幸臣宦官前往边关，督促汉军抵御匈奴。

有一天，皇帝派到上郡的幸臣宦官带领一些人骑马外出打猎。打猎途中偶遇三个匈奴兵，于是就展开了一场小规模的遭遇战，战斗中宦官被匈奴兵射伤，狼狈逃回了汉军营地。李广查看了宦官及几名受伤的汉军士兵，说道："射伤你们的这几个胡人，一定是善射之人！"于是，李广亲自率领一百余名骑兵前去追击。三个匈奴士兵没有马而是步行，李广带骑兵一直追了几十里地，终于追上了这三个匈奴兵。于是李广就命令部下左右包抄，自己居中放箭，结果杀了两个，活捉了一个。

他们正准备回营时，忽然发现有数千名匈奴骑兵也向这里开来。李广的骑兵非常恐慌，都欲打马回奔。李广沉着地稳住队伍说："我们只有百余骑，离我们的大营有几十里远。如果我们掉头逃跑，匈奴肯定会追杀我们。匈奴骑兵善于骑射，掉头逃跑，我们将无一人能够生还！如果我们按兵不动，敌人肯定会疑心我们有大部队行动，他们绝不敢轻易进攻。现在，我们继续前进。"说着，命令属下向前开进，一直到了离敌阵仅二里地的地方，李广这才下令："全体下马，解鞍休息。"属下多有不解，问："匈奴兵有数千人马，如果现在解下马鞍，敌人杀来将如何迎战？"李广笑了笑，沉着地回答道："匈奴骑兵以为我们会逃走，现在我们解下马鞍，就是暗示敌人，我们不会轻易逃走，这样他们就更加疑惑，而不敢随便发动攻击了。”于是李广的士兵卸下马鞍，悠闲地躺在草地上休息，看着战马在一旁津津有味地吃草。

匈奴部将见前面的百余汉骑，不退反进，还下马解鞍，就地休息起来，感到十分奇怪，更加恐慌，料定李广胸有成竹，附近定有伏兵。因为害怕中了对方诱敌之计，就忙下令停止进击，远远地观察汉军的虚实，不敢上前来。两军相持了两个时辰，双方都不敢轻举妄动，终于，匈奴方面首先沉不住气，就派了一名骑白马的将军出阵观察形势。李广见状立即命令十余个精锐士兵上马，自己带头冲杀过去，张弓搭箭，一箭将这名白马将军射死于马下。然后又回到原地，下马继续休息。

匈奴兵越看越怀疑。天黑下来之后，李广的人马仍无动静。他们认定汉军一定有埋伏，匈奴部将怕半夜遭到汉军大部队的突袭，就连夜引兵慌慌张张地全部逃回去。到了天亮，李广一瞧，山上已没匈奴兵，才带着一百多名骑兵安然返回大营。

**【悟在当下】在敌强我虚之时可运用心理战**

李广不仅骁勇善战，且足智多谋。在敌众我寡的情况下，他临阵不乱，使出诈术，令匈奴军难测虚实，最后退去。这就是兵家常说的“兵不厌诈”，运用成功，便可化险为夷，有惊无险！

虚虚实实，兵无常势，变化无穷。在敌强我虚之时，适合展开心理战，但一定要充分掌握对方的心理和性格特征。此计多数情况下，只能当作缓兵之计，且须防止敌人卷土重来。所以，要挽救危局，还必须有实力与敌方对抗，要凭真正的实力。

## 赵充国平羌

汉宣帝时，西羌族与匈奴联合，侵入汉地。公元前61年春，汉宣帝任命赵充国为将，率一万多骑兵平羌。为了防止羌人阻击大军过河，赵充国命三名军校乘夜先悄悄渡河，在对岸扎营，再指挥大军依次渡河进驻。

正在这时，突然来了数百骑羌兵围绕着汉军来回奔驰，口中还“嗷嗷”乱叫。诸将见羌兵少，纷纷请求出战，要将这些羌兵撵跑，免得其扰乱汉军渡河，但赵充国认为，汉军长途跋涉，不可追逐此敌，消灭敌人应以全歼为上，不要贪小失大。同时，他认为这些羌兵骑术高超，如果追赶，必中其诱后之计。因此，赵充国对这些羌兵的挑逗引诱置之不理，仍然镇定地指挥自己的部队加紧渡河。事后探马来报，离汉军三十里有一座绵延起伏的山脉，那里埋伏一万多羌兵，原先来挑战的少数羌兵正是想通过挑逗，诱使汉军追击入伏。结果，赵充国沉着机智，以静待哗，使敌人无功而返。

赵充国

汉军全部渡河之后，赵充国对羌作战始终用稳扎稳打、步步为营的战法。首先派出间谍进行大范围的深入侦察，洞悉敌情，然后行军，防止遇伏。同时要求部队保持高度警惕，行军途中随时随地准备战斗。所宿营垒，也要求必须十分坚固。汉军稳步推进到金城后，羌兵再三挑战，汉军坚壁不出。为了摸清羌兵情况，减少作战的损失，赵充国派遣了许多间谍深入羌人居住地区。原来，羌分先零、罕、开三部分，前者与后二者有仇。赵充国运用策略，对他们进行了分化瓦解。他对罕、开两部分进行政治安抚，集中兵力部署对先零的军事打击。先零见汉军长期坚壁不出，就渐渐失去了警惕。六月初，赵充国率大军突袭先零驻地。先零毫无戒备，一触即溃，仓皇逃遁，淹死在湟水者数百，投降与被杀者千余。汉军缴获4000辆战车，数十头牛羊。

汉军进抵罕、开，赵充国禁止烧杀。罕、开感恩，遂降汉军。秋天，又有一万多羌人在赵充国怀柔政策感召下降汉。赵充国又罢骑兵，兴屯田，“益积蓄”“省大费”，以待羌敝。第二年秋，若零等人刺杀先零羌首领杨玉，率4000多人降汉。至此，赵充国平羌大获全胜。

**【悟在当下】镇定持重，处变不惊**

“以静待哗”是孙子提出的注重心理变化规律的作战谋略。自古兵家都把“镇定持重，处变不惊”视为将帅修养要则。只有以自己的严整来对待敌人的混乱，以自己的镇静来对待敌人的哗恐，才是掌握军心的方法。因此，以沉着安静的心态，安抚自己，乘机进攻浮躁不安的敌人，或者是以冷静的态度控制动荡不安的局面，那么胜利就有充分的把握。

现代战争较之古代激烈百倍，在瞬息万变、险象环生的战场上能否沉着冷静，不乱方寸，也是对每个参战者非常现实而严峻的考验。

“以静待哗”的谋略，在人们日常工作和生活中也被广泛运用着。它能使人们有效控制自我情绪，理性思考问题，从容克服困难，做情绪的主人。

# 王霸计破苏茂

王霸

王霸懂军事，善领兵，东汉光武帝刘秀久闻他的才能，认为其可以独当大事，便拜其为将军。

建武四年七月，光武帝刘秀派马武、王霸前往垂惠围剿起义军周建。苏茂率领四千多人前来援助周建。苏茂派精骑千人袭击马武军粮，马武前往救援，这时，周建乘机从城中杀出，与苏茂一起夹击马武。马武倚仗着有王霸为援，撤退到王霸营前。王霸营门紧闭，马武至营门前大声呼救。

谁知，王霸却不开门，站在垒上对马武说：“敌人兵势甚盛，我如果现在出去相救，势必同遭失败，还希望将军努力杀敌以自救。”部将不解其意，王霸便解释说：“苏茂兵马精良，部众甚多。我军将士见而心恐，而马武将士又与我们在心理上互相依赖。两军不是一心，这是败亡之道。如今我闭营固守，做出不相救援的姿态，敌人一定会乘胜轻进。而马武将军见无救援，势必拼死相争。这样，苏茂部众就会精疲力竭，我再乘胜出战，必能克敌。”

果然不出王霸所料，苏茂、周建乘胜追击，出动全部兵力追剿马武军。马武率部拼死抵抗，双方相持了很长时间。王霸营中见马武军奋力拼杀，军心大振，壮士路润等数十人割断了头发，请求作战。王霸见时机成熟，便从后营出发，绕到敌军背后，大举袭击。周建、苏茂腹背受敌，慌乱逃走。于是，王霸、马武凯旋。

苏茂、周建不甘受挫，重新率兵围攻王霸。王霸依旧闭门不出，却在营中犒劳士兵。苏茂令士兵放箭，万箭如飞石般落入王霸营中，有支箭甚至射中王霸的酒杯。王霸依旧不急不躁，继续安闲地喝酒。部下说：“苏茂是我们的手下败将，很容易对付的。”王霸摇摇头，说：“不对。苏茂率军远道而来，粮食供应必定不足，所以他急于速战速决。他屡次挑战都是因为这个原因。因此，我们不必急于迎战，只需要闭门休整、操练士卒，以静待变。这就是所谓‘不战而屈人之兵’。”苏茂、周建挑战多次无果，只得回营。

不久，周建军中发生内乱，周建被杀，部众溃散。苏茂也只好领兵撤退。

**【悟在当下】以守助攻，以静制动**

王霸准确地判断出问题的症结所在，将马武军置之无援之地，将其战斗力极大地调动起来，从而避免了两军互相依赖的败亡之道。之后，又以守胜攻，以静制动，“不战而屈人之兵”。这主要看军队的素质及战斗潜力发挥的程度，素质低下或战斗潜力挖尽的军队若置之死地绝无生还之望，生搬硬套此战略而导致败军的例子，在战争史上也并不少见。

现实生活中，运用这一计谋的关键在于一个“活”字。不论是处理矛盾还是解决问题，都反对硬碰硬，主张采用迂回战术，坚持弹性原则。凡事不可急于求成，要学会静观其变，把握机会，主动出击。

# 班超智勇服鄯善

公元73年，匈奴屡次入侵汉境，汉明帝派大将军窦固出兵攻打匈奴，班超在一次战斗中立了战功，一举成名。为了联络西域各国，共同对付匈奴，窦固派班超担任使者到西域去。

班超

班超一行36人来到西域的鄯善国。鄯善王想归附汉朝，又想归附匈奴，举棋不定。班超一行人来临，鄯善国王恭敬异常，三日一小宴，五日一大宴。可是过了一段时间，鄯善王对他们就不如先前热情了，供给的酒食也不如从前丰盛了。

班超马上跟随从人员议论："鄯善王待咱们跟前几天大不相同，你们看出来了吗？"随从们忙连连点头："我们也感到有所不同，可不知为什么？"班超说："我猜，是匈奴使者到了。鄯善王怕得罪匈奴，特意冷淡咱们！"

正在这时，鄯善王的手下人送酒食来。班超眼珠一转，说："匈奴的使者已经来了几天？现住在什么地方？"那侍从禁不起班超这么一诈，忙如实相告："不瞒班大人，匈奴人来了三天了。他们住的地方离这儿有30里地。"班超怕走漏风声，马上把这个侍从关押起来。

班超接着召集36个随从人员喝酒。正喝得酣畅淋漓时，班超双手捧起酒碗，突然站直身子，冲着大家激愤地说："我们来西域原是为建功立业，万万没想到，来这儿才几天，鄯善王就冷淡咱们。如果他欺咱们人少力薄，咱们却只有客死异乡了。大伙儿说说，该怎么办呢？"

大伙全慌了神："生死与共，是死是活，全听您班大人的！"

班超喝了一大口酒，声音更加高昂："不入虎穴，焉得虎子？现在只有一个办法，只要杀了匈奴使者，鄯善王就不敢倒向匈奴，这样，他就不得不归顺大汉朝。"

大家小声嘀咕："这可是一件大事，要跟郭恂从事商量一下吧。"班超双目怒睁："大丈夫立大功，称英雄，在此一举。郭从事是个庸俗的文官，胆小如鼠，叫他知道了会泄露出去误大事。是男子汉的就跟我干！"话音刚落，班超端起酒碗，仰起脖子，一饮而尽。众随从纷纷端平酒碗，喝个痛快。

半夜时分，班超带着36个壮士偷袭匈奴。那天晚上，乌云密布，西北风呼呼地刮着，尘土飞扬。班超指定10个人拿着鼓隐蔽在帐篷后面，吩咐他们："看到大火烧起，你们都要大声喊叫，用力敲鼓，造成声势。"另外20个壮士手持弓弩埋伏在帐门两侧。准备就绪，班超带领剩下的6个人顺着风向放火。

顷刻间，熊熊的火焰冲天而起。10个人同时擂鼓、呐喊，其余的人大喊大叫着冲杀进帐篷里。匈奴兵从梦里惊醒，惊慌失措。班超率先冲进帐篷，手起刀落，转眼间，3个匈奴兵的头颅落地。其余壮士跟着冲进帐篷，杀死匈奴使者和30多个随从。他们割下匈奴使者脑袋，跑到外边，立刻高举火把，将所有帐篷都点着了。火借风势，席卷帐篷，100多名匈奴兵被大火烧死，仅剩几个侥幸者鼠窜而去。

天渐渐亮了，班超令人请来了鄯善王。鄯善王跨进帐篷，一眼看到汉朝人手中拎着匈奴使者血淋淋的人头，大惊失色。班超话中有话地劝他："从今以后我们大汉皇朝和你们联合起来抵抗匈奴，匈奴就再也不敢侵犯你们啦！"

鄯善王脸如土色，忙趴在地下，磕头发誓："愿意听从大汉皇帝的旨意。"为了表示诚意，鄯善王还把自己的儿子送到洛阳去做人质。

**【悟在当下】以迂为直，化不利为有利**

在几何学中，两点之间的直线是最短的。但在战争中，最直接的方式不一定最有效。《孙子兵法·军事篇》中说："军争之难者，以迂为直，以患为利。"意思是说，军事斗争中最难的，在于通过迂回曲折的途径，达到近直的目的，化不利为有利。班超采取以迂为直的办法，转而攻击自己的对手匈奴使臣，及时扭转了不利的局面，挽救了濒临危机的汉鄯友好关系。

"以迂为直"之计用在社会竞争上，往往能变劣势为优势，以弱制强，战胜对手。

# 割发代首

曹操

曹操领兵打仗，所向披靡。这除了他会计谋、善用人等原因外，还有一个原因就是军纪严明。不管对士兵，还是将领，要求都极其严格。

有一次，曹操的部队行军，要经过一大片农田。当时，曹操认为：治国平天下，主要靠强兵足食。因而他在许都地区搞了募民屯田，经济效益显著，这片农田在老百姓的精耕细作下，庄稼长得很茂盛，绿油油的麦苗一望无际。

曹操走在田间，望着麦田，担心行军的队伍会踩坏庄稼，便传下口令："行军途中，不准毁坏麦苗。违令者斩！"

部队将士小心翼翼地择道而行。骑马的人也都只好下马行走。

忽然，田中一群鸠鸟被行军的人群惊吓飞起，扑打翅膀的声响吓得曹操所骑的那匹战马惊了起来，猛地跑进了旁边的麦地中，践踏了一大片麦苗。

曹操立即叫来负责文书的主簿，当着全体将士的面，让主簿给自己定罪。

主簿说："《春秋》中曾经说过，对尊王是不能加罪处罚的。"因此，他不主张责罚。

曹操说："我制定了法令，而自己的马却跑进了麦田。既然我已经触犯了法令，就应该受到处罚，做大家的表率。如果违反法令而不受处罚，如何让我的下级心服口服？"

主簿一下子无言以对，说："可是您是军队的元帅，军中不可一日无帅啊！"

曹操思考了片刻，然后说："既然我现在身为军队的元帅，有责任领兵打仗，将功补过。死罪可免，活罪难逃。就请允许我自己对自己用刑吧！"

说完，曹操不顾大家的阻拦，拔出宝剑，割下自己的头发，扔在地上。然后命主簿发一文，传到全军："丞相践踏麦田，本应当斩首示众，今割发以代。"

三军将士听到这个消息，人人悚然，从此之后，做事更加小心谨慎，不敢藐视和违反军令。

**【悟在当下】正人先正己，严人先严己**

曹操“割发代首”，向来与“刘备摔阿斗”一样，被看成是收买人心的举动。其实未必这样。一种理论要被公众认可，靠的是什么？一是靠理论本身的彻底落实，二是靠人格的力量。如一边谈以法治国，一边却行着“刑不上大夫”那一套，法的公正性就必然会被抛弃，“刑”也将变成“人治”的附庸。

俗话说：“正人先正己，严人先严己。”说明做将帅的要为人表率，严于律己，才能取得事业的成功。治军如此，处理日常事务更当如此。只有敢于在“太岁头上动土”，甚至拿自己“开刀”，具有战略眼光的领导者，才配对自己的部下发号施令。

## 官渡之战

建安元年，曹操把汉献帝挟持到许昌，形成“挟天子以令诸侯”的局面，取得政治上的优势。北方最大的割据势力袁绍自恃实力雄厚，不甘屈居于曹操之下，决心同曹操一决雌雄，图谋早日消灭曹操。

公元200年，袁绍集中了十万精兵，派沮授为监军，从邺城出发进兵黎阳攻打曹操。

这时候，曹操早已率领兵马回到官渡，听到白马被围，准备亲自去救。谋士荀攸劝他说：“敌人兵多，我们人少，不能硬拼。不如分一部分人马往西在延津一带假装渡河，把袁军主力引到西边。我们就派一支轻骑兵到白马，打他个措手不及。”

曹操采纳了荀攸的意见，来了个声东击西。袁绍听说曹操要在延津渡河，果然派大军堵截，哪儿知道曹操已经亲自带领一支轻骑兵袭击白马。包围白马的袁军大将颜良没防备，被曹军杀得大败。颜良被杀，白马之围也解除了。

监军沮授劝袁绍把主力留在延津南面，分一部分兵力出击。但是袁绍心急火燎，不听沮授劝告，下令全军渡河追击曹军，并且派大将文丑率领五六千骑兵打先锋。这时候，曹操从白马向官渡撤退。听说袁军来追，就把六百名骑兵埋伏在延津南坡，叫兵士解下马鞍，放马到山坡下，把武器盔甲丢得满地都是。

文丑的骑兵赶到南坡，见此情景，以为曹军已经逃远了，叫兵士收拾丢在地上的武器。曹操一声令下，六百名伏兵一齐冲杀出来。袁军来不及抵抗，被杀得七零八落。文丑也糊里糊涂地丢了脑袋。

两场仗打下来，袁绍一连损失了颜良、文丑两员大将，袁军将士垂头丧气。但是袁绍不肯罢休，一定要追击曹操。监军沮授说："尽管我们人多，可没有曹军那么勇猛；曹军虽然勇猛，但是粮食没有我们多。所以我们还是坚守在这里，等曹军粮草耗尽，他们自然会退兵。"

袁绍又不听沮授劝告，命令将士继续进军，一直赶到官渡，才扎下营寨。曹操的人马也早已回到官渡，布置好阵势，坚守营垒。

袁绍命令兵士在深夜里偷偷地挖地道，打算从地道里钻到曹营去偷袭。但是他们的行动早被曹军发现。曹操吩咐兵士在兵营前挖了一条又长又深的壕沟，切断地道的出口。袁绍的偷袭计划又失败了。

就这样，双方在官渡相持了一个多月。日子一久，曹军粮食越来越少，兵士疲劳不堪。曹操也有点支持不住了，写信到许都告诉荀攸，准备退兵。荀攸回信，劝曹操无论如何要坚持下去。

这时候，袁绍方面的军粮却从邺城源源不断地运来。袁绍派大将淳于琼带领一万人马运送军粮，并把大批军粮囤积在离官渡四十里的乌巢。

袁绍的谋士许攸探听到曹操缺粮的情报，向袁绍献计，劝袁绍派出一小支人马，绕过官渡，偷袭许都。袁绍很冷淡地拒绝了。许攸对此非常失望，就连夜逃出袁营，投奔曹操。

曹操在大营里听说许攸来投，高兴极了，衣冠不整地跑出来迎接许攸，说："好啊！您来了，我的大事就有希望了。"

许攸坐下来后说："袁绍来势很猛，您打算怎么对付他？现在你们的粮食还有多少？"

曹操只好实说："军营里的粮食，只能维持一个月，您看怎么办？"

许攸说："现在袁绍有一万多车粮食、军械，全都放在乌巢。淳于琼的防备很松。您只要带一支轻骑兵去袭击，把他的粮草全部烧光，不出三天，你就不战自胜。"

曹操得到这个重要情报，立刻把荀攸、曹洪找来，吩咐他们守好官渡大营，自己带领五千骑兵，连夜向乌巢进发。他们打着袁军的旗号，没有引起袁军哨兵的怀疑，顺利到达乌巢，将乌巢的粮囤烧得一干二净。乌巢的守将淳于琼匆忙应战，被曹军杀死。

正在官渡的袁军将士听说乌巢起火，军心大乱。曹军乘势出击，大败袁军。袁绍仓皇退回河北，曹军先后歼灭和坑杀袁军七万余人，以少胜多，大获全胜。

经过这场决战，袁绍的主力已经被消灭。过了两年，袁绍病死。曹操又花了七年工夫，扫平了袁绍的残余势力，统一了北方。

**【悟在当下】避强敌之锋芒，利用强敌之弱点**

"釜底抽薪"的计策用于军事上，是指对强敌不适宜用正面作战取胜，而应该避其锋芒，削减敌人的气势，抓住战争的主要矛盾，再乘机取胜。官渡之战，曹操利用袁绍恃强焦躁、不善用人、疏于筹策的弱点，后发制人，攻守相济，把握战机，出奇制胜，成为中国古代战争史上以少胜多的著名战例。

## 孙策巧取庐江

东汉末年，军阀并起，各霸一方。当时盘踞在长江和淮河地区的两个军阀是会稽太守孙策和庐江太守刘勋。

孙坚之子孙策，年仅十七岁，年少有为，继承父志，势力逐渐强大。公元199年，孙策欲向北推进，而向北推进的首个障碍就是庐江太守刘勋，于是孙策就准备夺取江北庐江郡。但庐江郡南有长江之险，北有淮水阻隔，易守难攻。刘

孙策

勋又是一方霸主，实力雄厚，并不弱于孙策。

此时，占据庐江的军阀刘勋，由于势力强大，地理环境优越，因而也对会稽虎视眈眈的，企图吞并邻地。面对威胁，孙策召集将士，共谋良策。周瑜认为，消灭刘勋这只“虎”，如果硬攻，取胜的机会很小，而且就算取胜也会损兵折将，元气大伤。最好的办法是“调虎离山”。孙策认为周瑜分析得很正确，决定采纳他的意见。孙策深知刘勋志大才疏，嗜财如命，于是派人给刘勋送去一份厚礼，并在信中把刘勋大肆吹捧一番。信中说刘勋功名远播，令人仰慕，并表示要与刘勋交好。孙策还以弱者的身份向刘勋求救，他说，上缭经常派兵侵扰我们，我们力弱，不能远征，请求将军发兵降服上缭，我们感激不尽。刘勋见孙策极力讨好他，万分得意。上缭地区向来以殷实富裕著称，刘勋觊觎日久，苦于无从下手，如今见孙策主动送礼求援，于是满口应承。手下的一位谋士提醒他要防备孙策的调虎离山计，一心扩充势力的刘勋被孙策的厚礼和甜言蜜语迷惑，哪里听得进忠告。

孙策时刻监视刘勋的行动，见刘勋亲自率领几万兵马去攻上缭，城内空虚，心中大喜，说：“老虎已被我调出山了，我们赶快去占据它的老窝吧！”于是水陆并进，如狂飙般杀向庐江城。庐江守军精锐都被刘勋带走了，主将又不在，剩下的老弱之兵、无能之将不堪一击，没做多少抵抗便投降了。孙策十分顺利地控制了庐江，并马不停蹄，指挥大军杀向已被调离老窝的刘勋。刘勋猛攻上缭，一直不能取胜，又连吃败仗，士兵们个个垂头丧气。突然得报，孙策已取庐江，眼见庐江城丢失，他也无心恋战，走投无路，只得归降曹操。从此，孙策称霸江东，为三国鼎立奠定了基础。

**【悟在当下】巧用“调虎离山”之计**

“调虎离山”，作为调动敌人的军事谋略，它的核心在一“调”字。“虎”，指强大的敌方；“山”，指对敌方有利的阵地条件。战场上若遇强敌，要善用谋，用假象使敌人离开驻地，因势利导地牵住敌人的“牛鼻子”。

在错综复杂的各种谈判中，也有巧施“调虎离山”之计的。竞争舞台上的指挥员与决策者的精彩表演，就在于能调动对方，而不被对方调动。总之，“调”字是关键，也是难点，一定要审时度势，因势利导，要调得巧妙，调得灵活。

## 火烧赤壁

公元208年，曹操平定北方以后，率领大军南下，进攻刘表。曹操的人马还没有到荆州，刘表就病死了。刘表的儿子刘琮听闻曹军声势浩大，吓破了胆，先派人求降了。

这时候，刘备在樊城驻守，听到曹操大军南下，决定把人马撤退到江陵。曹操闻讯，亲自率领五千轻骑兵追赶刘备，在当阳长坂坡，刘备的人马被曹操的骑兵冲杀得七零八落。

曹操占领了江陵，继续沿江向东进军，很快就要到夏口了。诸葛亮对刘备说：“形势紧急，我们只有向孙权求救一条路了。”

正好孙权怕荆州被曹操占领，便派鲁肃来找刘备，劝说他和孙权联合抵抗曹军。诸葛亮就跟鲁肃一起到柴桑去见孙权。

诸葛亮见了孙权，说：“现在曹操攻下了荆州，马上就要进攻东吴了。将军如果决心抵抗，就早日同曹操断绝关系；要不然，干脆向他们投降；如果再犹豫不决，祸到临头就来不及了。”同时又为孙权分析了敌我双方的情况。孙权听后，心里挺满意，就立刻召集部下将领，讨论抵抗曹操的办法。

正在这时候，曹操派人下战书来了。那信上说：“我奉大汉皇帝的命令，领兵南征。现在准备了水军八十万，愿意和将军较量一番。”

孙权把这封信递给部下看，大伙儿看了都瞬时变了脸色，说不出话来。

张昭是东吴官员中资格最老的。他说：“曹操用天子的名义来征讨，我们要抵抗他，从道义上说不通。而且，我们本来想靠长江天险，现在也靠不住了。曹军占领了荆州，又有上千艘战船，他们水陆并进，我们怎么也抵挡不了，我看只好投降。”

张昭这一说，马上有不少人附和。

孙权听着，觉得不是滋味，就走出屋子，鲁肃也跟着出来了。孙权问鲁肃：“你有什么高见？”

鲁肃说：“要说投降，我可以投降，将军就不可以。我投降了还可以当个州郡官员。将军如果投降，那么江东六郡全都落在曹操手里，您上哪儿去？”

孙权叹了口气说：“刚刚大家说的，真叫我失望。只有你说的正合我意啊！”

于是孙权任命周瑜为都督，拨给他三万水军，叫他同刘备协力抵抗曹操。

周瑜领兵进军，在赤壁和曹军前哨碰上了。曹军兵士很多人不服水土，已经得了疫病。双方一交锋，曹军就打了败仗，被迫撤退到长江的北岸。周瑜率领水军进驻南岸，和曹军隔江遥遥相对。曹操的北方来的兵士不会水战，他们在战船上，遇到风浪颠簸就受不了。后来，他们把战船用铁索拴在一起，船果然平稳了不少。

周瑜的部将黄盖看到这个情况，向周瑜献个计策，说：“敌人兵多，我们兵少，拖下去对我们不利。现在曹军把战船都连接在一起，我看可以用火攻办法来打败他们。”两人商量好，让黄盖送一封信给曹操，表示要脱离东吴，投降曹操。曹操以为东吴将领害怕他，对黄盖的假投降，一点也没怀疑。

黄盖叫兵士偷偷地准备好十艘大船，每艘船上都装着枯柴，灌上鱼膏，外面裹着布幕，插着旗帜，另外又准备一批轻快的小船，拴在大船船尾上，准备在大船起火时转移。

隆冬的十一月，天气突然回暖，刮起了东南风。当天晚上，黄盖带领一批兵士分乘十条大船，驶在前面，后面跟随着一批船只。船队到了江心，扯满了风帆，像箭一样驶向江北。

曹军水寨的将士听说东吴的大将来投降，纷纷挤到船头看热闹。没想到东吴船队离北岸约摸二里光景，前面十条大船突然同时起火。火借风势，风助火威。十条火船，一起闯进曹军水寨。那里的船舰，都挤在一起，又躲不开，很快地都烧了起来。一眨眼工夫，已经烧成一片火海，岸上的营寨也着了火，曹军一大批兵士被烧死，还有不少人被挤到江里淹死了。

周瑜一看北岸起火，马上带领精兵渡江进攻。他们把战鼓擂得震天响。北岸的曹军不知道后面有多少人马进攻，吓得全线崩溃。曹操带着残兵败将向华容的小路上逃跑。刘备和周瑜一起，分水陆两路紧紧追赶，一直追到南郡，曹操的几十万大军战死的加上得疫病死的，损失了一大半。曹操只好派部将曹仁、徐晃、乐进分别留守江陵和襄阳，自己带兵回到北方去了。

赤壁之战之后，三国鼎立的局面基本形成。

**【悟在当下】利用“天时、地利、人和”的好契机**

赤壁之战是中国历史上继官渡之战后又一次著名的以少胜多的战役。这次战役成功的秘诀在于领导层的意志坚定，团结一致共同抗击外敌。前方指挥人员又能够正确分析敌我双方的情况，不畏强敌，以己之长，攻敌之短。所以，只有知己知彼，顺应天时、地利、人和，才能确保胜利。

对于团队而言，具有强大的凝聚力和向心力对于团队的发展至关重要；对于组织发展而言，领导者要具有战略眼光，审时度势，培养组织成员的共同愿景和目标。

## 孙权退曹兵

建安十七年，孙权做了徐州牧，把都城定在秣陵。

为了防备曹操，孙权在濡须河口修筑成一座军港，因地处濡须城，就叫濡须坞。

建安十八年，曹操果然派兵大举进攻濡须坞。孙权的水兵擅长水上作战，而曹操的北方步兵军队却很不适应水战。两军水上激战，曹军死伤惨重，被俘三千多人，落水丧命的兵士也有几千人。曹军只好马上退回营地，坚守不出。孙权指挥着手下将士包围了曹军营地，但曹操军营防守严密不易攻打。曹操军队即使在陆上战斗力比孙权的水军强，也不敢轻易出营攻击孙权的水军，两军谁也不能奈何对方，就这样僵持了一个多月。

两军相持期间，孙权企图逼迫曹军离城撤退，几次进行挑战，但曹操坚守不动，毫无撤退之意。孙权深知曹操不会甘心弃城而退，自己也不能立即取胜。于是有一天，孙权乘坐轻便的指挥船，船上都配备最精良的武器，率领一队最精锐的水兵，从濡须河口徐徐靠近曹军阵地。

曹军将领发现孙权的兵船，以为孙权带兵又来进攻，就立即报告曹操，并请求出击擒杀孙权。曹操忙出帐观看，只见孙权的船队行走了五六里地，就来往回旋。

曹操对手下将领说："我看，孙权一定是来察看我们军队的情况来了。我们做好准备，不要随便放箭，严阵以待就行。"其实，孙权只是佯装看曹营，实则是让曹操看自己，让曹操明白自己的水军阵容多么强大，实力多么雄厚，以便让曹操死心，带领部队退走。

孙权

孙权来回察看曹操的阵地，曹操也在仔细地观察孙权的船队。曹操见那些队列整齐威严的水军士兵和船上配备的精良武器，不由得钦佩万分。

孙权巡察曹军后，第二天就派人给曹操送去一封书信。信上说："春汛很快就要到了，发大水之前，你还是早点回去的好！"信中另外还附有一张小纸条，上面写了八个字："足下不死，孤不得安。"

曹操读了孙权的信，觉得孙权对自己很有点畏惧，心中十分得意。曹操对身旁的将领说："我看孙权说的倒是老实话啊！春汛一到真的要发大水，这可不是骗人的。"

本来曹操也觉得自己没有取胜的希望，借孙权的来信，就给自己找了一个台阶可下，于是便命令部队撤出了濡须城。

**【悟在当下】心理素质决定成败**

在战争中，实打实的攻坚战固然重要，但攻心战，只要用得恰到好处，不折一兵一马，也能取得胜利。知己知彼正是运用攻心战不可缺少的前提。战争既是力的斗争，又是智的较量，如果一方摸到了另一方的心理，再采取相应措施，往往能够不战而胜。

当今社会竞争激烈，两个人能力相当，但在竞争中却是一胜一败，这是为什么？败者往往不是败在实力上，而是败在心理上。因此，我们说："心理素质决定成败！"

## 沉白马誓守樊城

满宠，字伯宁，汉末魏初山阳昌邑人，是魏王曹操、魏文帝曹丕、魏明帝曹叡手下很得力的将军。他有勇有谋，临危不惧，在多次战事紧急的情况下都不顾个人安危，奋力出战，扭转局面。

建安十三年，曹操讨伐荆州之后，任命满宠代理奋威将军。满宠在当阳屯兵，很受官兵和当地百姓的拥戴。后来东部边境受到孙权的骚扰，曹操又让满宠任汝南太守，封爵位为关内侯。这段时间满宠的政绩卓著，战果辉煌，曹操非常满意，当然更加信赖他了。

建安二十四年，刘备建立蜀国，定都成都，做了汉中王。立国后，汉中王刘备决意以汉王室正统的名义，进攻魏国，试图统一天下。他命令关羽包围襄阳，攻打樊城。樊城是黄河以南的军事重镇，樊城一失，黄河以南就尽归蜀国所有了。当时樊城由曹操的大将曹仁镇守，曹仁骁勇善战，但有勇无谋，曹操不放心就又派满宠协助曹仁固守樊城。

当时襄江洪水高涨，蜀国大将关羽便指挥士兵准备万余布袋，在襄江上游择水浅的地方，就地装满沙石，筑坝堵塞襄江，等到水位积累到一定高度，关羽就命令士兵决开堤坝，让江水奔腾冲下！顿时洪水汹涌而下，曹军将领于禁所率的七军将士安营驻扎在低洼之处，都被洪水淹没，七军尽失，于禁被迫投降。洪水一直不退，水高只差几米就要灌进城墙。樊城内曹仁只有几千兵马，关羽的士兵却乘着船源源而来。

樊城内外被隔绝了，救兵迟迟不到，眼看粮食将吃尽，大家都惊慌万分，不知所措。

曹仁与众将商议对策。有将领对曹仁说："今天樊城所面临的危机，我们目前是没有能力可以挽救的。不如趁关羽的包围圈还没有最后形成，找缺口，坐船在夜晚突围出去，这样，虽然失掉樊城，但还能保住性命。"这种意见为多数人所接受，但满宠不同意。

满宠说："目前我们被大水围困，情况万分危险。但洪水来得快，去得也快。听说关羽另外派了一支军队开赴郏城，许都以南的百姓早已恐慌不安，四处逃离。但关羽现在之所以还不敢立即进攻许都，主要是顾虑我们这支队伍会切断他的后路。我们现在虽然有逃走的可能，但我们一走，黄河以南的地区就不再属于魏国了。我看还是等一等。而且洪水虽然给我们造成了不便，但也使蜀军无法顺利进攻我们，我们固守樊城还是没有问题的，只要水一退去，肯定会有救兵赶来。我们就得救了！"

大家默不作声，曹仁也下不了决心。

满宠这时看出，必须坚定大家的守城信心，否则，一旦逃亡，就算不全数死于蜀军的追击之下，回到魏国也会受到军法惩处。于是就牵出自己心爱的白马，通知城内所有将士来到樊城城墙上。樊城城墙下是滚滚的洪水，大家都不明白来这里干什么。满宠令人摆出香台，拉出白马将它沉入城外的大水之中，作为祭品，对天祈祷，然后对众人说："让我们一起对天盟誓，誓与樊城共存亡！"

曹仁被满宠的坚定信念所鼓舞，坚定地说："好！誓与樊城共存亡！"于是全体官兵一起盟誓。顿时士气大为高涨，再也没有人提逃走的事了。

果然过了不久，洪水就退去了，曹操派出的大将徐晃带的救兵赶到，满宠带领人马奋力拼搏，里应外合，终于将关羽击退。

曹操极其赞赏满宠的赤胆忠心，进封他为安昌亭侯。

**【悟在当下】临危不惧，统筹全局**

在战争中，不可过多考虑一城一池的得失，但有时一城一池的得失会牵制整个战局的发展，为此就不能不慎重考虑了。平庸者为保存实力可以一走了之，但这会将自己拖入被动。具有战略眼光的人会选择固守待援，一旦将敌人击败，就会推动战役向有利于自己的方面发展。

临危不惧，赞扬的是一种勇气。作为一军统帅，只有这种勇气是不够的，还要有统筹全局的头脑。现代社会，要求领导能够从战略的高度进行系统思考，身体力行，激励全体成员朝着共同的愿景努力，这势必有利于促进整个团队和组织的发展。

## 空营计

赵云，字子龙，常山真定人。身高八尺，姿颜雄伟。先事公孙瓒，后归刘备，英勇善战，且有智谋。

赵云

建安二十四年，刘备手下大将黄忠，在汉中定军山一战中击溃夏侯渊，曹兵大败各自逃命。

黄忠斩了夏侯渊，提着人头，到刘备那里献功。刘备大喜，设宴庆贺，加封黄忠为征西大将军。

忽见一小将前来禀报："曹操要替夏侯渊报仇，亲领二十万大军，驻守在汉水北山下。"刘备与众将议道："现如能夺取曹军的粮食，必定会挫伤他的锐气。"黄忠说："老夫愿意担当此任。"刘备说："曹操非夏侯渊之辈，不可轻敌。你可以与赵子龙一起领兵前往，遇事可以商议。"

黄忠与赵云商量劫粮计策，赵云说："夺粮之事，非同小可，等我先去，如何？"黄忠说："我是主将，你是副将，如何你先去？”赵云说：“你我都为主公出力，何必计较，我俩拈阄，谁拈着谁就先去。”黄忠同意了，结果黄忠拈着先去。赵云说：“既然将军先去，我就协助你，我们约定时间，如将军按时返回，我就按兵不动；若将军过时还不返回，我就带兵前去接应。”于是二人约定为午时返回。赵云回营，对部下将领张翼说：“黄忠明日去曹营夺粮草，若午时不归，我即前去相助。我营面临汉水，地势险要，你要谨慎守寨！”

当夜黄忠率领人马，偷渡汉水，直奔北山而去。正当东方欲晓，看见曹操的粮食堆积如山，只有少量军士看守。黄忠令部下一齐下马，准备放火，突然曹操部下张郃的队伍赶到，将黄忠拦截，并围困起来。

再说赵云在营中等到午时，还不见黄忠返回，急忙上马，带着骑兵前去接应。一路冲出曹军的几次包围，杀至北山下，救出黄忠，及时杀回本寨。

曹操听说此事，勃然大怒，命张郃、徐晃两员大将追赶。守营的赵云部下张翼，在寨门前迎接赵云入寨，望见后面尘烟滚滚，知道是曹军追来，就命令士兵关闭寨门，上敌楼防卫。赵云上前阻拦说：“休闭寨门！听我安排。”于是大开营门，停止擂鼓、收起战旗，然后在寨外壕沟中埋伏了弓弩手。赵云自己却不进营内，单枪匹马，巍然立于大营门前。

张郃、徐晃率领兵马追到赵云营前，天色正黑；见营中寂静无声，只有赵云一人单枪匹马立于门前，顿时心生疑惑，怕营中设有埋伏，不敢轻易入内。就在曹军踌躇之间，只见赵云举枪一招，两边壕中弓弩齐向曹军射来，曹军惊慌大乱，天色又黑，自相践踏，拥到汉水河边，纷纷落水，死伤惨重。

赵云大战曹军，汉水边收兵器无数。消息报到刘备那里。第二天刘备和军师诸葛孔明一同到赵云营前察看，军士又将赵云大开营门诱敌之事细述一遍。刘备极为赞赏地对孔明说：“子龙真是一身是胆啊！”

**【悟在当下】因势利导，巧用“空营计”**

赵云巧用“空营计”，吓退了勇猛的曹军，这是利用假象来迷惑欺骗对手的一种谋略。“空营计”是一种智慧，更是一种胆略。指挥员没有一点勇气和胆量，是绝不敢冒这样的风险的。因此刘备赞扬赵云“子龙真是一身是胆啊”，真是再恰当不过的了。赵云在兵败临危之际，能以此计打退曹兵，确需有超出常人的胆识，这也是他用此计与众不同及可赞许之处。由此可知，作为一名战将，有勇虽可嘉，但尚须有过人的智慧和胆略。

“空营计”是古来最常见的一种战术，但任何一次“空营计”的使用，都有它的具体环境和条件。因此，运用这一计策，必须学会分析环境因素，因势利导，不可滥用。

## 诸葛亮七擒孟获

三国时期，刘备死后，诸葛亮扶助刘禅即位，历史上称为蜀汉后主。

当时，益州郡有个豪强雍闿，听说刘备死去，就杀死了益州太守，发动叛变。他一面投靠东吴，一面又拉拢了南中地区一个少数民族首领孟获，叫孟获去联络西南一些部族起兵反抗蜀汉。

诸葛亮

经过雍闿的煽动，太守朱褒、越嶲部族酋长高定，也都纷纷响应。这样一来，蜀汉几乎丢了一半土地，怎么不叫蜀汉着急呢？

但当时蜀汉刚遭到猇亭大败和先主死亡，顾不上出兵。诸葛亮一面派人和东吴重新讲和；一面奖励生产，兴修水利，积蓄粮食，训练兵马。过了两年，局面稳定了，诸葛亮决定发兵南征。

公元225年，诸葛亮率领大军出发。诸葛亮好友马良的弟弟——参军马谡送诸葛亮出城，一直送了几十里地。

临别的时候，诸葛亮握住马谡的手，诚恳地说：“我们相处好几年了。今天临别，您有什么好计策告诉我吗？”

马谡说：“南中的人依仗地形险要，离都城又远，早就不服管了。即使我们用大军把他们征服了，以后还是要闹事的。我听说用兵的办法，主要在于攻心，攻城是次要的。丞相这次南征，一定要叫南人心服，才能够一劳永逸。”

马谡的话，正合诸葛亮的心意。诸葛亮不禁连连点头表示感激。

诸葛亮率领蜀军向南进军，节节胜利。大军还在半路上，越巂部族酋长高定和雍简已经发生内乱，高定的部下杀了雍简。蜀军打进越巂，又把高定杀了。

诸葛亮派李恢、马忠两员大将分两路进攻，不到半个月，马忠又攻破牂柯，消灭了那里的叛军。四个郡的叛乱很快就平定了。

但是事情还没有结束。南中酋长孟获收集了雍简的散兵，继续反抗蜀兵。诸葛亮经打听，知道孟获不但打仗骁勇，而且在南中地区各族群众中很有威望。

诸葛亮想起马谡的话，决心把孟获争取过来。他下了一道命令，只许活捉孟获，不能伤害他。

诸葛亮善于用计谋，蜀军和孟获军队交锋的时候，蜀军故意败退下来。孟获仗着人多，一股劲儿追了过去，很快就中了蜀兵的埋伏。南兵被打得四处逃散，孟获本人被活捉。

孟获被押到大营，心想，这回一定没有活路了。没想到进了大营，诸葛亮立刻叫人给他松了绑，好言好语劝说他归降。但是孟获不服气，说：“我自己不小心，中了你的计，怎么能叫人心服？”

诸葛亮也不勉强他，陪着他一起骑着马在大营外兜了一圈，看看蜀军的营垒和阵容，然后又问孟获：“您看我们的人马怎么样？”

孟获傲慢地说：“以前我没弄清楚你们的虚实，所以败了。今天承蒙您给我这样一次机会，我看也不过如此。像这样的阵势，要打赢你们也不难。”

诸葛亮爽朗地笑了起来，说：“既然这样，你就回去好好准备一下再打吧！”

孟获被释放以后，逃回自己部落，重整旗鼓，又一次进攻蜀军。但是他本是一个有勇无谋的人，哪里是诸葛亮的对手，第二次被活捉了。

诸葛亮劝他，见孟获还是不服，又放了他。

像这样捉了又放，放了又捉，一次又一次，一共把孟获捉了七次。

到了孟获第七次被捉的时候，诸葛亮还要再放。孟获却不愿意再走了。他流着眼泪说：“丞相七擒七纵，待我情深义重。我从内心深处敬佩您啊！从今以后，不敢再反了。”

不仅如此，孟获回去以后，还说服其他部落全部投降，南中地区重新归附蜀汉。

**【悟在当下】夺气攻心，让对手心服口服**

诸葛亮平定蜀地南中，七擒孟获，依靠的就是攻心术，是一个“攻心”“治气”的典型案例。攻心术作为一个谋略，讲求攻心为上，夺气攻心，让对手心服口服，只有这样才能够根本解决当地、当时的实际问题。

现实生活中，要正确运用心理战术，一方面要培养良好的心理素质，借此来解决问题；另一方面，要善于运用攻心之术让别人从心底深处佩服你，从而取得人心。

## 佯北勿从

魏景初三年，魏明帝死，幼子齐王曹芳即位。根据明帝的遗诏，大将军曹爽、太尉司马懿共同辅政。

司马懿

起初，由于司马懿德高望重，每有军国大事，曹爽不敢自断，都由司马懿决断。后来，曹爽为了扩张自己的势力，引荐了何晏、李胜等人，作为自己的心腹。这些人便时常告诫曹爽，说司马懿名声太重，不应该把军国大权委托给他。曹爽涉世未深，听信了建议，任用何晏等掌大权，把司马懿手中的权力全部夺了过来。司马懿面对这种情形，一时也无可奈何。他明白自己虽受明帝遗诏与曹爽共同辅政，但毕竟曹爽是宗室贵族，而自己太尉的兵权被夺去，做了一个有名无实的太傅，无法与曹爽抗争。于是他便伪称生病，在家以躲避曹爽的锋芒。司马懿居家不出，正合曹爽的心意，曹爽终日与何晏等人吃喝玩乐，作威作福，饮食车服一如皇帝规格，人们敢怒而不敢言。司马懿却一直在暗中观察形势，探测时机。

正始九年，曹爽的心腹李胜出任荆州刺史，曹爽便让他去司马懿处告辞，借机窥探一下司马懿的动静。司马懿听说李胜来辞行，便故意让两个婢女搀扶着，自己坐在床上。见到李胜之后，用手拿衣服，衣服掉在地上，又向婢女示意口渴，婢女送上一碗粥，司马懿喝粥时，粥汁又都顺着口角流到胸前。看到司马懿如此衰朽不堪，李胜装模作样地哭着说："我们的小主尚年幼，非常需要依靠明公打天下，人们只听说您旧病复发，可是没想到病得这么严重。"这时，司马懿长吁了一气说："我年老沉疾，危在旦夕。你将要赴并州担大任，并州离胡人很近，请好自为之，恐怕我们不能再见面了。"李胜连忙纠正说："我是赴任荆州，不是并州。"司马懿又故作昏谬地说："你将要去并州，好自为之啊！"这时的李胜，再也顾不得用那些文雅的交际语言了，说："我是去荆州，不是并州。"司马懿这才稍稍明白过来，说："你归本州做刺史，盛德壮烈，好建功勋，我与你分别以后，恐怕再见不到面了。"接着，就把两个儿子司马师、司马昭叫出来，并让他们与李胜结为朋友，求李胜在他死后多多照顾。说着话，司马懿又呜咽起来。其实，司马懿这时身体状况很好，故作姿态来迷惑李胜。李胜是荆州人，所以到荆州做刺史说作"归本州"，本、并音近，正好被司马懿钻了空子。

李胜从司马懿家出来，复见曹爽，乐不可支地说："太傅语言错误，口不摄杯，指南为北，肯定活不长了。"从此，曹爽便不把司马懿放在眼里。

第二年正月，幼主曹芳按惯例到高平陵去祭祖先，曹爽兄弟随驾出行。司马懿立即在城中部署兵马，先占据子武库，控制了都城。随后，引兵至山城占据了曹爽的军营，削除曹爽羽翼，限令曹爽把兵权交出来。等到恢复了秩序之后，便把曹爽及其党羽诛杀殆尽。

**【悟在当下】乘其不意，攻其不备**

实践中坚持“佯北勿从”的谋略多可以使自己避免许多损失。同时，人们也可以反用这一谋略，用伪装失败的方法欺骗、麻痹对方，在对方不经意间突然出击，置敌于死地。

坚持或反用“佯北勿从”的谋略，从自己一方说并非一味退避，而是等待时机成熟采用出奇制胜手段，给对手以措手不及的打击。

## 张飞义释严颜

刘备进入益州的时候，张飞追随诸葛亮溯流而上，到达巴都。巴都太守严颜听说刘璋要亲迎刘备，感慨万分，拍打着胸口说：“这就叫独坐穷山，放虎自卫啊！”

等到张飞大军到来，太守严颜便派兵严加把守，坚决不让张飞过去。

诸葛亮对张飞说：“严颜守义，英勇不屈，你怎么对付他呢？”

张飞说：“那严颜早已成为亡国贱虏，如果他坚持不降，我就叫他死！”

诸葛亮说：“你们刚与刘豫州共定天下，来到蜀地，现在是在人家的国土上，怎么能杀义士呢？”

张飞恍然大悟，说：“明白了。”于是张飞下令宣布：“军中胆敢有人杀严颜的，斩无赦！”

张飞

在巴都，张飞率军与守城的官兵展开了一场激烈的搏斗，最终，严颜的一名守城大将弃城而逃，张飞率军乘机入城，严颜终因寡不敌众，被张飞手下的一名勇将活捉。严颜被活捉之后，竟然像一头斗牛一样，殊死挣扎，宁死不屈。侍卫们好不容易才将严颜推入帐中，带到了张飞的面前。张飞看到严颜，认为他临死还如此猖狂，非常生气，大声喝道："大军到来，为什么不投降，而胆敢抗拒？"严颜说："你们无理，侵犯我州，这里只有断头将军，没有投降将军！"张飞大怒，喝令手下推出去立即斩首，严颜脸色不变，说："大丈夫能屈能伸，砍头又有什么可害怕的？"

张飞被他的豪言壮语所震撼，认为面前的严颜是条汉子，忙对侍卫说道："且慢！"

张飞亲自过去为严颜解去绳缚，请他上座，谢罪道："您难道不知商亡而微子归周的事吗？刘豫州与刘璋都是同一宗室，一姓相承，何必要生怨嫌呢？"于是对严颜厚加礼遇，待如宾客。诸葛亮听说此事之后，对刘备说："张飞是武人，却能义释严颜，有国士的风度啊！"刘备非常欣慰，于是赏赐张飞五百斤黄金、一千斤白银和十匹锦缎，并让张飞担任巴西太守，封爵新亭侯。

**【悟在当下】包容对手，让其为我所用**

张飞义释严颜，正是运用了"卒善而养"的谋略。这一谋略的实质就是宽待俘虏，让其心服口服，从内心深处愿意归顺，为我效力，从而增强自己的力量。

在现实生活中，要善于以宽容的胸怀和包容的心态，去面对人和事情。宽容不仅是一种与人和谐相处的素质，一种时代崇尚的品德，更是吸纳他人长处充实自我价值的良好品质。一个人要想成功，只有处处多为别人着想，将心比心，设身处地，这样才会得到更多人的理解和支持，梦想才会更容易实现。

## 诸葛亮以信治军

魏明帝率军亲自征伐蜀国，驾车直达长安，任命司马懿为魏军主将，督领张迁的雍州、凉州劲旅30多万，秘密行军，直奔剑阁。诸葛亮当时在祁山屯兵，所带兵马只有10多万，其中有4万人因服役期满，需要退役还乡。在这关键时刻，一旦这4万人离去，本来便处于劣势的蜀军无疑将会雪上加霜。怎么办？

蜀魏两军力量悬殊极大，两军对峙，战事一触即发。

蜀军参佐以下的人都认为敌人势力强盛，本方力量匮乏，没有一定兵力支援难以制胜。因此有的将领向诸葛亮建议：延期服役一个月，待战事结束后再让老兵们退役还乡。

诸葛亮果断地说："我统兵作战，以信用为根本。获得土地而失去信用，这是古人经常犯的错误。那些很早就离开家乡在外征战多年的人，早已整装待发，归心似箭，期盼着与自己的家人团聚；他们的父母、妻儿也早已在家计算归期，盼望着早日相见。即使大敌来临，战事严峻，但我们没有理由耽误服役人员的行程，道义不可偏废。"于是，下令各部，让服役期满的老兵速速还乡，早日与家人团聚。

精诚所至，金石为开。老兵们被诸葛亮的诚心所打动，不仅没有走，反而坚定地留了下来，并感慨道："军师的大恩大德，我们铭记于心，虽死也不忘啊！"那些本不该走的年轻士兵也被诸葛亮的信义所打动，群情激愤，都愿意以死相报，坚持到底！

临战当天，士兵们斗志昂扬，莫不拔刀杀敌，以一当十，杀掉了魏将张迁，又击退了司马懿，大胜魏军，取得了胜利。

**【悟在当下】守信不失，诚信待人**

干什么事情，都要讲一个"信"字。治国、治军、做人、经商，都得讲信用。"信"是一个关于伦理、道德、政治的重要概念，可以设想，诸葛亮如果没有以"信"为本的治军策略，在处于劣势的情况下会非常艰难，甚至失败。是"诚信"帮了诸葛亮一个大忙！

做人不仅要讲信用，还要守信用。一个人讲一两次信用并不难，难的是一贯守信用，一辈子守信用。办任何事情都不是一帆风顺的，成功的道路上会遇到各种各样的困难和挫折，但只要一贯守信不失，诚信待人，就能坚定信心，获得最终的胜利。

# 邓艾灭蜀

魏景元四年，司马昭主持魏国朝政，准备大举讨伐蜀国。当时，蜀国国势日渐衰微，朝廷小人弄权，内政昏暗。蜀后主刘禅懦弱无能，宦官黄皓专擅朝政，唯一能抵御外敌的大将姜维恐为其所害，也不敢住在成都，长期驻兵沓中。蜀国的外围兵力不足五万，蜀国就依仗这微薄的兵力防守各险要关隘；守卫成都及其他各地的兵力也只有四万左右。

蜀国所凭倚守卫的是剑阁天险，姜维在此地驻守。司马昭原想突破剑阁，直取成都。但姜维英武过人，深知用兵之道，正面强攻恐难奏效。司马昭便打算派兵拖住姜维，同时截断其归路，使他无法回救成都。计策既定，司马昭派三路大军伐蜀；一路由邓艾率三万余人从狄道进攻甘松、沓中，牵制姜维部队；一路由诸葛绪领三万人从祁山出发进至武街桥头，断姜维的退路；一路由钟会统率十万人，分别从斜谷、子午谷等地进攻汉中。农历八月，魏军从洛阳誓师出发。

邓艾

由邓艾率军牵制姜维，姜维知道钟会进军汉中一定回师救援，诸葛绪则在半路截攻姜维，邓艾此时也追击姜维。姜维部队腹背受敌，就算不大败溃散，也会狼狈不堪。钟会则取汉中，进军剑阁，直逼成都。只要邓艾诸葛绪合力牵制住姜维，钟会军队就能势如破竹，大举入侵，成都唾手可得。这是司马昭的理想战略。

但后来的事实是：邓艾到达沓中，姜维惊闻汉中已失，果然回师救汉中，退向阴平，但又遭到魏军大将诸葛绪的截击，诸葛绪截不住蜀国智谋双全的名将姜维，被蒙骗过关。

交战以后，姜维看到魏军来势凶猛，有夺取成都的企图，便与成都赶来支援的张翼、廖化并为一军，固守剑阁。钟会指挥军队猛攻剑阁，姜维据守险要，钟会兵团不能前进，粮食缺乏，运输线又太长，钟会与姜维竟一时相持不下。

邓艾说："敌军已经遭受挫折，应该趁势进军。如果从阴平小道经汉中德阳亭到涪城，出剑阁西一百里，去成都三百余里，奇兵冲击腹心，出其不意，攻其不守，防守剑阁的部队必然回来援救涪城，这样钟会就可以率战车并列前进；如果剑阁的部队不去增援涪城，则救援的兵力就很少了。"

于是，邓艾悄悄率一队精兵，从阴平出发，跨越蜀道天险，神不知鬼不觉地向绵竹进军。蜀军对此毫不知情，魏军则日夜兼程。这天，邓艾率军遇到一处悬崖，大家看着峭壁，不知所措。邓艾用毡毯裹着身子从山上滚了下去。将士们都抓着树枝藤条，沿着悬崖峭壁，一个接一个地前进。邓艾整顿队伍，直趋江油。江油城的守将措手不及，只得投降，邓艾很快进攻涪城。尚书郎黄崇多次劝诸葛瞻应迅速前进，占据险要地势进行防守，不要让敌人到达平原地区，诸葛瞻犹豫不从；黄崇再三劝说，甚至痛哭流涕，诸葛瞻坚持不听。邓艾长驱直入，击败蜀军前卫，诸葛瞻退守绵竹。邓艾写信劝诱诸葛瞻，诸葛瞻大怒，斩杀邓艾使者，邓艾率军与蜀军大战，斩杀了诸葛瞻和黄崇。

绵竹一失，成都已无险可守。蜀军料想不到魏军突然到达，陷于混乱不听指挥；老百姓听说邓艾大军已进入平原地区，惊慌失措，纷纷向山泽逃去，一片混乱。蜀汉群臣纷纷议论，刘禅最后采纳谯周的建议，向邓艾投降，并派人传令坚守在剑阁的姜维等一并投降。姜维得知诸葛瞻战死，急撤军援救，后来又接到刘禅的降书，只好投降钟会。蜀国宣告灭亡。

**【悟在当下】找到缺口，功其不守**

魏军能够三个月灭蜀，邓艾这支奇兵功不可没。"蜀道难，难于上青天"，姜维那么会用兵，但没有料到魏军正面拖住他，后面用奇兵踏上蜀道。蜀军主力重兵驻守剑阁，以为守住剑阁天险即万事大吉，没有料到邓艾偏不顾险阻，"攻其不守"，本就腐朽不堪的蜀国面对邓艾这支如从天而降的奇兵，自然无能为力了。

"攻其不守"的策略在政治、经济和日常生活中，运用都十分广泛。在辩论中，也可以运用这一策略，出其不意地攻击对手，获得胜利。

# 羊祜怀柔平东吴

司马炎称帝建立晋国以后，准备消灭吴国，统一天下。于是任命羊祜为都督，治理荆州军事，统率大兵镇守，与东吴隔江相望。

羊祜到了南方后，没有急于加强军事措施，而是实行怀柔政策，开设学校，安抚远近地区，很快得到江汉一带百姓的拥护。他还对吴国人开诚布公，凡是来投降的人，想要离开荆州，决不阻拦，去哪儿都可以。吴国的石城守备距离襄阳七十多里，常常来侵扰，羊祜设计使吴国撤销了石城的守备，使两地能够和平共处。这样他就可以减少一半戍兵，分出来去开垦了八百余顷田地，大获收益。羊祜刚到的时候，军队没有百日的存粮；经过他的治理，居然积蓄了可供十年之用的储粮。不久皇帝下令撤销江北都督，设置南中郎将，把所属的在汉东和江夏的各军都归羊祜统领。

羊祜

后来，羊祜进一步占据险要地区，建造了五座城，收取大批肥沃的土地，夺得了吴国人的资产，石城以西，尽归晋国所有。从此，吴国来投降的人络绎不绝。羊祜就更加提倡实施恩德信义，用怀柔政策来笼络刚刚归附的人。

羊祜每次和吴军交战，总是先约定好日期才开战，不搞突然袭击。吴国的将领陈尚、潘景带兵进犯，羊祜追杀了他们。但又称赞、宣扬他们的气节，厚加殡殓。羊祜的军队出行，经过吴国的地段，收割地里的稻谷，都计算好数量，用绢偿还。每次会集部队在江沔一带游猎时，一般总是在晋国境内。如果禽兽为吴国人所伤而后被晋兵所得，他就让人送还给吴国人。于是，吴国人都对他心悦诚服，尊称他为羊公。

羊祜和吴国的将领陆抗相对垒。两军使者常有来往，陆抗十分赞赏羊祜的德行和度量，认为即使乐毅、诸葛亮也不能与他相比。陆抗有一次生病，羊祜了解了他的病情后，就派人给他送药去。陆抗高兴地服下，一点儿也没疑心。有人怕药里有毒，进行劝阻，陆抗批评说："羊祜哪里是个会害人的人！"

陆抗自然也清楚羊祜实行的是怀柔政策。因此，他常常告诫自己的部下："如果羊祜他们专门施德，而我们专用暴力，这就会不战自败啊！现在只要各保自己的疆界就可以了，不要去追求小利。"吴国的皇帝孙皓听说吴晋边境和好，便责问陆抗。陆抗回答说："一个小镇、小乡，尚且不可以没有信义，何况泱泱大国！我如果不这么做，就只会使羊祜的名声更大，对他毫无损伤。"

羊祜在对吴国军民实行怀柔政策的同时，修缮盔甲，训练士兵，做了广泛的军事准备。他上书给晋武帝司马炎说：平定蜀地已经13年了，现在吴国的皇帝孙皓暴虐无道，其百姓困苦不堪，而我们晋军的力量比过去更加强大，应该抓住时机，平定东吴，统一天下，使天下安宁，人民和好。他对灭吴的战略战术也提出了许多独到的见解。

后来羊祜卧病，回到洛阳，还抱病向晋武帝当面陈述伐吴大计。此后，晋武帝还派中书令张华去询问他的筹划和策略。

羊祜病情越来越重，他便推举杜预接替自己，不久病逝，享年58岁。当天大寒。晋武帝穿着丧服悲伤地哭泣，泪水流到鬓须上，都结了冰。荆州人在集市上听到羊祜病逝的消息，没有一个不号啕痛哭的，集市贸易因而停止，哭声连成一片。吴国守边的将领知道羊祜已经去世，也都伤心地为他哭泣。

羊祜死后两年，吴国被平定，大家都为皇帝庆贺。晋武帝拿着酒杯流着眼泪说："这都是羊祜的功劳啊！"

**【悟在当下】施之以德，取之以信**

俗话说：两军相对，攻心为上，以"攻心"战术战胜敌人。何为"攻心"？就是软化敌人的斗志，消除敌人的抵抗。施之以德取之以信的怀柔政策，就是"攻心"的一种方法。羊祜虽然对敌军施以礼义，提倡仁德，但他用的是怀柔之策，通过安抚、笼络，瓦解了敌军的斗志，获得了敌国的民心，为最后的胜利铺平了道路。

以"攻心"为目的的怀柔战术，不仅古代有，就是在现代商战中，也不乏其例。

# 石勒瞒天过海擒王浚

石勒于公元312年攻占襄国后，力量大大加强，不久便被前汉昭武帝刘聪任命为散骑常侍，封上党郡公。

当时王浚任晋国的大司马、都督幽冀诸州军事，王浚在幽州骄奢淫逸，民心背离，原来依附于他的鲜卑和乌桓人也纷纷离他远去。因此石勒决心吞并王浚。

石勒打算先派使者去实地观察，于是征求右长史张宾的意见。张宾说："王浚虽然是晋国的藩臣，但他一直在想凭借自己掌握的军权南面称帝，只是担心四海英雄不予支持。将军已经威震天下，现在您可以用最谦卑的词语、最厚重的礼物去结交他，使他对您不猜疑，然后采用奇谋妙计，他就不会防备了。"

石勒认为张宾说得很对，就派王子春、董肇等人，带了大批的金银财宝去蓟城晋见王浚，并上书劝他即位做皇帝。书上写道："我石勒只不过是个小小的胡人，遭遇乱世饥荒，逃亡到冀州，聚集些人马，只为了保全性命。而今晋国国运已衰，中原无主，百姓无所依靠。殿下是四海英雄仰慕的明公，能当帝王的除了您还有谁呢？我之所以舍弃生命，兴义兵，诛暴乱，就是为了给殿下扫除障碍。切望殿下能应天顺时，早日登上皇位。"

王浚正在为手下无将而发愁，听说石勒愿意归附，自然大喜过望。但他还有疑虑，便问王子春等人："石公也是豪杰，占据着北方的许多土地，为什么对我称臣呢？"王子春回答说："石将军确实如您所说的那样英明能干，力量雄厚，但与明公相比，就好像月亮比太阳，江河比大海啊！自古以来有胡人成为名臣的，但没有成为帝王的。石将军并不是不喜欢当帝王，而是因为帝王是不可以用智慧和力量夺取的，如果强取，就一定不为天下人所容。这也是石将军的智谋超过一般人的地方，希望明公不要多疑。"王浚听后非常高兴，便封王子春等人为列侯，派使者带了土特产和财物给石勒。

不久，王浚镇守范阳的司马游统派密使投降石勒，石勒把密使杀了，将人头送给王浚，表示自己的忠诚。王浚更加信任石勒。

一年之后，王子春等人和王浚的使者一起回到襄国。石勒把他的精锐部队和优良的武器装备全都藏匿起来，让王浚的使者看的尽是些空虚的仓库和老弱士兵。石勒对使者毕恭毕敬，面朝北方向他行礼，又恭恭敬敬地接过王浚的信。王浚送给石勒一个麈尾，石勒假装不敢拿在手中，把它挂在墙壁上，早晚向它叩拜，说："我不能见到王公，现在见到王公的赏赐就跟见到王公一样。"他再派董肇上表章给王浚，约好日期亲自去幽州，向王浚奉上皇帝的尊号。另外又写信给王浚的亲信，请他为自己美言，希望能任并州牧，封广平公。王浚的使者回到蓟城，报告说：石勒兵马很少，力量微弱，款待使者热诚真挚，毫无二心。王浚大悦，完全相信石勒，对他再也不做防备。

当年三月，石勒的精锐部队抵达易水。王浚的督护孙纬派人飞报王浚，同时准备迎战。王浚手下的将领都请求出击石勒。王浚大怒道："石公这次前来，正是要拥戴我，谁再敢说要出击石勒，定斩首不赦！"大家不敢再说什么，王浚下令设宴等待石勒。

第三日凌晨，石勒带兵到达蓟城，高声喊开城门。城门打开之后，石勒还恐怕里面有伏兵，先驱使几千头牛羊入城，声称是给王浚送的礼，实际上是要堵塞大街小巷，使王浚无法发兵。这时王浚才害怕起来，坐卧不安，不知所措。还没等他想出主意，石勒已经来到王浚的住处，命人把王浚抓来，并命部将把王浚押解到襄国。王浚半路上投水想自杀，护送人员把他从水中拖出，在襄国街市上将其斩首。

### 【悟在当下】灵活机动，克服思维定式

石勒的实力和王浚相比，并不比王浚弱多少，但他善用计谋，给王浚以软弱、可靠的假象，使王浚放松对他的警惕，而使自己能轻而易举地进入王浚的腹地，生擒王浚。这就是运用了"瞒天过海"的计策，在麻痹敌人的烟幕下，神不知、鬼不觉地把敌人包围、消灭。

运用这一策略，常常是人们在观察处理事情的过程中，由于对某些事情司空见惯，不自觉地产生了疏漏和松懈，因此对手能够乘虚而示假隐真，把握时机，出奇制胜。因此，我们在分析和解决问题时应注意克服思维定式。

# 祖逖无中生有破敌军

东晋元帝太兴三年，也即后赵帝元年，陈留地方的豪强地主陈川投降后赵国主石勒，祖逖决定发兵进攻陈川。石勒派兵五万援救，被祖逖打得大败。第二年，后赵的将领桃豹和祖逖的部下韩潜又争夺蓬陂城。

祖逖据守蓬关的东部，由东城出入；桃豹据守蓬关的西部，由南城出入。两军各不相让，僵持了四十天之久，相持不下，双方的军粮都发生了困难。

祖逖觉察到在这个关头，有了粮食，士气就会高涨；缺了粮食，士气就会低落，谁能坚持到最后，谁就能取得胜利。于是心生一计，他让人用土将布袋装得满满的，从表面看，就像米袋一样；再派一千多人假装运粮食，把这些装着土的布袋从城外运到东城的高台。同时又让几个人挑着真正装着米的布袋，故意掉队，好像很累的样子，停在路上休息，引诱后赵的部队来抢米。

桃豹手下的人看到晋军不断地运粮，早已想劫持，苦于晋军成群结队，无法下手。后来瞧见有几个掉队的，就忽地冲了上去。掉队的晋军赶快扔下粮食逃命，让他们把米袋抢走。

赵营里早已断了粮，抢到了一点米，只能够勉强维持几天。赵军远远看到晋军堆在东城高台上的布袋，以为里面全是粮食，一想晋军粮秣丰盛，再坚持几个月都没问题，而自己已经断了粮草，怎么还能打仗呢？因此上上下下情绪都很沮丧，军心就动摇起来。

为了继续和晋军相持下去，桃豹赶快派人向石勒求救。石勒即派部将刘夜堂率领兵马赶着一千头驴给桃豹的守军运粮。祖逖预料到桃豹以为晋军粮草充足必定会向石勒求援，所以派韩潜、冯铁两位将领带兵在汴水北岸狙击，把刘夜堂的运粮队全部俘获。

桃豹听到运粮队被晋军全部俘获的消息，感到大势已去，再也无法支持，只得连夜逃走。祖逖乘胜追击，向北挺进。后赵的许多据点纷纷归降祖逖，地盘越来越小。

祖逖领导晋兵艰苦斗争，收复了黄河以南的全部领土，后赵的兵士陆续向祖逖投降的也很多。晋元帝即位后，因为祖逖功劳大，遂封他为镇西将军。

**【悟在当下】以假乱真，假中有真**

“无中生有”之计，运用起来要有一定的勇气和胆略。在“空城计”中，诸葛亮以大智大勇的气魄，用疑兵之计吓退司马懿后，立即调动兵马来援新城。待司马懿醒悟后，再回兵来攻新城，新城的兵力已由无变有，由虚变实了。这也是诸葛亮对“无中生有”战术的灵活运用。

无中生有之妙，就妙在以假乱真，假中有真，假为诱惑，真为基础。

## 谢玄淝水破苻坚

东晋十六国时期，前秦在统一北方后，不断向南扩张，在攻占东晋梁、益二州后，继而占领襄阳、彭城等地，急欲灭亡东晋，统一天下。

前秦建元十九年七月，秦王苻坚自恃国强兵众，不听群臣劝阻，调集九十万大军分三路攻晋。八月，苻坚亲率步兵六十万，骑兵二十七万，羽林郎（禁卫军）三万，在东西长达几千公里的战线上，水陆并进，南下攻晋。但是，到了九月，后续部队凉州兵才到达咸阳，西路的蜀汉兵刚刚顺江而下，东路的幽冀兵才到达彭城，兵力极其分散。东晋王朝在强敌压境、面临生死存亡的紧急关头，一致主张抵抗。他们一方面缓解内部矛盾，另一方面积极部署兵力，制定正确的战略战术方针，以抗击前秦军队的进犯。执掌朝政的宰相谢安，命谢石、谢玄、谢琰等率水陆军八万赴淮水一线抗秦；命胡彬率五千水军增援寿阳。

同年十月，苻坚之弟苻融率秦前锋部队攻占了寿阳，俘虏晋军守将徐元喜。与此同时，秦军慕容垂部攻占了郧城。奉命率水军增援寿阳的胡彬在半路上得知寿阳已被苻融攻破，便退守硖石，等待与谢石、谢玄的大军会合。苻融又率军攻打硖石。苻融部将梁成率兵五万进攻洛涧，截断淮河交通，阻断了胡彬的退路。胡彬困守硖石，粮草用尽，难以支撑，写信向谢石告急，但送信的晋兵被秦兵捉住，此信落在苻融手里。苻融立刻向苻坚报告了晋军兵少、粮草缺乏的情况，建议迅速起兵，以防晋军逃遁。苻坚得报，把大军留在项城，亲率八千骑兵疾趋寿阳，并派晋降将朱序到晋营劝降。不想朱序一心向晋，反将秦军情况密告谢石，并建议趁秦军尚未集中，迅速发起反攻，击败其前锋。谢石采纳其意见，命谢玄派猛将刘牢之率五千精骑，夜渡洛涧，袭击梁成大营，一举歼敌一万五千余人，斩梁成等十员大将。晋军士气大振，乘胜直逼淝水东岸。

谢玄

苻坚在寿阳城楼望见对岸晋军布阵严整，又望见八公山上的草木，误认为那都是士兵，开始担心害怕起来。谢玄针对秦军上下离心、士兵厌战和苻坚急于决战的心理，派人来到秦营，要求秦军随后从淝水后撤，以保证晋军渡河决战。秦将都不同意后撤，但苻坚想等待晋军渡河的时候袭击取胜，于是便答应了晋军的要求。苻坚下令向后稍做撤退，本来内部不稳的秦军，一退而不可止，阵势大乱。朱序乘机在前秦军阵后大喊："秦军败了！秦军败了！"前秦军听了信以为真，于是纷纷狂跑，争相逃命。东晋军队在谢玄等人指挥下，乘势抢渡淝水，展开猛烈的攻击。苻融眼见大事不妙，骑马飞驰巡视阵地，想整顿稳定退却的士兵，结果马倒在地，被追上的晋军手起刀落，一命呜呼。前秦军全线崩溃，完全丧失了战斗力，晋军乘胜追击，一直到达青冈。

淝水之战，前秦军被歼和逃散的共有七十多万。唯有鲜卑慕容垂部的三万人马尚完整无损。苻坚统一南北的希望彻底破灭，不仅如此，北方暂时统一的局面也随之解体，再次分裂成更多的地方民族政权，鲜卑族的慕容垂和羌族的姚苌等贵族重新崛起，各自建立了新的国家，苻坚本人也在两年后被姚苌俘杀，前秦随之灭亡。此战的胜利者东晋王朝虽无力恢复全国的统治权，但却有效地遏制了北方少数民族的南下侵扰，为江南地区社会经济的恢复和发展创造了条件。

【悟在当下】切不可仗一时之势，逞一己之能

苻坚惨败淝水的主要原因在于：骄傲自大，不听劝阻，一意孤行地轻率开战；兵力分散，舍长就短，缺乏协同精神；随意后撤，自乱阵脚，给敌人提供可乘之机；让对手掌握己方情况，使己方陷入被动地位。东晋军队的胜利，归结起来就是：临危不乱，从容应敌；知彼知己；天时地利人和，发挥己军之长，坚决实施战略性追击。

这就告诉我们：要想立于不败之地，取得事业的成功，切不可仗一时之势，逞一己之能，自以为是，认为谁也不是自己的对手。最后的胜利只属于那些知识全面、能力全面与素质全面的人。

# 孝文帝巧迁都

北魏高祖孝文帝拓跋宏，有宏图远志，一心想成就霸业。孝文帝继位时，魏都在平城，是天兴元年自盛乐迁都至此，都城偏居北地，很难有更大的发展。

魏孝文帝拓跋宏

孝文帝一向仰慕中原文化，祀尧舜、祭周公、尊孔子、兴礼乐、正风俗，仿效中原推行文治。雄踞中原，一统天下，迁都是牵动全国、震动朝野的特大举措，况且由北方入中原，会有诸多不适。孝文帝最担心群臣不从，会联合起来百般阻拦，便十分巧妙地采取了迂回之计，召集众臣议论，声称要大举南下攻打齐朝。

孝文帝择一个吉日，诏令太常卿王谌龟卜，预测南伐的吉凶。说来也巧，卜得一个“革”卦，正合心意，孝文帝道：“爻签大吉，正是汤武革命，顺应天意。”此话一出，群臣肃然，心中并不赞同，但无人敢出来争辩。此时唯有尚书任城王拓跋澄趋前进言：“《易经》中所称‘革’者，指的是更体改制，应天顺

人，商汤、周武之卜，确为吉兆，但陛下正该发扬光大，何谈更改体制呢？今日计议南伐，反得‘革’的爻象，恐难称作全吉。”孝文帝龙颜大变，声色俱厉道：“卜辞有‘大人虎变’一语，为什么说不吉呢？”孝文帝心意已决，势在必行，拓跋澄不解其意，一直追问不停，结果使得孝文帝很不高兴。

但孝文帝仔细思量，也感觉拓跋澄所说的并不是没有道理，于是回到宫中，将拓跋澄召来，单独与他秘密商量。孝文帝说：“朕的国家，地域广大，但文轨不同，此地只宜施展武功，不利于推行文治，如果要移风易俗，成就天下大业，只有迁都中原。洛阳乃帝王之都，最有王者气象，最合朕意。今日又卜得一‘革’卦，正是改革征兆，迁都之举，其势可行，不知你意下如何？”拓跋澄明白了孝文帝的意思，非常赞同，欣然道：“陛下迁都，入主中原，制御华夏，成就天下大业，这是天下苍生的幸运啊！”孝文帝仍心存忧虑，坦言道：“北人恋土，故土难离，猛的一听南迁，必然相互惊扰，人心动荡，朕难免顾虑重重。”拓跋澄会心一笑：“这是非常之举，只有非常人才能知晓，只要陛下做出决断，我想他人也无能为力。”孝文帝笑道：“汉高祖得张良这个谋臣成就大业，你真不愧是我的张良啊！”

此后不久，孝文帝一边大造河桥，准备大军渡河，一边传令各地，调集兵马准备南征。经过两个多月的部署，筹备停当，孝文帝起兵平城，渡河南进，直达洛阳，此时正是太和十七年九月，天气秋凉，淫雨霏霏，孝文帝一身戎装，督领诸军南进。群臣纷纷跪在马前劝阻，尚书李冲叩首说：“南伐之举，臣民不愿，陛下毅然独往，如何成事，故臣冒死劝谏。”

孝文帝大怒：“朕方经营天下，志在统一；你们这些书生，不知道我的大计，国家定有明刑，不要再多言了！”

此后，又有安定王拓跋休等在马前叩首，一齐哭泣着苦苦劝止，孝文帝便说：“此次大举南进，远近震动，若就此班师回朝，无功而返，如何示范后人？今日如果不南伐，也应当移都此地。机不可失，朕意已决，不可更改。赞同迁都者立于左侧，不同意者则立于右侧。”

安定王拓跋休等相继立于右侧，只有南安王拓跋桢进言说：“有圣德者不苟同俗议，成大功者不迁就俗众，非常之人方能成就非常之事。天下事最重要的莫过选择皇居，陛下若能就此罢停南伐，迁都中原，扩展王业，实在是臣之所愿，天下百姓之福。”说完，又回头示意群臣：与其南伐，莫如迁都。众臣见此阵势，无可奈何，只得同意迁都，齐声高呼“万岁”。

就这样，一场举国关注、震惊上下的迁都风波慢慢平息，孝文帝命人在洛阳大兴土木，最终顺利地实现了迁都的计划。

**【悟在当下】以退为进，克服阻力**

孝文帝迁都，反对者多，且多为贵戚重臣，然而他用占卜制造迁都舆论，向任城王秘密交底以争取臣下支持，并以南伐之名行迁都之实。所有这些都体现了孝文帝迁都的一个“巧”字。孝文帝在采取行动之前，已全面客观地分析形势，明伐暗迁，以退为进，才得以克服重重阻力，实现了迁都洛阳的夙愿。

人人都会遇到难办却应该办的事，当你遇到这种情况时，是做一个鲁莽之夫、怯懦之夫，还是智勇之人呢？

## 杨逸放粮救万民

杨逸29岁时，就被北魏孝庄帝授任为吏部郎中、平西将军、南秦州刺史、散骑常侍。以29岁的年龄而被委以如此重任，在北魏还从未有过先例。此后，杨逸又被调任平东将军、光州刺史。

年轻的杨逸，决心在刺史任上有所作为，为官一任，造福一方。为治理光州，他可谓煞费苦心，不辞劳苦。当时战争频繁，兵荒马乱，民不聊生，为求安定民心，稳定秩序，杨逸集中全力处理事关百姓生计的大事。最难得之处是他能放下刺史的架子，时常到百姓中视察抚慰。为处理好公务，杨逸倚仗年轻，常常夜不安寝，食不甘味，他懂得要想天下太平，必须争取民心，而要想获得民心，必须关心人民疾苦，从点滴做起。因此，每当州中有人被征召从军，杨逸都一定要亲自送行，有时风吹日晒，有时雪飘雨狂，许多人都坚持不住，他却毫无倦意。

治政、治军要讲究宽猛相济、恩威并施，杨逸深明此道。他仁爱百姓，又法令严明，恶徒狂贼都不敢在州中惹是生非，全州境内，非常太平。他最痛恨那些豪强奸诈之徒，于是，在州中四处布下耳目，随时监督，稍有动静就立即剪除。同时杨逸以严格的纪律约束部属，手下的官吏士兵到下面办事，都自带口粮。如有人摆下饭菜招待，即使在密室，也不敢答应，如果询问他们原因，都说杨逸有千里眼，明察秋毫，哪个做了错事都瞒他不过。

当时因连年灾荒，粮食奇缺，饿死很多人，见到这种情景，杨逸心急如焚，决定开仓放粮赈灾，救百姓于水火之中，可管粮的官吏惧怕私用国库存粮会招致大祸，坚决不同意。杨逸也明白，不经上奏批准，擅自发粮，如果朝廷怪罪，将会有杀头危险。可是要按常规向皇上请奏，等待批答，文书往来，不仅浪费时间，而且不知又要饿死多少百姓。于是他决心这次宁可受罪，也要开仓放粮，就对手下人说："国以民为本，民以食为天，开仓放粮由我而定，责任也由我一人担当，即使获罪，我也心甘情愿，死而无憾，与他人没有关系！"随即果断下令开仓，将粟米发给了饱受饥饿煎熬的百姓。然后，杨逸马上写好奏章，向朝廷申说详情。

奏章送到朝中，庄帝与群臣谈论起这件事情来，以右仆射元罗为首的大臣认为国库储粮不可轻易动用，杨逸之请，应予驳回。其他大臣则认为情势紧急，应贷粮两万。最后庄帝恩准两万。

杨逸放粮后，还有为数不少的老幼病残者仍难活命，他便派人在州门口摆上大锅煮粥，施舍给这些人，使之不致饿死。杨逸的这一举动，无异于雪中送炭，解民于倒悬，那些即将饿死而因杨逸及时赈济终于活了下来的百姓数以万计，庄帝闻听事情本末，也以为处置得宜，连连称赞。

**【悟在当下】先斩后奏，敢作敢当**

杨逸心念百姓，为救饥民，不怕承担罪责，敢作敢当，开仓赈济灾民，真是难能可贵。一个冒着生命危险，给百姓以实实在在的好处的人，难道其威不该立、民心不该向吗？

在军事行动中，常会有"将在外，君命有所不受"的说法。现代社会，一些敢作敢当、勇于负责的领导，遇到紧张情况需要马上处理，来不及请示时，往往“先斩后奏”，这也充分表现出其果断和勇敢。

## 杨侃出计解城围

北魏孝昌三年，雍州刺史萧宝夤占据关中反叛，自称齐帝，尚书仆射长孙稚奉命前去征讨，华阴伯杨侃随军出征，被委任为镇远将军、谏议大夫，为长孙稚的行台左丞，不久又传任通直骑散常侍。

长孙稚率军队行至弘农安营扎寨，其后召集部属商讨作战事宜。杨侃知道叛军据险守关，强攻难以奏效，主张智取。他援引旧朝战例，并为长孙稚分析军事形势。他说：“当年曹操与韩遂、马超对阵，各自据守关隘，长期相持不下，难分胜负，这并非是他们各自的才智、勇气、谋略以及算度相类似，而是因为山河险峻，地形复杂，形成天然屏障，易守难攻，他们都无法施展自己的聪明才智去战胜对方。现在叛军固守潼关，占尽了地形险要的优势，即使当年能征惯战的曹操再世，也难以施展才华。”

杨侃建议：“我军必须向北攻取蒲坂，再飞舟渡河向西岸，这样兵士没有了退路，背水一战，只有拼死向前才能杀出生路，如此则士卒必然人人奋勇，争相搏杀。叛军见此奋勇之师，必然恐惧而不敢接战，那么华州的围困就可以不战而解。潼关守敌一旦听说华州之围已解，必会惊恐而望风逃散，溃不成军。如此，则各州城相继平定，而长安不久即可解围。如果我的计策可以采纳，请准我领兵为先驱，率先迎敌。”

仔细地听过杨侃的建议，长孙稚沉思了一阵，又犹豫起来，他说：“叛军薛脩义已围困了河东，薛凤贤又保有安邑，我军受阻长期停驻在虞坂一带，不能前去平定叛军，计策虽好，但我仍担心叛敌人多势众，相互呼应，恐怕难以奏效，故心存疑虑，难下决断。”

杨侃听长孙稚分析敌情，知道情势严峻，长孙稚的担心不无道理，但杨侃自有破敌良策，他说："宗正珍孙本是军伍中的一个武夫，因巧遇机缘而得以晋升发达，其实并无德能，他只可被人驱使，而不能指挥驾驭他人，一旦被授予主帅的重任，指挥三军作战，必然神迷意乱，不知所措。如此庸才，只知力拼，不善智取，哪能抵挡围城的贼军呢？他不能克敌制胜，自在情理之中，不能以此推断敌军实力。另外，河东郡的治所在蒲坂，西面靠近黄河，郡中百姓多在东面。薛脩义驱赶壮勇西行围困郡城，父老妻儿都留在原址，如果我军逼近此地，必使叛军方寸大乱，他们挂念家室，人人思归，则郡城的围军自然散去，不战就能克敌解围，这岂不是明明白白的事情吗？"

长孙稚听杨侃讲得头头是道，分析得合情合理，于是采纳了他的计策，命令自己的儿子长孙彦率领骑兵与杨侃一道从弘农渡河北进。杨侃又出一计，命令手下四处张贴告示，向大家告示："现在我军驻扎此地，等待步军到来后一起发动攻击，同时观察各村的人心向背，然后再决定采取何种行动。若肯于归顺的，待我军中点燃烽火，也马上举烽火响应，表示已经归降；若不举烽火响应，即为不肯归降，我军到后就要大开杀戒，荡平村庄，以犒赏三军。"各村百姓见到告示，互相转告，深夜，不管是真归顺还是假归顺，见军中点火，都纷纷点起火来。一夜之间，烽火绵延达几百里。围城的叛军见此壮观景象，不知究竟发生了什么事情，都怕生出意外，恐惧中四散逃归，各奔东西，薛脩义弹压不住，见军队溃散，只好只身逃走。

随后，长安之围顿解，杨侃的计策获得了成功。

**【悟在当下】避实击虚，避强击弱**

避实击虚、避强击弱是战争中常用的一种谋略。孙子曾作过形象的比喻，他称用兵的法则像流水一样，水流动起来是避开高处而流向低处，那么用兵应是避开敌人防守坚实的地方而攻击其空虚薄弱的部位。所以，用兵作战没有固定的模式，没有固定的形态，能根据敌情变化而取胜的，就可以称之为用兵如神。

善于避实击虚是一门艺术。在现实生活中，我们也要善于抓住问题的要害，尽量避开对方的长处，以自己的优势痛击对方的劣势。

# 宇文泰活用兵法击败窦泰

南北朝西魏文帝大统三年，东魏大丞相高欢统率东魏各路大军进攻西魏，令司徒高昂进攻商洛，窦泰向潼关逼近，高欢自己则率领大军进驻蒲阪，并在蒲阪建造了三座浮桥，摆开渡河的阵势，咄咄逼人，局势显得异常紧张。

西魏大丞相宇文泰率领的军队则驻守在广阳，他对部将们说："敌人从三个方面来牵制我们，又建造浮桥来扬威，声称他们一定要渡过河来。其实他们的用意不过是想诱引我军在此设防，以便窦泰的军队从西面进攻罢了。我们不要被假象所蒙蔽啊！"

接着，宇文泰分析了敌我双方的形势，非常自信地说："自从高欢起兵以来，窦泰常常做他的先锋，手下多是精兵强将，打了不少的胜仗，因此他们非常骄傲。如果现在我们乘机去袭击他，一定能够取得胜利。战胜了窦泰以后，高欢便会不战而自退。"

有的部将还是很疑惑，建议说："高欢近在眼前，现在放弃了眼前的敌人而去进攻远处的敌人，如果不能成功，那么就要贻误战机，后悔就迟了，不如分兵抵抗吧！"

宇文泰继续说服部将们说："高欢两次攻取潼关，我军都没有离开过霸上。这次大举进攻，他们一定认为我们还会就地固守，于是就有可能轻视我们，放松警惕。我军如果能乘这个时机前去袭击，哪里还怕他们呢？别看高欢他们建造了浮桥，就长他人志气，灭自己威风。高欢他们虽然建了桥，但不会轻易渡河的。我们要对自己有信心，用不了五天，就一定能打败窦泰！"

于是，宇文泰扬言要保卫陇右地区，暗中却悄悄地派军队向东出击，到了小关。窦泰突然听到宇文泰大军到来，便急忙从风陵渡河。宇文泰挥师进攻，窦泰措手不及，全军覆没，窦泰本人也自杀身亡。

**【悟在当下】统筹全局，兼顾其他**

宇文泰活用兵法，智击窦泰，充分运用了灵活战术，抓住敌人的心理特征，利用其思维定势，出其不意，声东击西，取得了战争的胜利。

声东击西，是忽东忽西，即打即离，制造假象，引诱敌人作出错误判断，然后乘机歼敌的策略。为使敌方的指挥发生混乱，必须采用灵活机动的行动，本不打算进攻甲地，却佯装进攻；本来决定进攻乙地，却不显出任何进攻的迹象。

人们在集中精力应付某一事情的时候，往往会对另外一件事情疏于防范，这就给声东击西之计留下可乘之机。因此，在处世的时候，要学会统筹全局，兼顾其他。

## 李密不战而屈兵

隋大业十四年四月，宇文化及在江都杀死隋炀帝后，率十万大军往北向黎阳进攻，准备攻打东都洛阳。当时，越王杨侗留守洛阳，听到杨广的死讯，便趁机登基称帝，同时，还派密使前往李密处，封其高官厚爵，请求李密帮助他讨灭宇文化及。

李密了解到宇文化及虽然兵力众多，但军粮有限，于是便采取了只守不战的策略。他命令军队在宇文化及的去路上进行阻截，断其去路，自己却闭门不战。宇文化及为解决军粮的紧张，便发兵攻打瓦岗军驻守的黎阳仓，但被驻守黎阳仓的徐世勣击退，还在回来的路上被李密羞辱了一顿。宇文化及不但没有抢得一粒粮食，而且剩余的部队还被打得落花流水，仓皇逃跑，威力大减。宇文化及不甘失败，令手下大造器械，准备一举攻下黎阳仓。李密探得消息后，立即率五百轻骑兵会同黎阳仓守军，两面夹击，烧毁了宇文化及的攻城器械。宇文化及的第二次攻城计划又被挫败。

此时，宇文化及的军粮越来越少了，宇文化及四面受敌，带兵作战没有军粮又成为头等致命问题。正在他为军粮的事情犯愁时，李密让人转告宇文化及，说瓦岗军愿意供应他一批军粮，只要他拿粮食后不与瓦岗军作对就行。宇文化及信以为真，认为粮食有了保障，便下令手下大吃大喝。第三天，一名探子来到宇文化及处，告诉宇文化及李密正在筹备大举进攻，供粮只是一个计策，宇文化及这才知道自己上了当。但后悔已经来不及了，宇文化及的存粮已经被吃空了，他没有其他办法，只好背水一战，率全军渡过永济渠，向李密发起进攻。在汲郡大掠一番之后，又向魏县进发。虽然粮食问题暂时得到缓解，但每天都有逃兵投奔李密处，甚至连宇文化及派在东郡留守辎重的刑部尚书王轨也投奔了李密。

宇文化及感慨地说：“想我一世英明，竟败在敌人的一个雕虫小技上啊！”

最终，宇文化及由于力不敌众，兵败而逃。

**【悟在当下】任你风吹浪打，我自岿然不动**

这是一场“不战而屈人之兵”的战争。任你风吹浪打，我自岿然不动。既已知敌人弱处是缺少军粮，李密连打带诱，牵着宇文化及的鼻子走，把主动权掌握在自己手中，这就是他用兵的高明之处。

在商战的竞争中，要获得胜利，从某种意义上说，也是智力的竞争，更是经济实力的竞争。竞争者往往可以凭借雄厚的经济实力占领市场，兼并一些弱小企业，获得竞争的胜利。

## 唐太宗以逸待劳战突厥

唐太宗即位不到二十天，东突厥的颉利可汗就率领人马十多万，一直打到离长安只有四十里的渭水边。

唐太宗不理颉利的威胁，把使者扣押起来。他先布置长安的唐军摆开阵势。接着，又亲自带了房玄龄等六名将领，骑马到渭水边的便桥，指名要颉利出来，隔河对话。

唐太宗隔着渭水对颉利说：“我们两家早已订立盟约，几年来也没有少给你们金帛，为什么要背信弃义，带兵进犯？”

颉利被责备得无话可说，表示愿意讲和。过了两天，双方在便桥上订立盟

唐太宗李世民

约。接着，颉利就退兵了。

从这以后，唐太宗加紧训练将士，每天召集几百名将士在殿前练习弓箭。他跟将士们说："外敌进犯，这是常有的事，并不可怕。怕只怕边境稍为安定，人们就贪图安逸，忘记战争，敌人来了就抵挡不了。从现在起，平时我做老师，教你们弓箭；战时我当将帅，带领你们抵抗敌人。"

经过唐太宗的鼓励，将士专心练武，没过几年，就训练出一支精锐军队。

这一年，北方下了一场大雪。东突厥的牲畜死了不少。大漠以北发生饥荒。颉利可汗加紧对其他部族的压迫，又引起各部族的反抗。颉利派他的堂兄弟突利去镇压，反被打得大败。突利逃回去后，被颉利责打一通。两人因此翻了脸，突利投降了唐朝。

唐太宗抓住这个时机，派出李靖、徐世勣等四名大将率领大军十多万，由李靖统率，分路出击突厥。

公元630年，李靖亲自率领三千精锐骑兵，从马邑出发，趁颉利不防备，连夜进军，逼近东突厥营地。颉利毫无防备，发现唐军突然出现，大惊失色。将士们也慌了手脚，说："这次一定是唐朝发动全国兵力来了，要不然，李靖怎敢孤军深入呢？"

还没有到唐军发起攻击，突厥兵先乱了起来。李靖又派间谍混进突厥内部活动，说服颉利一个心腹将领投降。颉利一看形势不妙，就偷偷逃跑了。

李靖攻下定襄，得胜回朝，唐太宗十分高兴，说："从前汉朝李陵带兵五千，结果不幸被匈奴所俘虏；现在你以三千轻骑深入敌人后方，克服定襄，威震北方，这是自古以来少有的事啊！"

颉利逃到阴山以北，怕唐军继续追赶，派使者到长安求和，还说要亲自朝见。唐太宗一面派唐俭到突厥表示安抚；另一方面又命令李靖带兵前去察看颉利动静。

李靖领兵到白道和徐世勣会师，两个人商量对策。李靖说："颉利虽然打了败仗，但是手下人马不少。如果让他逃跑，以后我们再要追他，就很困难了。我们只要选一万精兵，带二十天的粮，跟踪袭击，一定能把颉利活捉住。”徐世勣也赞成这个意见。两支军队就向阴山进发。

颉利可汗求和实际上只是缓兵之计，他想等草青马肥季节来到，再逃到漠北。今见唐俭来到，以为唐太宗李世民中了他的计，暗暗高兴，防备也自然松懈下来。

当天晚上，李靖和徐世勣率领唐军到了阴山，命令部将苏定方率领二百名轻骑，冒着夜雾悄悄进军。等突厥前哨发现唐军的时候，唐军离颉利营帐只有七里地远了。

颉利得知唐军骑兵来到，赶快找唐俭，唐俭已经乘机脱身回到唐营。颉利慌忙骑上他的千里马逃走。李靖指挥唐军追杀，突厥兵没有了主帅，乱成一团。唐军歼灭突厥兵一万多，还俘获大批俘虏和牲畜。

颉利东奔西逃，最后带着几个亲兵躲在荒山里，被他的部下抓住后交给唐军，后来被押送到长安。

就这样，一度很强大的东突厥灭亡了。这次胜利，提高了唐太宗在西北各族中的威望。这一年，回纥等各族首领一起来到长安，朝见唐太宗，拥护唐太宗为他们的共同首领，尊称他为“天可汗”。

## 【悟在当下】以不变应万变

对于强敌劲旅，唐军不正面歼敌，而是以逸待劳、以守为攻，寻机作战。

以精锐之众攻打疲乏之旅，无异于以石击卵。迫使敌人处于困难的局面，不一定采取直接进攻的手段，可以根据刚柔相互转化的原理，实行积极防御，逐渐地消耗、疲惫敌人，使其由强变弱，我方就自然会变被动为主动。

“待”不是消极的守株待兔，而是发挥主观能动性，创造时机。以逸待劳的主要目的在于审时度势、因势利导、后发制人，以不变应万变，运用到职场上，平时就得学点真功夫，在关键的时候表现出来，这无疑会得到领导赏识，加速升迁。

# 裴行俭孤军镇突厥

唐朝中前期，西部不安宁，吐蕃屡次兴兵骚扰。唐朝虽屡次兴兵征讨，但都无功而返，且劳民伤财，损耗极大。西部边境成了颇令唐朝统治者头痛的一个问题。

唐高宗仪凤二年，西突厥可汗都支和遮匐反叛唐朝，他们煽动吐蕃入侵安西都护府，一时边境纷纷攘攘。唐高宗召集群臣商议对策，大多数朝臣都主张要发兵讨伐。

裴行俭

高宗就问对西域很了解的裴行俭，裴行俭说："吐蕃为乱边境已久，现今波斯王去世，他的儿子泥涅师在京城被押作人质，以至于群龙无首。依我之见，还是派使者到波斯去册立泥涅师为王，途经西突厥时见机行事，或许可以平息叛乱。"高宗同意，并命裴行俭为使，前去册封波斯王，同时兼任安抚大食的使节。

裴行俭一行到了西州，当地官吏百姓前来迎接。裴行俭在当地召集了一千多豪杰子弟一起西行，他还放出风声："现在正是炎热的时候，戈壁滩上热得难以忍受。我们等秋凉之后再慢慢行动。"都支从派去探听的探子口中得知这一消息后，就放松了戒备。裴行俭又召集四镇的各部酋长及豪杰，对他们说："想想以前来此游玩，我一点也不觉厌倦，我回到京城以后，一刻也没忘记在此的日日夜夜。现在正好西行，我想趁此机会旧地重游，你们谁跟我一起去游猎？"很快，各部落的子弟有一万人投募。裴行俭假装进行游猎，暗中却训练队伍，几天时间就把这些部落的子弟训练得可以经战事了，几天后他率领这些人加速前进。距离都支部落还有十余里的时候，裴行俭先派与都支亲近的人前去问好，外表装成很闲暇的样子，似乎不是前来征讨。接着他又派人去召都支来相见。

都支原来与遮匐合谋好，准备在秋季与唐朝使节对抗，现在猛然间听说裴行俭率军已到，一时不知所措，只好亲自率领儿侄和部落各首领共五百余人前来拜见。裴行俭趁机擒住都支。当天，又传下都支的令箭，命都支各部的其他首领前来拜见。各部首领不知内情，都领命仅带领少数随从前来，裴行俭趁机将他们一网打尽，然后乘胜前进。途中，他们正好碰上遮匐派来都支部落商议联合作战的使节。裴行俭让他们告诉遮匐，都支已经束手就擒归顺朝廷了，也希望他们放下武器，归顺唐朝。遮匐看到自己势单力孤，不是唐军的对手，就乖乖地投降了。

**【悟在当下】以智取胜**

裴行俭奉命平叛，兵力虽然不多，但他恩威并施，刚柔相济，后发制人，兵不血刃地获得了成功。裴行俭在西域的功绩很容易让人想起东汉的班超。他们都是以谋略取胜，而非用“力胜”，“智胜”可以安国定军，“力胜”则难免国弊兵疲。

现代社会，一些善于经营管理的企业家，在建立自己的基业时，总是将自己置于核心地位，抵挡危机四伏的外部世界。更重要的是，他们具有战略眼光，瞄准远方，以智取胜。当运用这一谋略时，必须沉着、冷静，掌握好反击对手的时机，使自己的反击切中要害。

## 张守圭平息契丹叛乱

唐朝开元年间，契丹叛乱，多次侵犯唐朝。朝廷派张守圭为幽州节度使，决定扫平契丹的叛乱。

契丹大将可突干几次攻打幽州，都没有成功。可突干想探听唐军的虚实，于是派使者来到幽州，假装表示愿意重新归顺大唐朝廷，永远不再进犯。张守圭知道契丹势力正旺，主动求和，必定有诈。于是，他将计就计，客气地接待了来使。

第二天，他派王悔代表朝廷到可突干营中宣抚，并命王悔一定要探明契丹内部的底细。王悔在契丹营中受到热情接待，他在招待酒宴上仔细观察契丹众将的一举一动。他发现，契丹将士在对待唐朝廷的态度上并不一致。他又从一个小兵口中探听到分掌兵权的李过折一向与可突干有矛盾，两人貌合神离，互不服气。

王悔特意去拜访李过折，装作不了解他和可突干之间的矛盾，当着李过折的面，大肆夸奖可突干的才干。李过折听罢，怒火中烧，说可突干主张反唐，使契丹各部陷于战乱，人民十分怨恨，并告诉王悔，契丹这次求和完全是假意，可突干已向西突厥借兵，不久就要攻打幽州。王悔乘机劝说李过折："唐军势力浩大，可突干肯定失败。如果你愿意脱离可突干，建功立业，朝廷保证一定会重用你。"这番话正说到李过折的心坎上，他果然心动，表示愿意归顺唐朝廷。

王悔大功告成，立即辞别契丹王返回幽州。

第二天晚上，李过折率领本部人马，突袭可突干的中军大帐。可突干毫无防备，被李过折斩于营中，这一下，契丹营大乱。忠于可突干的大将涅礼召集人马，与李过折展开激战，杀了李过折。

张守圭探得消息，立即亲率人马赶来接应李过折的部从。唐军火速冲入契丹军营，契丹军内正在火并，混乱不堪。张守圭乘势发动猛攻，生擒涅礼，大破契丹军。从此，契丹叛乱被平息。

## 【悟在当下】主动创造可乘之机

"浑水摸鱼"的原意是，在混浊的水中，鱼晕头转向，乘机摸鱼，可以得到意外的好处。此计用于军事，是指当敌人混乱无主时，乘机夺取胜利。局面混乱不定，一定存在着多种互相冲突的力量，这个时候，己方就要乘机把水搅浑，从中取利。

更多的时候，这个可乘之机不能只靠等待，而应主动去制造。一方主动去把水搅浑，等情况开始复杂起来，然后可借机行事。现实生活中，运用此计的关键是，一定要正确分析形势，发挥主观能动性，把主动权牢牢地掌握在自己的手中。

# 张巡大胜尹子奇

唐朝中后期，被唐玄宗、杨贵妃收为干儿子的节度使安禄山举兵反唐。叛军势盛，潼关失守，玄宗也弃都西奔巴蜀避难。在国家危亡之际，张巡起兵讨贼，在宁陵、雍丘屡破敌军，后来雍丘县令令狐潮反叛投敌，协同叛军攻城。张巡扼守六十多个昼夜，因城墙单薄，遂率众至睢阳，与太守许远会合共同抗敌。

至德二年，安禄山手下的一员大将尹子奇率领十三万大军兵临城下，把睢阳城团团围住。睢阳太守许远知道张巡善于用兵，智勇双全，就请张巡指挥守城。叛将尹子奇带了十三万人攻城，张巡、许远的兵力合起来才六千多人，双方兵力相差悬殊。张巡带兵坚守，和叛军激战十六天，俘获敌将六十多人，歼灭敌军两万多人，使尹子奇不得不暂且退兵。

张巡

过了两个月，尹子奇得到了增援兵力，再次率军围攻睢阳，千方百计地进攻，打算一雪前耻，发誓一定要攻下睢阳。张巡虽然接连打了几次胜仗，但是叛军兵力远胜于己，而且不停地攻击，形势越来越危急。

太守许远召集张巡和南霁云诸将商议对策。他说：“城中粮草、弓箭已经不多，只有火速杀退叛军，才能解睢阳之围。可是，敌人的兵力是我们的几十倍，即使不战，我们也会被困死啊！”

张巡胸有成竹地对许远说：“大人，俗话说‘擒贼先擒王’，我们只要能设法杀死尹子奇，让他们群龙无首，这就是最好的退兵解围之计。”同时，他还请教大将南霁云。南霁云善于射箭，在战场上射敌大将，百发百中。

南霁云回答道：“只要我们接近敌营，认出尹子奇，就能射中他。”但是尹子奇是个狡猾的家伙，平时上阵，总让几个将领陪伴。他们穿着一色的战袍，骑着同样的战马，让唐军无法辨认出哪个是主将尹子奇。于是，张巡想出了一个办法。

这天夜间，天色昏暗，星月无光。城外的叛军在营地中刚刚准备休息，忽听城头战鼓隆隆，喊声震天，尹子奇急令部队准备与冲出城来的唐军激战。而张巡方面“只打雷不下雨”，不时擂鼓，像要杀出城来，可是一直紧闭城门，没有出战。到了凌晨，鼓声在苍茫的薄明中停止了，也没见一将一卒出城叫战。尹子奇的哨兵在搭起的飞楼上察看城中的动静，可城楼上连个人影都没有。尹子奇听到汇报后，就命令军士们脱下战服休息。尹子奇的部队被折腾了半夜，没有得到休息，接到命令将士们疲乏已极，眼睛都快睁不开了，倒在地上就呼呼大睡。

就在这时，张巡和南霁云等十几个将领，每人带领五十名骑兵，打开各城门杀出来，分路猛冲敌营。叛军没有防备，营中顿时大乱，许多叛军士兵在混乱之中被杀死。

尹子奇和几个部将在惊愕之中慌忙带领主帅营附近军营中的一些士兵与张巡、南霁云等厮杀起来。谁是尹子奇呢？南霁云拉开弓箭，在搜索目标。旁边的张巡已指挥其他将士射出一支支“箭”，这是用青蒿削尖后做成的，轻飘飘的，射不远，即使射到身上也伤不了人，只有射中脸部才有些作用。

尹子奇部下见对方射来的箭没什么杀伤力，拾起一看，原来是“青蒿箭”，忙跑到尹子奇跟前报告这一重要情况。尹子奇心想：哈，原来睢阳城里没有箭了。正在狂喜之际，神箭手南霁云已判断出谁是尹子奇，他弯弓搭上真正的利箭，“嗖”的一声射将过去，正中尹子奇左眼，只见尹子奇鲜血淋漓，仓皇逃命。敌军顿时一片混乱，大败而逃。

**【悟在当下】集中力量解决主要问题**

擒贼擒王，此计用于军事，是指在战争中要抓住主要矛盾，抓住关键，打垮敌军主力，擒拿敌军首领，使敌军彻底瓦解的谋略。此计中之“王”，指敌人的主力，敌军的首领。只有擒住首领，摧毁主力，才是抓住了诸多矛盾中居于领导和支配地位的主要矛盾，才能瓦解对方的整体力量，使其他矛盾迎刃而解。张巡大胜尹子奇的战术，就是运用此计的一个典型战例。

在现代社会中，领导者做出某种决策时必须准确把握和妥善解决主要问题，这样才能够分清问题的主次，理清头绪办好事情。

# 李光弼屡破史思明

李光弼

唐朝大将李光弼，本来是契丹人，自幼擅长骑射，参加军旅后，迅速晋升。后来与郭子仪在一起，以谋用兵，屡建奇功，为扫平安史之乱做出了巨大贡献。

公元759年，史思明在邺城杀了安庆绪，自立为“大燕皇帝”，整顿人马，向洛阳方向进攻。李光弼奉命到洛阳，洛阳的官员听到史思明的兵势很猛，有点害怕，有人主张退到潼关。李光弼认为现在双方势均力敌，若己方撤退，敌人会更加猖獗，不如把军队转移到河阳，进可以攻，退可以守。于是他下令把官员和老百姓全部撤出洛阳，带兵去了河阳。等史思明进入洛阳的时候，洛阳已是一座空城。史思明在洛阳要人没人，要粮没粮，又怕李光弼偷袭，只好带兵出城，在河阳南面筑好阵地，和李光弼的唐军对峙。

李光弼是个久经沙场的老将。他知道眼前的战事只能智取，不易力攻。他听说史思明从河北带来一千多匹战马，每天放在河边沙洲洗澡吃草，就命令部下把母马集中起来，又把小马拴在马厩里，等叛军的战马一到沙洲，就把母马放出来和敌人的战马混在一起。过了一会，母马想起小马，嘶叫着奔了回来，敌人的战马也跟着到唐军阵地来了。

史思明一下子丢了上千匹战马，气得要命，立刻命令部下集中几百条战船，从水路进攻。前面用一条火船开路，准备把唐军的浮桥烧掉。

李光弼探听到这个消息，准备好几百支粗大的长竹竿，用铁甲裹扎竿头。等叛军火船驶来，几百名兵士站在浮桥上，用竹竿顶住火船。火船没法前进，被烧得一片狼藉。唐军又在浮桥上发射炮弹攻击敌人的战船，一时间，船上的敌兵伤亡惨重。

史思明几次三番派部将进攻河阳，都被李光弼用计打退。

最后，史思明发了狠心，集中了强大兵力，派唐朝叛将周挚进攻河阳的北城，自己领一支精兵攻打南城。

早上，李光弼带领部将一起登上北城，观察敌军军情，只见敌军黑压压的一大片，正一队一队向北城逼近。唐军将领嘴上不说，心里已经慌了。李光弼看出大伙儿的心情，镇静地说："别怕，叛军虽然多，但是队伍不整齐，看得出他们有点骄傲。你们放心，不到中午，保证能击败他们！"

接着，李光弼就命令将士分头出击。将士们虽然打得勇猛，但是敌人退了一阵，又上来了后续部队。太阳已经到了头顶上，双方还不分胜败。

李光弼又召集部将商量，观察敌军的阵势，断定西北角和东南角方向的战斗力最强。于是，李光弼马上拨出五百名骑兵，派两名将领率领，分路攻打西北角和东南角。

李光弼把留下的将士都集中起来，严肃地宣布军令，并拿了一把短刀插在靴子里，说："打仗本来是拼死活的事。我是国家的大臣，决不死在敌人手里。你们如果不能战死在前线，我就在这儿自杀。"

将士们听了李光弼一番话，备受鼓舞，都英勇地杀上阵去。没过多久，部将郝廷玉从阵前转身奔回来，李光弼立刻派兵士带着自己的剑迎上去，要把郝廷玉就地斩首。

郝廷玉见传令的兵士要杀他，大声叫嚷起来："我的马中了箭，并不是退却。"

传令的兵士回去报告李光弼，李光弼立刻命令给郝廷玉换上战马，重新上阵指挥作战。

李光弼看到唐军士气旺盛，就急速挥动旗帜，下令总攻，各路将士看到城头旗号，英勇地冲进敌阵，喊杀声震天动地。叛军受到猛烈的攻击，再也抵挡不住，纷纷溃退，被唐军杀死、俘虏了一千多，还有一千多兵士被挤到水里淹死，攻北城的唐朝叛将周挚逃走了。

随后，李光弼把北城俘虏来的叛军赶到河边，正在进攻南城的史思明见此，知道周挚已经全军崩溃，不敢再战，连忙下令撤退，逃回了洛阳。

**【悟在当下】计源于势，谋出于情**

李光弼之所以能在和史思明的对抗中屡战屡胜，究其原因，在于他善于思考，谋略得当。他能够根据不同的形势和情况采取不同的策略和措施，从而让形势按照自己预料的方向发展。

领兵打仗必须用计用谋，计源于势，谋出于情，势与情，就是领兵者对客观事物的了解与认识。其实在生活中也是一样，必须培养对周围客观事物敏锐的感知和认识能力，这样才能在处理各种事务中得心应手，制定出正确的策略。

## 瘫子皇帝治国有方

唐贞元二十一年正月二十三日，唐德宗李适病死在皇宫中的会宁殿。这个消息一传出，文武百官极为震惊，每个人脸上都露出紧张的神色。大臣们倒不是对德宗的死感到意外，因为德宗在正月初已是病魔缠身，并且日益加重。他们担心的是由谁来继承皇位。

按照封建社会的皇位继承惯例，父亲死了，儿子要继承皇位，长子死了，次子要继承皇位，这早已成为一项制度长期沿袭下来。那么群臣为何有此忧虑呢？是德宗无嗣吗？事实并非如此。

德宗长子李诵，建中元年正月被立为皇太子。李诵文武双全，年轻时已开始帮助父皇处理朝政。太子李诵的为人处世颇得群臣好感。但是，天有不测风云，在李诵当太子的二十年中，由于种种原因，德宗曾想另立太子。由于受父皇的冷落，长期情绪低落，心神不宁，贞元二十年九月，感情易于冲动的太子李诵得了中风病，行动不便，说话也很困难。靠这样的身体状况又怎样执掌权柄，为一国之君呢？因此，大臣们担心一旦皇位空虚，发生其他变故，比如藩镇兵变、宦官专权等，国家就会陷于混乱之中，百姓将会遭受流离之苦。

太子李诵虽病魔缠身，但他深知国家不可一日无君，自己身系重任，如果不及时站出来，国家有可能会出现混乱，那些别有用心的宦官，以及拥兵自重的大将有可能出来生事。为避免国家出现不测，在德宗发丧的日子，太子李诵身着孝服，勉强支撑着有病的身体，走出九门，召见各路军使，安定民心。大臣们见太子如常人，惊喜交加。

唐顺宗李诵

李诵正式继承皇位为唐顺宗，但瘫痪的病体，使他深感无体力、精力理政，处理国政也只好采取特殊的方式。方法之一是，提拔位卑之人为重臣，以获取其对自己的忠心，并用他们来辅佐朝政。当时唐顺宗重用的大臣主要有宰相韦执谊，翰林学士王叔文、王丕等人，其中这三人都是通过科举考试，由低微的寒士而当上朝中大臣的。唐顺宗在当政的短短八个月时间里，正是依靠王叔文等人，一扫朝廷中的污浊，取得了良好的政绩，震动了朝廷内外。

太子李诵强撑病体召见群臣这一举动，大大出乎众人的意料，使群臣对皇位继承问题的担心顿时消失，同时也震慑了那些别有用心的宦官。另外，唐顺宗在用人之上，深知自己身体衰弱，给理政带来诸多不便，为了防止被架空，他必须用忠臣，于是专门委任低微寒士以高官，委任有志之士以重任，真诚以待，感化他们的心灵，培养了一批德能兼备的忠军爱国人才，可谓用心良苦，也足见其深谋远虑。

**【悟在当下】有效领导而不是事必躬亲**

作为国家的领导者唐顺宗，统筹全局，深谋远虑，虽不事必躬亲，但也把国家治理得井井有条。

现代社会，信息时代的领导者，已经不再是事必躬亲的事务主义者，不再更多地关注管理目标的具体实施与控制，而更多专注的是组织共同愿景的形成，组织的未来与发展。新时代的领导要努力成为学习型、创造型和战略型的领导。

# 李愬雪夜下蔡州

元和九年八月，淮西节度使吴少阳去世，他的儿子吴元济接替军务，并四处发兵，大肆掠夺鲁山和襄阳，甚至扩展到关东地区，整个关东地区都震惊了。在如何对待反叛的吴元济问题上，当时大多数朝臣是主和派，主张赦免吴元济之罪，并加委他做淮西节度使。而裴度等主战派则认为，淮西是“不得不除”的“心腹之患”。由于宪宗支持主战派的意见，十月，开始了讨伐淮西的行动。

唐宪宗发兵征讨淮西，但是派去的统帅，不是腐朽的官僚，就是自己另有企图。结果，花了整整三年工夫，费了大量财力，都失败了。元和十二年七月，讨伐淮西的战争进入第四个年头，前方战争屡屡失利，兵饷运输又出现了严重困难。后来朝廷派李愬担任唐州等三州节度使，要他进剿吴元济的老巢蔡州。

唐州的将士打了几年仗，都不愿再打，听到李愬一来，有点担心。李愬到了唐州，就向官员宣布说：“我是个懦弱无能的人，朝廷派我来，是为了安顿地方秩序。至于打吴元济，不干我的事。”

这个消息很快传到了吴元济那里。吴元济打了几次胜仗，本来就有点骄傲，听到李愬不懂得打仗，更不把防备放在心上了。

这期间李愬打下了淮西的两个据点收服了两个降将，一个叫李昂，一个叫李忠义。李愬知道这两人都是有勇有谋的人，就推心置腹地信任他们，跟两人秘密讨论攻蔡州的计划，有时讨论到深更半夜。

李昂向李愬献计说：“吴元济的精兵都驻扎在洄曲和四面边境上，守蔡州的不过是一些老弱残兵。我们抓住他的空隙，直攻蔡州，活捉吴元济是没问题的。”

李愬命令李昂、李忠义带领精兵三千充当先锋，自己亲率中军、后卫陆续出发。除了李忠义、李昂几个人，谁也不知道要到哪里去。有人偷偷问李愬，李愬说：“只管朝东前进！”

赶了六十里地，到了张柴村。李愬占领了张柴村，命令将士休息一会，再留下一批兵士守住张柴村，截断通往洄曲的路。一切安排妥当，就下令连夜继续进发。

将领们又向李愬请示往哪里去，李愬这才宣布：“到蔡州去，捉拿吴元济！”

这个时候，天色黑洞洞的，北风越刮越紧，鹅毛般的大雪越下越密。从张柴村通往蔡州的路，是唐军从来没走过的小道。大家暗暗叫苦，但是，李愬平日治军很严，谁也不敢违抗军令。

半夜里，兵士们踏着厚厚的积雪，赶了七十里，才到了蔡州城边。李昂、李忠义吩咐兵士在城墙上挖了一道道坎儿，他们带头踏着坎儿爬上城，兵士们也跟着爬上去。守城的淮西兵正在呼呼睡大觉，唐军趁此时机把他们杀了。接着，打开城门，李愬大军迅速进城。

大军到了内城，也照这个办法顺利地打进了内城，内城里的淮西军一点也没有发觉。

鸡叫头遍的时候，天蒙蒙亮了，雪也止了。唐军已经占领了吴元济的外院，吴元济还在里屋睡大觉呢。有个淮西兵士发现了唐军，急忙闯进里屋报告吴元济说：“不好了，官军到了。”

吴元济懒洋洋地躺在床上不想起来，笑着说：“这一定是犯人们在闹事，等天亮了看我来收拾他们。”

刚说完，又有兵士急匆匆地冲进来说：“城门已经被官军打开了。”

吴元济奇怪起来，说：“大概是洄曲那边派人来找我们讨寒衣的吧！”

吴元济起了床，只听见院子里一阵阵吆喝传令声，接着，又是成千上万的兵士的应声。吴元济这才害怕起来，带了几个亲信兵士爬上院墙抵抗。

李愬对将士说：“吴元济敢于顽抗，是因为他在洄曲还有一万精兵，等待那边来援救。”

驻洄曲的淮西将领董重质，家在蔡州。李愬派人慰抚董重质的家属，派董重质的儿子到洄曲劝降。董重质一看大势已去，就亲自赶到蔡州向李愬投降。

李愬命令将士继续攻打院墙，砸烂了外门。吴元济还想凭着院墙顽抗。李愬又放火烧了院墙的南门。蔡州的百姓们受够了吴元济的苦，都扛着柴草来帮助唐军，唐军兵士射到内院里的箭，密集得像刺猬毛一样。

到太阳下山的时候，内院终于被攻破，吴元济没有办法，只好投降。

李愬讨伐淮西的胜利，大大震慑了河北、山东的割据者，他们纷纷表示服从朝廷。

**【悟在当下】做好准备工作**

李愬之所以取得最后的胜利是因为他战前准备充分，麻痹了敌人，战争中出奇制胜，利用奇兵擒贼先擒王，深入虎穴一举成功。他的成功并不仅仅是利用奇兵，而是做了大量准备工作后的结果，是一种静如处子、动如脱兔的表现。

在日常生活中，如果缺乏精心的准备和对对手的充分了解，也许“奇兵”就将成为送入虎口中的“羊羔”。只有奇正相生，做好充分的准备工作才能够达到目标。

## 高仁厚严整军法震撼叛军

唐僖宗中和四年，剑南东川节度使杨师立举兵反叛朝廷。唐僖宗任命眉州防御史高仁厚为主帅，西川守将杨茂言为行军副使，一同率领五千名官兵前去征讨。

高仁厚率军来到德阳以后，杨师立派遣他的部将郑君雄、张士安占据鹿头关，抵御官军。高仁厚对部下说：“主动出击对叛军有利，而我军却要付出重大的代价，不如将他们包围起来困乏他们，而我军则以逸待劳，伺机出击。”于是下令布下十二个营寨，将杨师立的部将郑君雄、张士安团团包围起来。

这天半夜二更时分，郑君雄等出动大军，乘官军不备突然袭击了城北副使的营寨，杨茂言抵御不住，率领人马扔下营寨逃跑，旁边几个营寨的官兵看到副使都逃跑了，也纷纷逃去。

叛军集中兵力向南攻打官军主帅所在的中军，高仁厚听到这一消息，下令把营寨的大门打开，四处点燃火炬，然后，他亲自率领士兵在大道两旁埋伏。叛军赶到时，看见营寨的大门敞开着，灯火辉煌，担心有诈，不敢贸然闯进去，掉头便往回走。此时高仁厚下令伏兵突然发起进攻，东川的人马拼命地逃跑，一败涂地。

高仁厚考虑到那些扔下营寨逃跑的官兵应当诛杀处斩的人很多，于是，便秘密地找来掌管文书的吏员张韶，命令他道："你赶快派遣军中的侦探带领几十人分头去追赶逃跑的官兵，只用你自己的口吻对他们说：'高仆射幸好没有走出营寨，一切他都还不知道，你们快点回去，明天早晨到他营寨中去参拜时要像往常一样，不要有什么顾虑。'"张韶向来有忠厚长者的名声，大家对他的话也很相信，因此，到了四更时分，逃走的官兵又陆续地回到营寨；只有副使杨茂言跑到了张把镇，张韶尽力追赶才将他劝回。高仁厚听到各个营寨打更的漏鼓声已和往日一样，高兴地说："都回来了！"次日早晨，各营寨的将领都集中起来一起参见高仁厚，真的以为他对出逃的事件一无所知。坐了好久，高仁厚才对杨茂言说："昨天夜里听说你带头逃跑，竟然跑到了张把镇，有这回事吗？"杨茂言回答说："昨天夜里我听到贼寇在攻打中军，左右说你已经撤离了，所以，这才快马加鞭去追，后来得知你根本没有撤离，我们才又回到营寨里来了。"

高仁厚说："我和你都是接受皇上的谕令，统率官军来讨伐贼寇的，如果是我先逃走，你作为副使理所当然应怒声呵斥我下马，执行军法，而代行总指挥的职务，然后奏报皇上。今天你既然已经先逃跑了，而又说谎欺骗，按理应当如何处置呢？"

杨茂言说："该当死罪。"

高仁厚说："当然！"于是命令左右将杨茂言拉下去斩首，将领们听到这个消息个个都吓得手脚发抖。

随后，高仁厚又召来几十名昨天夜里俘虏的贼寇，给他们解开绳索放他们回去。郑君雄等人听说之后都非常害怕，说："高仁厚严格执行军法，怎能不打胜仗！现在开始咱们人马可不能再出去送死了啊！"后来郑君雄杀了杨师立，向高仁厚投降。

**【悟在当下】先做人，后做事**

高仁厚严整军法，震撼叛军，取得了战斗的胜利。自古以来，纪律严明一直是兵家决胜的要领。

在现代社会，要想成就事业，必须先学做人，再学做事。要高标准、严要求，自觉遵守纪律，努力提高思想和道德觉悟，这是做人的第一准则。

# 狄青率军以寡敌众

宋代的名将狄青，以骁勇善战，惯于以少胜多而闻名天下。

狄青

宋仁宗皇祐年间，侬智高在邕州叛乱，宋仁宗下诏任命狄青为宣抚使去平定叛乱。有人对狄青说："敌人的标牌军训练有素，锐不可当，这次平叛不是那么容易的事情！"

狄青说："标牌军是步兵，依靠手中长枪而防守严密，但却没有骑兵机动灵活，遇到骑兵就不一定能施展其威力，我希望能得到西蕃部落骑兵的支援。"

又有人说："南方多山地，纵横交错，骑兵惯于在平原驰骋，一旦到了南方恐怕难有用武之地。"

于是狄青就说："西蕃部落的骑兵善于射箭，能耐劳苦，上山下山如履平地，我们应在这南方瘴气还未发的时节，迅速驰马破敌，一定能取得胜利。"

等到出发时，狄青的部队每天行军的路程不超过一个驿站。每到一个州，就让将士们休息一天。到了潭州，便整顿队伍，严肃军纪，当时军队中有一士兵在旅店里抢夺驻地老百姓的一把菜，狄青得报后，立即将其斩首示众，因而全军军纪肃然。当时侬智高已还师据守邕州，狄青担心昆仑关险阻被叛军所占据，便按兵不动。同时下令宾州官吏准备好五天的军粮，休整士卒。此时正值上元节，狄青下令全军张灯结彩，第一天夜里宴请高级将领，饮了个通宵达旦，喝得很痛快；第二天夜里又宴请中级将领，那天夜里时值风大雨猛，酒喝到二更时分，狄青忽然声称有病，起身进里面去了。过了好久，才派人告诉副将孙沔，请他暂代狄青主持宴席，并且说自己过一会儿吃点药后便出来，还几次派人前去慰劳各位将领，劝大家饮酒。因狄青军纪森严，直到拂晓，将领们都不敢告退。这时忽然有军士飞驰来报："夜里三更时，狄青元帅已经夺取了昆仑关。"

待到全军过了昆仑关后，狄青高兴地说道："敌人不知道据守这个地方，说明他们没什么作为。"当大军接近邕州时，敌人才发觉，于是，急忙在归仁铺迎敌。狄青登高一望，见敌人占据了山坡，宋军正在逼近敌人，就派步兵在前登坡，把骑兵隐藏在步兵后边。敌方则派骁勇善战的标牌兵在前迎战，人人手执长枪。标牌兵防守严密，宋军几次勇猛的冲击都劳而无功。但将士们由于畏惧狄青，没有一个敢后退的。这时狄青手执五色旗登上高山，指挥步兵后的骑兵分为左右两翼，从步兵背后驰马杀出，把敌军分割成三段。狄青的骑兵转来转去地攻击敌人，左翼的骑兵一会儿杀向右翼，右翼的骑兵一会儿杀向左翼。不久，右翼的骑兵又转向左翼，左翼的骑兵又转向右翼，弄得敌人不知所措。敌人的标牌军也被宋军的骑兵左冲右撞，乱作一团，为了防备伤着自己人，士兵手里的长枪只得竖着拿，好像被捆住了似的。宋军又从马上用铁链枷敲击敌军，所向披靡。依智高无可奈何，只得急匆匆地用一把火将城烧毁之后逃走。宋军趁机追击敌人，赶了几里路后，遇到一道深涧，敌人一下子就被堵在了山崖边，狄青立即下令鸣金让军队停止前进，敌人才得以逃脱。

事后将领们后悔没有让他们去追击。狄青向他们解释道："疲于奔命的敌人，要是突然停下来向我军做殊死抵抗，怎么能知道他们这其中没有什么阴谋呢？况且我军已经获得了很大胜利，对于残余的敌人就不值得再去贪取了。"

这次叛乱就此被狄青平定。

**【悟在当下】主攻对方软肋**

在战争中，往往主帅决策，将士拼杀。战争胜负，取决于实力，更取决于智慧。如果决策者高明，寡可以胜众，少可以胜多，决策者战术运用得当，就可以转危为安，由败转胜。

狄青面对训练有素的叛军，找出针对性的克制敌军的战术方法，加上战前的准备和训练，终于以寡胜众，取得了胜利。

在日常生活中，我们的竞争对手可能会是某方面的专家，拥有某方面的优势，但没有人会是全才，每个人都有他们的不足之处，只要善于发现对方的弱点，有针对性地采取措施，就一定能取得胜利。

## 韩世忠智阻金兀术

韩世忠，字臣良，绥德人，是主张抗金的主要将领之一。

公元1130年三月，金兀术带了十万金兵北撤，到了镇江附近，就遇到宋军大将韩世忠的拦击。

金兀术到了江边，打听到韩世忠不放他们过江，就派使者到宋营下战书，要求跟宋军决战。韩世忠答应了他们，还跟金兀术约定了决战的日期。那时候，金兵有十万人，但是韩世忠手下宋军总共才8000人，双方兵力相差很大。韩世忠明白，要打赢这个仗，只有依靠士气。

韩世忠

韩世忠又召集部将商量，说：“这一带地势，要数金山上的龙王庙最险要。估计金人一定会到那儿去侦察。”他派出一名部将带领二百兵士到龙王庙设下埋伏。

果然不出韩世忠所料，过了一天，就有五名金军将士骑马上了金山，到龙王庙前察看宋军动静。庙里埋伏的宋兵等到金人靠近，擂响战鼓，冲杀出来。五名金军将士一见中了埋伏，拨转马头就逃。宋兵追赶上去，抓住了两名金兵。另外三名伏在马背上没命地逃奔，其中一个身穿红色战袍、系着玉腰带的金将，慌里慌张从马上摔了下来，又急忙跳上马背逃走了。宋军审问了俘虏，才知道那个穿红袍的，就是金军主帅金兀术。

决战的时刻到了。双方在江边摆开阵势，展开了一场血战。金兵虽然人马多，但是，一来军纪涣散，二来长途行军，十分疲劳，哪儿敌得过韩世忠手下精兵的袭击。一场战斗下来，金兵被杀伤的多得数不清，连金兀术的女婿“龙虎大王”也被活捉。

金兀术又派出使者到宋营，情愿把从江南抢来的财物全还给宋军，只求让他们渡江，韩世忠不答应。金兀术又提出把他带来的一匹名马献给韩世忠，也被拒绝。

金兀术没法过江，只好带着金兵乘船退到黄天荡。哪里知道黄天荡是一条死港，船驶进那里，找不到出路。正在进退两难的时候，有人献计说：“这里原来有一条河道，可以直达建康，只是现在堵塞不通，如果叫兵士开凿出来，就可以逃过宋军的追击了。”

金兀术立刻命令金兵开挖河道。金兵人多，挖了一个通宵，就开凿了一条五十里长的水道。金兀术赶忙指挥金兵沿水道逃到建康，不料半路上又遇到宋将岳飞的堵击，只好退回到黄天荡。

金兵在黄天荡被宋军围困了48天，将士们叫苦连天。这时候，江北的金军也派兵来接应。金兀术想用小船渡江，韩世忠早有准备，他在大船上备好大批带着铁索的挠钩，等金兵的船只渡江的时候，大船上的宋兵用长钩把小船钩住，再用铁索用力一拉，小船就被掀翻了，金兵连人带船一起沉到了江底。

金兀术十分焦急，请求韩世忠上阵对话，苦苦要求韩世忠让他们渡江。韩世忠说：“你们要过江不难，只要你们归还占领的地方，我就放你们过江。”

金兀术回到金营，跟金将商量对付宋军的办法，他愁眉苦脸地说：“宋军行船好像我们骑马，来去像飞一样快，我们怎么渡得了江？”

部下有人说：“现在形势紧急，只要悬赏叫人献计，也许还有希望。”

金兀术下命令挂出悬赏牌，果然有一个奸细跑来献计说：“宋军的大海船，是靠风帆行驶的，只要挑个没风的日子出江，大船就驶不动了。”他还教金兀术用火攻的办法攻击宋军。

过了几天，正遇到个大晴天，江面上风平浪静。金兵偷偷登上小船，分批渡江。韩世忠想用大船赶上去拦击，但是因为没有风，大船行驶慢，赶不上小船。正在着急的时候，金兵的火箭纷纷射来，射中了宋船的风帆。风帆起了火，整个船只都延烧起来，船上的宋军纷纷落水。韩世忠只好放弃船只，乘小船退回镇江。

金兀术摆脱韩世忠的阻击，带兵回到建康，抢掠了一阵，准备撤回北方，到了静安镇，又遭到了岳飞军的袭击，被杀得一败涂地，狼狈逃窜。

**【悟在当下】以攻为守，变被动为主动**

韩世忠能守住赵州和大名，原因在于他不是消极防守，而是以一种积极的姿态以攻为守。按常理说，攻守双方一个是主动，一个是被动，守方受制于人，很容易被打败。以攻为守就是改变守方的这种被动位置，充分地把主动权掌握在自己手中。

同样，我们不管做什么事情，都需要保持积极主动的健康心态，始终把主动权把握在自己手中。只有积极进取，追求进步，坚持不懈，理想才会实现，梦想才会成真！

## 毕再遇悬羊击鼓巧撤兵

宋朝开禧年间，金兵屡犯中原。宋将毕再遇与金军对垒，打了几次胜仗。金兵又调集数万精锐骑兵，要与宋军决一死战。这个时候，宋军只有几千人马，如果与金军决战，必败无疑。毕再遇为了保存实力，准备暂时撤退；但又一想：金军已经兵临城下，如果知道宋军撤退，肯定会追杀。那样，宋军损失一定惨重。毕再遇苦苦思索如何蒙蔽金兵，转移部队。这时，只听帐外马蹄声响，毕再遇受到启发，计上心来。

接连几天晚上，毕再遇都安排士兵出去找羊。士兵们都非常纳闷，说：“大丈夫应该领兵作战，前线击敌，为什么半夜鬼鬼祟祟地去找羊呢？”

毕再遇说："大丈夫应该能屈能伸。现在敌众我寡，不是表现英勇杀敌的时候。拼命应战，只会溃败。我们应该保存实力，成功撤退，待时机成熟，再杀回去，一决胜负。"

士兵们觉得有道理，就连夜找羊，筹备撤退计划。

毕再遇暗中做好撤退部署。一天晚上，命令拔营撤退，但把旗帜都留在军营中。士兵们将数十只羊的后腿捆好绑在树上，把它的前腿放在鼓上，山羊受不了倒挂，前腿乱动，踢响了鼓，发出声响。

当天半夜时分，金军听见宋兵营里鼓声隆隆，以为宋军趁夜劫营，急忙集合部队，准备迎战。哪知只听见战鼓隆隆，却不见一个宋兵出城。宋军连续不断地击鼓，搅得金兵整夜不得休息。金军的头领似有所悟：原来宋军采用疲兵之计，用战鼓搅得我们不得安宁。宋营的鼓声连续响了两天两夜，金兵根本不予理会。到了第三天，金兵发现，宋营的鼓声逐渐微弱，金军首领断定宋军已经疲惫，就派军队分几路包抄，小心翼翼靠近宋营。见宋营毫无反应，金军首领一声令下，金兵蜂拥而上，冲进宋营，这才发现宋兵的营地已经是空无一人，想要追时，毕再遇的部队早就走远了。

**【悟在当下】锐者避其锋**

毕再遇用"悬羊击鼓"的计策迷惑敌军，利用两天的时间得以安全转移。

孙子曰："小敌之坚，大敌之擒也。"当我方实力不如敌方时，不要与之硬碰，锐者避其锋，是明智的做法。一味地蛮干，只有死路一条。

## 王守仁智擒朱宸濠

王守仁奉命去福建平定叛乱，途经丰城时，听说了宁王朱宸濠谋反的消息。因为兵力不足，王守仁便急忙逆流而上赶到吉安。临近黄昏时，他秘密地找到了另外一条小渔船，然后换上平民的衣服乘着渔船走了。临走时他让自己的一个部下，换上他的官服官帽，仍然留在那条船上。不久，叛军果然追上了那条船，把那个假王守仁抓了起来，等到他们了解真相时，王守仁早已走远了。

王守仁走到半路时，又担心朱宸濠会马上出兵，就派出间谍，假装是奉了朝廷的密旨，诏令说：两广、湖襄的都御史和南京的兵部，已经各自命令将领们出兵，伏兵在要害之处，等到叛军到来时，就偷袭杀死他们。

王守仁

朱宸濠得到消息后，便犹豫起来，不敢马上发兵。王守仁到了吉安，调集了兵马与粮草等，准备妥当，这才传令集合军队，宣布朱宸濠的罪恶。朱宸濠发觉上了王守仁的当，愤怒地下令立即出兵。

朱宸濠派人探听到王守仁不准备出城的消息后，只留下一万多名士兵守卫南昌，自己则亲自率军东下。王守仁得知朱宸濠已经出动，便急忙上书督促各府集结兵力，限期在丰城会师。这时朱宸濠已包围了安庆，将领们提议应该马上前往安庆去救援。王守仁则认为：“九江、南康都已被敌人占据，而南昌城里有一万多精兵，钱财与粮草等军用物资充足。我军如果到安庆救援，敌军必然要回师与我们殊死决战。安庆的守军仅仅能够自卫，一定不能出城来与我们夹击敌人。如果敌人命令南昌的叛兵切断我们的粮道，与九江、南康的叛军联合起来围击我军，而各地的援军我们一时又指望不上，那形势可就危险了。如今我军突然聚集起来攻南昌先声夺人，南昌城里必然惊恐，我们集中主力进攻，南昌城一定会被攻下。这是孙膑当年围魏救赵的计策。”

这时，派去侦察敌情的探子回来报告说：“叛军已在南昌城外的新旧厂伏兵一万多人，以便构成犄角之势。”王守仁当即派兵从小道奇袭了这支叛军，叛军溃逃，撤进南昌城里。城里的叛军这才知道各地的明军迅速集结包围了他们，因此都十分惊恐。于是，王守仁一鼓作气地攻下了南昌城。

朱宸濠听说明军到了丰城，就想回师南昌，他的“宰相”李士实进谏道：“一定要马上进攻南京，只要登上帝位，长江以西地区自然就会投降的。”朱宸濠没有听从，而是先解了安庆之围，之后便把军队转移到江边。王守仁听说叛军很快要到南昌来了，马上召集大家商量对策。大家都认为："应当收兵进城，坚壁清野，等待援兵。"王守仁说："不对，他们听说自己的老巢已被攻下来了，早已吓破了胆。我们要先派出精锐部队，等到叛军十分疲惫地到来时，打他个措手不及，一下子就挫败了他们的锐气，这样，敌人就将不战自溃，这就是兵家常说的'先声夺人'。"

于是，他向武文定等人部署具体的对敌作战方案，叫他们先用一支游击军队前去吸引叛军，再假装战败来引诱叛军进入明军的包围圈，等待叛军争着前来抢功时，明军的伏兵突然杀出，从四面八方来合击敌人。王守仁还考虑到居住在南昌城里的皇族成员中可能会有人为朱宸濠做内应，就亲自慰问和劝告他们，并发布告示说："凡是胁从的，一律都不予以过问；即便有人曾经接受过朱宸濠的伪官职，只要能主动逃回来的，都免于追究死罪；能杀叛贼后而回来投降的，都给予奖赏。"他还派城内外的居民，以及为明军做向导的老百姓，在四面八方广泛地传播告示的内容；又部署分兵攻打九江、南康的叛军，断绝叛军的外援。于是，大家群策群力，一并作战，谋反的首领宁王朱宸濠终于被活捉了。

**【悟在当下】持之以恒，沉着应对**

王守仁具有政治家的胆识和谋略，在兵力不足的情况下，他沉着应战，在充分把握对方心理的前提下，声东击西，一鼓作气，先声夺人，智擒朱宸濠。这充分展示了他的智慧和雄才大略。

现实生活中，每当遇到问题时，一定要保持良好的心态，综合考虑各种因素，坚持不懈，持之以恒，原则性与灵活性相结合，沉着应对。

## 刘荣指挥有方大败倭寇

明朝时期，当时的日本浪人，常常组成团伙侵犯我国沿海地带，烧杀抢掠，无恶不作，使我国沿海百姓蒙受了重大损失。当时的明朝军民就称之为"倭寇”。辽东半岛由于地理位置原因，经常受到倭寇的抢掠。因此，明朝朝廷总是派有经验的、智勇双全的大将镇守那里。

明成祖永乐十七年，大将刘荣担任左都督，镇守辽东。有一次，他视察辽东诸岛屿，观测那里的地形。他认为金州卫的金线岛西北面的望海埚，地势最高，可瞭望附近的众多岛屿，又处于倭寇侵扰的必由之路，也是守卫滨海的咽喉要道。因此，他奏请朝廷在山上构筑城堡，打算设置烽火台来监视海面。朝廷就准了他的奏请，很快就在望海埚建造了堡垒，并长期驻军警戒，守备。

有一天，负责瞭望的将士前来报告说：“东南方向，夜间发现有火光。”这是有船前来的信号，刘荣估计将有倭寇入侵，便立刻派骑兵、步兵奔赴望海埚的小堡上警戒，准备迎击来敌；同时，命令犒赏将士，喂好战马。但外面看起来全军仍然是一副漫不经心的样子。此外，又派督指挥徐刚率兵埋伏在山下，还下令百户长姜隆率领一些壮士潜伏着准备去焚烧来敌的船只，以截断他们的退路，并且与大家约定：“看见举旗，听见炮声，伏兵便奋起攻击，不听从命令杀敌者，定斩不饶。”第二天天一亮，果真有两千多名倭寇乘海船直抵望海埚，登上岸后便鱼贯前行，如同走进无人之地。此时，刘荣披甲举旗，指挥将士们鸣炮，于是，伏兵全都奋起，如猛虎下山，一面大声呐喊，一面分为左右两侧进攻敌人，拼命砍杀。倭寇不知有伏兵，被杀了个措手不及，如惊弓之鸟，一哄而散，这样一来败得更快，顿时尸横遍野，失去了一半的兵力。其余的敌寇狼狈逃到樱桃园的一个空城堡里，明军又包抄攻击，将士们要进入空城堡里剿杀全歼敌人，刘荣没有同意，而故意让开一面放他们逃跑。等到倭寇全部从空城堡里出来，刘荣即命令两翼部队夹击，倭寇再次四散而逃，被明军逐个消灭，结果这一战活捉了倭寇几百人，斩首一千多人。有侥幸逃到海船上的，又全都被姜隆及其部下所俘获，无一人逃脱。而明军几乎没有伤亡。

战斗结束，班师回营后，众将请教刘荣说：“将军您发现敌人时很安闲自如，等到临阵时却披甲战斗，把敌人逼进城堡后，不仅一个不杀，反而还放走他们，这是什么原因呢？”刘荣解释说：“倭寇远道而来，一定是又饥饿又疲劳。我军则以逸待劳，以饱待饥，这是兵家常用且有效的方法。倭寇开始是鱼贯而来，组成的是长蛇阵形，这种阵势攻击性强，动作灵活但两翼薄弱，易于被伏兵击溃，所以我们要用此法来对付他们，攻击其两翼，拦腰截断他们，使他们首尾不能兼顾。在慌乱中，无组织无纪律的倭寇必然不会拼命互相援救，这样，我们消灭了前方的倭寇，后方的倭寇进入空城堡内，一定有拼命战斗的决心，这时，我军如硬要攻击它，怎么能不受挫折呢？虽然我们兵力有优势，但也没有必要去强攻这些凶悍的亡命之徒。因此，我故意放条生路让他们逃走，然后待他们出来后，因急于逃窜，已无心再战，此时再予以打击，就可以最小的代价取得巨大的成功！这是‘围城必阙’的战术。以上这些作战方法，兵书上都有记载，诸位平时没有留心吗？”

**【悟在当下】围三缺一，虚留生路**

“围城必阙”在兵法上指：对于急于撤退的敌军不要阻拦；对被围困的敌军必须留以溃逃的缺口；对于处于绝境的敌军不要过分逼迫。这三种情况，处置的方法不尽相同，但用意都在于给敌以生路，促其瓦解，以便于我胜利。这实际上是一种变难打为易打的战法。

“围城必阙”从积极竞争的角度来看，是一种欲擒故纵的手段，这种“围三缺一，虚留生路”网开一面的方法在日常生活、生产经营及为人处世中都有积极的意义，是一种很有实用价值的策略。

## 于谦护主保京师

于谦是明朝著名的抗击瓦剌英雄，浙江钱塘人。他从小有远大的志向。小时候，他的祖父收藏了一幅文天祥的画像。于谦十分钦佩文天祥，便把那幅画像挂在书桌边，并且题上词，表示一定要向文天祥学习。长大以后，他考中进士，做了几任地方官，严格执法，廉洁奉公；后来担任河南巡抚，奖励生产，救济灾荒，关心人民疾苦。后又被调到北京担任兵部侍郎。

明朝五十万大军在土木堡全线崩溃，明英宗被瓦剌军俘虏，史称“土木之变”。消息传到北京，太后和皇后急得哭哭啼啼，从宫里内库捡出大量金银珍宝、绫罗绸缎，偷偷派太监带着财宝去寻找瓦剌军，想把英宗赎回来。结果，当然是毫无希望。

于谦

从土木堡逃出来的伤兵，断了手的，缺了腿的，陆续在北京街道出现了。京城里人心惶惶，谁也不知道皇帝下落怎样。再说，京城里留下的人马不多，瓦剌军来了怎么抵挡呢？

为了安定人心，皇太后宣布由平王朱祁钰监国，并且召集大臣，商量怎么对付瓦剌军。大臣们七嘴八舌，不知怎么办才好。大臣徐有贞说：“瓦剌兵强，怎么也抵挡不住。我考察天象，京城将遭到大难，不如逃到南方去，暂时避一下，再作打算。”

兵部侍郎于谦神情严肃地向皇太后和平王说：“谁主张逃跑，应该被砍头。京城是国家的根本，如果朝廷一撤出，大势就完了。大家难道忘掉了南宋的教训吗？”

于谦的主张得到许多大臣的支持，在京城面临危急的时刻，于谦毅然担负起守城的重任。他一面加紧调兵遣将，加强京城和附近关口的防御兵力，一面整顿内部，并逮捕了一批瓦剌军的奸细。

瓦剌首领也先俘虏了明英宗，没把他杀死，却挟持着英宗当人质，不断骚扰边境。京城不可一日无主。于谦等大臣请太后正式宣布让朱祁钰做皇帝，被俘虏的明英宗改称太上皇。朱祁钰这才即位称帝，为明代宗。

也先知道明朝决心抵抗瓦剌，就以送明英宗回朝为借口，大举进犯北京。

这一年十月，瓦剌军很快打到北京城下，在西直门外扎下营寨。于谦立刻召集将领商量对策。大将石亨认为明军兵力弱，主张把军队撤进城里，然后把各道城门关闭起来防守，日子一久，也许瓦剌会自动退兵。

于谦说：“敌人这样嚣张，如果我们向他们示弱，只会助长他们的气焰。我们一定要主动出兵，给他们一个迎头痛击。”

接着，他分派将领带兵出城，在京城九门外摆开阵势。

于谦在城外把各路人马布置好后，亲自率领一支人马驻守在德胜门外，让城里的守将把城门全部关闭起来，表示有进无退的决心，并且下了一道军令：将领上阵，丢了队伍带头后退的，就斩将领；兵士不听将领指挥，临阵脱逃的，由后队将士督斩。

将士们被于谦勇敢坚定的精神感动了，士气振奋，斗志昂扬，下决心跟瓦剌军拼死战斗，保卫北京。

这时候，各地的明军接到朝廷的命令，也陆续赶到北京支援。城外的明军增加到22万人。

明军声势浩大，戒备森严，也先发动几次进攻，都遭到明军奋勇阻击。城外的百姓也配合明军，跳上屋顶墙头，用砖瓦投掷敌人。经过五天的激战，瓦剌军死伤惨重。

也先遭到严重损失，又怕退路被明军截断，不敢再战，就带着明英宗和残兵败将撤退。于谦等明英宗去远了，就用火炮轰击，又杀伤了一批瓦剌兵。北京城保卫战，取得了辉煌的胜利。

**【悟在当下】坚定主张，灵活应变**

于谦可称得上是一个军事天才。他能“顺势而谋”，力驳“南迁”的荒谬主张，坚定了决策者主战的决心；又在大敌当前之际，沉着应战，指挥有方，打了一场漂亮的京都保卫战。所以，人是战争中最重要的因素，而指挥战士作战的将帅的谋略，无疑起着至关重要的作用。

同样，在我们的日常事务中，领导者的思想和智谋在一定程度上决定着整个组织的发展方向。组织的发展，需要领导者更新观念，坚定正确的主张，灵活应变，因势利导。

# 机敏篇

思维机敏的人，遇事能随机应变，而不会在问题突然到来时感到困窘；只有过人的机敏，才能躲避灾害，获取利益，成就一番事业。

# 亡苏秦擒刺客

战国时期，秦国日渐强大，崤山以东的各国越来越害怕，却又不知如何是好。被秦王驱逐出境的苏秦以合纵之计赢得六国的认同，一时间身挂六国相印，贵不可言。齐宣王对苏秦言听计从，宠护有加，使得那些与苏秦争宠的人非常怨恨，想刺杀苏秦。

后来齐宣王驾崩，齐湣王即位，所有人都想一朝天子一朝臣，这下苏秦该失去靠山了吧。没想到，齐湣王为了不使这身有六国相印的苏秦为他国所用，依然对苏秦信任有加，宠信有增无减，不禁让那些早在暗中磨刀霍霍的人大失所望。

一次，孟尝君在对秦政策上和苏秦产生了分歧，齐湣王竟听从了孟尝君的主张，出兵伐秦，结果大败而回。但是，孟尝君不但没受到处罚，还受到湣王的大批赏赐，以为压惊。立刻，很多人都认为齐湣王肯定已经不信任苏秦了，这应该是除掉苏秦的最好时机。于是他们暗中雇用杀手，准备伺机刺杀苏秦。

刺客被安排在苏秦上朝的必经之路上。就在苏秦刚刚解下佩剑，离开卫士，要上朝面见齐湣王的时候，从旁边站立的侍从中冲出一人，一把扭住苏秦，就势从怀中抽出一把匕首狠狠地插进了苏秦的肚子里。苏秦一手推开刺客，一手紧紧捂住冒血的伤口，咬紧牙关跑上大殿。已经等在朝堂上的官员和齐湣王见状无不大惊失色，湣王从王座上冲下来，一把扶住已经摇摇欲坠的苏秦，大叫“丞相”，然后对着站在大殿外的卫兵们喊道：“快！快捉住那胆大妄为的贼人！”已经被眼前的变故弄蒙的卫兵，这才想起捉拿刺客，可是刺客早就逃得无影无踪了。

苏秦颤抖着手抓住湣王的袍袖，轻声、艰难地说：“大王，臣死后请务必将臣五马分尸，还要对世人宣称：‘苏秦乃是秦国间谍，为了反间齐国潜伏数年，今幸事败受诛，若有知情来告的人必赏千金！’大王，来者必是刺客！大王，臣之仇，只大王可雪！”

湣王虽然于心不忍，但是为了苏秦临终之托，就将他的尸首车裂，悬头于市，还张榜悬赏。果然，不久就有人跑来领赏，齐湣王抓住了凶手，苏秦大仇得报。

**【悟在当下】投其所“好”，引蛇出洞**

孙子兵法所谓“虚则实之，实则虚之”是以混淆视听扰乱对方的判断为目的。运用此道必先深谙对方的心理和用意，才能投其所好，引蛇出洞。

苏秦虽死，其智不亡。他深知刺客见齐王对苏秦如此憎恨必会以“我杀苏秦”为功邀赏，自己走出来承认事实，而想出了这个高明的报仇计策。

## 冯谖买“义”

公元前301年，孟尝君出任齐国的宰相，他的封地之一薛邑连年受灾，派去收租的人往往收不回田租。有人见冯谖能言善辩，就建议孟尝君派他去收债。临走前，冯谖问孟尝君：“主公，收完债后，可希望我买些什么东西回来呢？”孟尝君不在意地说：“你看我家缺少什么就买些什么吧。”

冯谖到了薛地，见百姓们的确穷苦，根本就无法还债。于是冯谖把百姓们集中在一起，将债券一一核对完毕后，就假借孟尝君的名义，说是要把这些债券赐还给这些百姓，并当场把所有的债券烧掉了。百姓都称颂孟尝君贤德，无不欢呼雀跃。

冯谖就这样两手空空回来复命。孟尝君问道：“债都收上来了吗？”冯谖回答：“全部收完了。”孟尝君又问：“那你买了什么东西回来呢？”冯谖说：“我私下盘算，您府上珍宝无数，宝马成群，什么都不缺，您现在所缺少的，只是义而已。所以臣下不才，为主公您买回了义。”孟尝君一听大觉新鲜：“这义如何买得？”冯谖继续说：“现在您的封地不多，薛地虽偏远却是您最大的一块封邑。但是，您却不爱护那里的百姓，反而除了田租外还要收取债利盘剥他们。所以这次，我以您的名义把债款都赐还给那里的百姓了，债券已经被我当场全部烧毁。这就是臣下为您买回的义啊！”孟尝君听完十分不高兴。

后来只过了一年，齐王因为听信谗言，中了秦王的离间之计，很害怕孟尝君的声望超过自己，于是罢免了孟尝君的相位，让他回到自己的封地薛邑去。孟尝君一路走来心情都十分悒郁，没想到距薛地还有百里之遥，薛地的百姓们就已经扶老携幼争先恐后地在道旁迎接。孟尝君见后大为感动，他对仍然随侍在身边的冯谖说：“先生为我买的义，今天我终于看到了啊！”不久之后，孟尝君就以薛地为根基，加上冯谖为他奔走周旋，很快又再次获得齐王的信任，重返朝廷。此后，孟尝君除了礼贤下士之外，还很重视对百姓宽厚仁德。这样，孟尝君的贤名更是传于诸侯之中了。

**【悟在当下】放弃眼前小利来换取长远利益**

民为国本，治国之道在于得民，而得民有三种方法：以德，以财，以力。以德兼民最为高明。统治者通过施恩于民，以德行感化百姓，使百姓衷心拥护。

冯谖买“义”之举，正是通过放弃眼前小利，为百姓解困，这种机敏的做法换来了长远的利益，即百姓对孟尝君的拥戴，为孟尝君积累了人望，深得儒家谋略思想的精髓。

## 范雎反间破赵国

春秋末期，激烈的兼并战争之后，只剩下了“齐、楚、燕、韩、赵、魏、秦”七个强国。其中秦国地处函谷关以西，民风剽悍。特别是商鞅变法以后，更是国势日强。秦军铁骑常常杀出函谷关，令关东六国胆寒。最后，在苏秦的极力游说下，关东六国采取合纵之策，建立了以赵国为首的军事联盟，借此来抵御秦国。这样一来，秦国的确不似先前那样横行无忌了。当关东六国稍稍松了一口气的时候，当时的秦昭襄王不禁大为犯愁。

这时，在昭襄王身边出谋划策的是魏国人范雎。他本是魏国的显官，因贤能招人陷害，险些被迫害致死，好不容易逃了出来，就一路投奔了秦国。范雎见到昭襄王后，他的才学很受昭襄王的赏识，昭襄王拜他为首辅。面对这样六国合纵的局面，昭襄王对范雎抱怨说：“现今天下的英雄豪杰都四处鼓吹、响应合纵，

范雎

还聚集在赵国，不仅把我们的军队压制在函谷关难以东进，更要谋划如何攻打秦国，我们怎么可以这样坐以待毙呢，可是又该如何是好？”范雎胸有成竹地说：“大王大可不必如此忧愁，我自有良谋来破解他们的谋划。秦国与天下的豪杰并没有什么冤仇，他们之所以会协助赵国谋划攻打秦，不过是为了求得一己的功名富贵。这就好比是一群狗，如果关在一处，卧的卧，立的立，走的走，停的停，各安本分，自然不会互相争斗，但是倘若投一块肉骨头过去呢，每一只狗都会起来抢夺，并且互相撕咬。这是为什么呢？因为有了那块骨头，互相就会起争夺之意了。”秦王一听顿时恍然大悟。

于是昭襄王就派范雎带了五千斤黄金，在武安大摆筵宴，要送给那些主张合纵的英雄豪杰们。消息刚刚传出，那些豪杰自命英雄怎可受秦国恩惠，只有少数几个前往武安。范雎就厚待这些前来的人。所来的人都得到了十分丰厚的礼金和相当尊敬的礼遇。后来，前来武安的人越来越多，范雎就开始因人而异，有时还故意或是厚此或是薄彼，不满和争吵逐渐出现。最后，当越来越多的人聚集在武安的时候，很多争吵演化成了械斗。

范雎带来的五千斤黄金也只用了三千斤，曾经齐聚赵国的各路豪杰就已经互相攻击、争斗不止。最后，相约要谋划攻打秦国的事情早就被他们抛到九霄云外了。而后，秦军铁骑再次杀出函谷关，各自为政的关东六国，只能再次疲于应付，最后不得不陷于割地求和的状态。

### 【悟在当下】不给对手挑拨离间的机会

再坚固的堡垒，只有在对外时才有效，若是从内部着手则可以轻而易举地攻破。所以，在对手内部制造内讧，挑起矛盾，把水搅浑，就是为己方从中获利制造条件。就像范雎打的比方一样，当对手井井有条、各安其职的时候，只要能扰乱他们的协调，制造引起内部纷争的契机，就可以使对手不攻自破了。

因此，任何时候都不要给对手能够挑拨离间的时机，按照范雎的比喻，千万别让对手有机会扔出利诱的“骨头”。

## 宁越智劝孔青

战国时，各个诸侯国之间战乱不断，兵祸连连。一次，齐国攻打赵国的廪丘。赵国守军拼死抵抗，但是两军人数差别太大，赵国守军损失惨重。求援的书信接连不断传回赵国都城邯郸。赵王派大将孔青率领敢死队前去救援，双方恶战一场，赵国最终仰仗地利之便险胜。齐国率军大将战死沙场，损兵万余人。赵军缴获齐军两千辆战车，并且把战死的万余名齐军将士集中起来掩埋，筑成两座小山似的坟墓。

赵军大将孔青率领得胜之军凯旋，所到之处无不是歌颂之声，纷纷赞扬孔青勇猛善战，能够这么快解决齐国的大举入侵。回到邯郸，赵王的一番封赏，臣僚们的庆功祝贺，种种荣誉纷至沓来，孔青自然是十分得意，很有些腾云驾雾的感觉。孔青的好友宁越却一直对孔青这次的战功卓著不置一词，这让孔青很不满，于是就找了个机会单独宴请宁越。两人小酌慢饮，孔青不自觉地又把话题扯到这次的大败齐军上来，希望宁越能给些意见。宁越静静听完，很惋惜地对孔青说：“大将军，如果此次廪丘之战，您不是掩埋齐军将士尸体，而是将他们归还给齐国，就会更增加您的功勋了。”孔青一听不解其意，问道：“何以见得？”宁越说：“将齐国将士的尸首归还齐国，既可以召显我赵国的宽仁气度，更为重要的是能够以此为手段消耗齐国国力。这样，缴获齐军的战车、盔甲可以武装我们的将士，归还齐军将士的尸体又能迫使齐国拿出一大笔抚恤金从而消耗齐国国库的金银。大将军想，这不是削弱敌人、增强自己的最佳办法吗？”孔青点头称是，但是他还是稍有不解，就追问：“你的主意倒是不错，可是如果齐国人不要这些尸体怎么办？”

宁越摇摇头说：“这是不可能的。如果真是这样，那齐国国君就是罪上加罪了。大将军想，齐军这次远途奔袭，却战而不胜，这本身就是齐君的一大罪状；将士出征却活不见人死不见尸，这是齐君的第二大罪状；战胜国出于仁义把战死的将士归还给他们，国君要是不派人来接，那便是他的第三大罪状了。有了这三大罪状，齐国的百姓肯定会怨恨国君的。那么，从此以后，齐国国君就无法指挥将领，而将领也不会忠心服侍齐君。这就是所谓的连续进攻、以德制胜的策略了。”

孔青豁然开朗，他感慨地说：“众人都称赞我神勇善战，其实我还只是个有勇无谋的莽夫啊！”从此，孔青常和宁越研习兵法，从廪丘之战的光环中走了出来。

**【悟在当下】指出缺陷，让他人反省自己**

当局者迷，让被荣誉迷昏了头的人清醒过来，一味地泼冷水只会物极必反，招人厌恶。反倒是对荣誉本身不置可否，只点明其中的不足之处会更容易让人明白。

不过，这样的做法只适合严于律己的君子，因为只有愿意看到自己不足，且善加改正的人才会接受别人的指正。

## 鹬蚌相争，渔人得利

战国时，纵横家们依靠自己的才智和口才，说服各国国君采纳自己的政见。当年的苏秦游说六国采纳自己的抗秦之策，最后身挂六国相印，显赫一时。他的弟弟苏代也成为纵横家，辗转各国。

有一次，苏代正在燕国做宾客，恰逢赵国将要攻打燕国。燕王十分惊恐，因为以当时燕国的武备要抵御赵国将要付出惨重的代价。燕王没有办法，只能加紧调兵遣将。苏代得知情况，就自告奋勇，要替燕国当说客到赵国去劝阻这次征讨行动。燕王如获救命稻草，急忙备车准备礼物送苏代上路。

苏代到了赵国的都城邯郸，上下打点，终于有机会见到了赵惠文王。赵王因其是苏秦的胞弟，还算礼遇，只是对于伐燕一事，似乎根本不想提及，也十分防备苏代就此游说自己放弃征讨燕国。可是苏代见到赵惠文王，行过君臣大礼之后，只字未提赵国即将伐燕的事情，反倒大谈特谈秦国现今的局势，以及它对六国的影响，尤其是赵国，位处函谷关北，与韩魏恰成一线，是秦国出关后，首当其冲的攻防线。赵惠文王渐渐听入了迷，他很想知道苏代对于这样的局面可有什么良谋妙策。可是苏代突然将话题一转，对赵惠文王说："大王，可否听为臣讲个故事？"赵惠文王立刻诏准，于是，苏代就不紧不慢地讲起来。

"大王，这是小臣在从燕国来赵国途中，亲眼看到的。小臣途经易水时，天气十分晴朗，就看见河滩上有一只很是肥硕的蚌趴在岩石上晒太阳。可巧了，就在这时从西边飞来一只鹬，它看见河蚌张着厚实的壳，中间露出肥美鲜嫩的肉，着实是馋坏了，想也没多想，就俯冲下去啄蚌肉。河蚌感到了危险，就在鹬的长嘴捉到它的肉前，合拢结实的蚌壳，将鹬的长嘴紧紧地夹住。无论鹬怎么挣扎也摔不开蚌的钳制，最后，折腾得精疲力竭的鹬威胁河蚌说：'要是今天不下雨，明天也不下雨，你就这么夹着我，迟早你会被晒死！'蚌毫不示弱地回答说：'哼，要是我今天不放你，明天也不放你，总有一天你就会被憋死！'双方都互不相让，就这么一直僵持着。这时候来了一个打鱼人，毫不费力一下子就把它们都捉了起来。"

赵惠文王听了，觉得十分可笑，忍不住哈哈大笑起来。可是转念一想总觉得苏代讲这么个故事，肯定不只是为了让自己开开心，就马上正色，问苏代："先生如此辛劳，在燕赵之间奔波劳碌，不会只是为给寡人讲个故事吧？"苏代急忙深施一礼说："大王明鉴。臣之所以讲这个鹬蚌相争、渔翁得利的故事，其中含有一比。大王，现今燕赵就好比这即将争斗不已的鹬和蚌，一个觉得有利可图，一个势必拼死自保。如果赵国强劲的兵锋真的插进燕国边境，毫无疑问会获得阶段性的胜利。但是，燕国地处边北，一味深入也未见得能够取得大王想要的战果；要是燕国上下一致抵御，恐怕就会陷入其中难以自拔。到时候，一直虎视眈眈的秦国，一旦借燕赵两国死斗之际，杀出函谷关来，坐收渔人之利的非它莫属啊！"赵惠文王突然醒悟，这才惊觉自己只关注了北边的燕国，却完全忘了西边的虎狼之秦，这样看来伐燕之举的确不很高明。赵王思虑再三最终在苏代的游说下放弃了攻打燕国的计划。

**【悟在当下】设身处地地劝说对方**

劝服别人，最好的办法不是晓以利害，而是“设身处地”。只有站在对方的立场上，才能拿出最有说服力的证据，劝说对方接受自己的建议；只有站在对方的立场上，才能真正明白对方最需要的，进而确定自己应该以什么方式提出自己的建议。

苏代之所以能成功阻止赵国伐燕，就在于无论是讲寓言也好，分析时局也好，都是以有利于赵国的角度来说的，或者说，他首先是顾及了赵国在这场战争中的得失，而后在此基础上指明燕赵的得失是一致，伐燕不如存燕。最终打消了赵王伐燕的念头。

“设身处地”不仅是为人处世的法宝，更是洞悉对手的绝招。

# 田穰苴立信于军中

春秋末期的田穰苴，是齐国著名的军事家。他本来只是齐国的普通平民。景公时，燕、晋联兵侵齐，而齐兵屡败，景公甚为忧虑，所以相国晏婴便把还是平民的田穰苴推荐给景公。景公破格提升他为将军率军拒敌。

田穰苴考虑到自己出身微末，况且，自己从来没有带兵的经历，如今一跃成为三军统帅，肯定难以服众。作为将帅，如果部下不服，如何指挥作战？所以，他便请求景公派一位德高望重的大臣作自己的监军。于是，景公便派最受宠信的大夫庄贾做监军。

庄贾天天在齐景公身边“工作”，虽然官职不高，但地位特殊，满朝大臣都对他礼让三分，可谓“君之宠臣、国之所尊”。于是，做监军这个“光荣”的使命便落到了庄贾的头上。

田穰苴与庄贾约好第二天正午在军门外集合，整点出发，各不相误。第二天，田穰苴很早就带领部队来到军门外，列好队伍，等候庄贾。出发时间快到了，仍不见庄贾来，田穰苴就派人去催，谁知庄贾的亲朋好友正在为他设酒送行；庄贾也自恃景公宠信，流连欢饮；使者连催，全不在意。田穰苴等到日影西移，便登坛号令，申明纪律。

直到傍晚时分，庄贾才大摇大摆、毫不在乎地来到军门。田穰苴厉声喝问："庄大人为什么这么晚才来？"庄贾久受景公宠爱，一向狂妄骄横，哪里把小小的田穰苴放在眼里，于是就傲慢地说："亲朋饯行，多饮了几杯……"

田穰苴正色道："做大将的，从接受任命时起，就要忘掉家庭；临阵决战，就要舍生忘死；赏功罚罪，就要忘掉私亲。如今大敌压境，举国忧心，大王寝不安席，食不甘味，士卒战死在边境，百姓的性命难保，你却因为酒宴而违反军法。若临敌应战，岂不误事！"

庄贾恼羞成怒，气急败坏地说："你太神气了，才当了几天将军竟敢教训起我来。你不知道我是谁吗？你不清楚我的地位吗？"

田穰苴毫不示弱，厉声吼道："违期迟到该当何罪？"

没有回应。田穰苴又大声问道："违犯军法该当何罪？"

旁边的军正回答："当斩！"

田穰苴正色说道："好！现在就把这违犯军法的罪臣正法！"

田穰苴便喝令刀斧手，将庄贾捆绑了，牵出辕门斩首示众。庄贾那颗气焰嚣张的脑袋立刻被砍了下来，挂到旗杆之上，成了田穰苴向全军示信的道具。

在田穰苴喝令斩庄贾时，庄贾的随从人等便急忙去景公处报信求救。景公立即派另一位宠臣梁丘驾驶疾车来传谕赦令。齐景公的使者乘坐三驾马车到来后，传达齐景公的旨意，田穰苴威严地回答说："将在外，君令有所不受！"

使者还想啰唆，田穰苴厉声问军政司："军营中不能跑马。现在使者竟然在军营中奔驰，该当何罪？"

军政司回答："当斩！"

使者闻言，怕自己成了庄贾第二，顿时吓得面无人色。

田穰苴道："国君的使者不可杀之，但军法不可不执行。"于是就命令把使者的马夫斩首，将马车左边的马杀死，并砍下马车的左驸（马车左边的立木），算是代替对使者的处罚。

田穰苴的举动，立即威震三军，将士们从此俯首帖耳地听从他的指挥。

从此，田穰苴统率的军队对他唯命是从，上下一心，共同抵抗入侵。几个月后，成功地击退了敌人，田穰苴率军凯旋，齐景公亲自迎接，提升他为大司马。

【悟在当下】事不立不行

田穰苴斩庄贾，立威于军中，树立了自己的威严。所谓“事不立不行”，田穰苴很清楚自己首先要做的不是带兵出征，而是立威以服军心。只有树立威信后，事态的进展才会在自己的掌控之中。

现在，我们做事情，也必须明白这个道理。只有建立威信，事情的发展才会顺利，自己才能做出一定成绩；也只有建立威信，才能上下一心，为共同的前途努力。否则，人心涣散，是不可能做成事情的。

## 田单巧设火牛阵

田单

田单是齐国田氏远房的亲属，临淄人，湣王时，他任齐都临淄的市掾，当时他是一位资历浅、爵位低、没有什么名气的小官吏。但是，他善于学习，尤其喜欢兵法，对战略战术有过精心研究。后来就是他，在燕兵伐齐的战争中，以奇计制胜燕兵，表现出一位军事家的非凡才能，被襄王法章封为安平君，是齐国军事家的后起之秀。

战国时代，列国争雄，频繁的掠夺战争，给人民造成了无穷的灾难。公元前283年，燕、赵等国合谋伐齐，齐湣王因为国力不足，丝毫没有应战的力量，只得弃国都而南逃到了莒城，偏安一时。因此，燕兵长驱直入，很快占据了齐国的大部分国土，齐国处在生死存亡的关键时刻。

燕兵攻破临淄后，又东渡淄河进取安平。这时，早就已经从临淄退守安平城的田单，正在积极筹划抗击敌人的战略方法。为使战车进退方便，避免撞击，他命令宗人部下疾速断去车轴长头，并加固上铁笼。当安平失守时，齐人因车轴相撞，战车被毁，落入燕人之手，做了俘虏，只有田单宗人及其部下安然退居即墨。在即墨大夫战死疆场后，田单被宗人及部下推举为拒燕统帅。田单有了进一步施展才华的空间。

足智多谋的田单，并没有因为齐国暂时的失利而气馁，他决心一定要复国，不辜负大家对他的信任。他细心分析战争发展变化的形势，窥测着出战的最佳时机。就在这个时候，传来了燕昭王病死、燕惠王即位的消息。田单利用惠王与乐毅有裂痕的缘故，派人去惠王面前谗言挑拨，进一步激化君臣间的矛盾，致使惠王猜忌乐毅，改用骑劫为统帅，使齐国在未动一兵一卒的情况下击败了智勇双全的乐毅。田单在田氏宗人中名声大振，威望更高。

田单抓住燕将骄傲的弱点，用金钱贿赂燕将，涣散了燕兵的军纪，并且进一步使燕兵放松戒备，使得燕兵以为齐国其实就是自己的囊中之物。但是，田单却忙于做应战计划和出击准备。他还聚集了田氏宗人登城目睹燕兵对齐人烧掠、削鼻、屠杀和掘坟辱尸等种种惨无人道的暴行，从而激发了齐兵同仇敌忾、收复失地的士气。

这时，田单便组织老弱女子登城，以示降燕，迷惑燕兵。田单向燕兵统帅诈降。在约定投降的前一天晚上，田单组织甲卒精兵埋伏于城内四周，又将城内一千多头牛，双角都装上锋利的匕首，用五颜六色的颜料在红布上画了张牙舞爪的猛兽的图案，分别披在牛身上，又把浸了油脂的麻系在牛尾上，然后又把城墙挖开几十个洞。黄昏时分，精选的五千名士兵的脸上被涂成五颜六色，带着兵器跟在牛的后面。当夜深人静燕兵酣睡之时，城头锣鼓齐鸣，齐兵将牛尾点燃，牛又惊又痛，四面奔出，直奔燕营，五千名化了装的士兵也紧随着冲去，在呐喊声中，随牛冲杀。

燕兵从睡梦之中被惊醒，只见牛尾像火炬一样光明耀眼，群牛乱奔，如同怪兽，燕兵被碰上非死即伤，燕兵大乱，四处奔跑逃命。五千壮士趁机向燕兵发动进攻，燕兵统帅骑劫也一命呜呼。齐军乘胜直追，取得了败燕复齐的全部胜利。田单返回莒城，迎襄王法章还都临淄。

田单的火牛阵取得巨大成功，齐国收复失地，田单也因此成为春秋战国时代著名的军事家之一。

**【悟在当下】正面交锋与侧面突袭相结合**

与敌人作战，用奇兵突袭也是一个制胜的关键。正面交锋与侧面突袭的相互结合，是战争胜利的保证。田单的火牛阵不愧是深得此精髓的典型，在敌强我弱的情况下，用火牛大败燕兵。

今天的我们，虽然不用作战，但是也一定要在做事情之前做最充分的准备，寻找最有利的时机。在时机成熟之时，出其不意，以奇制胜。

## 赵奢智退秦兵

公元前270年，秦军东向进攻韩国，派重兵围困阏与。阏与这个地方与赵国相邻，且距邯郸很近，所以秦军的攻势对赵国构成了直接威胁。

赵奢

赵惠文王从本国安全着想，决意同秦国争夺上党地区。赵惠文王分别召集廉颇、乐乘商议，他们都认为道远险狭，难以救援韩国。赵王又召赵奢商议，赵奢认为："阏与道远险狭，就好像两只老鼠在洞穴中争斗，勇敢的一方将胜利。"于是赵王任命赵奢为大将，率军前往阏与援救韩国。

秦军在围困阏与的同时，已经做了防止赵军出兵救援的准备。他们派了一支军队，向东直插武安，形成掎角之势，牵制赵军行动。赵奢得知秦军这一部署，从邯郸出发才30里就下令安营扎寨，命令军中加固营垒，在营区周围修筑了许多屏障，故意做出毫无进取之意的姿态，并且命令部队说："有以军事谏者死。"赵军中有一人建议火速去救武安，赵奢立即把他杀掉了。赵军就这样停留了28天，而且再次增筑营垒。秦军派间谍侦察赵军的情况，赵奢好好款待然后就把他放走了。秦军的间谍把赵军的情况报告给秦军将领，秦将非常高兴，说"赵国军队离开国都刚刚30里就停止不动了，又忙于增筑营垒，看来阏与不是赵国的领土"，于是秦军将领放松了对赵军的警惕。

送走秦军间谍，赵奢突然做出决定，集合部队，让部队卸下兵甲，快速行进，仅两天一夜的时间就抵达阏与附近。秦军听说赵奢已至阏与，如梦方醒，慌忙调集兵力赶来。

赵军远离后方，孤军独进，形势依然十分危险。这时，赵军中有一位名叫许历的军士，面见赵奢说："秦人没有料到我们的军队一下子就来到这里，他们来势凶猛，将军一定要集结主要兵力列好阵势来迎战。不然我们肯定会失败。"赵奢说："愿意听从你的建议。"许历说："请您把我腰斩了吧。"赵奢说："这件事情等回到邯郸后再说。"许历又建议说："先占领北部的山头一定会获胜，后到的肯定失败。"赵奢同意许历的看法，立刻发兵万人，抢占了北山山头。果然，后到的秦军，与赵军争夺北边山头，但是久攻不下。秦军拥挤于山下，陷入十分被动的局面。赵军利用有利地势，居高临下，成功击败秦军。秦军大败，四散溃逃。阏与之围随之解除。

此次战役，使强大的秦国遭受一次大挫折，此后多年对赵国不敢轻举妄动。由于赵奢在救援韩国之中的表现，赵惠文王封赵奢为马服君，地位与廉颇、蔺相如相当。

**【悟在当下】臧锋示弱，巧用智谋**

赵奢在阏与一战中表现了高超的用兵策略，他按兵不动，增筑营垒，用以迷惑敌军。在秦军间谍来偷窥赵军情况时，赵奢好好招待这位秦军间谍，其实这都是赵奢的用兵之道。赵奢就是借秦军间谍之口向秦军将领传达赵军胆怯畏战的假情报。正因为赵奢藏锋示弱，巧用智谋，才成功地解除了阏与之围。

## 烛之武退秦师

春秋时期，各国纷争，为了自己的利益而朝秦暮楚。春秋时期的烛之武，成功地劝阻秦晋联合，保全了自己的国家，捍卫了自己国家的利益。

为了晋国的利益，晋文公联合秦穆公围攻郑国。这是因为晋文公逃亡到郑国时，郑文公曾经对晋文公无礼，而且郑文公暗生二心，依附楚国，暗地里与楚国亲近。这时，晋军驻扎在函陵，秦军驻扎在氾水之南。晋国的形势危急，到了存亡的关键时刻。

郑国大夫佚之狐向郑文公建议说："现在我们的国家已经很危险了，但是大王如果派烛之武去见秦君，我相信秦国军队一定会撤退。烛之武一定会保卫我们的国家免受灭国之祸的。"郑文公听从了他的意见，亲自去请烛之武。但是，烛之武却推辞说："微臣在壮年的时候，尚且不如别人，现在我已经老了，更做不了什么事了。大王还是另外寻找贤能，以不辜负大王的重托。"郑文公羞愧地对烛之武说："我没有提早重用您，使得您怀才不遇，现在危急了又来求您，这是我的过错。但是郑国是您的国家，还有众多的郑国百姓，如果郑国灭亡了，众多的百姓就会遭难，况且郑国灭亡，对您也不利啊！"为了自己的国家利益，烛之武答应去说服秦军退兵。

当夜，烛之武用绳子缚住身体，让人将自己从城墙上放下去。烛之武顺利地见到了秦穆公，烛之武对秦穆公说："秦、晋两国围攻郑国，郑国已经知道就要灭亡了！郑国怎么可能是秦、晋联合的对手啊！倘若郑国的灭亡对大王您有好处，那我就不敢来麻烦大王了。大王知道，越过其他国家而在远方把郑国设置为自己的边邑，这件事情是很困难的。那么，大王何必消灭郑国来加强邻近的晋国的力量呢？邻国实力的强大，就是您的力量的减弱啊！假如留下郑国，使它成为您通往东方道路上的主人，贵国使臣来往经过，郑国还可以供应给您的使臣食宿给养，这对秦国也没有坏处。再说大王曾经对晋文公有恩惠，晋文公答应给您焦、瑕两地作为报答。可是大王清楚他的所作所为，他早晨刚刚渡河回国，晚上就在筑城防御备战了，这是您所知道的。晋国哪里有满足的时候啊？晋国既然要消灭郑国作为它东边的疆界，自然就会扩张它西边的疆界，既然要扩张西边疆界，如果不损害秦国的利益，晋国到哪里去夺取土地呢？这种损害秦国而有利于晋国的事情，应该如何处理呢？希望大王您仔细考虑这件事情，来确定秦国的策略。”

秦穆公听了烛之武的分析，很是高兴，于是亲自与郑国订立盟约，并委派杞子、逢孙、杨孙戍守郑国，自己则率军回国了。

烛之武以非凡的智慧巧妙地使自己国家躲过了一次灭国之灾。

**【悟在当下】详尽分析，明示厉害**

这是抓住了主要矛盾来解决问题的实例。烛之武利用秦晋的矛盾，从历史到现实，做了详尽的分析，分析灭亡郑国对于秦国的危害，对晋国的好处。秦晋是当时的强国，秦穆公、晋文公都是“春秋五霸”之一，如果两者联合，郑国肯定要灭亡。但是，烛之武的进言，使秦穆公认识到保留东边一个郑国对晋国有重大的牵制作用，只要秦国撤兵，晋国也只得跟着秦国一起撤兵，郑国就转危为安。

现实中，我们解决问题也要抓住主要矛盾，做详细分析，为对方明示利害，这样就会使自己处于主动地位。

## 秦王废信陵君

魏公子信陵君窃符救赵之后，觉得有愧魏王，一直不敢回国；而赵国出于感激始终盛情挽留，这样信陵君客居赵国一晃就是十年。秦国探听到信陵君一直在赵国生活，魏国已经无所倚仗，便发兵日夜围攻魏国。魏安釐王为此食不甘味、寝不安枕，最后只好派使者去赵国请回了信陵君。魏安釐王一见信陵君，就哭诉了离别之情，说自己根本没有怪过信陵君，然后授信陵君上将军印，统领全国军队。

信陵君一接掌帅印，立刻向诸侯国发出求援信。各诸侯一听是信陵君当了将军，立即纷纷响应，派遣军队前来救魏。最后，信陵君统领齐、楚、燕、赵、魏五国大军，一举击溃了秦军，赶走蒙骜，乘胜追击，一鼓作气把秦军赶回了函谷关。五国联军还控制了函谷关口，使秦军再不敢出关向东，取得了合纵以来对秦的重大军事胜利。此后，原本就声名显赫的信陵君更是威名震动天下。

信陵君对关东诸侯的影响力和号召力，使得秦王大伤脑筋。他觉得信陵君不除，不要说吞并六国，恐怕秦国将就此被封锁在函谷关以内动弹不得。于是，秦王故伎重施，派人带上万斤黄金到魏国收买被信陵君所杀的晋鄙生前的门客，让他们在魏安釐王面前诋毁信陵君。这些门客对魏安釐王说："公子在外已经十年之久，现在各国诸侯的将军都服从他的指挥。他们只知道有魏公子，哪里还会想到魏王您！公子现在想趁机南面称王，各国诸侯也会因为害怕公子的威名，准备共同拥戴他啊！"秦国还多次派人假意庆贺信陵君要立为魏王，询问他何时登基。魏王开始还不相信，可是天天都听到这类信息，时间久了，也就不能不信，终于，他让别人取代了信陵君的职务。

信陵君知道自己是因人诽谤才被魏王猜忌，弄到了丢官去职的地步。他想到自己为了魏国魏王尽心尽力，却最终仍然落到这般田地，原以为终可以一展抱负，最后还是遭人陷害、志向成空。信陵君悲愤难平，就此称病不再上朝。他和门客日夜饮酒作乐，借酒消愁，沉溺于女色之中。就这样浑浑噩噩过了四年，魏安釐王三十四年，曾经以贤明著称的信陵君竟然因为酒色无度而死去。魏安釐王听信谗言自毁长城，不知不觉成了秦王的帮凶。

秦王得知信陵君已死的消息，立刻派大将军蒙骜率军东出函谷关攻打魏国。没有了信陵君的魏国既没有有力的统帅又没有各诸侯国的支援，很快就被秦军一连拿下二十余座城池，并在黄河以北设置了东郡。自此以后，秦军不断蚕食魏国，十八年后又俘虏了魏王假，魏国最终宣告灭亡。

**【悟在当下】明枪易躲，暗箭难防**

常言道“明枪易躲，暗箭难防”，古往今来最卑劣却是最有效的计谋莫过于“反间计”。秦王之所以能利用诋毁离间将信陵君拉下魏国的政治舞台，第一利用了魏安釐王的疑心；第二利用了“众口铄金”。原本窃符救赵时，魏王就已经十分不信任信陵君，只是迫不得已再度请他回来。再则秦国不惜万金收买晋鄙生前的门客使之在魏安釐王面前日夜诋毁信陵君。“谎言说一千次就成了真理”，晋鄙门客进谗言多次，魏安釐王便不免信以为真了。再加上秦王不时以祝贺为名敲响的“警钟”，无不时时刻刻在加强魏安釐王的疑心。秦国的这次间谍活动击败了战场上难以击败的敌人，取得了伐兵中无法取得的胜利。信陵君退隐后，魏安釐王很可能自鸣得意，殊不知自己已经成为魏国有史以来的最大内奸。

现实生活中，对待别人的谗言一定要多加分析，考虑采纳谗言将会出现的后果，这样才能洞悉别人的目的。

## 臧孙子顿悟料事

春秋时期战乱频繁，强国攻打吞并弱国壮大自己的力量早已司空见惯，每个国家都在谋求自己生存和发展的空间，力争在多国的合并中能幸存下来并发展壮大。

某年，强大的齐国攻打弱小的宋国，宋国的国君深知自己的力量难以抵挡强大的齐国的进攻，心中十分忧虑，就派具有远见卓识并且能言善辩的大臣臧孙子到南方向楚国求救，希望楚国能够出兵帮助宋国抵挡齐国的进军，度过危险。臧孙子领命后认为楚国不会帮助弱小的宋国抗齐而得罪实力强大的齐国，但是他还是存着一线希望火速赶到楚国，企图分析利害说服楚王帮助宋国抵抗齐国。他向楚王报告了齐国入侵宋国和齐兵的情况，并分析了战争的形势和楚国联合宋国抗齐的有利一面，并请求楚国出兵帮助宋国共同抗齐。没有想到楚王听了臧孙子的话没有犹豫，反而很高兴地告诉臧孙子楚国一定会营救宋国，鼓励宋国一定要尽力抗齐，楚国的救兵一定会在适合的时候帮助宋国。臧孙子随从的人看到楚王面带微笑，听到楚王这个干脆利落的回答都很高兴，感到心中一块石头落了地，当即谢过楚王，兴高采烈地返回宋国，努力准备在楚国的帮助下合力抵抗齐国的进攻，保家卫国，并认为只要楚国肯出兵营救，宋国就有胜利的希望。只有臧孙子一个闷闷不乐面带忧愁的神色。

臧孙子的车夫问他说："楚王不是答应了一定会出兵帮助我们吗？只要有楚国的帮助，再加上我们自己的努力，宋国就一定有胜利的希望，你为什么闷闷不乐呢？振作一些吧，相信我们能打败齐国，并壮大自己！"

臧孙子说："不要高兴得太早了，在向楚国求援之前我就考虑到这个问题，齐国是大国，而我们宋国是小国，楚王会为了营救一个弱小的宋国得罪一个强大的齐国吗？即使我有再大的辩才也无法掩盖这个事实，这是一般人都应该有的顾虑，身为楚王不可能不知道这个道理。因此，楚王即便是勉强答应我们的请求，也应该是面带忧虑之色才对，但是我看到楚王在回答我们的时候却面带喜色，而且回答得这么干脆利落，这些一定是做给我们看的。他可能是想要我们努力地坚持抗战，如果我们坚持抗战，齐国的损失就会很大，最终也会疲惫不堪，这样临近的楚国就可以坐收渔翁之利了。因此，我看到楚王的脸色，就知道他的许诺必定是假的，楚国根本不会出兵帮助我们，因此，我很为我们国家未来的命运担忧啊！"听了臧孙子的一席话，大家都默默无语。

后来，事情的发展果然不出臧孙子所料，当臧孙子一行回到宋国，宋国上下虽然都奋力抵抗，但是却因寡不敌众，已经丧失了五座城池，而楚国许诺的援兵却迟迟不到。

**【悟在当下】细察人而不是轻信人**

齐国攻打宋国，臧孙子到楚国求救，楚王面带喜色而且不假思索就答应援救宋国。随从的其他人都很高兴，但是唯有臧孙子认识到楚王面带微笑的许诺是另有所谋，并且认为楚国不会真正帮助宋国，结果事情果然如臧孙子所料。

历史的经验告诉我们，观察别人不能仅靠对方说的话，要结合当时的实际情况，还要观察对方言行是否一致。

# 里克诈病避祸

晋献公有三个儿子，太子申生，公子重耳以及夷吾，其中夷吾最受献公喜爱。晋献公灭骊戎后，得到美女骊姬，对她言听计从十分宠爱。骊姬生下奚齐后，在骊姬的唆使下，献公逐渐疏远了申生、重耳和夷吾三人，单单宠爱骊姬母子。骊姬为了使奚齐成为太子，在年老的献公逝世后掌握晋国大权，设毒计逼申生自尽，同时预谋要害死重耳和夷吾。重耳和夷吾得到申生被害的消息之后，马上意识到骊姬对他们下毒手的日子也不远了，于是他们两个离开晋国，逃往别国避难。

没过几年，晋献公病重，不能理事，将国家大事托付于里克、荀息两位大臣。

里克被献公托以国政后非常高兴，毕竟这是一个特殊的荣耀。但好友郑固却对他说："虽然献公托政于你，但是你的处境很危险，在不远的将来恐怕会有杀身之祸。"里克听了以后像被浇了一头冷水，非常不高兴，便追问好友这样说的原因。郑固说："我看国君的病已经很危急了，能够痊愈的希望不大，而太子还年幼无知，根本就无法承担国家重任，所以晋献公近期内必会挑选他逝世以后辅弼太子的重臣。你想想看谁会得到国君的托孤的授命呢？"里克很确定地回答说："朝中大臣以荀息和我为首，大概就是我们两个了，不会有其他的人。"郑固说："你说的没错。但是现在的太子奚齐年纪尚小没有能力，也没有什么业绩，因此缺乏德望，又因为他的母亲心狠手辣，逼死太子，逼走献公的其他两个儿子，是个人人痛恨的人，他也算是个恶母之子，必定会遭到国人的怨恨，所以就算晋献公去世后他即位了，这国君的位子恐怕也是坐不长久的。死去的太子申生，以及流亡国外的重耳和夷吾，他们在国内的势力还不小，拥有许多朝臣的支持。我预料献公一死，三位公子的手下必定要发动变乱，争夺国君的位置，而如果你是朝中大臣，又奉先君之命辅佐新主，一旦奚齐失败，其他的人就绝对不会放过你，那时候你就要大祸临头了。"里克听后认为他分析得很对，想到自己差一点陷入灭门的大祸，大吃一惊，浑身冒汗，于是他郑重地谢过友人的提醒，自此打算不再上朝理事，也不会接受托孤遗命了。于是从第二天起，里克就推辞自己身患重病不能上朝理事，不再上朝。

不久，晋献公病危，急忙召见里克、荀息入宫，商议身后之事，但里克以自己身患重病为由，没有前往受命。于是荀息独自接受了献公的遗诏，答应要尽忠辅佐太子。后来献公病死，太子奚齐即位，晋国果然发生动乱。诈病在家的里克不但没有遭到什么祸患，反而利用时机，诛杀奚齐，迎立新君，重新掌握了晋国的大权。奚齐死后，荀息为尽臣节，自杀身亡。

**【悟在当下】明哲保身，静待时机**

这是一个很典型的宫廷政治斗争的故事。要在政治斗争的旋涡中全身进退并能获得一定的利益，需要认真分析形势，对各种势力的强弱胸有成竹，综合把握大局，这样才能做出正确的选择，不至于身败名裂。里克没有被一时的荣辱所迷惑，没有为君臣之义所拘囿，而是明哲保身等待时机，起初诈病退隐，后又复出，迎立了真正值得为之效力的新君，重新掌握了政治权力，这样的做法确实很高明。

在现实生活中，对事物的分析要综合全面，同时要有远见卓识，这样才能做出正确的选择。

## 列子自却恶名

战国时期，列子先跟随壶丘子学道，后又师从老商氏，并与伯高子为友。传说列子修道九年之后，即能“御风而行”。在今天看来这些有点玄虚，但是从中可见列子当时的修行极高。后来，列子隐居郑国四十余年，修身养性，过着远离世俗的隐居生活。

在列子隐居郑国期间，他的生活穷困潦倒，常常食不果腹，脸上常有饥馑之色。一位他国的使者在郑国见到列子，看到列子生活的窘困状况十分吃惊，当他见到郑国的相国子阳后，对子阳说：“列子是闻名天下的有道之士，居住在贵国这么长时间，生活这么穷困，作为相国，你难道不知道这件事情吗？这样的做法恐怕要被人耻笑了。”子阳听后忙问左右，才知道郑国有列子这样一个人，而且生活确实十分穷困，于是就让手下的官员给列子送去了数十车粟米。

列子

列子听说相国子阳派人送来了粮食，立刻出来迎接。为列子送粮的官员说：“相国听说你的生活很困窘，特意让我给你送来粮食，帮助你解决生活中的困难。”列子说道：“相国的好意我心领了，但是我隐居于此没有为郑国做一点贡献，没有一点的功劳，我怎么可以接受相国的恩赐呢？还是请收回吧。”面对送粮的官员，列子再三拜谢相国的恩典，但是却始终不肯接受官员送来的粮食，送粮的官员只好作罢，并把此事禀报相国子阳。

送粮的官吏走后，列子的妻子面带饥色，望着他说：“我听说有道之人的妻子和儿女都可以有饱足安逸的生活，但是现在我和孩子们却连最起码的温饱问题都不能解决。你也知道很久以来我们几乎没有什么可以吃的，每天靠一点点稀粥充饥，为什么今天相国派使者送来的粮食你不接受呢？相国子阳知道他以前慢待了你，但是现在特意派人送来粮食证明他认识到了以前的错误，你应该接受才对，这样我们也可以渡过难关，不至于每天忍受饥馑之苦啊！”听完妻子的话，列子也感到很抱歉，妻子说的话是事实而且也不无道理，但是列子拒收相国的馈赠也是不无理由的。于是他和颜悦色地对妻子解释说：“你说的这些我都想过了，这些年来忍饥挨饿，确实让你们受委屈了。但是你知道吗，相国子阳对我并不了解，他只是听了别人的话才给我送来了粮食，今天他可以因为别人赞扬我的话给我送来粮食，明天他也可以因为别人的谗言而拿我问罪，这样的人送来的东西我能接受吗？我这样做是为了洁身自保，以防将来的不测啊。”听了列子的话，妻子也默默无语。

后来，果然相国子阳在郑国很不得人心，百姓忍无可忍就起来造反，子阳在混乱中被百姓杀死了。

**【悟在当下】择善相交，以避不义**

列子在郑国隐居数十年，郑国的相国子阳都没有关注过他，而单凭别人对列子的称赞就给列子送来粟米。列子通过一件小事认清了子阳的为人，从而拒绝了子阳的馈赠。

在现实生活中，要择善相交，才能避开不义，避开逆天。

# 芒卯诈献邺城间秦赵

战国时期，秦国和赵国约定共同攻打魏国，因为秦国和赵国都是当时的大国，两国联合来攻打相对弱小的魏国，魏国根本就不是对手。为此，魏王非常惊恐不安。相国芒卯却很镇定地对魏王说：“大王不必发愁，臣有一计，可以一试。”魏王问：“爱卿有何妙计快快讲来！”芒卯说：“请大王允许我派张倚对赵王说：‘秦国和赵国联合来攻打我们魏国，我们自知不是对手，邺这个地方看样子是保不住了，现在如果大王和秦绝交而连魏抗秦，魏王就把邺地献给大王。’赵王对邺城垂涎已久，必定会同意，等到他与秦国断绝关系，来接受邺城的时候，臣就推说不知道这件事情，那时，秦赵的联盟已经瓦解，赵王必定不敢以强硬的态度来对付我们，也只能不了了之，同时，没有赵国的支持，秦国也不会远道而来单独攻打我们，我们也许就可以转危为安。”魏王听了非常高兴，认为可行并立即让芒卯着手去做这件事情。

于是芒卯授计张倚并派张倚去赵国见赵王，告诉赵王说只要赵国与秦国绝交而连魏抗秦，魏王就愿意献出邺地。赵王听后非常高兴，就找来赵国的相国说：“魏王请求把邺地献给我们，要我们不再和秦国联合，而和魏国联合抗秦，你认为我们与秦绝交收下邺地，这样做可以吗？”相国说：“如果我们和秦国联合攻打魏国，我们得到的好处也不过就是得到邺地，秦君不会给我们更大的好处，现在我们不用兵就可以得到邺地，这样的好处，为什么不答应呢？请大王还是速速答应魏国的请求吧！”赵王答应了魏国的请求，这时使者张倚对赵王说：“我国负责交割城池给贵国的官员，已经在邺地等候了，既然大王答应收下邺地，那么大王又打算怎样来报答魏国呢？”赵王想到现在自己垂涎已久的邺地已经唾手可得，就下令关闭秦国通向魏国的所有关口，秦赵的关系恶化，秦赵联盟彻底瓦解了。

随后，赵王派人去接收邺城，芒卯对赵国的使者说：“我国所以要侍奉赵王，为的是保住邺城，把邺城献给赵国是张倚的过错，芒卯不知道这件事，所以不会将邺城献给赵国。”任凭他们的万般解释，芒卯依旧不开城门，赵国的使者也无可奈何，只得回去回复赵王。

赵王知道后，明白自己中了魏国的计谋，又害怕魏国乘他背弃秦赵联盟之机来攻打赵国，或者是秦国来攻打赵国，因此也不敢强逼魏国献邺城，反而立即割让五座城池给魏国，请求魏国共同对付秦国。

**【悟在当下】见利忘义必受损**

芒卯是战国时期杰出的智谋之士，他利用赵王的贪心，教魏王以献邺城这一虚假的许诺，轻易地瓦解了秦赵联合攻魏的约定，反而迫使赵割让五城争取与魏联合起来抗秦。

在现实生活中，很多人因为贪图一时的便宜见利忘义而上当受骗，蒙受巨大损失，应该从这些事例中吸取教训。

## 献计越王，屈身事吴

春秋后期，地处江淮的吴国和越国开始振兴起来，他们之间为了争霸不断地进行战争。最初，吴国的力量胜于越国，越国的力量不足以与吴国抗衡。到了越王勾践即位的时候，越国的力量也开始逐渐强大起来，便不甘心屈从于吴国。勾践三年吴越争战，结果勾践大败，仅剩下五千残兵退守会稽山，又被吴兵团团围住。勾践身临绝境。

范蠡

越王勾践的大臣范蠡是一个有远见卓识的政治家，对于一时的成败看得并不那么重，他认为重要的是面对现实寻找可行的方案，然后东山再起。因此他劝说勾践不要因为一时的成败而灰心。事到如今，只有前去求和，贿赂吴国君臣；倘若不许求和，可以以臣下的身份侍奉吴王，慢慢再看转机，这是危难之时不得已的方法。因此可以派文种到吴军大营请求议和，以后的事情，看事态的发展再做决定，只要可以存活下去，以后励精图治，总会有东山再起的那一天。勾践认为可行，于是派文种到吴国军营去求和。

文种初次到吴国的军营求和，受到伍子胥的极力阻挠，结果吴国没有答应越国的请求。勾践听到文种报告的消息，决定杀死妻子儿女要与吴王决一死战。范蠡和文种阻止了他。两人认为硬拼不是办法，他们通过冷静的分析，认为吴王夫差喜欢美女，当时的权臣太宰伯嚭喜欢财物，越国可以利用对方的这个弱点来试一试。于是越国首先用美女、宝器买通太宰伯嚭，让他转献给夫差，然后又派文种前去求和。

文种见到吴王说道："大王如果能够赦免勾践，越国愿意献出所有的珍宝，越国上下都降为臣民，如果吴王不许，勾践就杀死妻子儿女，毁掉所有的珍宝，然后率领五千士兵和大王决一死战。真的打起来，难免会让大王受到损失。杀掉一个勾践，怎么能比得上得到整个越国呢？希望大王能够三思而后行！"文种的话分析了利害，吴王也怦然心动。这时，接受了越国贿赂的太宰伯嚭也在一边帮助文种说话，说："越国已经降服，并且举国上下都降为吴国的臣民，连勾践也对吴国称臣，所以，我认为，如果能赦免越王而不是让越国与吴国决一死战，对我们吴国反而更有利。"伍子胥极力反对讲和，要除掉勾践，灭掉越国，断绝吴越争霸的根源，认为放掉勾践无异于放虎归山，倘若以后他卷土重来后果不堪设想。但是，吴王被吴越讲和的利益和太宰伯嚭的话所惑，再也听不进去伍子胥的谏言，答应了越国的请求与越国讲和罢兵而去。后来，勾践返回越国励精图治，在范蠡和文种的辅弼下终于灭掉了吴国。

【悟在当下】不计一时得失

胜败乃兵家常事，智谋之士往往能不局限于一时的胜败，而能在困境中面对现实谋求出路，取得最后的胜利。在越王勾践兵败陷于绝境之时，范蠡临危不乱，劝勾践屈身称臣与吴国讲和，并利用对方的弱点使对方接受自己的讲和，保留自己的力量，励精图治，最后灭掉吴国，具有一定的远见卓识。

在现实生活中，不要局限于一时的成败得失，而要有长远的目光，在逆境中发愤图强，方能取得最后的成功。

## 项庄舞剑，意在沛公

秦朝末年，在各路起义军中有两支最大的力量，这就是刘邦和项羽的队伍。他们曾经约定，谁先攻下秦朝都城咸阳，谁就在关中称王。结果，刘邦一路避开秦军主力，专走偏荒的小径。这样，刘邦没有打过几场硬仗就已经兵临咸阳。秦三世子婴没做什么反抗就投降了刘邦。于是刘邦就先占据咸阳，控制了函谷关。项羽一路上沿黄河流域进军，这是进攻关中正门的路线，一路上坚城固垒随处林立。尽管项羽数十万铁骑以摧枯拉朽的声势，攻城破寨，所向披靡，但是，连续不断的大仗硬仗，显然阻碍了项羽的行进速度。等到项羽来到函谷关前，发现早被刘邦抢了先。

项羽因此非常生气。他想自己有四十万大军还没称王，你刘邦十万人马居然称王啦！于是要找刘邦决战，杀进关中。项羽的一个远房叔叔项伯与刘邦的谋士张良很要好。听到这消息，他连夜跑到刘邦大营告诉张良，劝他赶紧离开。张良不愿背叛刘邦，经张良介绍，刘邦热情地接待了项伯，并与项伯结为儿女亲家。项伯劝刘邦亲自去向项羽解释、道歉，以避免这场大战。

第二天，刘邦带着一百多人亲自去鸿门向项羽赔礼道歉，解释说他根本就没想过什么称王关中，有项羽立下如此功勋，这关中之王非项羽莫属。他不过是一时幸运能够先项羽一步进入关中罢了，但他只是替项王守着关中大门，以防让其他诸侯乘虚抢了去。项羽一听气就消了大半。他的谋士范增曾劝项羽在酒宴上除掉刘邦，项羽也同意了，早在宴会上埋伏了一批武士，约定项羽一举杯，就立即动手。可是在宴会上，刘邦对项羽态度谦卑，处处赔着小心。项羽性情耿直，不善权谋，早被刘邦哄得心花怒放，哪还记得要杀他的事情！

虽然范增几次示意，项羽都视而不见，没有反应。范增眼看计划无法进行，就把项羽的堂兄弟项庄找出来说："项王太仁慈了，可是刘邦不能不除。你快进去借舞剑为名，趁机杀了刘邦。"项庄回来便到宴会上敬酒，并请求让他舞剑助兴。只见剑光闪闪，项庄越舞越靠近刘邦。项伯一看情势不对，就对项羽说："一人独舞，兴致不高，让我和他对舞吧！"项伯也拔剑起舞，暗暗地用自己的身体挡着刘邦，使项庄找不到下手的机会。张良看到这种情况，赶忙出去对刘邦的武将樊哙说："现在项庄舞剑，他的用意就是要杀沛公啊！"樊哙一听，立即拿起武器，闯到宴会上。他不惧项羽的英勇让项羽十分欣赏，项庄舞剑一节就这样被樊哙搅过去了。又过了一会儿，刘邦借口去上厕所，悄悄溜了出来，张良告诉他快回大营，否则性命不保。刘邦赶紧带了樊哙等几个贴身护卫，丢弃车乘马匹，徒步从小路逃回了大营。张良留下，等刘邦走远了才再次进大帐献礼，说刘邦一时身体不适，先回去了。项羽不以为然，范增大顿手足。

果然，鸿门宴之后，逃得性命的刘邦终于在垓下之战中逼死项羽，取得了楚汉之争的最终胜利。

**【悟在当下】处乱不惊，当机立断**

鸿门宴上情势凶险，大家各怀心机。刘邦能全身而退，安然回营，全赖张良及时洞悉项庄的意图，当机立断，召进樊哙解一时之困。待时机成熟，张良又力劝刘邦逃回大营，以保万全，自己则主动留下应对项羽。他于危急之时反应敏捷、判断准确、处事从容，此等智慧实在令人赞叹。

# 陈平脱衣险渡河

陈平

陈平为人机敏，谦逊有礼，又很有学识，在秦末乱世之中很想凭借自己的聪明才智为自己求取功名。当得知项羽率军到达黄河岸边时，陈平就别妻离子前去投奔。只可惜，项羽虽然勇猛无人能敌，却猜忌多疑、心胸狭窄，没有容人之量。陈平虽自许才高，但在项羽眼里只是个读书识字的书生而已。于是，陈平尽管在项王手下勤恳多时，也不过是个校尉。

陈平隐忍等待，终于等来了建功的机会。被项王封在殷地的殷王司马卯起兵叛反楚国，项羽大为恼怒，立刻派遣陈平所在的军队前去平叛。一路上，陈平出谋划策，屡建奇功，很快就招降了司马卯。项羽对陈平的表现十分满意，不仅加官晋爵，还赏赐千金。这样前所未有的恩赏让陈平受宠若惊，他觉得自己就此可以在项王手下一展抱负了。只可惜好景不长，刚刚被招降的司马卯，没过多久再次叛楚，这次更绝，为了躲过项羽的压制，他干脆投降了汉王刘邦，以谋求保护。这让项羽大为恼火，他不但准备发兵征讨刘邦，更迁怒于曾经到殷地平叛的将军官吏，一定要杀之以解心头之恨。陈平听到消息，十分害怕，立刻挂印封金，只身抄小路逃走。他觉得此时尚能和项王一决高下的只有汉王刘邦，就决定西去投靠刘邦。

陈平不分昼夜，一路西行，终于来到了黄河边上，浩荡的河水挡住了去路，陈平看见岸边停靠着几只小舟，就急忙雇了条船过河。那几个船夫都是身材魁梧的彪形大汉，膀大腰圆看似很有力气。陈平只想快点逃到黄河对岸，见到汉王自己就当真安全了，完全没有注意到这几个船夫打量他时贼贼的目光。直到船已经离开河岸一段距离，陈平才注意到几个船夫一边摇船，一边不怀好意地盯着自己，还不时窃窃耳语几句。陈平这才惊觉自己是上了贼船了，这几个船夫看自己衣着光鲜，又身佩宝剑，一定认为自己是携宝出逃的将领，没准儿正打算杀了他以劫取珍宝呢。

这让陈平万分害怕，就此丧命实在冤枉，更何况他是封金逃走，身上根本就没有多余的金银珠宝，这样被劫杀，岂非更是无妄之灾。陈平思索再三，决定不能就这么坐以待毙，既然自己身上根本没有珠宝，让这些船夫知道了，也许能躲过一劫。

主意已定，陈平立刻走出船舱，冲着摇橹的船夫说："这会风大浪急的，老哥实在辛苦，就让小弟也帮上一把吧。"然后他把衣服脱掉，光着膀子，一边和几个船夫拉着战乱之中不易生存的家常，一边奋力撑船。几个船夫先是吃了一惊，不过看陈平这么不在意就把衣服扔在一边，全身上下也没个能藏珠宝的地方，看来不是什么有钱的主，于是就打消了要杀人劫财的念头。

等船到了岸，陈平付了船钱，急忙穿好衣服，跳上河岸，向汉军大营奔去。

**【悟在当下】大丈夫能屈能伸**

行大事之人，往往要有忍辱负重之气度，所谓"大丈夫能屈能伸"。陈平跟随项王攻打秦军可谓战功卓著。然而此一时，彼一时也。他落在唯利是图、心狠手辣的水寇手中，又急于逃难，敌强我弱，稍不慎重，轻则伤身，重则丧命。因此，只能斗智用计。他大智若愚，脱光衣服，既向船夫暗示自己身上没有财宝，又为船夫掩饰了图财害命的歹意。陈平运用这种以屈求伸、以退为进的策略，达到了化险为夷的目的。

## 张良的安嗣计

刘邦在位之初为安定内外，显示汉家江山的千秋万代，便立吕后之子（即后来的惠帝）为太子。后来戚夫人备受刘邦宠爱，并为其生下一子，赐名如意。刘邦因为极其喜爱戚夫人，与吕后感情日疏，终于经不住戚夫人的旁敲侧击和屡次请求，动了废太子、改立如意的念头。群臣震动，纷纷上书力谏刘邦，认为废长立幼不仅有违传统，而且易引发内廷动乱。刘邦一时决断不下。整个事件中，最为焦急和忧虑的莫过于吕后，可惜她一时束手无策，只能终日寝食难安。这时有人向她献计说：“张良一向足智多谋，并且深得主上信赖，王后何不求教于他？”吕后立刻让其弟建成侯吕泽将张良请至府上。张良深知其用意，本欲推脱，称：“立太子本是皇家之事，主上自有主意，纵使一百个如臣之人也无能为力。”吕泽一再坚持，软硬兼施之下张良心知推辞不了，沉吟片刻，献策说：“如今戚夫人受宠，口舌之辩无济于事。主上一向最敬重四个人，当年因主上轻慢，这四人愤而隐匿于山野之中，誓不为汉室效力。主上想招而不可得，常常耿耿于怀。太子若能得此四人辅佐，或许会受益良多。”

吕后于是让吕泽带着太子的亲笔书信，以重金厚礼请这四人出山相助，并将四人接回长安，安置于建成侯府中。

汉十一年，英布起兵造反，刘邦便属意让太子代己出征，平定叛乱。四人急忙向吕泽建议：“太子此番出征，若建功勋，并不能改变如意受宠的局面；稍有差池，则必招祸殃。再者，军中诸将随主上平定天下，常年征战，骁勇过人，必不服太子指挥。此去无异于以羊率狼，必定无功而返。何况太子领兵在外，如意长侍主上左右，一涨一消，如意更得主上喜爱。今有传言，主上常叹，‘怎能让不肖之子居于爱子之上’，可见废太子之心日盛。唯今之计，还是请吕后向主上恳求，请主上率军亲征。”吕后依计行事，刘邦以为太子之力不足以领兵，只好决定亲征。随后，刘邦向张良询问此事，张良知其中利害，便说：“太子毕竟征战经验不足，封太子为将军，监管关中军马即可。”刘邦于是亲自领兵，攻打英布叛军。

第二年，刘邦得胜归来，身体日益衰弱，心知时日难久，急于改立太子。一次宫中设宴中，刘邦突然看见侍立太子身后的四人，心中震动，问其缘由。四人答道：“太子至仁至孝，天下拥戴，何况我们四人呢？”刘邦见此四人都愿意破誓辅佐汉廷，以为太子羽翼日丰，地位牢不可破，废之不智，从此打消了改立太子的念头。

**【悟在当下】借力打力，隔山震虎**

张良的安嗣之计即我们通常所说之“隔山震虎”。这是一种典型的迂回策略，当正面交锋或直接陈述行之无效时，就要略转方向，抓住对方的特征甚或弱点，从侧面入手，或借力打力或旁敲侧击，以达到最终的目的。

张良提出请四人辅佐，正是深谙此道。当时，太子之位岌岌可危，戚夫人受宠，以情动刘邦自是不可能。依仗群臣的支持，频频向刘邦进言更是无益。只有找出真正能震动刘邦之事，使其在理智上认同太子才是上策。四人在关键时刻的出谋划策使太子避免了一场覆灭之灾，他们带给刘邦的震动使刘邦对太子彻底改观，事实证明，张良之策实在高明。

这对我们不无启示：当我们认为某些问题难以解决时，不妨想想是不是我们的思路该稍做改变，是不是能从侧面入手以达到目的。

## 陈平机智释樊哙

陈平是西汉有名的谋臣，他足智多谋，一生充满传奇色彩，他的谋略不仅对西汉的建立和巩固有很大作用，而且也在关键时刻让自己明哲保身，脱离当时政治斗争的险境。公元前195年，高祖刘邦击败叛军英布归来，创伤发作病倒了。刚回到长安，刘邦又听说燕王卢绾叛变，就派樊哙以相国的身份率军去讨伐。樊哙走后，有人对高祖进谗言说：“大王认为樊哙忠心耿耿，但是他是吕后的妹夫，背后他跟吕后串通一气，想等皇上百年之后图谋不轨，到那时汉室的江山恐怕不保啊。皇上现在让他去讨伐叛乱，手握重兵，如果将来一旦他们一起发动叛乱，恐怕后果不堪设想。皇上不能不早加提防。”高祖对吕后干预朝政，早已极为不满，现在听说吕后又跟她妹夫樊哙串通一气，立时觉得情况严重了。况且，樊哙虽然从前对他忠心耿耿，但是毕竟是吕后的妹夫，在他百年之后如果真的和吕后串通图谋不轨，后果确实不堪设想。他思前想后决意临阵换将，因此与陈平计议此事。如果在军前直接换掉樊哙势必引起樊哙的疑心，如果樊哙果真想要图谋不轨临时发动兵变后果将会十分严重，因此最后刘邦采用陈平的计谋，以陈平的名义前往樊哙军中传诏，在车中暗载大将周勃，等到了军营里，才宣布立斩樊哙，由周勃夺印代替。

高祖刘邦病重，对此事一直放心不下，因此要陈平尽快地把樊哙的头取来。陈平、周勃前去复命。但是陈平想到这是一件很棘手的事情，他对周勃说："取樊哙的头不难，但是，处理好这件事情很不容易。其一，樊哙是皇上的老部下，当年对皇上忠心耿耿，对汉王朝的建立立下了汗马功劳，这个皇上心里比谁都清楚，如今皇上因为疑心而在樊哙没有丝毫罪证的情况下派我们去杀他，即使我们杀掉了樊哙，皇帝心中也未必高兴，毕竟当年的旧情难却啊，何况皇帝现在正是病重之际，也许会有点糊涂，如果以后他反悔了，那肯定会在内心怪罪我们。其二，樊哙是吕后的妹夫，如果我们二人除掉樊哙，她们姐妹二人必定会在皇帝面前搬弄是非，到那时难免会归罪于我们二人的。这不仅是国事，也是家事啊，我们最好不要参与。"

樊哙

陈平一席话，说得周勃一身冷汗，一时没了主张。陈平说道："杀又不能杀，放是不能放的，不如我们把樊哙绑上囚车，送到长安，或杀或免让皇上自己决定，吕氏姐妹也没有什么可说的了。"二人来到了军前，陈平命人筑起高台，作为传旨的地方，另外又派人去传樊哙接旨。樊哙得知陈平前来，想都没有多想就一个人前往接旨。这时后面走出武将周勃，当即拿下樊哙钉入囚车，周勃赶到军中接替樊哙。陈平押着囚车走到半路的时候，听到刘邦病故，大吃一惊，同时他还听到让自己屯戍荥阳。陈平心想所幸的是没有杀掉樊哙，但是也害怕别人在吕后面前搬弄是非，于是加紧策马赶回长安想先把自己的事情解释清楚。

回到长安，他跌跌撞撞地跑入宫中，跪倒在汉高祖的灵前，放声大哭，边哭边说："您让我就地斩杀樊哙，我不敢轻易处置大臣，现在我把樊哙给您押解回来了，但是您却走了，让微臣如何处置是好啊？”这些话明明是说给吕氏姐妹听的，为自己开脱责任，同时也是在为自己表功。吕氏姐妹听说陈平没有按照刘邦的旨意杀掉樊哙，都松了一口气，看到陈平泪流满面的样子，也就不再责备反而宽慰他。陈平又趁机请求留在长安，吕后也答应了，还拜他为郎中令，辅助新皇。陈平就此在激烈的政治斗争中再次保全了自己，避免了一场大灾祸。

**【悟在当下】遇事要考虑周密**

陈平是西汉有名的谋臣，释樊哙的故事突出了他的机智和谋略。他不仅应变快，而且考虑周密。在高祖最初要杀樊哙的时候，他提出了要智擒；在是否要亲自去杀的时候，他选择了“他杀”，把樊哙捉拿回去，让高祖自己去处理；在高祖死后吕后摄政时，他机智应变，还以此表功免祸，并在新的统治集团中取得信任，重新掌握了大权。在风云变幻的政治斗争中陈平始终都能化险为夷，逢凶化吉，这些不能不说是得之于陈平罕有的机智和谋略。陈平处事考虑的周密细致和他的机警在今天也是值得我们学习的。

## 邓禹献计

西汉末年，外戚王莽篡政，各地农民军四起，战乱连连，民不聊生。像刘秀兄弟这样的皇亲末裔，也借机起兵。王莽新政很快在农民起义的烈火中焚烧殆尽，接下来就是刘秀等皇室宗亲为了瓜分政治权力的继续争斗。结果，刘秀争强好胜的哥哥在这场争斗中不幸殒命。刘秀则韬光养晦，收起所有的锋芒，接受刚刚即位为更始皇帝的刘玄的安排，受封萧王，经略河北，等待时机。

这时，很多人都向更始皇帝举荐贤士邓禹。更始皇帝也十分重视，可是几番派人去请都被婉言谢绝。更始皇帝没有办法只好作罢。可是，当邓禹听说萧王刘秀已经赶赴河北，便手拄木棍渡河北上，一路追随刘秀到了邺城。刘秀一见邓禹真是大喜过望，他将邓禹迎进军营，对他说：“久闻先生贤名，今日先生不辞

邓禹

辛劳，远道而来，真令刘秀受宠若惊。我尚还有承制封拜的权力，不知先生可想在不才手下谋个官职？”邓禹摇头答道：“我来投奔萧王若是只为功名利禄，那直接应承更始皇帝不是更好？”刘秀一听大窘，红着脸说：“小子狭隘，请先生见谅。不知刘秀这里有什么可以使先生不远千里，远奔而来？”邓禹说：“只愿您能将威德加于四海，让我有机会贡献微薄之力，青史留名罢了。”刘秀一听，当晚就留邓禹同宿夜谈。

当晚，两人彻夜长谈，邓禹对当前局势条分缕析说：“更始皇帝虽然定都关中，可如今关东地区并不安定，赤眉、青犊等各路贼寇，动辄就有数万之众；京畿地区自立名号的匪徒，常常成群结队。更始皇帝既不能弹压他们，又没有力量亲自裁决朝政。他手下的将领大都是庸碌之人，一心只想掠夺金银珠宝，争权夺利，只逞一时之快，没有深谋远虑，从没把尊主安民视为己任。更始朝野上下分崩离析的形势是有目共睹的。因此，虽然您现在已经建立了属藩来辅助更始帝，只恐怕到头来还是一事无成，空忙一场。为今之计，不如广招贤才，争取民心，恢复高祖的基业，救万民于水火之中啊！以您的才能，平定天下是不难的。”刘秀闻言，满心欢喜，立刻要拜邓禹为将军。可是邓禹坚持不受，刘秀也就让身边的人称呼邓禹为“邓将军”。

从此，邓禹食宿在刘秀的大帐中，时时刻刻为刘秀夺取天下出谋划策，成为东汉开国元勋。

**【悟在当下】得人心者得天下**

在群雄逐鹿天下的混乱局面中，要想异军突起，建立功业，必须要有洞悉天下大势的独到眼光。邓禹所献之策可以分为两部分：首先，具体分析了更始政权危机四伏的局势，借以说明更始政权是毫无前途的；其次，替刘秀谋划了争夺天下、光复汉室的方略，即“延揽英雄，务悦民心，立高祖之业，救万民之命”。其中，既提出了奋斗的目标，又提出了具体的措施。“延揽英雄”就是网罗人才，“务悦民心”就是要争取人民的拥护。夺取天下的关键正是得人才和得人心。可以说，邓禹为刘秀夺取天下起到了至关重要的作用。

## 曹操诈死欺吕布

曹操与吕布多次开战，攻打濮阳时，由于求胜心切，又加上曹操轻视了吕布，中了陈宫的计策，身陷重围，几乎要丧身濮阳。后来全靠众将的援助，曹操才得以顺利脱险，保全性命。

回到曹营后，众将向曹操问安。曹操仰面大笑，说：“想我一世英名，岂能毁在这般小人之手。不小心中了小人的奸计，我一定要报仇，为自己血洗这个耻辱。”这时，曹操最钟爱的谋士郭嘉说：“如果主公已经有了计谋，可以立即行使这个计策。我们自会全力为主公效劳。”曹操环视众将，吩咐道：“现在就要将计就计，来大败吕布这个小人。既然我深陷重围，吕布一定以为我的伤势很严重。你们就可以对外宣称，说我被大火伤得很严重，现在已经死了。”

果然，半夜时分，只听得曹营内哀乐遍起，城头也遍立白色的旗帜，吕布看着这些假象，又听到探子的报告，以为曹操真的是因为伤势过重而死去了。有勇无谋的吕布完全不顾谋士的劝阻，一意孤行，要倾全军的力量来消灭曹操的军队。吕布以为曹操刚死，曹营内必定是军心大乱，群龙无首，此时正是消灭曹操势力的最佳时机。可怜的吕布实在是低估了曹操的智慧。

刚愎自用的吕布率领全军向曹军发起猛烈的攻击。为了进一步迷惑吕布，曹操吩咐自己的将士不能在吕布进攻的半途就阻止他，这样就会前功尽弃。吕布果真中了曹操的计策。没有受到任何攻击的吕布，真的以为曹营内正在为了曹操的丧事而混乱，以为这就是消灭曹操的最好时机。本想一举歼灭曹军的吕布大军得意忘形地走到了马陵道上，就在吕布的部队走到马陵道之时，只听得一声鼓响，早就埋伏在马陵道上的曹军突然从四面八方冲杀过来，曹军气势汹涌，情绪高涨。突然受敌的吕布不知所措，仓皇应战。军队的作战能力很大程度上是看主帅的指挥能力。吕布突然受到曹军袭击，哪里会有指挥自己的大军正确作战的本领。吕布大军乱成一团，完全失控，加上曹军的奋勇杀敌，顷刻溃不成军。等到吕布拼死拼活厮杀，好不容易冲出重围时，军士已经折损大半。无可奈何之下，吕布只得率领残部退回濮阳城。

曹操兵不厌诈，诈死欺吕布，洗刷了自己在濮阳所受的耻辱。

**【悟在当下】示弱诱敌，兵不厌诈**

示弱诱敌，兵不厌诈。这个故事其实就是这个军事计谋的最好运用。曹操在濮阳由于轻视吕布而中了对方的埋伏险些丧命。他将计就计，以诈死的方式欺骗自己的对手上当。在对手得意忘形之际，突然出现，杀得对手措手不及，得胜而归。

其实，现实中也是需要这种精神的。一个人最大的失败是精神的失败，只要勇敢地面对失败，正视自己的缺点，就有成功的机会。

## 曹操智用三将

“乱世之奸雄，治世之能臣”的曹操不愧是一代枭雄，他智慧过人，留下了许多智慧宝典，值得后人反复琢磨。

合淝（今合肥）自古就是兵家必争之地。建安二十年，东吴十万大军围攻合淝，相对曹魏的七千兵力来说，占有了巨大优势。而当时，魏军最大的困难，就是曹操北征汉中还没有回来。魏将张辽、李典、乐进诸部奉曹操之命镇守合淝。但是，张辽、李典、乐进三人平时意见不合，在孙权大军进攻合淝之际更是意见相左，应该退却还是继续前进，三人无法统一意见，合淝的形势异常危急。

就在此时，曹操突然派人送来了一个密封的盒子，上面写着“贼来乃发”四个大字。原来，在密匣的书信中，远在汉中的曹操已经对合淝的防御战事做出了具体安排，他指出，“如果孙权带兵来进攻合淝，将由张、李二将军作战，乐将军守城”。三人看过之后，张辽提出由自己亲自出击，与敌人决一死战，但又担心李、乐将军不允许。李典起先沉默，但最终被张辽的行为所打动，慨然说道：“这是国家的事情，难道我们可以因为个人的矛盾而因私忘公吗？”李典还表示愿意放弃旧日冤仇，服从指挥，全力合作，保卫合淝。乐进本来就是守成稳重之人，这时也表示将尽全力守住城池。

于是，张辽亲自率领八百死士突袭孙权，抱着必死的决心，作战异常勇敢，吴军中没有谁可以阻拦这样的将士，他们一直杀入孙权大营。孙权突然见到了曹操的士兵，害怕万分，起初不敢交战，但是他看到张辽的兵力甚少，才指挥士兵集结部下来围攻张辽。张辽浴血奋战，率领数十人杀出了一条血路，突出了重围。但是也有一部分士兵未能突出孙权的包围圈，他们看着张辽，大声喊叫：“难道将军要舍下我们吗？难道将军就这样逃离吗？”于是，张辽再次回马冲到吴军之中，救出了其余的部下，吴军没有人敢阻挡。

经此一战，吴军士气受挫，而曹军士气大涨，军心大振。魏军守城情绪高涨，孙权攻城十余日而没有结果，不能攻下合淝，为了不再无谓地消耗兵力，孙权只得引军退走。就这样，魏军取得了保卫合淝的胜利。吴军退出合淝，退到逍遥津时，突然受到张辽的袭击。大惊之下，吴军的作战能力大减，就连孙权也差点被张辽活捉，多亏有凌统、甘宁这样的将士拼死力战才得以逃脱。

不在战场的曹操指挥自己的将士取得了战争的胜利，这不得不说是曹操大智慧的表现。

**【悟在当下】知人善任，以谋大事**

曹操智用三将的故事其实就是知人善任的典型实例。曹操深知张辽、李典、乐进三人的个性：张、李二人勇武，善于作战，而乐进稳重善于守城。其次，曹操使平素不和的三个人，在危难之计，不计前嫌，相互补充，共同御敌，充分发挥战斗力。

现实中，领导也需要像曹操一样熟悉属下的才能，用其所长，避其所短，充分发挥其才智，这样才能使自己的属下做出最好的成绩。

# 周瑜巧拒蒋干游说

周瑜

赤壁之战中，周瑜可谓是尽显风流，大放异彩。其中，周瑜巧拒蒋干游说成为著名的故事。

赤壁之战，紧张刺激。虽然曹操兵力更胜一筹，但吴军凭借周瑜的智慧，却能挫败曹操的大军。恼怒的曹操对谋臣们说："我们屡次被吴军打败，全靠一个周瑜。当依何计破之？"蒋干自告奋勇："我与周瑜自幼同窗交契，愿凭三寸不烂之舌，往江东说此人来降。"曹操大喜，置酒与蒋干送行。

蒋干驾一只小舟，径直来到周瑜军营前，令传报："故人蒋干来访！"周瑜对众士说："说客来了。我们大家如此如此，大计可成。"

周瑜一见蒋干，故意问道："子翼兄，不辞辛苦，跋山涉水，是为曹操做说客的吗？"蒋干大惊，回答："我许久没有与周兄相见，特意前来叙旧。为什么怀疑我是说客？"周瑜说："我虽然不是聪明人，但是听到琴弦之音，还是可以辨别曲子雅俗的。"蒋干故意生气地说道："既然周兄不相信我，认为我是说客，那就此拜别。"周瑜大喜，挽住蒋干的胳膊说："唯恐子翼兄是曹操的说客，既然不是，何妨离开。我们还要好好叙旧！"

当晚，周瑜大摆筵席，宴请蒋干。周瑜传令让所有的江东英杰与蒋干相见。须臾，文官武将，各穿锦衣；帐下偏裨将校，都披银铠，分两行来到了宴会大厅。周瑜将他们介绍给蒋干，让其就列于两旁而坐。周瑜说："这是我的同窗好友，特意前来叙旧，不是曹操的说客。大家就不要怀疑了。今天难得轻松，诸位就尽情饮酒。"然后将他佩戴的宝剑交给自己的侍从，说："你可以佩带我的剑作监酒，今日宴饮，只是叙说朋友交情；如有提起曹操与东吴军旅之事者，即斩之！"侍从应诺，按剑坐于席上。蒋干惊愕，不敢再提游说的任何字眼。

席间，周瑜拉着蒋干，同步走出帐外，让其观赏自己的军队。左右军士，持戈执戟而立。周瑜问："我的军队，雄壮威武吗？"蒋干心虚地说："真熊虎之士也。"周瑜又引蒋干到帐后，只见粮草堆积如山。周瑜又问："我的粮草可充足啊？"蒋干更加心虚："兵精粮足，实在是名不虚传。"周瑜大笑说："大丈夫在世，遇到一个明主，就应该外尽君臣的情义，内结骨肉的恩情，对君主是言必行，计必从，祸福共分享。就算是苏秦、张仪、陆贾复活人间，口似悬河，舌如利刃，也不能游说我啊！这世间又有谁能打动我呢？"言罢大笑。蒋干面如土色。

夜深了，蒋干终于找到离开的理由："我已经不胜酒力了。"周瑜立即命令撤席，说："今晚一定要与子翼兄同床而眠。"周瑜和衣卧倒，呕吐狼藉。蒋干反复难眠，熬到二更，只见周瑜鼻息如雷，乃起床偷视帐内桌上的文书，其中有一封是"蔡瑁张允谨封"。蒋干偷读这封信后心想："原来蔡瑁、张允结连东吴！"于是将其暗藏于衣内。这时，周瑜像是有动静，蒋干不敢再偷看其他文书。

蒋干考虑："周瑜是个精细人，天明看不见文书，必然害我。"睡至五更，蒋干趁着天黑，飞棹回见曹操。操问："事情如何？"蒋干回答："周瑜雅量高致，不是言辞所能打动的。"蒋干又回答："虽不能说周瑜，却与丞相打听得一件事。乞退左右。"曹操听毕大怒，立即斩了训练水军的将领蔡瑁、张允。这可以说是导致赤壁之战吴军大胜的关键一步。

**【悟在当下】占据主动地位，先发制人**

故事中的周瑜，处处主动，突出了一个"先"字，游说之中，游刃有余。而蒋干，则处处被动，处于被打压的局面，他的辩才也就黯然失色了。外交活动之中，如果双方的实力相当，谋略运用得当，就能先行一步，处于主动地位。先发制人，这是很关键的；再加上出色的辩才，就能取得先机，取得论辩的胜利。

不仅是外交，就是日常生活中，这也是取得胜利的重要步骤。万事都要提前做好准备，占据主动地位，先发制人，就能为自己的成功多一分保障。

# 华佗拜师

华佗

东汉末年，战乱连年，有一位悬壶济世的神医华佗。据说，他不但能医治许多疑难杂症，甚至还能起死回生。这其中自然有传说神化的成分，不过也足见这位医师医术之高。华佗自小就显示出非凡的智慧，当时他拜师学医，就是依靠了他的智慧。

当时只有七岁的华佗到一位姓蔡的医生家去拜师。行过见面礼后，华佗规规矩矩地坐在那里静听老师的吩咐。蔡医生医术高明，前来拜师的人很多。蔡医生觉得应该收那些智力高的孩子为徒，遂决定先考考他们。于是，他把华佗叫到近前来，指着门前的桑树，提了第一个难题。

“孩子，你看到那树上最高的枝叶了吗？你有没有办法把桑叶摘下来？”

华佗一听，很爽快地说：“用梯子不就可以了。”

“要是不能用梯子呢？”

“嗯，”小华佗低头想了一下，“那我就爬上去采。”

蔡医生又摇摇头，“要是也不让你爬树，你还有什么办法采到桑叶吗？”

这下真有点难住七岁的孩子了。不过，华佗并没有放弃，他仔细观察了一下那棵桑树，突然灵机一动，就找了根绳子，又在绳子一端拴牢一块石头。然后，用力将石头带着绳子抛上了最高的桑树枝。等绳子在树枝上绕上几个圈后，华佗就拽着绳子，把最高的枝条拉下来，然后一伸手就把桑叶摘了下来。

蔡医生很是满意，站在一旁摸着胡子微微笑着。

华佗摘下桑叶，正要把它交给蔡医生，突然传来了很大的吵闹声。他循声看去，原来有两只山羊在打架，而且打得很凶，好几个孩子上前去拉都拉不开。蔡医生也看到了，就想到了再考华佗的考题。他走到华佗身边，笑着说：“孩子，你想想办法，怎么能不让两只羊受伤就把它们分开？”小华佗很干脆地答应了，然后一转身，在桑树周围转了一圈，拔了两把鲜嫩的青草。他把这绿油油、鲜嫩嫩的草送到两只山羊面前。那两只羊早就打得筋疲力尽，又饿又累的，一看见有如此美味，立刻把打架的事抛到九霄云外了。它们很温顺乖巧，都跑过来吃华佗手中的青草。

蔡医生十分满意，他拍拍华佗的头，高兴地说："好孩子，你很会用心，也肯动脑筋。我很高兴能有你这么个聪明的徒弟啊。"

从此，华佗就开始跟着蔡医生学习医术，最终成为一代名医。

**【悟在当下】从不同角度思考问题**

凡事只要勤于思考，便可以找到事半功倍的最合理的解决方法。"劝羊"一例，不动脑的孩子只知用蛮力，最后也不能达到目的，而华佗只用一把青草就解决了问题。

所以，要养成从不同角度思考问题的习惯，只有多方位、全面地进行分析，不死守一个方向，才能更快、更好地解决问题。

## 卫瓘临危机变灭钟会

三国末年，蜀吴势衰，魏国越来越强大。随着蜀国五虎将相继逝去，丞相诸葛亮操劳而终，一时间蜀中无大将的局面使得原本在三国中就很弱小的蜀更显得捉襟见肘。于是，魏国在发动兼并战争时的第一个牺牲品也就是蜀。

魏派钟会、邓艾为主将，卫瓘为监军兴兵伐蜀。面对魏军强大的攻势，蜀简直没有招架之力，很快，刘蜀败亡，蜀中落入曹魏之手。钟会和邓艾因此立下大功。但是两个人互相猜忌，都认为对方有抢功之嫌。最后，钟会向曹魏朝廷告发邓艾有占据蜀中自立为王的野心。钟会的谋士也劝他趁这个机会，扳倒邓艾，杀掉卫瓘，就可以安心地独占蜀中，成就一番乱世英雄的霸业。早就看邓艾很不顺眼的钟会，不禁心中蠢蠢欲动，开始紧锣密鼓地筹备反叛。

钟会盘算他如果向朝廷揭发，朝廷势必会暗中命令监军卫瓘进行调查。只要卫瓘杀了邓艾，他就可以再给卫瓘罗织罪名，直接除掉这个强大的对手。钟会知道卫瓘已经接到了朝廷密令，就跑来见卫瓘，话语中旁敲侧击告诉卫瓘：邓艾谋反早是事实，如果卫瓘一味偏袒，就是对司马大将军的不忠，理应和反贼同罪。这时，刚才还对朝廷密令用意十分疑惑的卫瓘立即明白了这一切只是钟会设下的局。对眼前局势心知肚明的卫瓘，虽然知道这时擒杀邓艾只会于己不利，但是，如果立时拒绝钟会的要求，肯定会遭毒手。毕竟山高皇帝远，自己眼下只是没有太多兵权的监军，如果没有朝廷的指令，自己在这里什么都做不了。倒不如先答应下来捉拿邓艾，只要不引起邓艾手下将士的怀疑，要比拒绝钟会更安全些。只要能活着回到京师，就还有机会向司马大将军告发钟会的种种劣行。于是，卫瓘就表面上对钟会唯唯诺诺，表示会服从朝廷的命令，还和钟会约定第二天一早就捉拿邓艾父子，希望钟会出兵协助。钟会以为卫瓘不明就里已经上钩，不禁心里大喜。他连连应承，一面命人加强对卫瓘的监视，一面调动手下准备将邓艾一党一网打尽。

第二天凌晨，卫瓘以司马大将军手谕号令全军，说邓艾谋反，凡悬崖勒马站在官军一边的，就可以加官晋爵；要是执迷不悟仍要和邓艾为伍者，就与邓艾同罪，诛三族。这样，邓艾的将士纷纷离开邓艾的军营，与卫瓘合兵一处。而邓艾父子还在睡梦中就稀里糊涂地被抓了起来。钟会见邓艾父子已经被囚禁，就紧接着将他不信任的将领也全部关押起来，把兵权集中在自己手里。然后，他利刃相加，威逼卫瓘下手杀了邓艾父子和那些不听话的将领。卫瓘知道，钟会是铁了心要举旗造反了，于是他一面假意应承，借口这几天为邓艾的事情操劳过度，身体很差，实在需要休养几天，等他身体稍好立即着手办理，一面想办法通知那些尚有实权的将军们钟会即将造反的实情。

但是，钟会对卫瓘监视严密，卫瓘根本没机会通知那些将军。为了放松钟会的警惕，卫瓘大喝盐水，吐得昏天黑地，他本来身体就虚弱，这样一来，更是精神涣散就像突发大病一样。钟会虽然疑心卫瓘只是在拖延时间，可是他派去的亲信和医生都认为卫瓘的确是身体不适，没发现丝毫的破绽。钟会终于相信卫瓘果然是病势沉重了，就不那么顾忌卫瓘，而更加肆无忌惮起来。

卫瓘一见时机成熟，就赶紧联络诸军，告知钟会谋反的消息，要求各军将领于次日晨发兵围攻钟会。就这样，钟会还在为自己即将成为蜀中之王沾沾自喜的时候，就被卫瓘带兵剿灭了。

**【悟在当下】事急则乱，事缓则全**

临危不乱、处事不惊是谋略者的基本素质；审时度势、随机而变就是谋略者的应变手段。卫瓘能够在钟会的威胁下全身而退，继而抓准时机将其一举歼灭，不能不说他是谋略和智慧灵活运用的典范。面对早已经谋划在心、杀机毕露的对手，首先要做到的是思虑周详，保全自己；然后才是随机而变，找出对手的疏漏，一击成功，才能彻底变被动为主动。

再则，事急则乱，事缓则全。在危乱的事情来临的时候，稳住心神，尽可能推延和对手过招的时间，转移对手的注意力，制造假象迷惑对手，争取到想出应对之策的时间，才会在突如其来的危难中化险为夷。

## 曹操以逸待劳观虎斗

曹操在白狼城大败冒顿兵团，袁熙、袁尚两兄弟率数千人逃向辽东投奔辽东太守公孙康。当时曹操的部下都摩拳擦掌要去追赶，企图一举歼灭平定袁氏集团。

但是曹操当时的行动出乎众人之料，不但没有派兵去追赶兵败而亡的袁氏兄弟，反而退兵易州，按兵不动。大家都猜不透曹操的心思。大将夏侯惇问曹操道："辽东太守公孙康久不臣服我们，现在二袁又去投靠，这样岂不是如虎添翼？如果现在不去征讨他们，等到他们彻底结成一伙来对抗我们，必为后患，因此还不如现在趁他们立足未稳之际就去征讨。"曹操听了哈哈大笑，然后说道："大家为国出力血战沙场，很是辛苦，这次就不用劳烦你们出征了，几天之后，公孙康一定会自动将二袁的脑袋送来。"众将依据公孙康以前对曹操的强硬态度都不相信公孙康会这么做，但是曹操的话又都不敢不听，只得按兵不动。出乎意料的是，过了不久，公孙康果然派人将袁熙、袁尚的首级送到曹营。众将很是吃惊，都称赞曹操料事如神。曹操仰天大笑：“果然不出郭嘉所预料的啊。”

曹操这才给众将解释自己退守益州按兵不动的原因。原来谋士郭嘉在征乌桓回军途中病倒，不久因病去世，其临终时给曹操留下一封信授计道：“公孙康一直担心袁氏吞并，今袁熙、袁尚前去投奔，公孙康心中必然怀疑。如果我们派兵攻打，由于他们各自都不是我们的对手，因此他们势必并力迎击，急切中难以得手，反而可能会让我们损失惨重，如果我们暂缓出兵，公孙康与袁氏兄弟就会互相火并。”事情果然如郭嘉所料，公孙康听说袁熙、袁尚将要来投奔，当即与手下的人议定：若曹操前来征讨，便留下他们合力抗曹，否则，就将他们诱入城中杀掉，把他们的人头献给曹操。

曹操不费一兵一卒除掉二袁，收复辽东，隔岸观火使曹操坐收渔人之利。

【悟在当下】巧用对手之间的矛盾

曹操不愧为杰出的军事家，他善于利用各个集团之间的矛盾为自己服务。他利用公孙康担心袁氏集团吞并辽东之心和二袁想借机吞并辽东这二者之间的矛盾，隔岸观火，没有急切地去攻打他们，而是按兵不动以逸待劳，静候他们之间矛盾的恶化，让他们之间互相残杀，从而不费一兵一卒除掉二袁、收复辽东，坐收渔翁之利，这样的计谋确实是高人一筹。

这个故事启发我们要学会以静制动，利用矛盾双方在一定条件下必然发生转化的规律来激化矛盾，为自己服务。

## 华歆智退礼

华歆是汉魏时期政治舞台上比较活跃的人物，作为汉朝重臣之一的华歆，支持曹操统一中国的大业，协助曹操打击外戚和宦官势力，参与了汉禅位于魏的改朝换代的重要历史事件，为曹操父子的事业立下了汗马功劳，深得曹氏一族的信任。他一生为官清廉，处事周密谨慎，德才兼备，为世人所称道。

华歆在孙权手下为官的时候，处事严谨，很有智慧和谋略，而且为官清廉，具有很高的声望。他平日都在府衙勤于政务，回到府中总是大门紧闭，谢绝宾客。当时曹操正在官渡，为了想在群雄争霸中占有一席之地，极力招揽人才。他听到华歆的名声，十分欣赏其才华和品行，就向汉献帝上书举荐华歆，并请汉献帝下诏让华歆进京为官。

华歆即将离开东吴前去京都赴任的时候，前去为他送行的竟然有一千多人，他们都给华歆送去了饯别礼，这些人有些是很亲近的朋友和亲戚，有些是一般的相交，有些是曾经受过华歆恩惠的人，还有一些人根本就不认识，因此送礼的人有些是出于感情，还有些有其他的目的。不管是出于何种目的，大家送给他的饯别礼物大多数都十分厚重，有的甚至价值百两黄金。华歆很感激亲朋好友的深情厚谊，对其他的送礼者也没有厌恶之感，毕竟自己另有高就之时，这些客套也是人之常情。但是礼物太过于厚重而且又太多毕竟难以接受，如果当面一一拒绝一定会使朋友和其他人难堪，但是这些礼物是绝对不能接受的。于是华歆对于朋友们和其他人送的礼物一概收下，但是暗地里却在每件礼品上都标上了送礼者的姓名，以便将来在适当的时候退回。

转眼间，很快就要起程赴任了，华歆把所有的送他礼物的亲戚朋友和其他人都请来欢聚一堂，设宴款待，宴罢将要起程之时，华歆把所有的礼品都拿出来集中到一起，微笑着对他请来的宾客和朋友说："我很感激诸位的情分，为我送这么好的礼物，我也都十分的喜爱，因此我把大家的礼品全部收下了。但是前去京都，路途遥远，而礼品又实在太多，我实在难以带走，请大家帮我想想办法吧！"看到这个情景，大家都立刻明白了华歆的用意，谦让一番后，便纷纷取回各自赠送的礼品。从此以后，大家更加钦佩华歆为官的清廉和高尚的品德。

**【悟在当下】在坚持原则的基础上灵活变通**

清廉是为政为官者的首要原则，这个原则无论什么时候都要坚持。但是在具体问题的处理上要讲究谋略，懂得灵活变通，才能处理得恰当，皆大欢喜。

# 谢安不动声色

谢安

谢安是东晋的著名权臣，他遇事不动声色的安闲气质，在历史上传为佳话。

当时，前秦在苻坚的治理下日益强盛，经常骚扰晋土。面对强大的前秦，将领指挥不利，东晋军队在与前秦的交战中屡遭败绩。谢安派自己的弟弟谢石、侄子谢玄率军征讨，从此开始扭转战局，不断取得胜利。谢安又命谢玄训练出战斗力很强的北府兵，为抗击前秦做好了准备。

太元八年，前秦苻坚亲自率领着号称百万的大军南下，驻扎在淮淝一带，志在吞灭东晋，统一天下。军情危急，朝野上下一片恐慌。谢安受命于危难之中，被任命为征讨大都督。万分火急情况之中的谢安依然是那样镇定自若，以征讨大都督的身份负责军事，并派了谢石、谢玄、谢琰和桓伊等人率兵八万前去抵御。桓伊担心建康的安危，欲派精锐三千协助保卫京师，被谢安拒绝了。

面对强大的敌军，谢玄心中忐忑，不知道究竟能不能战胜对手，也不清楚应该用什么战略来对付前秦。谢玄临行前向谢安询问对策，谢安只是简单地回答了一句："我已经安排好了。"便绝口不谈军事。

不久，谢安亲自驾车来到谢玄的府邸，并且邀请很多的亲朋好友。然后，谢安就把谢玄的府邸作为赌注与谢玄下起了围棋。平时，谢安的棋艺不如谢玄，但是这一天，由于谢玄的心中总是忐忑不安，想着能不能胜利地击退前秦的大军，心不在焉的谢玄自然就输给了心无二用的谢安。轻松的下围棋之后，谢安还很有兴致地在山野之间游玩，喜气扬扬，丝毫没有忧心忡忡的样子，仿佛一切都已经在他的掌控之中了。游玩到深夜的谢安，回家后立即调兵遣将，奔赴前线抗击前秦大军。

当谢玄率领的晋军在淝水之战中，以少胜多，大败前秦的捷报送到时，谢安正在与客人下棋。他看完前线的捷报，便随手放在自己座位的旁边，脸上没有任何喜形于色的神情，不动声色地继续与客人下棋。客人憋不住问他前线有什么最新的消息，谢安这才淡淡地说："没什么，孩子们已经打败敌人了。"直到下完了棋，客人告辞以后，谢安才抑制不住心头的喜悦，疾步走回内室，由于太兴奋了，门槛把木屐底上的屐齿碰断了，谢安都没有察觉。

谢安就是这样不动声色，遇事不喜形于色，成功掩饰自己内心的情绪来稳定军心。

**【悟在当下】气定神闲，不动声色**

淝水之战中，无论是战前情况不明，胜负不分，还是胜利的捷报传到了军帐，谢安都是气定神闲，对弈如故，喜怒不显于色。这不仅是一种极高的品格修养，更是一种策略。当情况瞬息万变，常人束手无策的时候，谢安以静制动，以不变应万变，稳定了军心，从而使军队取得胜利。

现实中，也要有遇事不慌乱的品质。只有在紧急情况中，气定神闲，才能从容应对突发事件，成功解决面临的问题。

## 萧宝夤假钓脱险

宋、齐、梁、陈几个朝代都是在争权夺利中动荡不安，宗室之间也不断互相残杀。梁武帝攻克建业后，对萧齐宗室大加杀戮。他听说建安侯萧宝夤十分贤德，很得人心，担心他会成为自己灭齐的阻碍，于是就立即派兵进城包围了他的府邸，打算杀了萧宝夤以绝后患。萧宝夤家的宦官颜文智与亲信麻拱、黄神等人探听到这个消息大为惊慌，急忙通知萧宝夤，密谋让萧宝夤脱身。

夜幕降临后，趁着梁武帝的军兵还没赶到，他们命家将在后花园的东墙的隐蔽处凿了一个洞，然后让萧宝夤穿墙逃出府邸。萧宝夤身穿青布便衣，拖沓着草鞋，没带一个随从一路徒步急行。他来到长江边，买下一个船家的小船，准备渡江。这时，梁军已经发现建安侯萧宝夤穿墙逃走，立刻派一队轻骑追赶。追兵已到江边，萧宝夤却还没能上船。就算这会儿上船就凭他一人之力，恐怕还没摇到江心，就会被追兵追上。萧宝夤焦急万分，突然看到船家还留在船上的斗笠蓑衣及钓具，马上计上心来。

梁军的轻骑沿江搜索建安侯的踪影，却只见雾蒙蒙的江面上，没有一只急行的船，轻悄悄地飘着几只，或是以船为家的渔民，或是深夜垂钓的老翁。还有几只小舟泊在岸边，梁军早就认真检查过了，几乎都是空无一人。率兵的将军大皱眉头。他想，这萧宝夤就算是插翅膀也该有个飞过去的影子啊，看建安侯府的情况，他不可能骑马逃走，也没有那么快的脚程，最多只能逃到长江，怎么会到了这里连个人影都看不见呢？难不成他没想过江，反倒逃进城里去了？于是，他命令士兵继续搜寻江岸，依然没有结果，就率领兵士返回建业了。

看到追兵渐渐远去，一直在距江边不远的地方悠然垂钓的一个老翁，这才轻松了口气，他张望了一下，确定梁军当真走远了，才赶忙操起船桨，奋力向对岸划去，不一会儿就消失在长江的浓雾里。

其实，这个垂钓的老翁就是建安侯萧宝夤。刚才追兵逼近，他实在没有时间逃过江去，于是就脱下自己的衣服，戴上黑头巾，换上黑布短袄，一副渔家的打扮。然后，他把船驶离岸边一段距离，使得岸上的人既能看到船上有人，又看不清人的面目。接着戴上斗笠，披上蓑衣，镇定自若地拿着钓竿在江上钓起鱼来。梁军在岸上的一举一动，萧宝夤都看得一清二楚。为了避免被怀疑，他不但没想方设法避开梁军，反倒和追兵派到江面上检查的船并行了许久。追兵一见“老渔翁”悠然自得，怡然垂钓，也就没对他产生怀疑，既没搜查又没盘问，就放过了萧宝夤的小船。就这样，看到追兵走远，萧宝夤才从容渡过长江，逃到安全地带。

**【悟在当下】急中生智，兵行险招**

有些兵家智谋，其实在生活中也是时时用得上的。特别是当人处在险境、逆境的时候，如果能巧妙运用，往往能转危为安。

这位南齐的建安侯就在危难的时刻，对自己进行了改头换面的再包装，掩饰了本来面目，从容镇静，最终以假乱真，蒙混过关，安然脱险。

因而，一旦遇险，不但要主动思考，充分利用周围的一切条件，来改变自己的不利处境，而且要在实施已经设计好的计谋时从容不迫，才能将事态控制在自己的手中，按计谋渡过难关。

## 王羲之佯睡保全性命

王羲之

王羲之是著名的书法家，早在很小的时候，他就已经显示出过人的才华。

王羲之是当时东晋大将军王敦的侄子。童年的王羲之，聪明机警，王敦很喜欢自己的这个侄子，经常让他睡在自己的军帐里。

有一次，王敦与自己喜爱的几个侄子喝酒，王羲之毕竟是小孩子，不多时就喝醉了。王敦不忍心让他醉醺醺地回家，就把他留在自己的军帐歇息。而且，王敦将王羲之放在自己的床上，想让他休息得更加舒服一些。

半夜时分，突然有侍从禀报“钱大人到”，正在书桌前看书的王敦立即请钱凤钱大人进了自己的军帐。钱凤也是东晋的大将军，与王敦的关系很好，两人可以说是生死之交。军帐之中，王敦与钱凤寒暄之后，遣散所有的侍从，开始低声密语。两人谈话甚是投机，不知不觉声音有点放大。谈话投机的王敦完全忘记了军帐之中还有一个王羲之。

王羲之醒来，迷迷糊糊地听到有人谈话的声音。王羲之因孩子的好奇心，对他们的谈话很有兴趣，于是侧耳细听。王羲之一听大吃一惊，原来他们两个人在秘密商量叛乱的事情。叛乱的事情肯定是最机密的事情，任何不相关的人知道了，都只有死路一条。王羲之心想，如果被他们发现自己偷听到他们谈话的秘密内容，知道了他们叛乱的企图，自己肯定性命不保。怎么办？怎么办？

聪明的王羲之机警过人，他想了一条让自己脱身的妙计。王羲之故意大吐一通，不但衣服、被褥上沾满了令人恶心的呕吐物，他还故意在自己的脸上涂满了酒食，然后又故意装出一副睡得很香的样子。

突然，王敦想起了睡在军帐之中的王羲之，急忙与钱凤说："糟糕，王羲之还在军帐之中。真是可惜，难道我要亲手杀掉这个孩子？但是偷听我们的谈话，只有死！"钱凤知道王敦很是喜欢自己的这个侄子，于是就说："不必着急，我们先来看看这个孩子再说。"王敦与钱凤一起来到了床前，只见王羲之满脸呕吐物，睡得很香的样子，小小年纪竟然也开始打鼾。王敦轻声呼喊"羲之，羲之"，王羲之没有任何反应。王敦放心地对钱凤说："看来这孩子一直没有醒来，酒醉得厉害。"所以，王敦跟钱凤认定王羲之一直没有醒来过，肯定不知道他俩不可见人的秘密勾当，而王羲之也因此保全了性命。

**【悟在当下】伪装并非均系小人所为**

遇事要随机应变。王羲之小小年纪，就能临危不乱，随机应变，找到最佳解决办法。如果不是王羲之装作睡得很熟的样子，说不定就被王敦杀死了，就不会有后来的书圣王羲之。

在生活中，遇见事情不要慌乱，不要被眼前突发的事件吓倒，只要开动脑筋，运用自己的智慧，就可以发现解决的办法。

## 顾荣醉酒保身

西晋后期，宫廷中内乱不断，地方各王独断专权，刚刚统一不久的国家又渐渐陷入动荡不安的局面。一些在乱世中希望保全自己的人，就得依靠自己的智慧从纷乱中脱身。顾荣原本是吴国人，他家是江南一带的望族大姓。在西晋"八王之乱"前，顾荣曾任过齐王府的主簿。齐王十分骄横，曾一度擅权，却毫无政治建树，只是一味地为自己敛财。从齐王的横暴骄蛮中，顾荣断定他终将败亡，很担心自己会受到株连，他虽然希望赶快离开齐王府，却又不敢直言，无奈之下整天借酒消愁。一次，他将自己的苦衷告诉了冯熊。冯熊也认为顾荣想得很对，就决定帮助好友离开齐王府。

顾荣

冯熊找到齐王的长史葛纪说："当初让顾荣当主簿，本来为的是选拔人才，不再计较南北士人的亲疏，想以此平缓天下士人的心。可是，如今顾荣整天狂饮，不务正业。齐王府事务繁多，这样下去恐怕会有碍齐王的威名，倒不如趁早再选拔一名称职的主簿总理府政，为齐王解除后顾之忧，不能让顾荣这样的酒徒再占据这个职位了。"葛纪说："你说得的确很有道理。只不过，顾荣出身江南望族，现在任职时间又不长，就这样轻易撤换了他，恐怕会引起江南士族的不满啊。"冯熊微微一笑，说："长史大人又何必为这个担心呢。你可以调他去担任中书侍郎，这样顾荣既不失清显之名，又可以为齐王府换一位既有真才实学又能勤政实干的主簿。"葛纪听从了冯熊的建议，就向齐王汇报了此事，随后就将顾荣调任中书侍郎。

就这样一直等到齐王因反叛被杀时，顾荣不但没有受到牵连，反而因为讨伐葛纪有功得以升迁。

**【悟在当下】以醉酒自保**

世事无绝对，所谓利弊往往是依现实情况而定，有时候看似恶习，却是保身避祸的法宝。顾荣就是以"饮酒"恶习为掩护，成功地保全了自己。嗜酒不是出于满足自身欲望，也不是为了麻痹自己，而是表现给同僚看的。他以此制造胸无大志、不务正业的假象来欺骗齐王，达到了脱离齐王府的目的。

所以，事物都有两面性，依据现实情况，选择最有利于自己的一面善加发挥，就能变不利为有利，掌握事态的主动权。这不只是兵法机谋，也是生活中的智慧。

# 北魏征柔然

东晋初年，拓跋部还是我国东北的一个游牧部落，相对比较落后，后来吸收了中原先进的文化，逐步建立了封建经济制度。公元386年，鲜卑贵族拓跋珪建立了北魏，同时任用了一大批汉族士人做他的谋士。柔然也是一支游牧部族，经常南下进犯北魏，烧杀掳掠，威胁北魏边境的安全，严重干扰了北魏统一北方的计划。

公元429年，北魏太武帝拓跋焘打算讨伐柔然，但是却遭到朝廷上下一致反对，他们认为现在征伐柔然的时机还不成熟，恐怕会得不偿失，如果南朝借此偷袭北魏后果不堪设想。但是唯独谋士崔浩赞成出兵征伐柔然，并一一驳斥了这些观点。于是在拓跋焘面前，崔浩同尚书令刘洁、左仆射安原、黄门侍郎赫连昌等人展开了激烈的辩论。他们都认为柔然是没有用的地方，那里的土地不够肥沃，人民没有什么教化，即使征服了柔然也没有什么用途，而是白费力气。针对这样的观点，崔浩驳斥道："这些观点是以前汉朝的老书生常谈的，完全和现在的形势不符合，柔然以前就从属于我们国家，所以去征伐它使它重新臣服我们是天经地义的。况且柔然所在的漠北草原水草丰茂，很适合放牧和种植，怎能说是不毛之地呢？应该是很有价值的土地。柔然是游牧民族，以前南方的汉人去攻打柔然，的确有很大的困难，当时确实遭到很大的损失，但是我们也是游牧民族，我们有针对他们的特有的战争策略，如果我们去攻打柔然应该没有问题。况且，柔然多次来犯，骚扰边境，只要它一日存在我们就一日不得安宁，而且还严重干扰了我们统一北方的计划，因此我们应该尽力征讨。"

又有人反驳崔浩说："征讨柔然是很大的军事行动，如果想保守这个军事秘密是不可能的，如果不能保守秘密让柔然知道而向北逃跑，我们岂不是白费功夫？况且，如果南朝乘机出兵来攻打我们，我们留下的军队可能无法抵挡，这样做会不会是赔了夫人又折兵？这样做是很危险的，所以还是不要去征伐柔然！"崔浩微微一笑说："恰恰相反，如果不彻底摧毁柔然就无法抵御南朝。以前刘裕曾经攻占关中，留下爱子和几万精兵镇守，却全军覆没。但是现在情况不同了，现在我国国力强盛，南朝绝对不敢主动北上来犯我边境，依我看，即使我们主动把黄河以南给他们，他们也难以守住，何况我们攻打柔然所需要的时间，他们还不足以赶到这里来攻打我们。所以南朝来犯的问题根本不需要过多的考虑。而柔然则不然，他们自恃边远，以为我们没有力量去讨伐他们，因此他们的防卫并不严密，只要我们乘其不备，将他们一举消灭，就能一劳永逸。”

拓跋焘听完他们之间的辩论，下定了讨伐柔然的决心。以后事态的发展全部都在崔浩的预料之中，在征伐柔然的过程中南朝的军队并没有来进攻北魏。

**【悟在当下】用发展的眼光看问题**

崔浩是北魏有名的智谋之士，在征伐柔然的问题上充分体现了他的远见卓识。他以发展的眼光看问题，驳斥了众人守旧的观点，并精辟地分析了当时的形势和征伐柔然的利弊。正是他的论述具有远见而且切中肯綮，拓跋焘才力排众议，下令北击柔然。

在现实生活中，我们要以发展的眼光看问题，看到时移事易，同时要综合分析面对的形势，做到胸有成竹，当然还要有足够的胆略和勇气，这样我们才能做出正确的抉择。

## 宇文泰败高欢

东魏高欢依仗兵马之强，年年进攻西魏，虽然没有吞并西魏，但是西魏大臣宇文泰知道如果长此以往，实力处于劣势的西魏一定会难以支持而被东魏所灭。因此，大统三年，宇文泰集合自己的军队于咸阳，八月在潼关整理军队，宣布军法和军规，告诫部下不要贪财轻敌，不要作威作福于百姓，与敌作战的过程中胜者赏逃亡的要严格惩罚，通过整治，西魏军队的战斗力大大提高，并开始一反往日被动的局面，主动东伐高欢。宇文泰所部士气旺盛一路上势如破竹，连连攻破了弘、农两城。高欢十分震惊，再也坐不住了，于是亲自点了十万大军，到达蒲坂。同时，高欢又命高敖曹率三万人马从河南出发，夹击宇文泰。当时，宇文泰兵力不足一万，见高欢来势汹汹，便还师关中。

高欢顺利入关，在许原西边屯兵，而宇文泰则在渭南驻军。宇文泰召集诸将说："高欢跋山涉水，远道而来，犯了兵家大忌，这真是天助我也，我可以乘他们长途劳顿立足未稳之际一举消灭他们，你们有信心吗？"众将见到高欢兵马众多，都对宇文泰的话不太相信。宇文泰见到大家没有信心，就鼓励他们说："假如高欢直逼咸阳，深入关中，那时关中的百姓就会人心不稳，我军的士气也会受到打击。那时候战胜高欢的机会就更小了。所以现在，我们必须趁高欢立足未稳乘机袭击他们，这样我们就可以大获全胜，否则后果不堪设想。因此，此战是背水一战，我们只能胜不能败。"于是，宇文泰率军北渡渭水，摆开阵势欲与高欢决一死战。部将李弼说："高欢人马众多，如果强攻，我们可能不能取胜，因此我们只能智取。东边十里处有一个地方叫渭曲，芦苇众多，很适合伏兵，我们可以先占领那里并在那里伏兵，您可以率少量的部队与高欢作战，这样他必骄傲轻敌，不加防备。在和高欢作战的过程中，我们这些主力的伏兵出其不意进攻他们，这样就可以取胜。"宇文泰听了大为赞赏，他采纳了李弼的建议，率兵至渭曲背水与高欢列阵对抗，并命令主力军队埋伏在芦苇中，以鼓声为号，准备迎战高欢。傍晚，高欢率兵到达，宇文泰只带少数士兵迎战，高欢看到宇文泰人马很少，认为宇文泰必败，就没有列阵。就在两军即将交锋之时，埋伏在芦苇里的主力部队一跃而起与高欢开始了正面作战，李弼率领骑兵从侧面把高欢的军队拦腰切断。高欢军队阵脚大乱，死伤六千，降者八万。这次战争宇文泰大获全胜。

**【悟在当下】有勇更要有谋**

宇文泰败高欢是历史上一次著名的以少胜多的战役。在这次战役中，宇文泰在高欢远道而来立足未稳、犯了兵家大忌的不利情况下，带领少量的士兵与高欢对峙，造成假象，让高欢和他的将士骄傲轻敌，然后出其不意，以伏兵袭击他，终于大获全胜。宇文泰与高欢相比虽然兵力弱，但是他敢于主动出击，而且有勇有谋，终于战胜了骄傲的高欢。两军作战不仅要有勇，而且要有谋，只有有勇有谋、攻其不备，才能出奇制胜。

# 和逢尧巧说突厥可汗

唐太宗主张“中国既安，四夷自服”的方针，决不轻易对周围少数民族用兵，但是要坚决抵制周边外族的侵扰，形成了中国历史上少有的民族融和、版图一统的和谐局面。这和唐太宗对少数民族恩威并施的政策密不可分。唐朝往往是在军事反击取得一定成果后，就采取和亲政策，这样长久以来就和周围各民族建立了和睦相处的亲戚关系。中晚唐时期，尽管国力渐衰，但和亲的政策依然持续着。不过，和亲的使节已经不似以往受到礼遇和尊重，需要运用自己的智慧和辩才来维护大唐王朝以及和亲使的尊严。

唐睿宗时，突厥的默啜可汗希望和唐朝联姻，想迎娶一位大唐公主为妻。唐睿宗答应了他的请求，就挑选了一位皇室宗亲的公主远嫁突厥，并命御史中丞和逢尧辅助鸿胪寺卿护送公主的车乘，一同出使突厥。突厥的默啜可汗极为盛情地迎接了和亲的使节，十分有礼地将公主迎进突厥。和逢尧和鸿胪寺卿都长舒一口气，看来这次的和亲任务该是能顺利完成了。可是，他们还没心安多久，两个突厥的兵士横眉冷眼地冲进唐使休息的帐篷，二话不说就把两个人押到了默啜可汗帐中。

和逢尧两个人被弄得晕头转向，进到大帐中，才惊觉气氛十分紧张。默啜可汗面色难看，他身边周围的大小头领也都各个不怀好意地盯着他们。和逢尧首先镇定下来，他冲着可汗深施一礼，问道：“不知道可汗突然以这样的方式请我们前来，有何贵干？”默啜可汗冷哼了一声就偏过头去，他身边的近侍文书站出来说：“可汗有话问唐使。大唐皇帝的书信上明明讲的是赠送金镂鞍作为嫁妆，我们核实检查后却发现只不过是些银胎涂上金粉。这哪里是盛朝天子应有的作为？若不是你们这些人为臣不忠，偷偷把东西给换了，那就必定是唐朝天子和亲的心意不诚，那和亲的公主恐怕也是假的吧！果真如此，就请立即退还信物，取消和亲之事！”

鸿胪寺卿一听大惊失色，和逢尧却听得满心怒气，但是他强压怒火，有条不紊地说：“我们汉人很看重女婿，今天陪送的金镂鞍，只是要取平安长久的吉利意义，如果非得辨明它的材质，按金银来衡量它的价值，只怕有辱这平安长久的祝福之意！难道可汗是重金银而轻礼仪吗？如果真是这样，不劳突厥提出，我们便会取消和亲。”和逢尧一席陈词，整个汗帐中没有反驳之词，默啜早就改了倨傲的态度，赶紧设摆筵宴招待唐使。把和逢尧他们送走之后，默啜感慨地说：“汉人的使节真是不可轻视啊！”后来，默啜可汗还听从了和逢尧的建议，让自己的儿子同和逢尧一起回到长安去觐见唐睿宗，以示敬意和友好。

**【悟在当下】机智灵活，能言善辩**

在对外交往中，机智灵活、能言善辩是一个外交家必备的基本素质，是其出色完成使命的重要条件，尤其是在意外情况出现的时候。

面对突厥强横的质问，和逢尧不做正面回答，而是迂回而行，利用“鞍”与“安”之谐音巧妙应对突厥可汗，还利用金银质地之别，提出“贪金轻银”还是“重信重礼”的问题使对方陷入尴尬之境，从而成功地扭转了局势。

## 刘氏智佐晋王

唐朝末年，随着中央政权的衰落，各地藩镇割据，为争夺天下，诸雄明争暗斗，局势险恶。晋王李克用能在一片混乱中异军突起，雄踞太原，成为五代时名震一方的霸主，其妻刘氏功不可没。刘氏巾帼不让须眉，不仅通晓兵书，智谋过人，而且善观情势，冷静自持，多次为晋王出谋划策，解救晋王于危难之际。

一次，晋王率军东行，追剿黄巢农民军，途经梁境，在梁王盛情相邀之下，进入城中，当晚留宿于上源驿。岂知梁王此举别有用心，不过假示善意，引晋王入城，打算趁夜半时分偷袭晋王军队，置晋王于死地，借以扩充自己的势力。幸好晋王身边有随从脱身而逃，将事况告知刘氏。刘氏当机立断，为防消息泄露，先斩告事者以定军心，然后秘密召集诸位将领，商议如何解救晋王安然脱险。在刘氏的精心谋划下，天亮时晋王平安返回军中，但晋王心中气愤难平，决意举兵攻打梁王。刘氏力劝夫君说："梁王恶行，天下人尚不知晓。你此次率军为朝廷讨贼，本为尽忠之举，贸然举兵相攻，只恐他人不明真相，曲解夫君借机诛除异己，扩大自己势力。如此，岂非曲直颠倒，有理之事变无理？不如将此事上奏朝廷，请皇上定夺。"晋王依计而行，最终避免因逞一时意气落人口实，招致祸殃。

随后，晋王讨伐刘仁恭，结果大败而归，晋兵士气受挫，梁王趁火打劫，接连派兵攻打太原，晋兵陷入窘境，屡战屡败，情势危急。晋王忧心如焚，又苦于没有良策应对，十分慌乱。这时大将李存信等人建议晋王率众退守北方以避梁王锋芒。晋王与刘氏商议此事，刘氏震怒道："李存信等一帮将领不辨时局、目光短浅，夫君岂可与之商讨此等生死攸关之大事。当年王行瑜放弃邠州招致败亡，夫君常引为笑谈，如今危亡之际，夫君竟忘却他的教训，想重蹈覆辙吗？现今夫君放弃苦心经营多年的太原，逃往北方，只怕众将离心大起，没有他们的誓死追随，夫君又怎能到得了北地？为今之计，只有死守太原，等待时机。"

晋王在刘氏的劝导下，茅塞顿开，彻底打消了北逃的念头，坚守太原。不久，散于四处的晋兵渐渐聚集起来，晋王军队实力大增，士兵士气高涨，最终解救了太原之困。

**【悟在当下】明辨时局，冷静自恃**

要称霸于乱世，必须明辨时局，冷静自持，临危不乱，善于机变。李克用虽然身为一代霸主，其实目光短浅，受梁王算计而欲举兵报复，是意气用事、逞一时之勇；太原被围，便想逃之夭夭，是不能料事断局，遇事则乱。幸有其妻刘氏智慧过人，见识高远，力挽狂澜，否则李克用很可能难以称霸一方。

## 李沆的远虑

宋真宗刚刚即位，对政事勤勉用心，重用了一批贤臣良将，一时朝野上下风气清明，一派欣欣向荣的景象。当时的丞相李沆辅佐年轻的君主，整日忙得连吃饭的时间都没有。有一段日子，因为用兵西北的事情，李沆和参知政事王旦经常要很晚才能吃饭。一次，已经快起更了，他们才忙完了当天的决策和军用调度开始吃饭。王旦瞧瞧吃着饭还若有所思的李沆，又瞅瞅眼前的清粥小菜，不禁叹息道："唉，我们什么时候才能过上悠闲无事的日子呢？当年娴熟的书画诗词都因为政事给丢弃了呢！"正在沉思的李沆听到王旦的抱怨，苦笑一下，微微摇了摇头，对王旦说："王贤弟切不可忘了'生于忧患，死于安乐'的古训。多少有点忧患，可以成为警戒。就算是真有一天四方安宁无事，也未见得朝廷还会风平浪静。我死之后，必定由你来出任宰相。朝廷很快就会同敌人和亲，一旦边境无事，风调雨顺些，恐怕皇上就会逐渐生出奢侈之心了。皇上尚且年轻，多些警戒未尝不是好事。"王旦对这番话却不以为然，觉得李沆是小题大做了。

李沆

李沆每天都会将各地的水旱灾害、盗贼为乱以及不孝忤逆等事情一一上报给真宗，真宗听了很不高兴。王旦也觉得拿这些小事来让皇上心烦实在是没有必要，更何况还每次都是这些不美之事，总会有违皇上的心意。王旦多次劝李沆，李沆却自有道理，他说："皇上年少，应当让他知道四方艰难，这样才会常怀忧惧之心。要不然，正处在血气方刚年纪的皇上，就很有可能误以为天下太平、四时祥瑞，把心思都用在声色犬马上面，或是大兴土木、兴兵打仗、兴建庙宇。我老了，怕是看不到这些了，这都是你日后要担心的事情啊！"

果然，李沆死后，真宗认为同契丹已经讲和，西夏也纳贡称臣，于是便封禅泰山，祭祀汾神，大肆建造宫殿，还搜求亡失的典籍，没有一天闲暇。他还任用一批善于歌功颂德、根本不用心政务的奸佞小人，如王钦若、丁谓之流。王旦看在眼里，却毫无办法。想要进谏，自己已经和这些佞臣同流合污；想要辞官离去，但皇上着实待自己不薄，就这么撒手不管实在于心不忍。处在这样进退两难的境地里，王旦才知道李沆是多么有先见之明。

【悟在当下】居安思危，防微杜渐

李沆深知“生于忧患，死于安乐”的道理，时刻不忘居安思危，防微杜渐。然而终究良言逆耳，年少的真宗安于现状，好大喜功，听不进有关百姓疾苦、社稷安危的进谏。只可惜，良臣未遇明主，李沆的良苦用心终究付诸东流。

## 刘基借画讽谏

元朝末年，天下大乱，烽烟四起。浙东名士刘基（伯温）一直避开乱世，隐居在青田老家。那里青山绿水，碧草如茵，小径通幽，茶菊多情，鸟鸣成韵。暑往寒来，春秋易变，转眼间十年光阴一晃而过，他耕读不辍，尽读天下之书，真可谓腹中学富五车、笔下文堪千古。朱元璋仰慕刘基的名气，把刘基请出了山。

刘基一出山就帮助朱元璋制定了谋夺天下的总体方略，首先摆脱了受制于韩林儿的状况走自己的路、树自己的旗、打自己的天下。接着在采石矶大败元军，然后水陆并进，攻取集庆，改集庆路为应天府，紧接着养精蓄锐积蓄力量，先后击溃了张士诚和陈友谅，最后于1368年正月，在应天（南京）即皇帝位，定国号为明，建年号为洪武。

刘基

朱元璋做了皇帝，对于跟随自己出生入死打江山的朋友功臣，准备大肆封赏。可是该封的人实在太多了，朱元璋自己也不知道该如何处置。对这件大事，刘基有他自己的想法，只不过他没有直接说出来，而是采用了借题发挥、以画讽谏的方法。

一个风和日丽的春日，天空碧空万里，鲜亮鲜亮的，没有一丝云彩。万物争春，桃李竞艳。刘基邀请朱元璋外出散心，忙于纷乱国事的皇帝欣然允诺。于是君臣两个扮成老书生模样，仿若是刘基出山前在西湖会友时的那副穿戴。他们就这样优哉游哉地走着，对着这满目春色陶醉不已，不知不觉间，就来到了热闹非凡的城隍庙前。

刚跨进庙门，只见院子里围着许多人，正在一边瞧一边议论着墙上的一幅画。两人走近一看，原来那画上画着一个大汉，头上一束一束乱蓬蓬的头发像个鸡窝，而在每一束头发上都戴着一顶式样不一、大小各异的帽子。

朱元璋不解其意，久久看着这幅画，凝神思索。刘基在一旁不动声色，其实，就是他一早安排家将在这里挂上这么一幅画，然后再由他引皇上前来观画。后来，君臣两人继续闲游，可是朱元璋很明显还在琢磨刚才那幅画的用意。就是回宫之后，朱元璋也是一夜未眠，反复思量，到底还是不得要领。第二天，他实在忍不住了，就问刘基，那幅画到底蕴藏了什么深意。刘基这才笑着说："陛下，画这幅画的画师当真很了不起啊！他是用画来向陛下进谏，开国之后，要防止冠多发乱啊！"

"冠多发乱"的谐音就是"官多法乱"。这下朱元璋恍然大悟，点点头说："这个画师有点意思，跟寡人打起坎坎来了。这个坎坎打得好，现在就快快拟旨，诏告天下，今后只封功臣，不封亲朋。"

刘基借画师之笔，表明了自己对当前政治的见解和意见，既不强硬难受又十分清晰透辟，使得朱元璋立时予以照准。

## 【悟在当下】借题发挥胜于直谏

"借题发挥"往往是由此事言彼事，这样从一个看似相关的事情着手，引出真正想要说明的问题，通过引导让人们自己去琢磨理解其中含义。人多数时候更容易接受自己得出的结论，如果一件事并不好直接言明，或是直接说出来效果不佳，就不如"借题发挥"一下，让当事人自己想明白个中的道理，事情就变得容易多了。

就像刘基这样，他直接上书直谏，对朱元璋陈说利害，未尝不可，但是难免会使得刚刚坐上帝位的朱元璋心生不满，难以达到使皇帝自己明白利弊所在的效果。

这就像是在苦药外面包上的糖衣，总会让人容易接受些。现今这个时代，在待人接物上如果能多讲些艺术，就能在繁杂的事务中游刃有余。

# 杨一清巧谋除刘瑾

明武宗正德年间，宦官刘瑾专权擅政，一时间弄得朝纲混乱，官员人人自危。可是，刘瑾依仗武宗对他的宠信和纵容日益骄横，甚至想发动政变，再扶植一个儿皇帝，好让自己能像“太上皇”一样君临天下。刘瑾的野心，朝中尚有良心的官员都心知肚明，只是没人敢就这样向武宗直接进谏。恰逢这时，安化王举兵谋反，吏部尚书杨一清和太监张永奉命带兵前去镇压。

一路上两个人谈起军事来十分投契，等说到现今朝堂上大太监刘瑾专断独权一事，张永也流露出愤愤不平的模样。杨一清仔细观察张永的言行，认定他绝非刘瑾一党，才扼腕叹息说：“藩宗有乱，还是易除的；宫禁大患，如不能尽快除掉，才是祸乱的根源，这可如何是好？”张永惊问何故？杨一清便移座靠近张永，蘸酒在桌上手书一个“瑾”字，张永会意。不久，叛乱平定，安化王被抓，武宗降旨令张永回朝，杨一清留下总制三边军务。

杨一清

张永临行前，杨一清从袖中掏出两件奏折，一件是汇报平定叛乱的经过的，另一件则是揭发刘瑾将要谋反的罪行，并附耳悄声嘱咐道：“劳公公此次班师回京谒见圣上时，先呈上平定叛乱的奏折，皇上一定会详加询问，公公假说请屏退左右，然后再把宫廷内变的折子呈上去。”张永有些担心地问：“如果事情还不成怎么办？”杨一清鼓励他说：“这件事别人去说，能否成功尚难预料，可是公公来讲就一定能够成功。但公公说话一定要有头有脑，说清来龙去脉。万一皇上还是不信，公公就叩头请皇上即时召来刘瑾，然后派兵查抄刘府，查封他家私藏的兵器，再请皇上亲自上城头检视，并说：‘刘瑾若无反状，请杀老奴喂狗。’同时叩头哭泣。这样皇上一定会十分恼恨刘瑾。刘瑾如果被杀，公公一定会得到重用，这样您不仅是为我大明江山立下首功一件，还会和吕强、张承业一起名垂青史了！不过此事一定要速战速决，绝不可以给刘瑾留下东山再起的机会。”张永听了，十分兴奋地说：“老奴正要报答皇上的恩德，又怎么会怜惜自己的残年余生呢！”

张永回京后，立即按照杨一清的计划禀明武宗，一切都按照杨一清的设想顺利进行。只是，刘瑾刚被捕时，武宗念在旧情，仍不忍心杀他，只是降旨令刘瑾去南京看守皇陵。但刘瑾看到一线生机，就想打动皇上，于是呈上一个白帖，乞求得到皇上的一两件旧衣服蔽体。武宗一见又起怜悯之心，一下子赏赐给刘瑾一百件自己的旧衣服。

张永一见，想起杨一清说过的，要速战速决，不能给刘瑾留下喘息的机会，知道再这么拖下去，恐怕武宗真的会舍不得杀了刘瑾。他赶忙和内阁几个重臣密谋，暗令六科十三道一起上书弹劾刘瑾。弹劾的奏折中还涉及了几个和刘瑾关系密切的官员，张永拿着奏折来到左顺门，对几个谏官说：“刘瑾掌权时，我们尚没有一人敢于说话，又何况站在朝堂两旁的大臣呢？现在只要治刘瑾一人之罪就足够了，不要牵扯太多，免伤国体。你们几个把奏折拿回去改一下，记住，只弹劾刘瑾一人，然后呈上。”武宗看到弹劾刘瑾的奏折之后，终于下定决心，下令将刘瑾杀了。

**【悟在当下】看清状况，立即行动**

审时度势，看清状况，抓住重点，立即行动。看清整个事态会朝着哪个方向发展，然后依据现有的条件制订翔实的计划，只要有合适的时机以及适合执行这一计划的人出现，就毫不犹豫地加以实施。

杨一清之所以能运筹帷幄于千里之外，决胜于京城之内，关键就是他对刘瑾谋反的事实已经掌握得十分清楚，所差的只是一个能够将刘瑾罪行揭发出来的最佳人选。张永作为皇上身边的人，恰好给了杨一清一个最好的机会，使得杨一清一举扳倒了为祸朝纲的刘瑾。

# “杨倭漆”智斗锦衣卫指挥使门达

明英宗天顺年间，指挥使门达受宠专权。另外一个叫袁彬的锦衣卫指挥使，当年曾陪同英宗北狩，同时被蒙古也先俘虏，护驾有功。门达很担心袁彬会因此与自己争宠，进而威胁到自己的地位。于是门达决定先下手为强，他命令巡逻的士兵，四处网罗袁彬的隐私，再添油加醋地报告给英宗，想借此置袁彬于死地。

当时有个叫杨暄的艺人，他善于用日本漆在器皿上作画，人送绰号“杨倭漆”。门达陷害袁彬的时候，杨暄正在门达府上做工，他听说了这件事，觉得万分气愤，就借着在门达府上干活的机会，搜集证据，最后给皇上上了一道奏折，在其中揭发了门达二十余条违法行径，并且极力为袁彬鸣冤叫屈。奏折几经辗转终于到了英宗的面前，他看完立即让门达去传昭杨暄前来御前质问。门达立刻派人去寻找杨暄，杨暄被带来后，门达没立即带他面圣，而是想先私下里严刑拷问一番。杨暄来到门达面前，神色自若，装出一副与己无关的样子。门达一条一条厉声质问奏折上的那些违法的事宜，杨暄是从哪里得知的。杨暄回答说不知道，并且说：“我杨暄只不过是个下贱的艺人，既不识字，又和您无冤无仇，哪里会吃饱了没事做，弄这些个是非？不过，要是您能屏退左右，我还有隐情回禀。”门达便让左右人等都退下去，杨暄才神秘兮兮地说：“这都是内阁李贤授意我干的，他让我务必以在您府上干活的身份将这份奏折上呈给陛下。虽然我不知道那奏折中写的是些什么东西，但是只要您能在文武百官齐集的朝堂上质询我，让我和李贤当堂对质，我想只要我讲明真相，李贤也自然无法否认了。”门达听后，大喜过望，便对杨暄许以重金，告诉他只要能澄清这件事，一定让他身价百万。

第二天上朝的时候，门达就把这件事上奏给英宗。于是英宗下旨让全体官员在午门外集合，然后把杨暄带过去。门达厉声对李贤说：“这奏折上的罪名都是你一手肆意捏造的，杨暄都已经坦白交代了。大胆李贤，想你身为内阁首辅，竟然诬告朝廷重臣，你可知罪！”李贤听了个丈二和尚摸不着头脑，还没等他弄明白事态是怎么一回事，杨暄突然高声叫道：“门达，要杀就杀我一个人好了，你怎么还胡乱冤枉他人？我本来就是一个市井小民，怎么可能见到李贤阁老？鬼神明鉴，这全是奸臣门达指使我这么说的。”于是，杨暄就当着皇上和众位大臣的面，一一地把奏折上的揭发门达的二十多条违法罪状做了进一步说明，证据确凿，条条在理，门达听后精神沮丧，十分狼狈。英宗得知真相后，开始渐渐疏远他。袁彬被派到南京任职一年后，又被召回京城官复原职。

【悟在当下】好汉不吃眼前亏

“审时度势”是机智巧辩的重要素质，只有辨明环境，看准时机，才能使自己的谋划收到最好的效果。所谓“好汉不吃眼前亏”，如果眼前的形势不利于己，就要隐忍一时，等待最佳的时机，一举而定。

杨暄是手艺人，要斗倒狡猾显贵的门达，只有勇气还是远远不够的，必须斗智斗勇，在不利的环境中冷静镇定，想方设法诱使门达自掘坟墓，制造最有利于揭发他罪行的时机。

## 严养斋巧施恩惠拆民房

明代海宁知县严养斋素以勤政爱民著称，凡事总会先以民事为重。有一次，严养斋准备在县城中再设一座乡学，就划定一块地方准备建房。丈量地基等项事宜都已经准备就绪，就等着严公一声令下就可以破土动工了。可是这时还有一间民房横插在地基的范围之内没有拆迁，使得整个建筑工程进度难以达到预期的效果。

民房的主人是卖酒和豆腐的，而房子则是他的祖上传下来的。工地的负责人曾用极为优厚的价钱请他们搬迁出去，可这家的主人就是不同意，无论负责人如何费尽口舌，房主还是寸步不让。看这家房主如此不识抬举，工地负责人气愤万分，他把这件事上报给严养斋，还提议说要强行拆迁，看那家人能有什么办法。严养斋不怒不恼，只平静地说：“这没关系，可以先营建其他三面嘛！”

就这样，工程破土动工了。令工地负责人疑惑不解的是，严养斋还下了一个指令，那就是工地的人每天所需的酒和豆腐都必须到那户人家去购买，并且要先付给他们很多定金。这下子把那户拒不搬迁的主人也弄得不知所措。那家主人打听这到底是怎么回事，原还以为必定得为这祖宅吃一场官司，没想到，不但没等来预计的祸事，反倒是财神天降了，真不知道这位知县老爷在打什么主意。负责人说："你呀，少在那里疑神疑鬼了，我们老爷天生的菩萨心肠，你是碰到善人了。"房主人一听这才放下心来。

可是工地上人手众多，所需要的酒和豆腐数量极大，那只是家小小的夫妻店，哪里忙得过来？严养斋听说了，就又帮他们招募工人来帮忙。可是一两个帮工还是解决不了根本问题，后来招募的工人越来越多了，房主夫妇所获得的利润也就越来越丰厚。用于酿酒的器具粮食都堆满了屋子，用来制作豆腐的大豆也随处可见，目前的规模早就是从前的数倍不止，小小的几间屋子实在是容纳不下了。这时候，乡学的建筑已经快进行到这边来了，眼看这几间小屋直接影响了这个工程。这时的房主对严养斋已经是感恩戴德，觉得自己当时不明就里就严词拒绝实在是不通情理。于是，房主人主动献上地契，表示愿意让出房子来。严养斋就在附近为他找了处比他原来的住房宽绰些的住房与他调换，这样他就可以继续做工地的酒和豆腐生意。房主人高兴万分，没过几天就高高兴兴地搬走了。

**【悟在当下】"双赢"才是最高境界**

"双赢"是指双方在利益发生冲突时，不是以损害一方利益为前提来保全另一方，而是想方设法使双方都可以获利。这不仅应用于现在社会，在过去也不乏其例。严养斋其实就是找到了和拒不搬迁的房主人之间达到"双赢"的方法，不仅使得工程顺利进行，而且避免了一场无谓的争执。

## 康熙智除鳌拜

清圣祖玄烨也就是康熙帝，即位时才八岁。按照规矩，"皇帝年幼，由顾命大臣辅政"。于是，一切国家大事都由四位顾命大臣来料理。四个大臣中，鳌拜最为专权，他利用其他三位大臣的软弱退让，拼命扩张自己的势力。他野心勃勃，并不把康熙帝放在眼里，贪赃枉法，自行其是。但是由于他把持朝政，党羽遍布天下，众人都只是敢怒而不敢言。

康熙虽然年幼，但他才华出众，志向远大，决心当一代像汉武帝、唐太宗那样的有作为的明主。他对鳌拜擅权很是恼怒，决定改变这种大权旁落的局面。鳌拜成为康熙的心腹大患，康熙明白必须想办法除掉他，自己才能是真正的大清皇帝。

康熙

鳌拜

但是，鳌拜一人独揽朝政大权，他时刻谨防有实力的大臣接近康熙，并且不断派人观察康熙的一举一动，谨防康熙羽翼丰满。鳌拜这样做的目的就是要使康熙成为一个真正的“孤家寡人”，如此，鳌拜便可以“挟天子以令诸侯”。

为了躲避鳌拜的耳目，康熙把一些满洲贵族的子弟召来宫中，以陪伴皇帝练武为由，把他们作为自己的亲信侍卫。鳌拜看见康熙和一些孩子只是在玩摔跤的游戏，并不觉得对自己有任何威胁，反而认为康熙胸无大志，只知道玩耍，便放松了对康熙的警惕。

一次鳌拜故意称病，好久不来朝拜皇帝，康熙便亲自来到鳌拜府中探听虚实。他径直来到鳌拜的卧室，发现鳌拜的卧榻之下竟然藏有利刃，知道鳌拜心怀叵测。但他随机应变，非但不加责怪，反而安抚鳌拜说："刀不离身是满族历来的风俗，没有什么大惊小怪的。"但是，康熙对于鳌拜的所作所为忍无可忍，决定采取果断行为，除掉鳌拜。

回宫后，康熙就把那帮陪他练武的孩子找来，说："大清朝已处于危急关头，你们就像我的手足一样，你们是听我的命令，还是听鳌拜的命令？"这些孩子早就不满鳌拜专横跋扈的行为，况且天天跟在康熙的身边，早就成为康熙的心腹，他们义愤填膺地说道："我们听从皇上的！"于是，康熙历数鳌拜的罪状，布置捉拿鳌拜，只等他来自投罗网。

一天，康熙召鳌拜进宫，说有要事相商。鳌拜不知是计，便大摇大摆地来见皇帝。只见康熙端坐宝座，两边站立的都是一班少年侍卫。鳌拜不把他们放在眼里，没有任何戒备，依旧傲慢地走到皇上面前。

康熙见时机已到，便果断做出了擒拿的手势。少年侍卫一拥而上，将鳌拜团团围住。鳌拜大吃一惊，还以为是皇上与这些孩子在玩耍，但是，这些少年侍卫，围在鳌拜身边，这个抢腿，那个揿手，一个抓住头，一个揽住腰，顿时将鳌拜掀翻在地。趁此时机，少年侍卫一拥而上，将鳌拜擒住。康熙当即宣告：鳌拜谋反，令监禁听审。

康熙巧妙地剪除了权臣鳌拜和他的党羽，自己临朝亲政。康熙文能治国，武能安邦，平息了三藩叛乱，收复了台湾。康熙在位六十年，威震欧亚，是历史上一个很有作为的皇帝。

**【悟在当下】及时铲除大患**

年轻的康熙，运用智慧，巧妙铲除自己的心腹大患，夺回了国家大权，开创一代盛世，成为中国历史上有名的君主。他安排少年入宫作为自己的侍卫，训练武艺，以消灭鳌拜，却对外宣称是陪自己练功消遣，这样便骗过了鳌拜的耳目。也正是这些孩子，使鳌拜放松了对康熙的警惕，最终为康熙所擒。

# 纪晓岚巧解“老头子”

清代的大学问家纪晓岚从小就以聪慧善辩著称。等到他进士及第，随侍在乾隆皇帝的身边时，他的巧言善辩更成了后世许多传奇的脚本。据说，将“老头子”这个词赋予特殊尊贵含义的，就是这位纪大学士。

纪晓岚

纪晓岚受命主编《四库全书》时，整日离不开南书房。纪晓岚是个胖子，冬天的时候还好过些，一到夏天，那堆满了书的屋子就像个蒸笼。别人都还好过些，纪晓岚可就痛苦难当了。这位一向不拘小节的学士，干脆弃仪容于不顾，脱了官衣，打着赤膊光着脚丫子，手摇一把巨型蒲扇，不停地喝冰镇过的酸梅汤。在这里进进出出的人，看着这滑稽的场面也只是背地里偷着乐，没人在意。如此，纪晓岚才得以舒心畅意地继续工作。

只可惜，这样逍遥的日子还没过几天。一天，乾隆皇帝一时好兴致，竟晃悠到编纂《四库全书》的南书房，想看一下进度如何。

小黄门一声“皇上驾到”惊起满座官员，打着赤膊的纪晓岚更是把刚喝进嘴里的酸梅汤喷了出来。按大清律法，衣冠不整见驾就有欺君之罪，更何况纪晓岚这副模样！见满屋官员都在整衣正冠准备接驾，他这会儿是怎么也没时间去穿那烦琐的官服了。灵机一动，纪晓岚连忙钻进挂着长长桌围的桌子底下躲藏了起来。

其实乾隆早就看到了，这位爱和臣下开玩笑的皇帝立刻想出捉弄纪晓岚的主意。他向左右摇手示意，叫他们别作声，自己就在纪晓岚藏身的桌前坐下来。官员们知道皇上玩心又起，谁也不敢多说一句话，一时间整个南书房寂静无声。时间久了，可苦了怕热的纪晓岚。在这小小的桌子下面，纪晓岚觉得简直要被蒸熟了，可侧耳听听，外面鸦雀无声，桌围遮着又什么也看不见，也闹不清皇上走了没有。最终，他实在是忍无可忍，就偷偷伸出一根中指，低声问："喂，老头子走了没有？"

乾隆一听，心里又好气又好笑，却把脸一板，故意喝道："放肆！谁在这里？还不快滚出来！"

纪晓岚不禁连声叫苦，没想到躲了这么久还是没躲过这一劫去。没办法，他只好爬出来垂头丧气地跪在地上。乾隆说："你为什么叫我老头子？讲得有理就饶你，否则，哼……"纪晓岚略一沉吟，匍匐在地，说："万岁爷，奴才这会儿实在仪容不整，有碍观瞻，不知是否能格外开恩，让臣先穿戴整齐，再面圣回禀？"乾隆一看，堂堂大清学士，就这么赤膊光脚，的确是不成体统，就准奏让纪晓岚先穿好官服。

不多会儿，纪晓岚穿戴整齐，气定神闲地重新跪在乾隆面前。乾隆说："说吧，今天你要是说不出什么来，可怨不得朕要按律办你。"纪晓岚答道："是，臣知道。万岁爷，其实奴才称您'老头子'是尊称，这普天之下恐怕也只有您真龙天子可堪这个称呼。"

"哦，你倒说说看。"

"是。万岁爷，您想啊，您是万岁，应该可以称'老'吧；又尊为君王，是举国之首，受万民仰戴，当然是'头'了；至于这'子'吗，'子'者，'天之骄子'也。您看这'老头子'岂不是至尊之称？"

乾隆一听大笑起来。纪晓岚不禁松了一口气，看来今天是过得了这关了。没想到乾隆话锋突然一转，"那这根中指又算什么？"

"代表'君'，'天地君亲师'的君。"纪晓岚一个激灵，急忙接上，并伸出一只手，动着中指说，"从左边数起，天地君亲师，中指是君；从右边数起，师亲君地天，中指仍是君；所以中指代表君。"

这下，乾隆哈哈大笑，说："卿急智可嘉，恕你无罪！"

## 【悟在当下】有识才能有智

民间传说和正史野史中，都说纪晓岚足智多谋、能言善辩。其事前精密的布局、长远的计划、环环相扣的计略固然让人欣赏，而临机应变的急智更让人击节赞叹。在危急时刻，纪晓岚充分发挥他博学多才之能，旁征博引、巧妙勾连，把“老头子”解释为“位高贤德”之人才能承担的尊称，既解除了一时危机，又再次证明了自己的学识，赢得乾隆的进一步赏识，一举两得。

由这个故事我们也看到，应变固然需要机智，丰富的知识也是不可缺少的。

# 语言篇

如果智谋无法用能言善辩的语言表达出来，那就不算智谋。言谈微妙，一语中的，一个说客有时胜于十万大军，一封书信有时能胜过一部专著。所以，语言是智谋的自然流露。

# 晏子论抗旱

有一年，齐国遇上了大旱，一连几十天都没下雨，天空不见一丝乌云。太阳炙烤着大地，土地干裂了，树木枯萎了，连野兽都跑到远远的地方去避难。眼看老百姓要闹饥荒，国家命运危在旦夕。

齐景公心里非常着急，他召集群臣，讨论应付旱灾的办法。齐景公说："已经很久没下雨了，现在百姓都面带饥色，就要揭不开锅了。我请人算了一卦，他说这是由于高山深水中的神灵作怪，因此我想再多收些捐税，操办些祭品，用来祭祀山灵。你们看这样做可以吗？"

晏子

晏子听了这愚蠢的想法，说："不可以！祭祀大山毫无意义。请大王想想，大山是以岩石作为自己的身体，以草木作为自己的头发，天不下雨，它的头发就要被太阳晒焦，它的身体也热得要命，难道它就不盼着下雨吗？您祭祀它是没有作用的。"

齐景公听了觉得有道理，又说："那么我们就祭祀河神吧！"

晏子回答说："同样没用！水好比就是河神的国土，鱼鳖好比就是河神的百姓。长时间不下雨，水干涸了，这不等于国家将要灭亡，百姓将要渴死。它怎能不希望下雨呢？它要是有本事让老天爷下雨，早就下了。"

齐景公皱着眉头说："那么，我该怎么办呢？"

晏子说："大王最好还是走出宫殿，到老百姓中间看看他们是怎样抗旱的，给老百姓解决些实际困难吧。"

齐景公又问："解决什么困难呢？"

晏子说："因为天旱，百姓更加贫穷，大王不仅不要增加税收，相反应该减免税收才好。"

齐景公听了晏子的一番话，打消了增加税收以祭神的念头。

**【悟在当下】耐心劝说冥顽不灵之人**

晏子采取了耐心解说的办法阻止了齐景公要增加赋税、祭祀神仙的行为，他知道根本没有什么山神、河神，但是齐景公可能不会相信，于是他假设存在山神、河神，然后根据事实推断他们解决不了干旱问题，这才使齐景公心悦诚服，从而避免了国家灾祸的产生。

现实中我们有时候会遇到冥顽不灵的人，这时候我们不要与他针锋相对地去争论，而是要从他的出发点带着他一步步推论，最后找出矛盾所在，这就需要我们具有耐心和良好的推理能力。

## 晏子一日三责齐景公

春秋时，齐景公到公阜去游览。他缓缓地登上高台，遥望着齐国的大地，不觉苍凉悲叹道："唉！人要是不死，该有多快乐呀！"身旁的晏子听了，躬身施礼后说："您这话不对。上古帝王，认为人死不算是坏事。有道德的人死了，算休息；无道德的死了，算消失。假如古人没有死，到现在已死的太公、丁公将会占有齐国，桓公、襄公都将封他们为相，哪有您的地位呢？到时候，您也只能戴个草帽，穿件破衣，拿着锄头，蹲在田埂上受苦，哪有机会上这儿来感叹呢？"景公听了，气得半天没吭一声。

一会儿，猛然看见远处一人驾着六马的车，风驰电掣般驰来。景公问："那人是谁？"晏子说："除了梁丘据没别人。"景公问："你怎么知道是他？"晏子说："大热的天，这么下死劲地赶着马，那马不死也得伤，要不是姓梁的，谁敢这么做？"景公说："他是来接我的，他与我相处很和谐呀！"晏子马上说：

“只能说同好，不能说和谐。和谐的意思是国君喜甜，臣子就喜酸；国君喜淡，臣子就喜咸。如今，您喜甜他也喜甜，您说好他也说好，这只能是同好，怎么算和谐呢？”景公听了，气得变了脸色。

没多久，夜幕降临，猛然一颗彗星拖着长尾徐徐而过。景公看见，急忙召来巫师去祈祷除灾。晏子赶忙说：“不可以。彗星出现是对下界的警告，下界安定，彗星自然隐去。何需祈祷？如今，您嗜酒成性，淫乐不绝，不理国政，宽容小人，喜听谗言，疏远贤臣，岂止是彗星出现，更凶恶的征兆也会显现的。”景公听了，气得脸煞白，一句话也没了。

后来，晏子去世，景公听到凶信，急忙催人驾车赶去吊唁，路上，怨车太慢，跳下车就跑，才知道还不如车快，又重乘车。等到进城，边走边哭，待看到晏子遗体，一下扑在上面大哭。旁边的章子劝说道：“这不合君臣之礼。”景公哭得更厉害了，说：“还讲什么礼呀。从前夫子和我游览公阜，一日三责于我。如今谁能这样呀！失去了他，我也就活不久了。还讲什么礼呀！”

**【悟在当下】言不在多，而在于有用**

晏子见到景公言行有误，马上一针见血，说到他的要害之处。对于如此敢于直言进谏的臣子，哪一个贤明的君主会不怀念呢？

现在交一个诤友更不容易，对于朋友的过失，诚恳地一语中的地指出来，才能够交到心。这也就是在告诉我们待人要诚恳，言不在多，而在于有用。

## 晏子讽喻齐景公

晏子是春秋时期齐国的相国，十分善于在说笑中劝谏国君。

有一次，齐景公问晏子：“你的家靠近市场，你知道什么东西卖得贵，什么东西卖得贱吗？”晏子说：“最近齐国市场上，踊（一种被砍掉双脚后穿的鞋）卖得比较贵而履（指一般的鞋）卖得比较贱。”

齐景公听了，知道晏子是在讽刺自己滥用刑法，齐国的老百姓很多人受刖刑，被砍掉了双脚。

还有一次，齐景公非常愤怒，命令武士将一个人绑起来，要把他剁成肉块，谁劝也听不进去。晏子急忙走过去，左手抓住这个人的头发，右手拿着武士递过来的刀，抬头问殿上的齐景公说："让我来替大王行刑吧！大王快告诉我，古代贤明的君主肢解人，是从哪里下刀呢？"

齐景公听了，马上从座位上走下来说："你把这人放了吧，过错在我。"

齐景公有一匹马，他非常喜欢，可是，有一天这匹马却生病死了。齐景公非常生气，手拿长戈就要亲自把养马的马夫刺死。晏子急忙走上前去，说："慢着，让我来替大王杀死他吧！"说着，接过景公的长戈，对景公说："大王这样做，是让他连自己犯了什么罪也不知道就死了，必定觉得冤屈，还是让我先告诉他犯了什么罪，再杀他也不晚。"

晏子便拿着戈，走近马夫说："你犯了三条罪，该杀。第一，你为我们国君养马，不经心把马养死了，这是死罪；第二，你让我们国君因为马生病死了而不得不杀了你这个养马的人，你又犯了死罪；第三，你让我们国君因马生病死了而杀掉养马人的事，传遍其他诸侯各国，让我们的国君蒙受重马轻人的坏名声，这罪又该死。你犯此三罪，所以该杀。"说着，晏子便要动手。

景公听后忙说："先生住手，请放了他吧！不要让我落个不仁的罪名。"

**【悟在当下】用委婉的方式批评别人**

晏子在劝谏齐景公时，不是通过正面批评，而是采用委婉曲折的方式，用"踊贵屦贱"来劝谏齐景公不要滥用酷刑；问景公"古代贤君如何肢解人"，让他省悟自己的过错；历数马夫的罪状，告诉齐景公不要因小失大。这成了后来历代聪明的臣子劝谏君主的惯用手法。

现实中运用委婉的方式批评别人，可以缓和气氛，使人容易接受。

# 聪慧女力陈救父

齐景公有棵心爱的槐树。他派人小心地看护它，并且立了一根木桩，上面写一道命令“碰它的人处刑，损伤它的人处死”。有一天，一个人喝醉了，撞到了槐树上。齐景公派人把他拘禁起来，准备处以刑罚。

犯槐者的女儿来到晏子家，对看门人说：“民女有话向相国陈诉，我愿意在相国身边充当侍妾。”晏子听了，笑着说：“我是一个贪图女色的人吗？为什么这么老了还有女人来投奔我？其中定有缘故。”就让人把她领进来。

女子一进门，晏子老远看见了她，说：“怪啊！面有重忧。”那女子走到跟前，晏子就问她：“你有什么忧心的事？”女子说：“国君种槐悬令，碰着的处刑，伤了的处死，我父亲没有听到这个命令，醉后碰了那棵树，官员就给他判罪了。我听说，英明的君主在位主政不减少官员的俸禄，不加重刑罚，并且不由于个人私愤损害国法，不因为禽兽而伤害人民，不因为草木而伤害禽兽，不因为除草而伤害庄稼。可是我们的国君竟由于一棵树的缘故要杀死我父亲，使我成为孤女。这样一来，岂不是把自己的意志当成了国法。我听说，勇敢的人不凭着人多欺侮孤弱的人，英明仁惠的君主不拂逆正道而任意行事。如果国君向百姓发布的命令，定为国法对后世有好处，那么我父亲的死也是应当的了，我为他收尸也是应该的。可是如今不是这样，由于撞了一棵树，就判我父亲的罪，我怕这样不仅会有碍于官吏秉公执法，也会有损英明君主的仁义之心。邻国听说了，都会说我们君主喜爱树而轻贱人，这怎么行呢？希望相国考虑我的话，给犯禁的人以恰当的裁断。”晏子说：“太过分了！我将替你把这事禀告国君。”然后派人把那女子送了回去。

第二天，晏子就劝谏齐景公把犯槐者放了。

**【悟在当下】晓之以理，动之以情**

在这个小故事中，犯槐者之女先是以己为引，这种奇特的理由很快引起了晏子的关注。接着，她欲抑先扬，列举英明君主的政策和德行，接着话锋一转，痛斥自己的君主国无定法、残害百姓的恶劣行为。最后从侧面入手，预测了邻国的反应，为本国的声誉敲响了警钟。晓之以理，动之以情，将个人之痛上升到关系社会稳定、国家威望的高度，取得了很好的效果。

每个人都有利益受到侵害的时候，维护自己的尊严和利益的时候如果能够讲究一下说话的方式和技巧，从大局入手，从全局考虑，那么所说的话就会更有说服力，效果也会更好。

## 颜渊君前说驾车

一天，颜渊陪着鲁国国君鲁定公坐在广场边闲谈。有个驾车能手叫东野毕的，驾着马车从广场上疾驰而过。鲁定公见了，赞叹说："东野毕驾驭马车的技术还是那么的高明啊！"

颜渊

颜渊却没有给鲁定公捧场而附和他的话，而是说："东野毕驾驭马车的确有些技巧，但不是最高明。我敢肯定，他的马不久就会失足。"

鲁定公觉得颜渊的话很扫兴，就对身边另一个人说："我听说有德行有修养的人，是不会在背后讲别人坏话的。颜渊是孔丘的徒弟，怎么也如此庸俗呢？"

颜渊听了，心中很不高兴，但也没有在脸上表现出来，暗想：不用多长时间鲁定公一定会来找我的。于是他辞别了鲁定公，离开了广场。

不一会儿，有人来报告鲁定公：东野毕驾驭的马失足，车子翻了。鲁定公大惊，没想到居然被颜渊给说中了，立即派人把颜渊找了回来。

鲁定公很不解地问颜渊："刚才我称赞东野毕驾驭马车的技术高明，你却说他不是最高明的，并预言他的马将失足。你究竟怎样知道得那么准的呢？"

颜渊气定神闲地回答说："我是根据古时的经验来推断的。古时候，虞舜治理百姓时，绝不使百姓穷困到一无所有的窘迫境地；造父驾马呢，也从不让马匹奔跑疲劳到极点。因此，当虞舜在位的时候，老百姓从不曾逃亡或造反作乱；造父驾马车，也从没有失过蹄，翻过车。而现在的东野毕虽然驾驭车的技术很熟练，可是在检阅完之后，他还不让马休息，仍驱赶着它们去跨越障碍，向远处奔跑，以显示他的本领。马的力气都竭尽了，他还不停地挥动鞭子，所以我料定他的马要失足。”

鲁定公听了这才恍然大悟，连连说：“原来是这样啊，讲得实在太好了。”

**【悟在当下】用事实说话**

这个故事充分体现了颜渊的智慧，他通过古时的经验，推断出东野毕将要驾车失足的后果。颜渊通过虞舜治理百姓以及造父驾驶马车这两个事实，向鲁定公说明了一个道理：凡事不能太过，一定要留有余地。东野毕在马匹已经疲劳的情况下依然策马狂奔，马匹一定会受不了以至于失足。

在现实生活中，一味地埋头苦读而不注意休息，会导致累坏身体，最后还是耽搁了学习。因此，要学习虞舜、造父，只有劳逸结合，才能达到最好的学习效果。而颜渊这种善于根据现在的事态分析发展势头的敏锐能力也是值得我们学习的。

## 子贡宏论扭乾坤

子贡是孔子的学生，以善于辩论著称。一次他为了鲁国的利益，游说齐国、吴国、越国、晋国，利用分化、联合的手段，凭口舌之力改变了这五个国家的命运。

起因是齐国的大将田常调集军队去攻打鲁国，孔子听到消息后对学生们说：“鲁国是我的家乡，你们为什么不出面制止呢？”于是子贡请求前往，孔子同意了。子贡先到了齐国，向田常游说。

子贡

子贡对田常说："你攻打鲁国，实在是个大错误，因为它的城墙低薄，土地贫瘠，国君愚蠢，大臣无能，军队和老百姓又都讨厌战争，所以你很难打败鲁国。你不如去攻打吴国，吴国城墙坚厚，土地肥沃，武器坚利，兵精将广，大臣贤明，所以你能打败吴国。"

田常一听，气得脸都变绿了，说："你认为困难的，正是人们认为容易的；而你认为容易的，却恰是人们认为困难的。你为什么来胡说八道呢？"

子贡说："我听说，忧患在内则攻击强敌；忧患在外则攻击弱者。现在你想攻击鲁国，虽然容易取胜，但每战必胜，必然导致贵国国君骄横傲慢，到处攻城略地，臣子必然妄自尊大。你打败了鲁国，却使国君骄横而为所欲为，群臣放肆而争权夺利。这样一来，你反倒上与国君有隔阂，下与群臣有利害之争，你会在齐国无立足之地。所以说，你不如讨伐吴国。讨伐吴国不能获胜，则大臣战死在国外，朝廷空虚，就没人与你争权夺利，辅助国君的就只有你了。"

田常说："这样做好是好，但军队已派往鲁国，现在突然离开鲁国而攻打吴国，国内的大臣们必然会对我产生怀疑，怎么办呢？"

子贡说："您可按兵不动，我去吴国请求吴王救助鲁国攻打齐军，你再派兵去迎战吴国就顺理成章了。"田常同意了。

于是，子贡见到吴王夫差，劝他说："想建立霸业就要战胜强大的对手。如今吴国和齐国势均力敌，此时齐国正在派兵攻打鲁国，进而与吴国争夺霸业。这样会打破双方力量平衡，我私下里为大王您担忧啊！如果您现在能出兵援救鲁国攻打齐国，既可扬名天下，又有利可图；既可以扶持诸侯，诛除齐国，又能使强大的晋国屈服。名义上为保全鲁国，实际上是困住了称霸的齐国，震慑了强大的晋国。"

吴王夫差认为子贡说得有理，表示赞同。但因吴王刚打败了越军，担心越国趁机报复，所以表示要等消灭了越国再去救鲁攻齐。子贡见此，接着说：“越国的力量不如鲁国，鲁国打不过齐国。大王放弃齐国而进攻越国，那么齐国就会趁机把鲁国吞并了。大王为了讨伐小小的越国而畏惧强大的齐国并失去盟友鲁国，是不仁不义啊！如今您应该保存越国以表示您的仁慈，解救鲁国以表示您的义气，抗击齐国以表示您的勇敢，压制晋国以表示您的威严，那么，各国诸侯必然会竞相归顺大王，您的霸业也就成功了。如果您实在担心越国的话，我请求东去，面见越王，令他出兵，跟随大王一起讨伐齐国。”吴王十分高兴，就派子贡前往越国。

子贡到了越国，告诉越王说：“我劝说吴王救鲁攻齐，吴王虽然有想去的意思，但又害怕越国趁机攻打他们，声称等他讨伐越国后才行，如果这样，吴国必然来攻取越国。”

越王勾践说：“我与吴王打仗，被困于会稽，对吴国恨之入骨，日夜卧薪尝胆，只想与吴王决一死战，这正是我想要的啊。”

子贡接着说：“我听说，没有报复别人之心，而让人产生怀疑，这是笨拙的人；有报复别人之心，而被人知道，这是最危险的；事情还没办，就走漏了消息，这就可能毁于一旦。这三种情况都是成就事业的大患呀。”

越王沉思了片刻，觉得子贡说得有理，点头称是，并接着问子贡有何良策。

子贡说：“吴王为人勇猛残暴，众大臣都不堪忍受；国家战争而国库空虚、土地荒芜，官兵们无法忍耐，百姓也都怨恨吴王。如今大王若能卧薪尝胆，藏怒于心，发兵帮助他讨伐齐国，那么，他一定会去讨伐齐国，而不再以越国为敌。如果他讨伐齐国没有取胜，则大伤元气；如果他战胜了齐国，那么吴、晋矛盾势必激发。到时我再去求见晋国国君，让他与诸侯一起讨伐吴国，吴国必然被削弱。这时大王趁机进攻吴国，一定会灭掉吴国的。”

越王听了子贡的妙计，非常高兴，同意按照子贡的计策行事。于是，子贡又返回吴国，对吴王夫差说：“我恭敬地将大王的话告诉了越王，越王听了十分恐惧，说他十分不幸，小时候便失去了父亲，又不自量力，得罪了吴国，以致军败受辱，栖身于会稽。全靠大王您的恩赐，才没有失去宗庙社稷。您的恩德，他到死也不敢忘记，哪里还敢图谋不轨呢？五天以后，他便亲自率兵跟随大王讨伐齐国。”

吴王夫差听后非常得意，以为大事已成，于是便发动九郡的兵力去讨伐齐国。

子贡见吴王已派兵攻打齐军，连忙又来到晋国，对晋国国君说：“我听说，不预先考虑事情，就无法应付突然的事变；不预先分析军事形势，就不可能战胜敌人。现在吴国要去讨伐齐国，如果吴国打败了齐国，必然攻打晋国。”

晋国国君听了大吃一惊，连忙问子贡有什么办法。

子贡接着说：“唯一的办法就是修造武器，准备粮草，加紧练兵，联络诸侯，做好与吴国打仗的准备。”晋国国君于是下令加强了战备。

吴军与齐军交战，打败了齐军，果然兵临晋国，与晋军对阵。因晋军早有准备，所以很容易就打败了吴军。越王勾践趁机袭击了吴国，吴王只得带兵离开晋国，返回吴国，与越军交战。由于吴军远道奔袭，士兵疲惫，而越军复仇心切，勇往直前，两军交战，吴军大败。越军随即包围了王宫，杀死吴王，灭掉了吴国。

子贡的游说，保全了鲁国，削弱了齐国，使晋国强盛，吴国灭亡，越王称霸，改变了五个诸侯国的命运，真可谓宏论定天下啊！

**【悟在当下】充分利用各方矛盾，四两拨千斤**

子贡的能言善辩，建立在正确地分析当时诸国形势的基础上。他能够洞悉各国诸侯与大将们的性格特点和内部矛盾，以及他们实行某些策略的目的，充分利用各方的矛盾为自己利用，起到四两拨千斤的作用。而这一切，建立在对信息的收集，对人、对事、对事态发展的调查研究与周密分析的基础之上。

可见，能言善辩必须有深厚的社会知识的积累以及独到的真知灼见，仅有空洞的说教、油滑腔调是不行的。在现实中，只有不断增加知识的积累和对事情、对现象的分析，用时才能游刃有余。

# 墨子妙言退楚兵

墨子

春秋时的哲学家墨子反对战争，他听到楚国要用鲁班造的云梯去攻打宋国这件事后，就去问鲁班为什么要这么做。鲁班很自然地回答："我是个做手艺的工匠，既然有人聘我做工，我就应该按照要求去做，这有什么不对呢？"

墨子就说："那我用重金聘请你去杀一个人，你愿意干吗？"

鲁班说："杀人是不忠不孝、不仁不义的事，哪怕给我一座金山，我也不会做的。"

墨子告诉鲁班，楚国攻打宋国是以强欺弱的不义战争，为楚国制造云梯是助纣为虐的行为，战争死伤的何止一人两人，千万人民将丧生。金山放在你面前，杀一人你不肯；楚王聘用你，你却要去帮助他杀害宋国无辜的百姓，你是个忠孝仁义之人吗？"

鲁班被他劝服了，答应不再为楚国制造云梯，而且带着墨子去面见楚王。

墨子对楚王说："现在有这么一个人：不坐自己华丽的马车，而要坐邻居的老牛破车；不穿自己的锦绣衣裳，而想着剥去邻居的破衣烂衫；不吃自己的美味佳肴；而想吃邻居的糟糠粗饼，这个人的行为怎么样呢？"

楚王说："这个人的行为无异于盗贼。"

墨子又说："楚国有5000里土地，宋国有500里土地，这就像华丽的车子和破旧的车子一样。楚国森林面积广大，而宋国树林很少，这就像锦绣衣裳和破衣烂衫一样。楚国城市繁华，宋国地多荒瘠，这就像佳肴美食和糟糠粗饼一样，大王如要攻打宋国，这是什么举动呢？"

楚王一时语塞，支吾说道："并非我要攻打宋国，而是臣下建议要这么做。"

"我知道大王是仁义的，决不会同那般无知的臣下一般见识，他们的行为无异于盗贼一般。"

楚王自知理亏，就打消了进攻宋国的念头。

**【悟在当下】巧设“圈套”，请君入瓮**

墨子以富人欺压穷人为喻，劝说楚王放弃了攻打宋国的想法。如果直接阻止楚王攻打宋国，取得成功的机会比较小，墨子先是给楚王设了个小“圈套”，然后“请君入瓮”，楚王想反悔都难了。

在生活中解决问题或者劝说别人的时候，有时候也要运用这种“间接”的办法，让对方无路可退，只好答应自己的要求。

## 优孟衣冠

优孟是楚庄王时期得宠的一位伶人。相国孙叔敖发现优孟虽然出身地位卑贱，但绝不是那种阿谀奉承的势利小人，因而非常尊重优孟，把优孟看作知心朋友。

孙叔敖病重时对儿子说：“我虽然贵为楚国的相国，但一生廉洁奉公，没有给你留下多少财产。我死后，将来遇到困难，就去找优孟吧！他是我最知心的朋友，只有他才能帮助你。”

过了几年，孙叔敖的儿子果然非常贫困。后来他找到优孟，请求帮助说：“我父亲临死时嘱咐说，万一生活实在过不下去了，就来找您，父亲说只有您是他的知心朋友，才会帮助我。”优孟问清了他的住处，接济了他一些钱。以后，优孟就常去找孙叔敖的儿子，给他送去些钱粮，还常向他询问孙叔敖的生活习惯，并模仿其说话和走路。

一次，楚庄王在宫里大宴群臣，优孟便穿着孙叔敖的衣服参加了宴会。轮到优孟上前为庄王敬酒时，优孟便模仿孙叔敖的走路姿势，并且模仿孙叔敖说话的语调，向庄王祝酒。庄王大吃一惊，以为是孙叔敖的鬼魂在作怪呢。这样一来，不由得使庄王想起当初孙叔敖辅佐自己称霸诸侯的情景，便要任命优孟做自己的相国。

优孟一再推辞，庄王坚决不允，优孟只好说："请大王允许臣回家与妻子商量一下，三天后再答复大王吧。"

三天以后，优孟刚上殿来，庄王便迫不及待地问："你妻子怎么说的？"

优孟叹了一口气说："臣的妻子说：'千万要慎重啊！就说孙叔敖吧，他担任楚国的国相，尽忠尽责，辅佐大王称霸诸侯，功劳不可谓不大。可到头来只落得清贫如洗，死后也没有什么财产留给子女，如今他的儿子只好靠打柴度日，勉强生存。你如果当了楚国的相国，也落个孙叔敖的下场，还不如趁早自杀了呢。'"

楚庄王恍然大悟，立即传令，赐给孙叔敖的儿子400户的封地。

**【悟在当下】选择说话时机和方式**

优孟的成功之处在于先以衣冠、走路形态等引起庄王的回忆，再借妻子之口说出道理，一切水到渠成。说话的时机和方式选择极为适当，尽显语言的魅力。

现实生活中若能适当选择说话时机和方式，使许多看似困难的问题迎刃而解，此即语言的艺术。

## 智荧恩怨分明

公元前597年，楚国攻打郑国，晋国发兵救助郑国，晋楚两国在泌一带交战。在两军混战中，晋国大夫智荧被楚军活捉，他的父亲荀首率领部下返身来救，但没有成功，只杀了楚国的连尹襄老，射伤了楚国公子，并将襄老的尸体和受伤的楚公子带回晋军军营。

9年后，晋国向楚国提出用楚公子和襄老的遗骨交换回智荧，楚国同意了。

在送智荧回国的时候，楚庄王问他："你囚居在楚国多年，是不是怨恨我？"

智荧回答说："两国交战，是我自己无能，不胜其任，以致做了俘虏。大王不杀死我，让我回国接受惩处，这是大王对我的恩惠，我怎么能怨恨大王呢？"

楚庄王又问："这么说你应该感激寡人的恩德了？"

智莹说："晋楚两国都为自己的国家考虑，以免除老百姓的苦难，意识到以前交战是一时之愤，现在两国相互谅解了，通过交换俘虏来表示两国和好的诚意。这和我个人并不相干，我没必要感激谁。"

楚庄王本来想让智莹感激自己，好提出进一步的要求，没想到智莹却这样回答。但他仍进一步追问："你回国后，用什么来报答我呢？"

智莹说："我不曾有怨于大王，大王也不曾有德于我，无怨无德，不知道报答什么。"

楚庄王仍然不肯善罢甘休，继续追问："虽然这么说，你也一定要告诉我些什么吧？"

智莹镇静地说："托大王的福气，让我回到晋国。假使我的国君将我杀掉，我到死也不会忘记您对我的好处。如果托大王的福气，国君免我一死，把我交给父亲，父亲若按家法，将我处死，我至死也不会忘记大王的恩惠。如果父亲免我不死，仍让我继续担任晋军的首领职务，那么在防守边疆时，遇到楚国的将帅，我也不敢回避，我一定为晋国尽到臣子的职责，我准备用这种做法来报答大王。"

楚庄王听了颇有感慨，叹息说："今后不能再与晋国交战了。"于是，为智莹举行了隆重的仪式，送他回到晋国。

**【悟在当下】采用以退为进的说话策略**

智莹采取以退为进的策略，先责备自己无能，如果能被放回，只有感恩。当被问如何感恩时，他又回避说交换战俘是国事，与个人无关，自己不知应该感激谁。

在特定的语言场合，对于敏感问题，宜采取明智对策，此外交语言值得学习。

# 孟子谏齐宣王好财色

齐宣王

一次，有人向齐宣王建议拆毁明堂，齐宣王去向孟子讨教："先生，您说要不要拆毁明堂？"孟子答道："明堂乃是有道德而能统一天下的王者的殿堂。如果您想要实行王政就不要毁掉它。"

齐宣王说："您可以详细说说怎样去实行王政吗？"

孟子答道："从前周文王治理岐周，对农民的税率是九分抽一；对做官的人给予世代承袭的俸禄；在关口和市场上，只稽查不征税；不禁止任何人去江河湖泊捕鱼；只对罪犯施刑罚，而不株连他的妻室儿女；最先考虑鳏夫、寡妇和失去依靠的老人、孤儿。《诗经·小雅·正月》上说：'有钱财的人是可以过得去的，还是多可怜那些无依无靠的孤单者吧。'"

齐宣王击掌称道："这话说得太好啦！"孟子马上问："您既然认为这话好，那为什么不去实行呢？"齐宣王面露难色地说："可是我有个毛病，我喜爱钱财，实行王政恐怕有困难吧？"

孟子说："从前公刘也喜爱钱财。《诗经·大雅·公刘》写道：'粮食真多，外有囤，内满仓；还包裹着干粮，装满橐，装满囊。人民团结，国威发扬，箭上弦，弓开张，其他武器也上场，浩浩荡荡向前行。'家里的人有积谷，行军的人有干粮，这才能率领军队前进。如果大王您喜爱钱财，能跟百姓一道，那对实行王政统一天下，又有什么困难呢？"

齐宣王不好意思地说："我还有个毛病——喜爱女人，实行王政恐怕有困难吧？"

孟子立即答道："从前太王也喜爱女人，而且十分疼爱他的妃子。《诗经·大雅·绵》写道：'古公亶父清早便跑着马，沿着那西边漆水河岸来到岐山之下，还带领着他的妻子姜氏女，都来这里视察地基。'在那个时候，天下没有找不着丈夫的女子，也没有找不着妻子的单身汉。大王如果喜爱女人，能跟百姓一道，那对实行王政统一天下，又有什么困难呢？”

齐宣王无话可说了。

**【悟在当下】以理服人，委婉劝说**

孟子借齐宣王向他征求意见的契机，巧妙地将话题引到实行“王政”上。

劝说别人接受自己的意见不能太过直截了当，当对方以种种借口委婉拒绝你的建议时，应该用明白晓畅的道理使其心服口服。

## 孟子言近旨远说戴不胜

战国时期，很多有着治国方略的士大夫都奔走于各个诸侯国之间来游说自己的政治学说，以期有用武之地。孟子就是其中非常有名的一位，他以善辩著称。有一天，孟子问宋国的大臣戴不胜，说：“你希望你的国君成为好的国君吗？”戴不胜马上答道：“这当然是我的最大愿望了。”孟子说：“那好！我明白地告诉你吧：假使有个在楚国出生的小孩，想让他学习说齐国话，那么你说是让齐国人教他好呢？还是让楚国人教他好呢？”“当然是让齐国人教他好了。”戴不胜毫不犹豫地回答。

孟子

孟子接着说：“对啦。可是如果只有一个齐国人教他说齐语，但是，这个小孩的周围全是楚国人，整天用楚国话干扰他，在这种情况下，即使天天用鞭子抽打他，他也学不成齐国话，你说是这样吗？”戴不胜信服地点了点头。

孟子讲到此，把话题一转，说：“你认为薛居州是个正派的人，把他安排在宋王的身旁，这当然好。如果在宋王周围的人都能像薛居州那样正派贤明，那么宋王还会跟谁干坏事呢？可是如果在宋王周围的人，与薛居州相反，都是些阿谀奉承、阴险狡诈的小人，宋王又会跟谁做好事呢？所以我认为，只有一个薛居州，对宋王起不了多大的作用。”

戴不胜连连点头称“是”。

孟子兜了这么大的一个圈子所要讲的“主题”是“亲贤臣，远小人”的治国之道，他让戴不胜一步一步地走进自己所设计的语言逻辑圈套之中，却毫无察觉，待到明白其所指的时候，已经是毫无反驳之力了，从而让他心服口服。

**【悟在当下】一步步引导对方进入自己的“主题”**

孟子是战国时期最善辩的一位游说者，他善于设置各种各样的话题圈套，一步一步地引导别人走向他所要说的实质性内容，到最后的时候，方才引到正题上来，而这个时候再想反驳已经是不可能的了，从而让人处于被动接受而又无力反驳的状态之中。

我们在平时的交往之中不妨也试着采取孟子这样的说话方式，当然，这之前我们要掌握好说话的逻辑和尺度，不可以混乱无序也不可离题太远，而且要让对方在不断地认同你的同时一步一步掉入你所设置的陷阱之中而又没有察觉。平时多锻炼自己的逻辑思维能力在说话的过程中也是很有必要的，运用这种方法，我们可以毫不费力地让别人接受自己的意见，而让他人无反驳之力。

## 惠公力谏太子改期安葬

据说，魏惠王驾崩以后，安葬惠王的日期已经越来越临近了，可是当时正巧遇上天降大雪，雪深数尺，足以没膝。在这样的情况下，安葬先王的事情就不得不停滞下来。于是臣子们就劝谏太子，说：“在这样的大雪天举行葬礼，不但要劳累百姓，而且国家的费用恐怕也不够。还是请您三思而后行，把葬礼的日期推迟些吧，择日安葬，这样做才是比较明智的选择。”可是太子却很固执地说：“我这个做儿子的，这样做是不孝义的，你们不要再说了。”于是，拂袖而去。

臣子们也都不敢再去劝谏，万般无奈之下就把这件事告诉了宰相犀首。

犀首听了也是很为难，说："其实，我也没有办法劝说太子改变主意，但是我想能做这件事情的恐怕只有惠公一个人。"

臣子们遂将这件事情告诉了惠公。惠公听说后便来见太子。惠公问太子："先王安葬的日期临近了吗？"太子回答说："是的。"惠公又说："从前周文王之父季历葬在涡山脚下，渗漏下来的水冲坍了他的坟墓，露出了棺木的前脸。周文王说：'啊，先王一定是想看一看臣下和百姓吧！所以才让漏水把棺木冲出来。'于是就把棺木挖出，给它设置帷幕，举行朝会，于是百姓都来朝见，三天以后才改葬，这是文王的义呀！现在先王安葬的日期已经临近，但实在是雪大难以行走，可是太子您为了赶上既定日期的缘故坚持要安葬，恐怕有想快点安葬了事之嫌吧？希望您改个日子。先王一定是想稍作停留以便安抚国家和百姓才肯安心地离去，所以才使雪下得这样大，据此推迟葬期另择日子，这样做正是文王的义啊！像目前这种情况还不改日安葬，想来是太子以效法文王当作羞耻了？"

太子思索了片刻，于是说："您说得很有道理！让我另择安葬先王的日子吧。"

**【悟在当下】一石二鸟，平衡两方冲突**

惠公劝太子改变安葬先王的日期时的一番话可谓是"一石二鸟"，不仅避免了雪大劳民伤财的弊处，满足了臣子们的愿望；而且还让太子效仿了文王的义举，成全了他的孝心。

所以，当我们在实际生活中遇到左右相悖的事情时，我们的决策往往就要顾及双方的利益，要想做到两全其美，就必须平衡双方之间存在的冲突，这样才能体现出领导者的风范。

## 叔詹智辩免郑难

叔詹是春秋时期郑国大夫。当初重耳逃亡时路过郑国，郑文公没有按礼仪招待重耳，还说了一些不礼貌的话。叔詹劝郑文公不要得罪重耳，郑文公就是不听。于是，叔詹又劝郑文公杀了重耳以绝后患，郑文公也不肯听。

后来重耳果然做了国君，就是晋文公，他决定出兵讨伐郑国以示报复。郑国国小兵少，打不过晋国，向晋国求和。晋国不答应，明确提出只有交出叔詹才可以饶过郑国。叔詹得知后主动去见郑文公，要求去见晋文公。郑文公答应了叔詹的要求。

晋文公得知郑国真的交出了叔詹后，就准备杀死叔詹。这一天，叔詹来到晋国，晋文公命令手下人准备了一口大鼎，打算将叔詹扔进鼎中煮死。叔詹请求说："我只有一个愿望，就是让我把心里话全说出来，然后再领受死罪。"晋文公答应了。

叔詹说："上天有意降祸给我们郑国，让我们的国君曾经对您无礼。那时我就曾劝告我们的国君说：'您这样做不行。晋公子自身精明能干，只是时运不济才流落到我们这个地方，他手下的人也都很有才能，都有将相之才，我们应该乘机和他搞好关系才对。您现在得罪了他们，万一他将来回到国内做了君主，必定会称霸诸侯。那时他想起您以前对他的无礼行为，必定会派兵攻打我们郑国，灾难就会不可避免地降临到我们头上了！'可惜当时国君没有听从我的劝告，现在果然灾祸临头了。尊敬有才华有德行的人，又能防止祸患降临到自己国家头上的人，难道不是有智慧的人吗？如今我又宁可牺牲自己的生命以换取国家的平安，这样的人难道不够忠诚吗？"说完，叔詹就自己走到鼎边，握着鼎的耳朵大喊道："从此以后，凡是以智慧和忠诚事奉国君的人，都将和我叔詹同样的下场啊！"

晋文公听了，深受感动，不但下令不要杀他，并且以隆重的礼节招待他，还护送他回了郑国，并取消了讨伐郑国的计划。

**【悟在当下】根据谈话对象选择说话方式**

对不同的听众选择谈话的侧重点是取得谈话目的的关键。文中叔詹开始说自己劝郑文公不要得罪重耳，说明了自己的远见卓识；后来到晋国主动赴死，是为国家尽忠，为君王解难。以此换取晋文公的同情和赏识，最终不仅保住了性命，而且受到了尊重。

现实中要根据谈话对象的身份和性格来合理选择谈话的方式，往往能取得最佳的效果。

## 无盐女劝谏

战国时期，齐国无盐这个地方有位妇女，名字叫钟离春，大概是当时最丑的女人了。她眼睛深，鼻孔朝天，黑皮肤，头发稀疏，驼背粗脖，已经40岁了，还没嫁出去。但是她关心国家大事，见齐宣王整天饮酒作乐，很想规劝一番。

一天，钟离春来到王宫门前，对守卫说："请给我通报，我是齐国最丑的女人，听说国君圣贤，愿嫁给国君当嫔妃。"守卫听了都笑话她自不量力。齐宣王闻报，觉得有意思，就召见了钟离春。左右大臣看她这副丑相，无不掩口大笑。齐宣王说："我宫中的嫔妃已经很多了，你想到我宫中，请问你有什么特殊的本领吗？"钟离春回答说："没有，只是会点儿隐语。"齐宣王问她有什么隐语，只见她举目咧齿，手挥四下，拍着膝盖，高声喊道："危险了！危险！"她反复说了四遍。

齐宣王不明白她的意思。钟离春解释说："举目是替大王观看烽火的变化，咧齿是替大王惩罚不听劝谏的人，挥手是替大王赶走阿谀进谗之徒，拍膝是要拆除专供大王游乐的雪宫。"

"那你的四句'危险'呢？"齐宣王又问。

钟离春从容不迫地回答："如今大王统治齐国，西边有强大的秦国，南方又与强盛的楚国结有仇怨，对外尽是对付强敌的困难，朝廷上又有许多奸臣，而大王您又只爱听阿谀奉承之徒的谗言。您百年之后，国家社稷就会不稳，这是其一；您大兴土木修建雪宫，聚集大量金玉珠宝，搞得百姓怨声载道，这是其二；君子躲藏进了山林，小人包围在您的左右，奸邪的人立于朝堂，想规劝您的人见不到您，这是其三；您每天饮酒玩乐，只图眼前享受，不关心国家治理，这是其四。"

齐宣王听吧，觉得这位丑女话说得很有道理。尤其是想到她讲得那四种危险，宣王不寒而栗。

于是，齐宣王按照钟离春的劝谏，立即停止修筑雪宫，罢除宫中女乐，选贤招能，选练兵马，修缮战备。

**【悟在当下】运用无声的肢体语言**

钟离春规劝齐宣王的隐语，有一部分是体态语，就是用面部表情、四肢和身体的动作表示语意，当然每一种表情或动作，都可能有两种以上的解释，所以她又用有声语言做了说明。

肢体语言也是语言的一部分，它的形象感非常强。运用好肢体语言能很好地帮助人们表达自己的意思。

## 吕省迎归晋惠公

春秋时期，晋惠公靠秦穆公的帮忙当上了国君，他曾经许诺，即位后割让东五城给秦国，但回国后就反悔了，没有兑现自己的诺言。

有一年，晋国遇到灾荒，向秦国借粮食，秦穆公慷慨相助；但秦国遇到灾荒，晋国却一点也不援助。为这两件事，秦穆公非常恼火，于公元前645年进攻晋国，秦晋两国在韩原交战，结果晋军惨败，晋惠公被俘。由于晋惠公的姐姐（秦穆公的夫人）穆姬的周旋，秦穆公答应和晋国讲和。于是晋惠公从国内招来吕省与秦国谈判讲和。

吕省来到秦国，拜见秦穆公。秦穆公问："晋国人和睦吗？"

吕省毫不犹豫地回答："不和。"

"为什么不和呢？"秦穆公又问。

吕省答道："晋国那些小人们对失去国君感到耻辱，又对丧失了自己的亲人感到悲伤。他们不怕多征赋税和进一步备战，而且主张拥立太子为国君。他们说

‘宁愿侍奉戎狄，也一定要报这个仇’。那些君子们爱戴自己的国君，并且知道我们晋国的过错。他们也不怕多征赋税和进一步备战，为的是等待秦国的命令，他们说‘一定要报答秦国的恩德，即使死了也绝无二心’。因此晋国人不和睦。”

秦穆公听了很生气，但又无可奈何，便又问：“你们国内对国君的命运有些什么看法？”

吕省答：“小人们不知事理，只知忧愁，说国君免不了被害。君子们用自己宽恕的心思推测别人，认为国君一定会被放回来。小人们说：‘我们对秦国太狠毒了，秦国怎么会放回我们的国君呢？’君子们则说：‘我们已经认罪了，秦国肯定会放回我们的国君，背叛时就把他抓起来，臣服时就释放他，恩德没有比这样做更深厚了，刑罚没有比这样做更有威力了。假如过去帮助他做国君，现在又使他的国家不安定；废除了君位，又不立即使他恢复，这样就会把原来的恩德变成仇恨，秦国恐怕是不会这样做的。’”

秦穆公只好顺着说：“这正是我的本意啊。”

于是，秦国用诸侯的礼节送晋惠公返回晋国。

**【悟在当下】柔中带刚，软硬兼施**

吕省借小人的态度，表达了晋国不畏强暴誓报国仇的决心；又借君子的态度，表达了晋国已知错臣服，对秦穆公放回晋惠公充满期待。吕省还借机表明尽管小人与君子的态度不完全相同，但是都不怕多征赋税和进一步备战，表明了现在晋国人正团结一致，同仇敌忾。

这是一篇绝妙的外交辞令，软硬兼施，柔中带刚，不卑不亢，值得欣赏。

## 展喜止攻

齐孝公想要继承齐桓公的霸业。公元前634年，鲁国和莒国在洮地结盟，齐孝公便拿这作为借口攻打鲁国西部边境。

鲁僖公得到齐军要来攻打的消息，派了大夫展喜带着酒肉粮帛去慰劳齐军。名为慰劳，实际是叫展喜说服齐孝公退兵。

展喜知道齐孝公之所以要攻打鲁国，目的在于继承齐桓公的霸业。而齐桓公之所以能够称霸诸侯，在武力征服的同时，总是打着“尊王”的旗号，即以尊重周王室为号召。所以，如果以周朝先王之命去说服齐孝公，定能成功。

展喜赶到边境犒劳齐军，齐孝公却以挑衅的口吻问展喜：“听说齐军压境，鲁国人害怕了吗？”

展喜说：“那些没见识的人确实害怕了，可有识之士并不害怕。”

齐孝公说：“你们鲁国穷得室内四壁皆空，粮食告罄，四野里连根青草都没有，依仗什么不害怕？”

展喜回答说：“我们依仗的是周朝先王的命令。从前我祖周公和贵国的太公二人共同辅佐武王灭纣，后来又共同辅佐周成王，功勋卓著。太公被封为齐侯，周公的长子被封为鲁侯。成王慰劳他们，特赐齐鲁两国结盟。盟约中写道：‘世世代代、子子孙孙都不要互相侵害。’这个盟约至今还保存在盟府里，由太史掌管着。由于有这样的历史渊源，齐桓公称霸时曾经九合诸侯，来帮助他们解决彼此的分歧，弥合他们之间的裂痕，从而将他们从战争的灾难中拯救出来。齐桓公这样做是为了表明他正在履行太公开始的辅佐周王室的固有职责。您即位之后，诸侯都满怀希望地说：‘他一定能继承桓公的业绩，与各国和睦相处。’我们鲁国人也认为用不着聚集军队来防守东面的边境了。因此，您这次驾临，鲁国并不认为是来攻打我国，大家都说：‘难道他即位刚刚九年，就会抛弃周朝先王的遗命？就会废弃齐国固有的职责？如果这样，怎么对得住齐国的先君太公和桓公呢？’我和鲁国其他人一样，认为您一定不会这样做的。我国的有识之士正是依仗这一点而不感到害怕。”

展喜的这番话软中有硬，无懈可击。齐孝公只得说：“说得太好了，您回去传话给鲁侯，愿从此以后两国不断增进友好关系，不再彼此刀兵相见。”

很快，齐孝公就班师回临淄了。

**【悟在当下】善用对方弱点展开进攻**

齐军大兵压境，展喜凭口才避免了战争，关键在于他善于利用对方的弱点巧妙地进行外交。

战场上的浴血奋战、刀光剑影是一回事，谈判桌上的唇枪舌剑、巧妙应对又是一回事，善于攻击对方弱点不愧为解决矛盾的好方法。

## 吴使善辩免死罪

春秋末期，诸侯之间相互吞并，战火连绵。楚国拥有精兵强将，沃野千里，楚王借此称霸，决心攻打吴国。当时吴国势单力薄，根本不是楚国的对手。于是吴王急忙派使臣前去慰劳楚军，想用这种办法阻止战争的爆发。

楚将收下吴国送来的金银玉帛和佳酿美粟之后，傲慢地瞟了吴国使臣一眼，喝道："捆起来杀掉，用这个使臣的血涂抹我们的战鼓。"

使臣争辩道："将军，我们诚心慰劳楚军，可不能斩杀来使呀！"

楚将捋了捋油黑的络腮胡须，哈哈大笑："慰劳？这叫朝贡！你们区区小国，只要楚兵每人吐一口唾液，便可淹死你们的臣民。难道还要礼遇你们这种弱国贱民吗？"

使臣眼看自己就要被五花大绑，就想决不能坐以待毙，于是，决心自我拯救以不辱使命。忽然，他放声大笑起来，说："这次到楚国，果然吉利，这是吴王的恩德呀！"

楚将被使臣的朗声大笑弄糊涂了，问道："你来时占卜了？"

使臣微笑地点点头，说："很吉利呀！"

楚将冷冷地讥笑道："可现在我就要把你杀了，吉在哪里呀？"

吴国使臣挺前几步，坦然地答道："你若把我杀了，这正是吉利之所在。因为吴国派我来，本来就是要试探将军的态度。如果将军发火了，那么吴国就将深挖护城河，高筑壁垒，全民皆兵，与楚军决一死战；如果将军态度谦虚平和，那么吴国就不相信楚国会去进攻，防守就会松懈。现在将军要杀我，吴国获悉后一定会加强警戒，死我一人而保全了国家，这不是吉利又是什么？”

楚将听了，猛然间对卫士挥挥手，说：“放了他。”

于是，使臣完成使命，平安回到了吴国。楚国也知吴国已有准备，便打消了进攻的念头。

**【悟在当下】巧言善辩以避难**

这是一个吴国使臣巧言善辩以摆脱危机、得以活命的故事。吴国使臣面对死亡表现出了异常的冷静，还随机应变地编造了一个谎言让楚将觉得杀掉自己是个错误的选择，这一险着使他得以活命。

在现实生活中我们也可能会碰到类似的危险情况，这就需要我们冷静、客观地分析，晓以利害，采取一切措施使自身化险为夷。

## 鼎可与而无以运

秦国发兵到东周索取九鼎，周赧王为此很发愁。智谋过人的颜率到了齐国，对齐宣王说：“秦国真是太没有道理了，发兵攻周想得到九鼎。周君臣合计，与其把九鼎给秦国，不如送给贵国，挽救危亡的国家，会获得美好的名声；得到九鼎，就得到了贵重的宝器，望大王考虑这个问题。”

齐宣王听后非常高兴，立刻决定发兵五万去救东周，秦兵因此撤兵归国。

事后，齐国向东周讨取九鼎，周赧王又为这事发愁，颜率对赧王说：“大王不要忧虑，请让我东去齐国解决这个问题。”

颜率到了齐国对齐宣王说：“东周幸亏贵国仗义，君臣才能得到保全，自愿献出九鼎，不知贵国要从哪条路将九鼎运到齐国来？”

齐宣王说：“我将从魏国借道。”

颜率说：“不行！魏国君臣早想得到九鼎。他们在晖台之下、沙海之上策划好些日子了，九鼎一旦进入魏国，肯定出不来。”

齐宣王又说：“我就向楚国借道吧。”

颜率说：“也不行！楚国君臣想得到九鼎，他们早在叶庭打了好长时间的主意了，如果九鼎入楚，也一定出不来！”

齐宣王问：“我到底从哪条路能把九鼎运到齐国来呢？”

颜率说：“敝朝也为这件事私下里替大王犯愁呢。那九鼎不是醋瓶酱罐，可以怀里藏着，手里提着拿到齐国来；又不像鸟集雀飞，兔跃马奔，哗地一下子就到了齐国。从前周武王伐纣得了九鼎，一只鼎用九万人拉，九九共八十一万人。还需大量运输工具，费了九牛二虎之力，才运到了周朝的都城。现在大王就是有这么多的军士役夫，准备了那么多器械用具，又能从哪条路把鼎运出来呢？臣私下里真为大王担忧。”

齐宣王说：“你几次到这儿来许诺，实际上却不给，这不是欺骗寡人吗？”

颜率说：“不敢欺骗大国，只要您决定九鼎迁出的路线，敝朝决不失信。”

齐宣王只好作罢。

### 【悟在当下】夸夸其谈进行心理攻坚

“三寸之舌，强于百万雄兵；一人之辩，重于九鼎之宝。”《战国策》开篇就以生动的个案显示了语言的魔力。

颜率的成功，在于对人性的深刻把握和对游说技能的熟练驾驭。无论是战国时代还是当今社会，国与国之间、人与人之间的利益竞争是永恒的，在这个世界上，有些人不会无代价地帮助弱者，只有利益的诱惑才能使那些应该帮你的人来帮你。颜率刚开始已谋划好怎样收场，用夸张、铺陈的语言，渲染运送九鼎之难，语言的堆砌起了强大的心理作用，令人望而生畏。

# 苏秦夺城复官

苏秦

苏秦做了战国时期六国丞相，使秦兵不敢出函谷关长达15年。秦惠文王为离间六国联合盟约，送女儿到燕国，做了燕国太子的妻子。不久，燕文侯去世，燕太子登基，就是燕易王。齐国乘燕国为文侯举哀办丧事之机，进攻燕国，夺取了燕国10座城池。

燕易王见到苏秦，对他说："以前先生受到先王礼遇，使得先生以燕国使臣的身份，说服了赵王。如今齐国违背盟约，先攻打赵国，又攻打燕国，这都是因为先生您的缘故啊！凭先生的口才，您能为燕国夺回那10座城池吗？"

苏秦听了，说："请让我奉大王的诏命出使齐国。"

苏秦来到齐国的都城临淄，对齐王说道："恭喜大王，贺喜大王新得到10座城池。"说着命人献上贺礼。齐王接受了礼品后，苏秦忽然仰天大哭起来，一边哭，一边说道："大事不好，齐国的祸事来了！"

齐王说："什么祸事？先生又哭又笑的，弄得我不知如何是好，快请告诉我吧。"

苏秦说："臣听说宁吃野菜不吃乌头。虽然乌头吃了可以暂时充饥，但当它药性发作，人必死无疑。燕国虽然弱小，但是燕王如今是秦惠王的女婿，大王您夺了燕王的10座城池，也得罪了秦国。如今燕国和秦国准备一起来攻，所以我说大王的祸事来了。"

齐王听了，连忙问苏秦："这可怎么办才好？"

苏秦说："大王可以将那10座城池还给燕国，再派使臣到秦国去，向秦惠王表示歉意。秦王见大王能顾全他的面子归还城池，一定会非常高兴。燕国也会因为要回10座城池而感激大王。这样，大王既避免结下仇怨，又加深了与秦燕两国的友谊啊！”齐王听从了苏秦的劝告，将10座城池归还给了燕国。

苏秦回来复命，原以为会加官晋爵，不料燕王却命他交出相印。苏秦想，燕王一定是听信了别人的谗言，便说：“臣本是平民，晋见先王时，身无尺寸之功，而先王降阶相迎，拜为相国。如今我为大王出使齐国，为燕国夺回城池，本应该受到大王的信任，却被免职，一定是有人在诬陷我不诚实。实际上，臣的不诚实，正是大王之福分！”

燕王忙问：“此话怎讲？”

苏秦讲：“诚实、守信是用来修身的；积极进取是用来替别人做事情的。假使有一个人的道德品质很好，就像曾参那样孝顺，像尾生那样诚实，这样的人来侍奉大王，大王以为怎么样呢？”

燕王立即说：“我当然满意。”

“可是，如果他真如曾参那样孝顺父母，那就会天天侍奉在父母的身旁，怎么会像我这样侍奉大王呢？如果他真像尾生那样守信用，与女子约会桥下，宁肯抱桥柱子淹死也不肯走，大王怎么能靠他抵御齐军呢？臣正是因为忠信得罪大王及左右的大臣。”

燕王说：“哪里还有忠信得罪别人的？”

苏秦说：“臣听说有人在外做官，他的妻子与人私通。妻子听说丈夫要回家，准备用毒酒害死丈夫。丈夫回来时，妻子便让侍女端着毒酒给丈夫送去。侍女想，如果告诉主人酒里有毒，主人一定会将妻子赶走；若不告诉主人，主人一定会被毒死。于是，这侍女就假装摔倒，将酒洒在了地上。主人大怒，打了这侍女。这正是因为忠信得罪了主人。我如今的遭遇，也正像那侍女一样。”

燕王经此开导，细细想了想，终于又恢复了苏秦的官位。

### 【悟在当下】正反双面论述

苏秦游说齐国放弃燕国的10座城池，是利用先声夺人的战术，先消除对方的敌对情绪，让对方能够认真听取自己的建议，再晓之以理，走上自己预先设定的轨道。成功的关键在于消除敌对情绪。

在反驳燕王听信谗言时，采用反证和类比的方法，从正反两个方面加以论述，增强说服力。另外从引证方面可看出苏秦知识的广博，现代人不仅应该学习辩论的技巧，而且要扩大涉猎面，增强知识积累，加强文化素养。

## 张仪巧言行连横

张仪

战国末期，秦惠文王任用张仪做相国，用连横政策对付诸侯的合纵政策，取得巨大成功。

张仪先后去魏国四次，终于劝说魏哀王尊秦王为帝。接着，张仪以商於之地欺骗楚怀王，引起秦、楚两国在蓝田大战，结果楚军惨败，被迫与秦国结为盟邦。

张仪又趁势去威胁韩王，他说："韩国的地势险恶，百姓都居住在山区，赶上一年粮食歉收，就得吃糠度日。土地方圆不满九百里，国库没有积存两年的粮食。大王的军队全国不足三十万，而且还包括那些砍柴煮饭的杂役。如果除去防守驿站边防的兵卒，现有的军队只不过二十万罢了。然而，秦国的军队却有一百多万，有战车上千辆、战马上万匹。那些勇猛的战士，能弯弓射箭、挥戈上阵的，多得不计其数。那些精良的战马，一跃两丈、奔驰迅速的，也多得数不尽。山东六国的兵士披甲戴盔，会合在一起与秦军作战，秦国的士兵却赤膊上阵，左手提着人头，右手拿着兵器，结果大败六国的军队。秦国的兵士真像孟贲、乌获那样的古代勇士一样勇敢，他们攻击弱小的国家，就像千钧的力量砸在鸡蛋上面，没有不胜利的。而那些诸侯国们多数不衡量自己国家土地的狭小、军队的怯弱，反而听信结党营私的小人的甜言蜜语，说什么'听从我的计策，可以称霸天下'。没有比这种不顾及长远利益，而听从短浅的意见的做法更贻误国君您的了。假如大王不臣服于秦国，秦国会派军队占领宜阳，断绝韩国通往上党地区的道路，然后再向东取得成皋、荥阳，大王的国家便被分裂了。服从秦国，便能得到安定；不服从秦国，便遭受危险。如果顺从楚国，背叛秦国，就会招来仇怨，要想国家不灭亡，是不可能的。秦国最希望的事，是削弱楚国。如果，大王西面侍奉秦国，而攻打楚国，秦王必定高兴，大王也能从楚国那里得到土地，实在没有比这计策更好的了。”

韩王听从了张仪的建议。张仪返回，秦惠王封赏给张仪5个都邑，封他为武信君。

秦王又派张仪去劝说齐湣王。张仪到了齐国见到齐湣王，对他说：“当今天下论富足没有能够超过齐国的，朝中的大臣都是同姓父兄，人民众多，富足安乐。但是，为大王出计策的人，都是只求暂时的愉快，而不顾国家长远的利益。那些主张合纵的人游说大王，必定会说齐国西面有强大的赵国，南面有韩国和魏国。齐国是背靠大海的国家，土地广大，人民众多，兵卒强健，战士勇敢，秦国再强大也对齐国毫无办法。大王赞许他们的说法，却不衡量实际情况。我听说，齐国和鲁国打了三次仗，三次都是鲁国胜利，但是鲁国却因此而衰弱，随之而灭亡了。名义上虽战胜，而实际上却亡国，这是什么原因呢？那是因为齐国大而鲁国小啊！如今秦国和赵国相比，就同齐国同鲁国相比一样。秦、赵两国在黄河和漳水边上交战，打了两次，赵国都战胜了秦国。但是等到第四次交战后，赵国损失了几十万军队，最后仅存下都城邯郸。赵国虽然名义上取胜了，但国家却破烂不堪，这是为什么呢？还是因为秦国强大而赵国衰弱啊！

“如今，秦、楚两国已经联姻，结为兄弟之邦。韩国向秦国献上宜阳、魏国向秦国献上河外，赵国也在渑池与秦国会盟，割让河间一带地方侍奉秦国。假如大王不臣服秦国，秦国必将让韩、魏两国攻打齐国南边，让赵国的军队全力渡过清河，指向博关。这样一来，齐国的都城临淄将受到威胁，到那时，齐国想臣服也来不及了。望大王考虑一下吧！”

齐王说：“齐国地处偏僻，远在东海边上，从来就不曾考虑过国家的长远利益，多亏您为我们打算。”于是，他答应了张仪的服从秦国的要求。

张仪便离开齐国，到赵国去劝赵王：“秦国派遣我这个使臣，来给大王您献上一个计策。大王率领天下诸侯来共同抗拒秦国，使得秦兵15年之久不敢走出函谷关，大王在各国声名远扬，秦国非常畏惧和佩服。这期间，秦国只能修治战车，磨砺兵器，练兵习武；努力种田，积存粮食，防守边境，不敢稍微有所行动，唯恐大王责备我们的过失。如今依靠大王的督促，秦国已经攻下巴蜀，兼并了汉中，占领了东、西二周，得到了传国的九鼎，防守着黄河南岸的白马津。秦国虽处在偏僻荒远的地方，但心怀愤懑的日子已经很久了。

“现在，秦国有一支不算精良的军队，驻扎在渑池，正准备渡过黄河，越过漳水，进占番吾，聚集到邯郸城下，并准备效法武王伐纣的做法，在甲子这一天，与赵国交战。秦王因而慎重地派遣我为使臣，来敬告大王。

“算来大王最相信的，而且依靠他来推行合纵政策的人，就是苏秦。苏秦蛊惑诸侯，颠倒黑白，混淆是非。他想暗中颠覆齐国，却使自己被车裂在刑场上。现在各国诸侯无法再联合为一体，已经是显而易见的事了。如今，秦、楚结为兄弟之邦，韩、魏都已经向秦国称臣，成了秦国东边的藩属国。齐国也献上生产鱼盐的地方给秦国，这就等于斩断了赵国的右臂。断去右臂而和人争斗，失去同党而孤立，赵国的危险是迫在眉睫啊！

“现在假设秦国联合四国军队共同攻打赵国，赵国将不得不将土地分成四份给参战的四国。我私下里为大王着想，最好的办法是和秦王在渑池会谈，互相见面，在口头上做个约定，请求军队不要进攻。希望大王早做决定。”

赵王听了，急忙解释说：“先王在世的时候，奉阳君专权，蒙蔽欺压先王，那时我还身居在宫内，跟随师傅读书，不参与国事。等先王去世后，我年纪还小，继承王位的时间还不长。后来，我也暗自揣摩，诸侯联合而不服从秦国，不是国家的长远之计。所以，我将改变以往的做法，准备割让土地给秦国，以赎回以前的过错。我正在预备车辆，前去请罪，正好接到使者您明智的劝告。”

赵王答应了张仪的建议。于是张仪又动身北去燕国，去劝燕王，成功地说服燕王献上5座城池，亲秦弃赵，实现了连横策略。

**【悟在当下】抓住对方心理，游说成功**

张仪凭一己之力说服各国，运用语言的艺术令人叹服。善于观察和揣摩各国国君的心理，加以区别地进行劝说是其成功之处。劝韩王时刻意对比韩国的弱小和秦国的强大，劝赵国则利用外交方面的优势，从全局分析。另外，紧抓住合纵联盟的失败对各国君主造成的心理影响，能恰到好处地找到各国君主最担心之处，也是游说成功的基础。

游说的目的是让对方接受自己的观点，关键在于知道对方怎么想。

## 苏代巧谏孟尝君勿入秦

孟尝君田文是齐国的贵族，拥有大量世袭的封地，有一天，他想到秦国去走一走。大家都知道这是很危险的，齐、秦都是当时的大国，互相对立，试图争夺天下，孟尝君此去凶多吉少。

劝阻孟尝君的人成百上千，他都听不进去，而且非常的烦躁，讨厌这些人的喋喋不休，坚持要去。苏代是苏秦的弟弟，还有一个弟弟苏厉，兄弟三人都以游说诸侯而闻名。当时苏代正在齐国，也想去劝阻他，便请守门的人通报。

孟尝君不耐烦地传话说："讲有关人的事，我都知道了，现在我所没有听说过的，只是有关鬼的事罢了。"苏代回答说："我这番来，本来就不敢谈有关人的事情，是为了鬼事才来拜访您的。"

孟尝君很惊讶也很好奇，就接见了他。苏代对孟尝君说："我这次来，经过淄水，碰上一个泥人和一个木偶人在谈话，木偶人对泥人说：'你是西岸上的泥土，把你揉和起来捏成人形，可是到了八月里，下一场大雨，淄水大发，你就会被冲残了肢体，真是很惨啊。'泥人说：'不错，我是西岸上的泥土，但即使冲残了肢体，还是在西岸上。而你原是齐国的桃梗，把你刻削成人形，大雨一来，淄水大发，把你冲走，那时你漂漂荡荡的，不知会漂到哪儿去呢，这才是可怜又可悲呢。'现在秦国是个四周险固的强国，就像虎口一样，而你要进去，我不知道你从哪儿出得来？"

孟尝君听了这番话，心里一惊，齐国才是自己安身立命的根本，舍本国而往他国是个极冒险而愚蠢的想法，很可能落得木偶一样的下场。于是，孟尝君就取消了去秦国的打算。

**【悟在当下】借故事引入主题**

孟尝君作为齐国贵族，与一般靠游说诸侯猎取高位的人不同，而他却想去秦国充当客卿，面临着失去赖以生存发展的基地的危险。苏代知道在孟尝君固执己见的时候，硬是逆着他讲并不能达到目的，便顺着他只听“鬼事”的话，通过描绘一个泥人和一个木偶的对话，形象地指出孟尝君入秦的后果，让孟尝君自己领悟其中的道理。

苏代面对孟尝君不耐烦的刁难反应极快，比喻生动有趣而又说理充分，让人佩服。在现实生活中，我们会经常遇到想说的话没有机会说的情况，那就不妨先接招，借助对方的刁难，给自己创造机会，然后通过传说、故事、谚语、笑话等多种见闻来迂回接近自己要说的主题，会更成功地达到目的。

## 苏代巧辩于秦

有一年，齐国要进攻宋国。秦昭王怒气冲冲地质问齐国：“我对待宋国就像对待朋友一样。你们要攻打我的朋友，这是为什么？”

谋士苏代替齐国向秦王解释说：“齐国进攻宋国，这样做其实还是为了秦国。”

秦王一听，忙问道：“何以见得？”

苏代不慌不忙地说：“如果齐国强大，又有宋国来辅助它，那么楚国和魏国一定害怕，害怕就一定会向西归顺秦国。如此一来，大王可以不费一兵一卒，就轻而易举地夺取魏国的都城安邑。这就是齐国为大王所祈求的呀！”

秦王虽觉得有理，还是有所顾虑：“齐国捉摸不透，一会儿合纵，一会儿连横，你做何解释？”

苏代回答说：“天下各国的命令齐国怎么可能全知道呢？齐国去攻占宋国，是因为它知道侍奉秦国需要用万乘之国的力量来装备自己；如果不向西侍奉秦国，宋地就不得安宁。中原各国老奸巨猾的游说之士为什么都绞尽脑汁来离间齐、秦联盟呢？现在向西去的车队中没一个人说齐国的好话，向东去的车队中也没一个人说秦国的好话。原因何在？就是因为他们都不想让齐、秦联合。为什么晋、楚如此聪明，齐、秦却变得愚蠢起来了？晋、楚联合必定商议破齐、秦联合，齐、秦联合则必定要打晋、楚的主意，请大王按照这个原则谨慎思量一下吧。”

秦王觉得苏代的话的确有理。得到秦的首肯之后，齐国便进攻宋国。宋军大败，宋王逃亡，死在温地。于是泗水一带的诸侯和邹、鲁等国的君主都纷纷向齐国称臣，其他诸侯也都十分畏惧齐国。

**【悟在当下】巧言相劝，攻心为上**

苏代用的是攻心为上的策略。他并不直接说此事对齐国有何好处，而是首先指出齐国其实是为秦国的利益着想。这使本来怒气冲冲的秦王一下有了兴趣。当苏代向他陈述了利害关系之后，秦王为自己的利益考虑，便同意了齐国的请求。齐国以此顺利扫除称霸的障碍，一步步地实现自己的雄心壮志。

在说服别人时应站在对方角度陈述利害关系，使对方意识到对他也同样有利，这样就比较容易达到目的。

## 齐貌辨感动宣王

齐貌辨是齐国的游说之士，投奔了齐国的靖郭君田婴，做了他的门客。田婴非常欣赏齐貌辨的才干，以上等宾客的礼仪待他，给他住上等的房子，还让大儿子拜他为师，经常与他同桌吃饭，同他亲密交谈。齐貌辨性情豪放，说话做事常常不拘小节，因此得罪了不少门客。一位名叫士尉的门客，就曾多次向田婴告发齐貌辨的过错，但田婴不以为意，并不加以追究。

田婴的儿子田文（即后来著名的孟尝君）也曾私下对父亲谈起齐貌辨的为人，劝父亲不要太看重他，以免被众门客议论。田婴听后非常生气，他说：“谁再敢败坏我家的名声，再说齐貌辨的坏话，就请他离开我家，不用再狡辩。”并且对齐貌辨更加尊重了。

过了几年，齐国的国君齐威王去世了，齐宣王得以继位。田婴因为与齐宣王的关系不融洽，就辞去了相国的职位，去封地薛城。临走的时候，大部分门客都不辞而别了，只有齐貌辨跟随田婴来到薛城。

在薛城住了不多久，忽然齐貌辨也来辞行。田婴便问："先生离开我，准备到哪里去呢？"

"我准备去都城临淄，去见齐王。"齐貌辨回答道。

"先生还是不去的好。大王与我有些隔阂，先生又是我的门客，我恐怕先生此去凶多吉少啊。"田婴劝说道。

齐貌辨果断地说："我本来就不怕死，请君侯允许我前往。"说完拜了拜就走了，根本不在意田婴进一步劝说的意思。

齐貌辨果然来到临淄，请求晋见齐宣王。齐宣王早就听说齐貌辨是田婴跟前的红人，听说他来求见很不高兴，但也想听听他准备说些什么，好寻找机会杀掉他。

齐貌辨进宫，对齐王行礼已毕。齐王便说："先生是田婴的座上客，田婴对先生恩宠有加，言听计从啊。"齐貌辨恭敬地说："大王只知其一，不知其二。田婴对我有恩是众所周知，可他对我所说的话并不是言听计从啊。"

齐宣王一听，顿时怒气消了一半，又问："先生何出此言，可有实例吗？"

"想当初，在大王还是太子的时候，我曾经对田婴议论过您的相貌，说您耳后见腮，这是不仁之相，日后必定会背叛齐国，不如将您废了，另外立卫姬的儿子郊师做太子。田婴当时没有听从我的意见，并哭着对我说，他不忍心这么做，因为他和您是亲兄弟啊！当初田婴如果听了我的意见，也不至于落得今天如此境地。这是第一件实例。再就是，田婴躲避到薛城后，楚国的大将昭阳君派人告诉田婴，如果他将薛城送给楚国，楚国愿意封给田婴比薛城大十倍的土地。我劝田婴听从昭阳君的意见，可田婴又一次拒绝我的劝告，说薛城是先王封给他的，即使他现在得罪了今天的齐王，也不会这么做。再说先王的宗庙在薛城，他怎么能将先王的宗庙拱手送给楚国呢？这是第二件实例。"

齐宣王听到这里已经被深深地感动了，脸上现出惭愧的表情，叹息道："田婴对我竟是如此的一心一意，是我年少不懂事，错怪兄弟了。现在我诚心诚意地请先生为我请回田婴吧。”

**【悟在当下】运用强烈的对比法**

运用语言是为达到自己的最终目的服务，如果在特定的环境下能隐瞒自己的真实意图，引诱对方进入自己的思维模式，会起到出其不意的效果。文中齐貌辨不顾自己的性命，把自己完全放在齐宣王的对立面，通过自己对齐宣王不利的观念来反衬田婴对齐宣王的忠义，取得很好的效果。反之，如果从正面劝说，则很难消除齐宣王先入为主的观念，很难分清自己与田婴的立场，也就失去了说客的身份。以自己转移齐宣王对田婴的猜忌，吸引齐宣王的注意力，是齐貌辨成功的关键。

运用此语言技巧具有一定的风险，如果劝说不成功，会把自己置身于极为危险困难的境地，在现实中宜慎重用之。

## 翟璜忠言顺耳谏文侯

“战国七雄”之一的魏国，开国君主魏文侯派大将乐羊讨伐小国中山，不久便攻占了中山国。魏文侯决定将中山之地分封给自己的儿子，并向大臣们说出了自己的决定。他有些得意地问群臣：“众爱卿，你们看朕是怎样的君主？”心中暗想，这些大臣们还不得夸我是个仁君哪。果然，大殿之上只听得一片“大王是仁义的君主”的颂扬声。魏文侯听了，心里有说不出的高兴。

不料，就在这一片赞扬声中，大臣任座却站了出来，说：“大王，您得到了中山，为何不分封给您弟弟，却要分封给您的儿子呢？这样还怎么能说是仁义的君主呢？”

魏文侯一听此话，火冒三丈，心想：朕今天难得如此高兴，就是有这样忤逆自己、不识好歹的人来扫兴。任座见魏文侯发怒，本想劝谏的长篇大论也不好说出口，只好先告退。

魏文侯心想，任座居然敢唱反调，那其他人异口同声的颂扬又是否完全出于真心呢？于是，他又问大臣翟璜："翟爱卿，你说我到底是怎样的君主？"

翟璜暗想魏文侯听不进逆耳之言，我只能说顺耳之言，免得他大怒，局面不可收拾，便回答说："依微臣看，大王是仁义之君。"

果真魏文侯听了乐滋滋的，并问："翟爱卿，不妨说说朕为什么是仁义之君？"

翟璜回答说："大王，微臣听说有这么一句话：'凡是君王仁义，下臣就耿直。'刚才任座敢于直言不讳地批评大王，岂不正说明大王是仁义之君吗？"

魏文侯听了，心里愈发高兴，并从话中领悟到翟璜所说的道理对治理魏国大为有利，既然我是仁义之君，那么下臣耿直是理所当然的。于是请回任座，以礼相待。

**【悟在当下】"忠言顺耳"亦利于行**

虽说"忠言逆耳利于行"，有时"忠言顺耳"更利于行。在这个故事中，翟璜所采用的方法就是"忠言顺耳"，因为他既肯定了魏文侯是"仁义之君"，又讲出了"君王仁义，下臣耿直"的道理，让魏文侯在高兴中去反思任座的"忠言逆耳"，以便认识和改正他的错误做法。翟璜的巧妙在于通过表扬、称赞的方式，同样起到严厉、尖锐批评的作用。不管是"忠言逆耳"，还是"忠言顺耳"，必须根据不同的对象、不同的情况，恰如其分地使用，切不可生搬硬套。

我们在劝说别人的时候也应该像翟璜一样，用比较平和的方式和语言来达到目的，这样既不会伤了和气，更能让别人心服口服。

## 宫他教周躁

战国时代，有一位名叫周躁的游说之士，想谋求一个职位，就请在齐国做官的朋友宫他做自己的推荐人。

周躁来到宫他处，开门见山地和宫他谈开了："听说你受到齐王的信任，那能不能为我做一下介绍？"

宫他想了想，这还在自己的能力范围内，于是就说："这是可以的，但是你想为齐国做些什么呢？"

周躁也就据实以告："我想作为齐国的特使出访魏国。如果齐王给我以支持的话，我将在魏国进行游说工作，使魏国采取亲齐的政策。"

对于周躁的建议，宫他摇头道："这是不行的。'如果给我以支持'这样的说法，不是承认自己在魏国不太吃得开吗？作为齐王，是不会用这样的人的。"

周躁一听，宫他说的不无道理，不禁有些犯愁了："确实如此，那么，应当怎样说呢？"

宫他微微一笑："你对齐王应当充满自信地说：'您对魏国有什么期望吗？我将倾魏国之力以满足您的心愿。'如果这样的话，齐王将认为你是在魏国有影响的人，必然会礼遇你。你再以此为背景前往魏国，魏国国君就会认为你在齐国广有权势，所以也绝不会怠慢你。这样你无论是在齐国还是在魏国，都会混得很好，大有前途啊。"

周躁听了甘拜下风，觉得宫他能在齐国做这么大的官还是有他的道理的。

**【悟在当下】相信自己，别人才能相信你**

不得不说，宫他实在是一个已经将人的心理揣测到极致的人。同样的意思，被他换个说话的方式，立刻成了一柄双刃剑，既能说服齐王，又对魏王有威慑力。"如果给我以支持"这句话说出来带着十足的学生腔，明显的没有什么政治本钱。而宫他充满自信的一句"您对魏国有什么期望吗？我将倾魏国之力以满足您的心愿。"则会让齐王感觉到说话人有十足的政治本钱，当然会另眼相看。

当我们求职或是想要达到某种目的的时候，不要因为对对方有所求就贬低自己的身价，有时候充满自信别人反而会更加信任你。

# 邹忌妙答隐语化敌为友

战国时期齐国邹忌，能言善辩，举止潇洒，还能弹得一手好琴，齐威王非常欣赏他。

有一天，齐威王闲暇无事，正在室内弹琴。邹忌悄悄地推门进来，听齐威王弹罢一曲，便大声称赞道："大王的琴弹得真好啊！"

齐威王听了有些不高兴，说："你都没仔细听我弹琴的琴音，又没有看我弹琴的指法，怎么就胡乱奉承我弹得好呢？"

邹忌笑了笑，说："其实音乐不仅能陶冶人的情操，而且蕴含着治理国家、安定人民的道理啊！"

齐威王不解地问："如果要谈五音的道理，相信没有人能超过先生，但治理国家跟弹琴奏乐有什么关系呢？"

邹忌慢慢解释道："大弦急弹时如春风般温和，这象征国君；小弦声音明辨而清晰，这象征国相；手把琴弦抓得很紧而又轻轻地放开，这象征政令；和谐的声音，大小相辅相成，曲折而不互相干扰，这象征四季；声音往复而不乱，象征政治安定；声音连续而不断，这象征国运长久。所以说，能够弹一手好琴，天下就能安定。治理国家、安定人民，没有比五音的道理比喻得更贴切的了。"

齐威王听了连称"妙极了"。齐威王逐渐发现邹忌不仅是一名高明的琴师，而且是一个懂得理政安民的贤良之才，三个月后，齐威王任用他为齐国的国相。

邹忌任相国的消息，很快传到了齐国稷门学宫的一班文人学士的耳朵里。原来在齐国都城临淄的稷门聚集了一些从各国来的能言善辩的饱学之士，或者议论政策得失，或者讲学著书，其中有一位名为淳于髡的尤其著名。

这天，淳于髡带着随从，登门拜访邹忌，想测试一下邹忌的才能。他一边摆出一副目空一切的样子，一边却在口头上谦逊地说："先生博学多才，在下淳于髡有些愚笨的问题想请教一下。"

邹忌谦恭有礼，忙回答说："谨听先生教诲。"

"做臣子的侍奉国君，能周到完备就能成功，不周到完备就会败亡，怎么办？”淳于髡问。

“我愿意接受您的意见，请您不要离开我，我们一同侍奉齐王。”邹忌答道。

“用猪油抹在棘木的车轴上，是为使它运转灵活，但若是车轴穿孔是方的，仍旧没法运转，怎么办呢？”

“谨受您的教诲，请让我随侍齐王左右。”

“用胶把弓的杆粘牢是为了把它们粘合在一起，但是胶并不能使所有的缝隙完全弥合，怎么办？”

“接受您的指教，请让我办事符合万民的需要。”

“狐狸皮的袍子虽然破了，但是不能用黄狗的皮来补，这该怎么办？”

“接受您的教导，我一定谨慎地选择君子来与我共议朝政，决不使小人夹杂在其中。”

“如果大车不用同样大小的轮子，就不能载重，琴瑟不调和好音，就不能奏出五音俱全的曲子，这又怎么办？”

“谨受您的教诲，我将会谨慎地修订法令，监督并且纠正贪官和奸臣的不法行为。”

邹忌面对淳于髡的问题毫不犹豫，对答如流。淳于髡说完后，急忙告辞，跑出邹忌的家门。随从们不解其意，淳于髡说：“这人了不起啊，我用隐语向他发问五次，他竟然对答如流，不久之后，一定会受到封侯一样荣耀的赏赐。”

后来果然不出淳于髡所料，第二年，齐威王便封邹忌为成侯。淳于髡也答应了邹忌的请求，共同辅佐齐威王，齐国的国势日渐强盛起来。

**【悟在当下】巧用隐语表明立场**

使用隐语正是使用语言的艺术！隐语往往是通过比喻的方法表达自己的观点，却又不直接点明。邹忌正是用隐语、比喻说明了治国安民的道理。

淳于髡也善用比喻，他用隐语先后提出了五个问题，邹忌都能对答如流，并借此申明了自己的主张。

现实生活中恰当使用隐语能为自己的语言增色不少，但应注意听众对象，应避免听众误解或迷惑。

# 庄辛连设四喻服襄王

战国末期，楚怀王被张仪骗到秦国，被秦国扣留，最终死在了秦国。怀王的儿子即位，史称楚顷襄王。顷襄王即位时，楚国国势已经日益衰弱。他不仅不励精图治，富国强兵，为父报仇，反而贪图享乐，不理朝政。

楚国有一位老臣名叫庄辛，是楚庄王的后人。他看到这种情况，很是为楚国的前途担忧，便直言不讳地向顷襄王劝谏说："大王的左右侍奉着周侯和夏侯，后边跟着郡陵君和寿陵君，整日花天酒地、吃喝玩乐，不理朝政，楚国已面临大难。"

顷襄王听了很不高兴，说："先生是越老越糊涂了，您是把我看成楚国的不祥之君了？"

庄辛解释说："臣确实看到了危险。如果大王始终宠爱这四个人不改，那么楚国一定会危在旦夕，请大王允许我躲到赵国去吧。"

庄辛离开楚国。不久，秦国大将白起果然率兵攻占了楚国的鄂、巫、上蔡、陈等地区。楚顷襄王这时才后悔不听庄辛的劝告，便派人到赵国去请回庄辛。顷襄王见到庄辛后，先道歉说："当初我没有听先生的话，很是后悔，先生看现在怎么办才好？"

庄辛说："我听说'亡羊补牢，犹未晚也'。从前，商汤王、周武王只占有方圆百里的地方，而能逐渐兴盛起来，最终得了天下；夏桀王、殷纣王虽然拥有天下，却最终丧失了王位。如今楚国虽然残破，方圆还有千里，还是有希望的。"接着他又说道："大王难道没见过蜻蜓吗？它有六只脚、两双翅膀，能在空中飞翔，向下可捕捉蚊虫吃，向上可承接露水喝。它自以为同别人没有什么争端，因而没有什么祸患。可它哪里想到正有个儿童将甜糖涂在丝线上，把丝线扣系在竹竿上，举到空中，对准蜻蜓下手。儿童想把它粘住，给蚂蚁做食物呢！蜻蜓还是小东西，那黄雀也是如此。黄雀能飞到地上啄食米粒，飞上大树上栖息，它常常拍打着翅膀，无忧无虑地飞翔，自以为没有什么灾难。可它哪里知道，有些公子王孙们正左手摸着弹弓，右手拿着弹子，瞄准它的脖子，一下把弹子射到它的身上。一刹那，那黄雀就落到公子王孙们的手里。它白天还在茂密的森林里飞翔，晚上就被调上作料，成为人口中的佳肴了。黄雀还是小东西，天鹅也是这样的。天鹅在高空中自由自在地飞翔，它自以为与人没有什么争端，不会有什么灾难。可它哪里会料到，那些射猎的人，正握着角弓，按上带丝线的箭，一箭射到高空那天鹅的身上。它白天还在大江大河的上空飞翔，晚上就被人放到锅里烹煮了。天鹅的事还是小事，蔡国的灵侯也是如此啊！他驱车游览南边的高丘、北边的巫山，拥抱着年轻貌美的妃子，只顾游山玩水，却不拿国家大事当回事。可他哪里料到，楚国大夫子发已接受了楚灵王的命令，率领军队攻入蔡国，将他活捉，绑着去见楚王呢？蔡灵侯的事是小事，大王的事情也是如此啊！陪伴身边的周侯、夏侯、郡陵君和寿陵君，耗费着国家大量的钱财，只顾在云梦泽中游山玩水，却不理朝政。大王哪里料到秦王已命令大将白起进军楚国，要把大王赶出都城呢？”

顷襄王听到这里，脸也变了颜色，这才意识到问题的严重性。

从此，顷襄王一改以前的作为，任用庄辛为辅佐大臣。庄辛为顷襄王出谋划策，对付秦国，终于收复了失去的15座城池。庄辛也被顷襄王授予了楚国最高的爵位，封为阳陵君。

**【悟在当下】层层递进，由小到大**

适应说话的环境是庄辛说顷襄王的一个特色。当顷襄王沉溺于玩乐时，他直言不讳地指出楚国已经危在旦夕，是向顷襄王敲响警钟，以促使顷襄王猛醒。当楚国蒙难，顷襄王情绪低落时，庄辛先使用俗语说明为时不晚，以唤起顷襄王振兴国家的决心。然后使用比喻论证法，由蜻蜓、黄雀到天鹅，从蔡灵侯说到顷襄王，由小到大，由物及人，层层递进，反复论证了贪图享乐、不居安思危，必然导致灾难降临的道理。

从中我们可以体会到层层递进、由小到大的威力；由比喻到类比，使人从感情上和道理上不得不心服口服。

# 公孙龙妙计献赵王

战国时，秦国和赵国订立盟约，盟约中规定："秦国和赵国结为友好盟国，从此以后，秦国要做什么，赵国就要帮忙；赵国要做什么，秦国也要帮忙。"

不久，秦国开始兴兵攻打魏国，秦国大军眼看就要逼近。魏国急忙派人到赵国求援，因为赵和魏是邻邦，关系非常好，赵国听到这个消息，便打算去救援魏国。

秦王知道后很不高兴，派人到赵国去，当面责备赵王说："我们两国的盟约规定，秦国要做什么，赵国要帮助我们。可是现在我们攻打魏国，赵国不但不帮助，反而要去援助魏国，这可是违背盟约的事情，你们怎么能这么不守信用呢？如果这样下去，不知道我们两国以后如何相处。"

赵王听了感到很为难，如果帮助秦国，便伤了和邻邦魏国的和气，不帮助秦国又违背了盟约，不仅背上不好的名声，而且会得罪强大的秦国。于是，便找来平原君商议对策，平原君一时也想不出好主意，便去找当时著名的雄辩家公孙龙。

公孙龙

公孙龙听平原君讲完情况，很快便说："这并没有什么困难的，赵国也可以派人去责备秦国，就说：'盟约中规定，赵国做什么，秦国也要来帮助。现在赵国想去救援魏国，按盟约秦国应该帮助才对，可是秦国不但不帮助，反而攻打魏国，这也是违背盟约的啊。'"平原君听后忽然眼前一亮，对呀，订立盟约的双方是平等的，秦国要求赵国帮助，赵国也可以提出同样的要求啊，这样不但在道义上不理亏，而且还能让秦国无可奈何地接受，保全魏国。

赵王依计而行，派使者到秦国去责问秦王，秦王听了果然无话可说，只好撤兵。

**【悟在当下】换位思考，巧妙说服**

赵国遇到两难的局面，束手无策，公孙龙简单地换了一个角度看问题，立即反客为主，变被动为主动，成功地阻止了一场一触即发的战争，而且使赵国在道义上不理亏。

订立盟约的双方享受相同的权利，承担相同的义务，秦国只利用了对自己有利的条款去责备赵国，而赵国也被秦国这种先声夺人的气势误导了，按照对方的思路考虑这个问题，无论如何也想不出反驳的办法。公孙龙巧妙地站在赵国的角度，利用盟约中相同的条款责备秦国，达到了一言以夺势、以定局的目的。

我们在现实生活中处理事情也要善于换位思考，当事情进入僵局或者对己不利的境地时，不妨换个角度来考虑，往往会取得意想不到的结果。

## 蔺相如针锋相对赴渑池

战国时，秦昭王依仗自己国家强大，想要花招侮辱赵国。他向赵惠文王发出邀请，说要在渑池会面。赵惠文王担心被秦王扣押，不敢接受邀请。大臣廉颇和蔺相如都认为，如果不去，只会长秦国的志气而灭赵国威风，在诸侯面前丢脸。为此，他们做了部署：由廉颇留守国都邯郸，一旦发生意外，立即立太子为国君；由平原君率兵数万驻扎在渑池附近，一旦有变，可以接应；由大将李牧带领五千精兵护送赵王前往渑池，由蔺相如陪同赵王前往。

到了渑池，秦王和赵王一起饮酒。酒兴正酣时，秦王忽然想出了个主意，想以此来侮辱赵王，他说："来呀，把瑟拿来。我听说赵王很爱好音乐，请为我演奏一段吧。"赵王不得已，便弹奏了一段。这时，秦王让史官记下了这件事，说："某年某月某日，赵王为秦王鼓瑟。"

蔺相如一听，立即拿起一个瓦罐到秦王面前，说："赵王也听说大王您很擅长秦国的乐器，现在就请大王击打一下瓦罐助兴吧！"秦王非常生气，拒绝击罐。蔺相如举起瓦罐上前几步，厉声说："五步之内，我可以把血溅到大王身上！”秦王的卫兵想上前杀死蔺相如，但蔺相如离秦王咫尺之遥，又怒目圆睁，卫兵被吓退了。秦王一看这情形，便很不情愿地敲了一下瓦罐。蔺相如立即回过头，叫来赵国的史官也记上一笔，说：“某年某月某日，秦王为赵王击罐。”

秦国的大臣对此很不满意，为了使秦国占上风，便有秦国大臣起来提议说：“请赵王割让十五座城池为秦王祝酒！”蔺相如反应极快，立即站起来说：“请秦王割让出秦国都城咸阳为赵王祝酒！”

秦王知道赵国对这次会面有所准备，也知道赵国的大军就在附近，便喝退了群臣，继续同赵王客客气气地饮酒。

秦王在这次渑池之会中不但没有占到上风，而且还同赵王签订了双方互不侵犯的和约。此后，秦国许多年都不敢侵犯赵国。

**【悟在当下】以其人之道，还治其人之身**

在渑池会上，蔺相如与秦王进行了针锋相对的斗争，以其人之道还治其人之身，甚至不惜以暴力作为威胁，战胜了强秦的威逼凌辱，维护了赵国的尊严。

无论在日常生活中还是在外交场合，当我们受到无理的挑衅与羞辱时，也应该像蔺相如一样，不畏强权，反应迅速，针锋相对，为维护我们的尊严而斗争。

## 李斯妙谏当宰相

战国时，秦国一直比较开放，他们连续几代注意招纳客卿，在用人上从不排外。于是很多人才都流向秦国，这些人才对秦国的日益富强起了很大的作用。但是到了秦王嬴政时，由于发现了来自韩国的间谍——郑国，秦国宗室大臣上书秦王嬴政驱逐来自其他国家的客卿。秦王嬴政依言下了逐客令。

这时，有个名为李斯的客卿，他在被驱逐的途中，向秦始皇上书说：“泰山不拒绝一杯一勺的土，才形成了它的高大；沧海不对涓细的河流进行挑拣，才形成了它的广袤；为君王者不拒绝平民百姓，才能形成他的仁义道德。”他还引

李斯

用了历史上著名的事件："从前，秦穆公任用戎狄的由余、宛地的百里奚、宋国的蹇叔、晋国的公孙支和丕豹，才成就了他的霸业。秦孝公用客卿商鞅变法使秦国走向强盛，惠王用客卿张仪破坏六国合纵，昭王用客卿范雎获得远交近攻的计策，这四位国君都是依靠客卿才取得成效，没有这些客卿，君王自己即使想到计策也不会如此迅速有效。今天大王要驱逐他们，他们定会纷纷离开秦国而被别国所用，别国强大相当于秦国的衰弱。人才一旦流走，想让商鞅、百里奚那样的人回来就太难了，而失去这样的人才，对秦国来说，可能比失去土地、金银财宝更加严重，其他的人才听说秦国驱逐客卿，也不会到这里来的。这样，秦国的信誉也差了许多。"

秦王嬴政看了李斯的上书，恍然大悟，意识到客卿对国家强盛起到至关重要的作用，于是立即下令召回被逐的客卿，废除了逐客令，并对他们以礼相待。这样悬崖勒马，阻止了秦国的人才外流。后来，李斯当了秦国的宰相，辅助秦始皇统一六国，为秦始皇统一中国立下了汗马功劳。

**【悟在当下】以史为鉴，有理有据**

与其他谋士的方法不同，李斯采取了引用历史事件的方法来劝说秦王。"以史为鉴"是君王统治国家、安邦定国的重要准则，从历史中可以获得宝贵的经验，李斯正是以此劝说秦始皇要重视人才，再伟大的君王也需要依靠人才的辅佐和帮助才能成就大业，人才外流无异于增加他人的实力。

这个故事给予我们两个重要的启示：首先是要从历史中寻求宝贵的经验，避免前人所犯的错误；其次是要学会利用自己周围的人和事物为自己服务，使他人的优势为我所用是取得成功的重要途径。

# 优旃笑阻秦二世“漆墙御敌”

叱咤风云的秦始皇，开创了一统中国的新局面，建立下无与伦比的丰功伟绩。可是，他的儿子秦二世胡亥却很昏庸无能。

由于连年劳役，百姓苦不堪言，国家危机四伏，秦二世也日益觉得自己的江山不稳。一天，他忽然想出一条防止贼兵攻城的“妙计”，即油漆京城之墙。他觉得涂上油漆的城墙，贼兵往上爬，自然会滑落下来。于是，他把自己的主意当作妙计告诉群臣。

大家听后都面面相觑，一言不发。秦二世胡亥虽然软弱可欺，被赵高玩弄于股掌之上，但他毕竟是皇上，除了赵高之外，其他人还是不敢看轻他的。因此，当他想出一条“漆城御敌”的“妙计”对大家说时，众臣虽然都觉得可笑，但却没人敢当面讥笑，更没有人敢出来阻止。

正在众臣缄默不语之际，侍从优旃从班中抢步而出，乐呵呵地对秦二世说：“好，真是一条妙计！皇上虽然没有让我说话，我自己按捺不住请求发言。皇上漆城御寇的主张虽然耗资大，又要百姓破费，但是，高大而又厚实的城墙，再涂上漆，光滑无比，贼寇攻城，一定会滑落下去，一个也爬不上来。这真是上策。”优旃身为优伶之臣，是专以笑谈博乐为己任的，身份比普通朝臣还要低。

但是胡亥听到有人盛赞他的计策，不论是什么身份的人，他都感到十分得意，扫视了一下群臣，又看了看优旃，鼓励他接着说下去。

优旃于是话锋一转，说道：“只不过，城墙上过油漆就不能让太阳暴晒，需要阴干才行。可是，要让油漆的城墙阴干，那该要造多大的阴室来罩住城墙啊！”

一席话说得群臣掩口而笑，秦二世胡亥也被羞红脸面，低头不语。此后，再不提漆城御敌之事了。

**【悟在当下】先承后转，先扬后抑**

优旃于谈笑间劝谏成功，是运用了一定的策略的，即先承后转。他不直接指出油漆城墙以御敌的荒唐，而是相机行事，表面上对秦二世油漆城墙以御敌的计策进行诠释、颂扬，甚至肯定它是妙计一条，然后指出其自相矛盾的地方，油漆城墙可行，但哪能盖那么大的房子来遮阴保护城墙的油漆呢？指出这虽是妙计但技术上行不通，让秦二世无法反驳。

先承后转，即把对方的话题先承接下来，表示一定程度的赞同，这就能缓解对方的强硬态度，或给对方一个台阶，使他愿意听取下面的陈述和见解。先承后转的方法常在部属向上司进言、游说中采用，效果颇佳。

## 蒯通以狗自喻救己命

汉高祖从讨伐陈豨的军中归来，到达京城，见韩信已被处死，又是高兴又是怜惜，问道：“韩信临死时说了些什么？”

吕后说：“韩信说后悔没有采纳蒯通的计策。”

高祖说：“蒯通？那家伙是齐国的说客。”于是下令捉拿蒯通。

蒯通被抓来后，高祖问：“你教唆过淮阴侯谋反吗？”

蒯通回答说：“是的，我原本教过他。他不采纳我的计策，所以自寻死路，落得如此下场。倘若他采纳我的计策，陛下怎么能够杀掉他呢？”

汉高祖发怒说：“煮死他！”

蒯通说：“我真冤枉啊！”

汉高祖说：“你唆使韩信谋反，有什么冤枉？”

蒯通

蒯通回答说：“当初秦朝的法度败坏，政权解体，崤山以东大乱，英雄豪杰蜂起。秦朝失去了它的地位，天下的英雄豪杰都起来攻打它，那些本领高强、行动迅速的人，谁不想抢先得到它。盗跖的狗对着唐尧狂叫，不是唐尧不仁，只是由于他不是狗的主人。那时，我只知道有韩信，不知道有陛下，况且当时天下磨快武器，拿着利刃，想做陛下所做的事情的人多得很，只不过能力不够罢了，您能够全部煮死他们吗？”

高祖听后叹了口气说：“饶了他吧。”

于是蒯通被赦免了。

【悟在当下】巧言避祸

蒯通在生死关头，能够镇定自若，抓住天下初定时高祖欲笼络人心这一心态来为自己开脱，保住了性命，尤以“跖之狗吠尧”一句最生动有趣，一语双关，既暗指韩信反叛有罪，自己唆使他反叛出于当时的局限，又讨好高祖，说他如帝尧般英明。本意是讨饶但话说得乖巧，蒯通的辩才实在是令人称叹。

战功赫赫的韩信最终没有免除“狡兔死，走狗烹”的命运，这让蒯通明白了见风使舵的重要性。机智的解释不仅保住了自己的性命，而且赢得了高祖的欢心。有时候，语言不仅仅是一种工具，当你熟稔这种工具时，它便成了一种办事技巧、一种生存能力。

## 张释之谏汉文帝

张释之

张释之跟随汉文帝出行，来到上林苑的虎圈。汉文帝看到各种各样的禽兽，于是就询问起上林尉登记各种禽兽册子的情况。汉文帝提了十几个问题，上林尉都没有回答上来，而看管虎圈的啬夫却能很流利地从旁边代替上林尉回答，而且回答得很详细，他想用这种方法来显示自己的才能。汉文帝很欣赏啬夫，便说：“要是官吏都像他这样就好了！上林尉该换上他！”于是命张释之宣布啬夫为上林尉。

但是，张释之待了好久，才上前回答道：“陛下您认为为汉高祖平定天下的绛侯周勃是什么样的一个人呢？”

汉文帝回答道：“他是忠厚的长者啊！”张释之于是又问：“那么为高祖平叛的东阳侯张相如又是什么样的人呢？”汉文帝又说：“他也是个忠厚长者。”

张释之于是说：“可是这两个忠厚长者谈论起事情的时候竟连一句话也说不出。难道就因为如此，我们就要让他们去学习这喋喋不休、伶牙俐齿的啬夫吗！况且秦朝因为任用那些舞文弄墨的书吏，书吏们争着以办事急速和督过苛刻来互相攀比。那样做的弊病是官吏们只顾遵照着上面的意旨行事，却不顾下面的实情。因为这个缘故，秦王听不到自己的过失，一天比一天昏庸，传至二世的时候，天下便土崩瓦解了。如今陛下只是因为啬夫口齿伶俐就越级提拔他，我担心天下人会随风附和，争相浮夸而不讲究实际。这样一来，上行而下效，而下面仿效上面快于影子随形和回响之应声。因此，陛下办什么不办什么，不能不谨慎啊！”

汉文帝思索了片刻，觉得张释之的话很有道理，便回答说：“好！”于是收回了提拔啬夫的成命。

**【悟在当下】循循善诱效果更佳**

张释之在对汉文帝进谏不要提拔啬夫的时候采取了一种循循善诱的方式。在汉文帝当时如此高兴并心意已决地要提拔啬夫的情况下，如果张释之突然提出一种相反的意见来，那么文帝肯定难以接受。

于是，他先用两个说话虽愚笨但是却为国家社稷做出重要贡献的绛侯周勃和东阳侯张相如为例，让文帝自己沉静下来思索，并以此为铺垫进而提出自己的意见，可见是颇费了一番苦心。

所以，在我们劝解别人的时候不要急于求成，那样往往不会达到我们理想的效果。但是，如果能够对对方循循善诱，慢慢地劝导，让他自己慢慢地体会其中的道理，就会达到我们所预期的效果。

# 冯唐借古救魏尚

汉文帝时，魏尚做云中太守。当时，匈奴人时常侵扰边塞，使北方诸郡不得安宁。魏尚任太守后，开始整顿军队，积极抵抗，一时声威大震。

一次，匈奴的一支军队进入云中境内，魏尚便率军迎击，打退了匈奴的入侵。由于疏忽，魏尚在向朝廷报功时，多报了六个首级。汉文帝便认为魏尚冒功，撤销了他的职务，并让官吏依法治罪，大臣们都感到魏尚获罪有些冤枉，但是却无法解救他。

一天，文帝看见了做郎署长的冯唐，问他："你是什么地方人？"冯唐回答说："我是赵人。"文帝一听，便来了兴致，说："以前我听说赵国的将领李齐十分了得，巨鹿大战时，威震敌胆。现在，每当我吃饭的时候都想起他。"冯唐回答说："李齐远不如廉颇、李牧。"原来，赵国在战国时有很多良将，廉颇、李牧是当时十分著名的将军。文帝听后，叹道："可惜，我没有得到廉颇、李牧那样的将才，如果有他们那样的人为将，我就不担忧匈奴人了。"

冯唐见时机已到，忙说："陛下如果得到像廉颇、李牧那样的将才，也不一定会用。"汉文帝十分惊诧地问道："你怎么知道呢？"冯唐回答说："古时候的帝王派遣将领出征，总是说：'大门以内我负责，大门以外，由将军治理。'军队里依功行赏，本来是将军们的事，由他们决定以后再转告朝廷。过去，李牧在赵国做将军，所在地的租税都自己享用了，赵王不责怪他，所以李牧的才智得到了充分发挥，赵国也几乎成为霸主。而当今，魏尚做云中太守，其所在地的租税收入全部用来供养士卒，因此，匈奴惧怕他，不敢接近云中的边塞。而陛下仅仅因为六个首级的误差，便将他下狱治罪，削掉了他的官爵，所以，我才敢说，陛下即使有廉颇、李牧那样的将才，也不能够很好地任用他们。"

汉文帝听了冯唐这些话之后，感触良深。当天，就派冯唐拿着符节到云中赦免魏尚，恢复了他云中太守的职位。

**【悟在当下】顺水推舟，择机而动**

冯唐向皇帝进谏并不直接进入话题，而是随着皇帝的话题说，瞅准时机进行劝说，而且斗胆嘲笑皇帝，引起皇帝的好奇心；然后将魏尚与古代的将才相比，证明了魏尚的过错是多么的微乎其微，建议皇帝用人要不拘一格，顺理成章地说服了皇帝，挽救了魏尚。

当我们打算说明一件事又不知如何开始的时候，不妨先延续对方的话题，准确把握时机，有分寸地进入自己的正题。

## 韩安国巧言劝帝后

韩安国本是梁地成安（今河南民权）人，后迁睢阳（今河南商丘市南），为梁孝王中大夫。汉景帝三年（公元前154年），吴、楚七国叛乱，梁孝王使韩安国和张羽为将，率兵成功地阻止了吴楚联军的西进。

平定吴、楚叛乱后，韩安国作为梁孝王的使者入汉。因为梁孝王是汉景帝的同母弟弟，所以窦太后非常喜欢他，允许梁孝王设置相位，食禄两千石，并且可以自定人选而不必通过朝廷。他出入游戏、仪仗节钺和天子差不多。汉景帝心里很不高兴，因此拒不召见梁使韩安国。太后知道景帝不高兴，也不见韩安国。韩安国没有办法，只好求见景帝的姐姐馆陶公主。

他哭着说："为什么梁王作为人子尽孝，作为人臣尽忠，而太后一点也没有觉察呢？前一段时间，吴、楚等七国叛乱，关中以东都联合向西攻汉，当时只有梁王处境最艰难。梁王考虑到太后、皇上在关中，而诸侯扰攘作乱，深自忧心，说一句话眼泪就要流几行。他跪送臣等六人上前线，抵抗吴、楚叛军。吴、楚军队因此才不敢向西进攻关中。这都是得力于梁王的力量啊。可是，现在太后却因为细小的礼节而责备怨恨梁王。梁王父兄都是帝王，梁王的车旗都是皇帝所赐，他其实是想以此夸耀诸侯，让天下都知道太后、皇上对他的宠爱。但是现在梁王的使者一来就追究责备他，梁王因此很惶恐，日夜流泪，不知道该怎么办。为什么梁王为人子尽孝，为人臣尽忠，而太后和皇上却丝毫不能体谅呢？”

馆陶公主把这些话转告了太后，太后高兴地说：“让我来跟皇上说明情况。”

汉景帝知道这些情况后心情这才放宽了，并且在太后面前请罪说：“我们兄弟之间不能够相互教导，以致让太后担忧。”于是马上召见并厚赏了梁使韩安国。韩安国名声因此大振。

**【悟在当下】声情并茂，以情动人**

韩安国面对景帝和太后的冷遇，以景帝的姐姐馆陶公主为突破口，以情动人，声情并茂地表达了梁王的孝忠之心，并为梁王的过分举动寻找合理的理由，使景帝和太后对梁王的芥蒂彻底消除，最后成功地完成了使命。

当一般的语言策略难以达到目的时，用以情动人的煽情策略将自己置于劣势地位，可以很好地博取对方的同情，取得对方的谅解，将尴尬的处境巧妙转化为对自己有利的处境。

## 刘睦自保

刘睦是东汉明帝刘庄的堂侄，他从小就好学上进，而且，结交了不少的贤人名士，对声色犬马没有一点沉迷和贪恋之心，这样贤明的官员，自然而然地就会受当地人民的爱戴和拥护。

每一年的年底，各个地方的官员、皇亲都要向朝廷朝贺。据说有一年的年底，刘睦派自己手下的一名官员去洛阳朝贺天子。在官员临行之前，刘睦问起这位官员，说：“你到了皇帝那边，如果皇帝问起我的情况，你应该怎样回答？”这位官员诚实地回答说：“您忠孝仁慈，礼贤下士，深得百姓爱戴。我虽然没有什么特殊的才能，但是您这样的功绩，我即便是再如何的不善辞令，也会将您在这边的情况如实的禀告给皇上，以期嘉奖。”

刘睦听后，叹了口气，然后连连摇头，感叹道：“唉，你如果真的这样禀告给皇上的话，那就把我给害了！我要你见了皇帝以后，禁口不提我在这边的真实情况，否则的话，我将会有灭门之灾。你就说我自从承袭王爵以来，整天意志衰退，行动懒散，每天除了在王宫与嫔妃饮酒作乐，就是外出打猎游玩，对正业毫不在意，只有如此，方能自保。”

刘睦之所以故意贬斥自己是有针对性的，因为在当时，宗室中凡是有些志向，或者广交朋友的，都容易受到朝廷的猜忌，疑心他们会形成一股强大的势力，威胁到皇帝统治的稳定，有时候，弄不好就会招来杀身之祸。而刘睦的这番话可谓有的放矢。

**【悟在当下】自贬身价以自保**

刘睦的这有的放矢的一番话，蕴蓄着巨大的智慧，值得我们揣摩和借鉴。在昏聩和多疑的君主面前炫耀自己的才华和智谋无异于引火烧身，而只有表现得沉湎于纸醉金迷、声色犬马之中，贬低自己方才能够保全身家性命，否则就会招致杀身之祸。因为君主觉得臣下对他构成威胁的同时，也就在时刻监视着臣下的一举一动，稍有不慎，臣子便会葬身于莫须有的罪名之中。

中国人的智慧就在于“深藏不露”这四个字上，并不是我们要时刻地隐瞒自己，而是当我们将自己放在别人对立面彰显自己的时候，也就意味着你的一举一动都会牵扯到千百万双眼睛的视线，那个时候我们就不自由了。所以，在为人处世的过程中，有时候在别人面前故意贬低自己，抓住对方的心病，有的放矢地替他排除顾虑，反而会让我们全身而退，从而有着更为宽广的选择空间。

## 鲁肃巧劝孙权联刘抗曹

汉献帝建安十三年，曹操率领大军进攻荆州。

荆州地大物博，人口众多，且是连接中原、巴蜀、东吴、南粤的枢纽，地理位置十分重要，历来为兵家必争之地。刘表死后，他的两个儿子互相争权夺利，军队中的将领也不和睦。寄住在那里的刘备虽胸有大志但不被重用，真是英雄无用武之地。面对曹操大军压境，此时的荆州简直是不堪一击。如果曹操占领了荆州，那么他就可以东伐孙权，西取巴蜀，南攻五岭。这种局面无疑对东吴极其不利，孙权为此忧心忡忡，急忙召开军事会议讨论对付曹操的计策。

面对曹操百万大军，东吴人心惶惶，将领们都劝孙权投降曹操，只有鲁肃一言不发。孙权便问鲁肃有何看法。其实鲁肃想劝孙权抗拒曹操，但又不知孙权的真实意图是什么，于是故意说："曹操确实是一个劲敌，最近他又消灭了袁绍，势力就更强大了，真是兵多将广，英勇无敌。现在，他凭着刚战胜袁绍的威势，攻打混乱的荆州，就像以石击卵一样，荆州一定会被他占领。这不过时间早晚而已。依我看，您不如派兵去帮助他，把家属全都送到曹操的老窝邺城去。如果您不这样去做，那就危在旦夕了！"

鲁肃用的这个激将法，果然立竿见影。孙权认为鲁肃的话不仅与自己的内心想法背道而驰，而且显然是在讽刺挖苦自己，不禁勃然大怒，拔剑要杀鲁肃。鲁肃见状，弄清了孙权的真实意图，便十分坦然地说道："我也是主张抵抗曹操的。现在事情已经到了这等紧急关头，您就不要再优柔寡断了。依我看，刘备是个英雄，目前又寄住于荆州，您何不派兵去帮助他，和他联合起来，共同抵抗曹操呢？您杀死我倒没有什么关系，不过这对您的大事又有什么好处呢？"

孙权听了鲁肃这番话大喜过望，随即派遣周瑜去支援联合刘备，共同抵抗曹操。

### 【悟在当下】巧用激将法

孙权召开军事会议询问群臣的意见，其实只是想试探一下大家的态度。鲁肃巧妙地采用激将法，不仅试探出孙权的真实想法，而且进一步坚定了孙权抵御曹操的信心，激起其斗志，使联刘抗曹的主张被顺利采纳。

有时候，正面劝说的方法反而不如激将法的效果显著，这是因为激将法能更好地使对方明了利害关系，激起对方的自尊心。

# 诸葛亮骂死王朗

《三国演义》中有“武乡侯骂死王朗”的故事。

蜀汉丞相诸葛亮兵出祁山北伐，魏主曹叡派大将军曹真迎战。战前，军师王朗对曹真夸口说：“来日阵前，老夫只需用一席话，保证那诸葛亮拱手来降。”

当时两方军队在祁山下，排列成阵势，三通战鼓以后，军师王朗骑马从阵中跑出，魏兵大叫：“请对阵主将答话！”

只见蜀兵战旗分开，从中推出一辆四轮车，车上端坐一人，羽扇纶巾，正是丞相诸葛亮。

王朗拍马走近，拱手施礼，说：“久闻先生大名，今日有幸相会。先生既知天命，识时务，为何缘故兴无名之师？”

诸葛亮答道：“我奉皇帝诏命讨伐叛贼，怎么会师出无名呢？”

王朗说道：“上天有变数，祭祀上天的皇帝也有变化，皇位应该属于有道德的人，这是必然的规律。自从汉桓帝、汉灵帝以来，天下大乱，黄巾军起义纵横中原，袁术在寿春建国号，袁绍在邺城称王，刘表占据荆州，吕布想吞并天下，国家危机，百姓遭难。是我太祖武皇帝曹操扫平天下，席卷全国，八方百姓一心归顺，并非依仗权势取得，实在是上天的眷顾。魏文帝有文武全才，效法舜受禅于尧，取代汉献帝继承皇位，这难道不是上合天意、下顺民心吗？今先生有才学、怀大志，常自比管仲、乐毅，为何不仿效伊尹、周公，反而故意逆天理、背人情而行事呢？难道你没听说过：顺天者昌，逆天者亡吗？如今我魏国大军百万，良将三千，你们腐草的荧光，怎赶得上当空的明月？先生如今可以倒戈卸甲，以礼来降，还可以得到封侯的地位。这样就会国家安定，百姓免遭战乱，这难道不好吗？”

阵前魏国的士兵听了，纷纷大声叫好。

只见诸葛亮在车上哈哈大笑，他说：“我以为汉朝的老臣一定会有高超的见解，谁料到竟说出这样无耻的话来！我有一句话，请诸位听清：汉朝自从桓帝、灵帝开始衰弱，国家连年战乱，又遭旱、涝天灾。董卓、郭汜在朝廷作乱，贼寇在四方残害百姓，汉朝皇帝被劫持、逃难，无辜百姓被杀戮，弃尸荒野。这都是因为朝廷之上，狼心狗肺之辈，纷纷当道；奴颜婢膝之徒，竞相掌权。我了解你王朗的来历，你祖居东海边，举孝廉做官。本应该辅助朝廷，治国兴邦，你却帮助盗贼篡位，助纣为虐！大逆不道，不忠不孝。你的罪恶深重，天理不容！全国百姓恨不得吃你的肉！今天幸好我在，辅佐刘皇叔，在西川继承汉朝统治，是天意不绝我大汉王朝！我奉皇帝诏命讨伐叛贼，率领正义之师。你本是一个善于阿谀奉承的大奸贼，只配缩头藏身，苟延残喘，混碗饭吃，还竟敢在两军阵前大谈什么上天规律？你这白毛老贼，杂毛匹夫马上要死！归到九泉之下，我看你还有什么脸面去见地下的二十四位汉朝皇帝呢？”

谁知，诸葛亮话音刚落，那王朗听罢，大叫一声，口吐鲜血，一头摔到马下，气绝身亡。

后人有诗赞扬诸葛亮说：“兵马出西秦，雄才敌万人。轻摇三寸舌，骂死老奸臣。”

**【悟在当下】唇枪舌剑，直指要害**

这段演义故事写得可谓绘声绘色。

王朗在论辩开始时，是以天数有变、识时务者为俊杰为论据，阐述汉朝自桓帝、灵帝以来，战乱、灾荒不已，曹操平定战乱，万众归心，曹丕代汉，是天命所归。你诸葛亮既然是有才能的人，就应该投降我魏国，还能得到封侯的官位，目的在于劝说诸葛亮投降。

诸葛亮则以忠孝为论据，驳斥了王朗的天数有变的论据，指出国家连年战乱，是人为的原因造成的。朝廷上奸臣当道，无德无能，以致国家危机，百姓遭难。正像你王朗原是汉朝老臣，本应匡扶汉室，你却投靠曹操，与其一同篡位，助纣为虐，成为不忠不孝的老贼。然后诸葛亮树立了自己的论点，自己正是奉天讨贼，伸张正义，并得出结论：你这乱臣贼子，活着全国人恨不能吃你的肉；死了也没有脸面去见地下汉朝的二十四位皇帝！在这里，诸葛亮不仅彻底驳倒了对方的天命论，而且论证了自己的汉朝衰微人祸论，伸张讨贼正义。最后指出王朗死有余辜——连死去都不会好受。诸葛亮的辩锋如投枪，直刺王朗要害。

# 郑泉智答孙权

公元222年，孙权称帝，建年号为黄武元年。孙权手下有个官员叫郑泉，是个有名的忠义之士，字文渊，陈郡人，性嗜酒，其闲居每曰：“愿得美酒满五百斛船，以四时甘脆置两头，反复没饮之，不亦快乎！”当初郑泉在东吴担任郎中这个官时，经常当众向孙权提意见，有时和孙权争得面红耳赤，弄得孙权下不了台，让孙权极为恼怒，但是因为他对孙权忠心耿耿，所以孙权照样信任他，重用他。

有一次，孙权问郑泉：“你为什么总是喜欢在众人面前那样做？难道你不知道那样做是对我不礼貌、不尊敬吗？难道你真的不怕触怒龙颜吗？”

郑泉不慌不忙地上前一步，恭恭敬敬地回答道：“我听说，如果国君贤明爱才，那么臣子就会忠贞敢言。现在我们朝廷上下君明臣忠，团结一致，互相没有嫉恨猜疑，因此臣子才能够畅所欲言，而不去顾忌什么忌讳了。这种环境气氛，正是国家兴旺发达的表现，也体现了您的宽宏大量，对臣民恩德如山啊！我其实是依仗您的恩德，才敢触犯龙颜啊！”

还有一次，孙权大摆宴席，款待群臣，郑泉也在座。孙权想吓唬吓唬郑泉，忽然命令人把他押出去，说是要审讯他的罪状。郑泉却非常坦然，一点儿也不害怕，只是临出门时还不断地回头看孙权，好像有所留恋的样子。郑泉刚走出门外，孙权又叫他回来就座，笑着对他说：“你不是说不怕触犯龙颜吗？为什么临出门时又不断地回头看呢？”

郑泉从容不迫地回答说：“我不是害怕，是在留恋您的伟大恩德啊！因为我内心确实没有死亡的忧愁和恐惧，所以当我出门时，根本没有想到其他方面，只是因为感激您，才一再回头，就是想多看您几眼啊！”

孙权听了哈哈大笑，大家也都佩服郑泉的机智巧辩。宴会的气氛又热烈起来，君臣谈笑风生，开怀畅饮。

**【悟在当下】直言不讳更要机智应变**

郑泉敢于进谏，精神可嘉，但也是因为他遇到了一位明主，才能够畅所欲言。郑泉面对孙权的“刁难”，从容应答，既免除了自己的灾祸，又颂扬了孙权的恩德。

这种语言技巧一般适用于下级对上级。敢于直言不讳自然是好事，但若是经常触犯上级的权威就容易招来不必要的麻烦，所以学会像郑泉一样机智应变还是大有裨益的。

# 赵咨不辱使命

曹丕

曹丕称帝之后，便派使者到江东封孙权为吴王，加九锡。吴王孙权接受了魏的爵命，便派使者赵咨入魏。

赵咨见到曹丕以后，曹丕问道：“吴王是什么样的君主？”赵咨回答说：“是聪明仁智雄略之主。”曹丕一听，觉得很不快，都是我的手下诸侯了，怎么还敢如此狂妄，便让赵咨说得详细一些。

赵咨看出了曹丕的不快，却面无惧色，侃侃而谈：“吴王当初选拔鲁肃于庶族寒门，这不是聪吗？选拔吕蒙于行伍，这不是明吗？擒得了乐进却不杀害他，这是仁；取荆州却兵不血刃，这是智；踞有三州，虎视四方，这是雄；屈身于陛下，这是略。”

曹丕一听此言，觉得无隙可乘，但心中怒火还是无处排泄，便随口问道：“吴王很有学问吗？”赵咨依然面色平和：“吴王任贤使能，志存经略，余闲的时候，博览经史，只不过不效法那些迂腐的书生寻章摘句而已。”曹丕还不死心，又问道：“吴可以征伐吗？”

赵咨回答道：“大国有征伐之兵，小国有防御之法。”曹丕紧接着抛出一个棘手的问题：“那么，吴怕不怕魏呢？”曹丕暗想，吴地已是魏国的附庸，怎能不怕我灭了他们。谁知赵咨应声而说：“东吴带甲百万，以江汉为池，何惧之有？”

听了这话，曹丕不禁对赵咨起了英雄惺惺相惜之情，觉得他还真是胆识过人，口齿更是伶俐得让自己没有反驳之力。

曹丕接着问："吴王部下像你这样的人才有多少？”赵咨朗朗一笑："吴王麾下，聪明通达的人八九十位。像我这样的人车载斗量，不可胜数。”曹丕默然。

赵咨与魏王应对半晌，没有半句失语，对答如流，根本就让曹丕抓不到半点把柄。曹丕颇有感触地说："你确实是一个使于四方而不辱君命的人，不投到我的麾下还真是遗憾呢！”

【悟在当下】不卑不亢对付咄咄逼人之人

这个小故事通过赵咨面对曹丕的机智对答，体现了赵咨卓然的外交智慧。作为一个小国使节，赵咨并没有失却本国的尊严，对于魏文帝曹丕的挑衅，他不慌不忙，一一举例，条理分明地挽回了本国君主的尊严，做到了不卑不亢。赵咨有胆有谋，挫败了魏文帝曹丕想要折辱吴国的企图，是一个称职的使节。

其实在现实生活中，当对方咄咄逼人，想用气势压倒你的时候，不卑不亢就是对付对方的最好办法。

## 纪陟善辩受礼遇

一次，吴国的纪陟等人奉命出使魏国。魏国守将王布故意炫耀骑马射箭的本领，然后得意扬扬地问他们："你们吴国的士大夫君子们也能像我这样吗？”纪陟对他的讽刺不屑一顾，极其轻蔑地回答道："你这种本事，不过是普通军人骑士日常练习的功课罢了，所有的士大夫君子们是没有一个人愿意做这类事情的。”王布被纪陟的话抢白得面红耳赤，连半句话也说不出来。

纪陟等人来到魏国都城后，当时已经权倾一时的司马昭别有用心地举行宴会招待他们。同时请来了已经投降了魏国并被封为安乐公的蜀国后主刘禅和匈奴单于作陪。宴会上，司马昭故意命令掌管接待的官员向他们介绍刘禅和单于，借以耀武扬威。面对这种情形，纪陟机智地说："蜀国的君主虽然失去了土地，当了俘虏，可是受到你们国君的优待礼遇，被封为公，其地位就像夏、商、周三代的那些公侯一样，这正是你们实行仁义的一种表现啊！匈奴是边远地区的难以驯服的国家，但你们的国君用安抚的手段使他们来朝拜，这确实是魏国恩德的表现啊！"这些话表面上赞扬了魏国的仁义和恩德，而实际是讽刺和斥责魏国只是一味地耀武扬威、盛气凌人。

司马昭虽然听出了纪陟话中含意，但是又抓不到把柄，也只好忍了。然而他一心想消灭吴国，于是让官员问道："你们东吴的防守设备又能有多少呢？"纪陟看透了司马昭的心思，不愿和他多谈这种国家机密，于是笼统地回答说："我们吴国的防线，从西陵直到江都，共有5000里。"司马昭还不死心，又派人问道："路程这么遥远，你们怎么样才能使防守坚固呢？"纪陟回答道："我国的疆界虽然很长，但是险要的地点也不过数处而已，这就好像人的身体一样，要想不受风寒的侵袭，只要保护好几处地方就可以了。"司马昭见纪陟能言善辩，不屈不挠，不得不改变了态度，很有礼貌地接待吴国使者。

**【悟在当下】从容不迫，应对他人嘲讽**

面对魏国人的层层逼问和嘲讽，纪陟不慌不忙、从容应对，不仅没有向魏国透露任何军事机密，而且使吴国使臣得到了良好的待遇。

我们在现实中遇到他人的冷遇和嘲讽并不少见，因此学会能言善辩让对方因此而尊重你是提高个人地位和价值的重要途径。

## 王僧虔妙言避祸

南齐的王僧虔，是晋代大书法家王羲之的四世孙，他的楷书继承祖法又有所创新，造诣极深，南齐朝内很多大臣和诗书之家都以挂他的墨宝为荣。

王僧虔又乐善好施，有穷人过不了日子找上门来，他就让人买来白扇，龙飞凤舞地题上几笔，让穷人捧了去卖个好价钱。大家都议论着，王僧虔的楷书不次于王羲之，乃当今天下第一！

哪知这话传出去之后，有一个人偏偏不服气。原来齐太祖萧道成闲来也爱涂鸦几笔，水平还算入流，可要跟王僧虔比，可就差一大截了。

这一天，齐太祖心血来潮，想与王僧虔一比高下，拿下这个“天下第一”的名号。于是，下了一道圣旨，传王僧虔进御花园。齐太祖捋着胡须冲王僧虔一笑，看着前方的亭子，大声说道：“王僧虔，朕听说你的书法被称为当今天下第一，特约你来比试一下。你抬头看此亭匾额，上书‘梅亭’二字。想当初你的先祖王羲之在兰亭写下一序，天下闻名，千古流芳啊。希望爱卿今朝在梅亭能梅开二度！”

王僧虔心里很不是滋味，心想这不是明显故意以梅对兰，侮辱先人吗？但是，他又不敢发作。在众大臣的凑热闹声中，君臣二人饱蘸浓墨，屏息敛气，开始显露各自的书法技能。不一会儿两个人都已写好。

齐太祖将头一扬，双目盯住王僧虔，笑着说：“你说你我二人，谁第一，谁第二？”

王僧虔心里七上八下的，又矛盾又害怕，他告诉自己：既不能随便压低自己，辱没先祖美名，又不能得罪皇帝，弄不好可是性命难保啊。为了镇定心情，他装作再慢慢细赏两幅墨迹未干的楷书，心中暗暗发急。突然，他的眉头舒展开来，抬起头，恭敬而又大方地对太祖说：“臣的书法，为大臣行列中的第一；陛下的书法嘛，当称皇帝中的第一！”

齐太祖听罢，先怔了一怔，尔后无可奈何地哈哈大笑起来，群臣也被王僧虔的说法逗乐了，心里暗暗佩服他语言的巧妙。

**【悟在当下】避其锋芒，沉稳应战**

王僧虔急中生智，把皇帝和他自己分属两个群体中，简简单单地化解了这场冲突，既没有随便贬低自己，保全了先祖的美名，又顾全了皇帝的面子，满足了他的虚荣心，从而也保全了自己。

在尖锐的对话中，避其锋芒，沉稳地换个角度应付对方的挑战，既可以保全自己，又可以避免折损对方。在与人交谈面临困境之时，尤其当对方是上级或者长辈的时候，这种方法很值得借鉴。

## “放我回家”

隋文帝时，有个善于说笑话的人叫侯白。他讲的笑话不但好听，而且往往蕴涵着一些人生道理，大家都爱听他的笑话。就连宰相越国公杨素也最喜欢听他说笑话。这天，他应邀给杨素说了许多笑话，杨素听得兴起，也就忘了时间，等到侯白离开杨府时已是傍晚。谁知道刚一出府，又碰上了杨素的儿子杨玄感。这位公子和他爹一样，也非常喜欢侯白说的笑话，这次遇到侯白说什么也不肯放他回家，非要听他讲笑话。无可奈何，侯白只得站在路边给任性的杨公子讲起了笑话。

侯白说：“从前有一只老虎，肚子饿极了，一大早就去野外找食吃。这时它看见地上躺着一只刺猬，老虎以为是块好肉，就想一口吞进肚里。不料，刚一张口，就被刺猬夹住了鼻子，疼痛难忍。老虎不知碰到什么怪物，吓得纵身逃跑，一口气跑回深山老林，又困乏又惊恐，便昏昏睡去了。老虎鼻子上一直带着刺猬，等老虎睡了，刺猬才放开老虎。这一下，不疼了，老虎这才想起自己腹内空空，从昨晚到现在还什么都没吃呢，饿得心发慌，便一跃而起又去找食。没跃出多远，便见到一棵橡树。低头一看，那橡树的果实毛茸茸的，跟小怪物（刺猬）似的，便心有余悸地说：‘今天早上遇见了您父亲，现在又碰上了您。请让一让路，放我回家吧！我肚子里还没食呢。’”

杨玄感听了，不禁一阵脸红，这故事里的橡树果实不正是说他自己吗？这才发现自己缠着侯白讲故事耽搁人家吃晚饭了，真是不够礼貌。他诚恳地向侯白道歉，以后再也没有纠缠过侯白。

**【悟在当下】给对方台阶巧拒绝**

侯白是古代一位很有名的幽默大师，深受当时的人们所喜爱。他的高明之处在于能让那些笑话为他所用。故事中，宰相家权大势大，侯白不可能当面忤逆杨素父子，因此就算是他肚子饿了也还是不能当面回绝杨公子听笑话的要求。但是他巧妙地把自己的意愿编在了故事里，“今天早上遇见了您父亲，现在又碰上了您。请让一让路，放我回家吧！我肚子里还没食呢”。委婉地告知杨公子自己的想法。由于是个笑话，杨公子不能与他计较，但又明白了自己的不近人情，乐得就着这个台阶下，于是皆大欢喜。

拒绝他人是一门艺术，当你想要拒绝别人的要求但又不想伤了大家的和气的时候，就想想侯白吧，开个无伤大雅的玩笑，让彼此在会心一笑中达成共识。

## 明君良臣一席谈

魏征受到唐太宗李世民的重用，引起一些人的妒忌。有人向太宗回报说：“魏征为人臣子，处事待人不注意仪容礼貌，不远避嫌疑，影响很不好。”李世民便派温彦博前往责备魏征，要魏征一定要改掉不修边幅的毛病。

魏征

几天后，魏征拜见李世民，说：“臣听说群臣应该同心同德，如同一体，国家才能兴旺；如果干什么都苛求仪容礼貌，那就说明君臣间仍有隔阂，如此国家兴衰就未可知了。所以陛下责臣，臣不敢遵命。”

李世民连忙说：“我知道对你批评错了。”

魏征说：“这样臣感到很高兴，臣有幸侍奉陛下，但愿陛下能让臣当一个良臣，不要当一个忠臣。”

“忠臣良臣有何区别？”李世民疑惑地说。

魏征说："所谓良臣，就是能够给君主提出许多好的意见，并被君主采纳，因而身得美名，与君主同享荣华富贵。所谓忠臣，虽然能向君主提出许多好的建议，忠心耿耿地规劝君主，但不被君主采纳，到头来，忠臣自身受诛灭，陷君主以极大的罪名，家与国遭到损失，而他却享有忠臣之名。这就是忠臣和良臣的不同之处。"

魏征对于忠臣与良臣的辨析使李世民耳目一新，高兴地说："你讲得真好，那什么是明君，什么是昏君呢？"

魏征说："兼听则明，偏听则暗。"接着举了秦二世和隋炀帝的例子，说明他们灭亡的一个重要原因就是偏听偏信，被奸臣欺骗蒙蔽，死到临头还蒙在鼓里。魏征恳切地说："为君的只有多听意见，广揽博采，才能耳聪目明不至于为奸佞之人所蒙骗。"

李世民说："明君能经常想到自己的短处，因而不断增加自己的智慧，而昏君总是护着自己的短处，因而一天比一天糊涂。我要经常接受你和其他大臣们的劝谏，努力做一个明君。你也要经常大胆提意见，努力做一个良臣！"

百年之后，李世民和魏征果然被看作历史上罕见的明君、良臣而流芳千古。

**【悟在当下】对贤明之人开诚布公**

魏征关于为臣的辩词，体现了他对古往今来为臣子的深刻体悟，指出臣最终的定位还要靠皇帝的态度，委婉地劝谏了太宗要宽容地对待大臣，诚心地接受建议。

在同开放、贤明的人谈话、分析事物的时候，要本着真诚的态度，清晰地讲出自己的深刻认识，往往能收到令人欣慰的效果。

## 李嗣源言激高思继

唐天祐年间，叛臣朱全忠带兵攻打驻守太原的晋王李克用。叛军中有一猛将高思继异常勇猛，且善用飞刀，可百步取人性命，后来被李克用的十三太保李存孝生擒。晋王本打算留他在帐前听用，可他却执意要回山东老家过他的田园生活，改恶从善。

后来李存孝被奸臣所害，朱全忠听说，又发兵来犯，其帐前王彦章不仅勇猛盖世，且智谋过人，晋王将士闻风丧胆。晋王问何人愿意出战，众多将士皆哑然相对，无人请战。晋王十分忧郁，长子李嗣源说道："昔日降将高思继闲居山东郓州，何不请他迎敌？"晋王闻言大喜，遂命李嗣源前往山东求将。

李嗣源

李嗣源来到山东农村，直奔高家庄寻高思继，提起前事，高思继说道："自勇南公存孝擒我，饶了性命，回到老家，与世无争，今已数年，早把兵家争战之事置之身外。今日相见，别谈这些。"李嗣源见高思继已无出山之意，心想"文官言之，武将激之"。对高将军好言相求，难以收效，必须巧用激将之法，激其就范。于是，编出一通谎言，说道："天下王位，各镇诸侯，皆闻将军之名，如雷贯耳，称羡不已。我与王彦章交兵被他赶下阵来，我对王彦章说：'今来赶我，不足为奇。你如是好汉，且暂时停战，我知道山东浑铁枪白马高思继，盖世英杰，有万夫不当之勇，待我请来，与你对敌。'王彦章见我阵前夸耀将军，愤然大叫：'就此停战，待你去请他来，不来便罢，若到我这宝鸡山来，看我不把他剁成肉酱！……'"高思继经此一说，不禁激得心头起火，口中生烟，大叫家丁："快备白龙马来，待我去生擒此贼！"遂披挂上马，辞家出山，往宝鸡山飞驰而去。

高思继和李嗣源快马加鞭，日夜兼程，赶到唐营，不但晋王喜出望外，三军将士亦是异常振奋。第二天，王彦章又来挑战，高思继与王彦章厮杀起来，连斗三百回合，直战到天黑，双方见天色已晚，才鸣金收军。这次是唐军出师以来的第一次打平手，军威大振，个个摩拳擦掌，准备来日再战。

**【悟在当下】水激石则鸣，人激志则宏**

激将有正激和反激之分，二者适用于不同的对象、场合和目的。在军事斗争中多采用反激法。俗话说，“水激石则鸣，人激志则宏”，就是这个道理。这种以激燃自尊火花为目标的语言艺术，往往能在短时间内激出巨大的力量。

## 申渐高笑语减税

五代十国有个吴国，其中书令徐知浩代吴而为南唐的开国皇帝，依然建都金陵。由于国库空虚，便开始征收名目繁多的重税。结果使得许多商人破产，经济萧条，民不聊生，而国库空虚的状况还是没有好转。朝廷的许多官员对此都有看法，可是却无人敢向皇上直谏。

这时，正赶上京都地区大旱，徐知浩在北苑设宴招待群臣，京都大旱始终是他心头的一根刺，于是就心事重重地对大臣们说：“全国各处都下雨，唯独京城不下雨，这是怎么回事啊？”

这可真不好回答。谈气象，谁也不懂；说天意，弄不好又会得罪了皇上。大臣们你看看我，我看看你，谁都不吭声。

这时，做过乐工卖过药的申渐高站起来，微笑着说：“雨不进城，是怕抽税呀！”大臣们都心里一乐，但谁也不敢笑出声来，都为申渐高捏了把汗，惹怒了皇上这脑袋可就保不住了。谁知徐知浩听了之后，却大笑不已，大臣们这才松了口气，跟在徐知浩后面笑了起来。

徐知浩第二天便下令，取消一些税目，降低了一些收税标准。人们终于有了一个休养生息的机会，大家都说这是申渐高讲的笑话的功劳啊。

**【悟在当下】化严肃为轻松**

俗话说，“伴君如伴虎”，皇帝的心意谁都猜不透，而且动不动就砍人头，灭九族。因此大臣都难做，知道皇上做得不对但是不能直接说。文中南唐皇帝徐知浩推行的苛捐杂税使整个国家民不聊生，却也无人敢提。申渐高抓住了劝谏的机会，“雨不进城，是怕抽税呀”一箭双雕，既诙谐地解释了京城大旱的原因，又暗暗点出了赋税繁重的问题。徐知浩烦躁的心情得到了缓解，放松心情后也就能领会到申渐高笑话中暗含的京城赋税高的问题了。

严肃的问题不一定要板着脸解决，在轻松的氛围里更能让人看到问题的实质，更好地解决问题。申渐高教给我们一种说话和解决问题的方式。

## 钱若水谏宋太宗

宋太宗赵光义

宋太宗年间，招讨使李继隆与转运使卢之翰有仇，便想了个主意陷害他。李继隆先向转运司发出公文说：“朝廷准备八月出兵打仗，让转运司筹备粮草，以待军需。”转运司是专门负责给军队供给粮草等物品的部门，接到公文以后急忙派人四处调集粮草。刚刚筹集齐备，李继隆又来文说：“据会占卜的人说，八月出师对国家不利，恐怕不能取胜，十月比较合适，于是改在十月出师。”这样转运司就把筹集到的粮草散发了出去。等转运司手中已经没有粮草了，李继隆就又发文说：“现在得到侦察人员的报告，贼寇已经入侵。我军得马上迎战，粮草等军需物品即刻装车运送。”转运司一时间征集不上来。李继隆即向朝廷奏本，说：“转运司某某失职，军需物资供应不上，贻误了战机。”

宋太宗看了奏折以后大怒，当即命人骑快马取卢之翰等三个转运使的人头来。枢密副使钱若水对太宗说：“陛下还是先查一查，弄清事情的原委再作处理也不晚呀。”太宗正在气头上，听不进大臣的进谏，一甩袖子到后宫去了。宰相吕端和枢密使柴禹锡见此情景也都各自回府了，只有钱若水留在殿上没有走。

太宗吃过饭，气稍微消了点，于是派内侍到殿上看看还有谁在，内侍回来禀报说："有个细瘦的长者还在那站着没走。"太宗知道是钱若水，就出来责问他说："我之所以把你提升为枢密副使，是因为看你为人贤德，办事得力，现在你不能为我办事，还留在这干什么？"钱若水回答说："陛下，假如我遵照您的旨意办事，杀了这三个人，吕、柴二府因为我不查清事情原委就处置人，而拿我问罪，就是问了死罪，我也在所不惜，因为我应当以此报答您对我的重用之恩。李继隆作为皇亲虽然尊贵无比，但陛下根据他的一本奏折，就要同时诛杀三个转运使，您以什么理由向天下人解释呢？明君之举应该是把事实查清楚，如果他们罪当不赦，那时您再下令杀他们，也好诏告天下。"宋太宗才采纳了他的建议，结果避免了一起冤案。

**【悟在当下】易位思考，克敌制胜**

人在思考问题的时候，总是不由自主地从自己的利益出发。那当我们想要说服对方，易位思考就成了克敌制胜的法宝。与三个转运使的性命相比，宋太宗更在乎的是天下人对自己的看法。钱若水讲求进谏技巧，建议得到了采纳。

这种方法我们也可以用到日常生活中去，让话语的力量替我们扫平生活中的矛盾，为人与人之间的沟通架起一座美丽的桥梁。

## 苏轼巧拒求职客

北宋中叶，苏轼在朝廷任翰林学士，他的弟弟苏辙官居参知政事。兄弟二人均是高官，往来求职者很多。

一次，苏府又来了个人，这人与苏辙是故交，三番五次求差遣，苏辙躲着不见。这个人倒是不厌其烦，老往苏府跑。这一天碰见了苏轼，恳求道："还望翰林以一言相助。"

苏轼早就对此人的行为看不惯了，想借机教训他一顿，让他绝了请托的念头。苏轼邀他坐下，说道：“我听到过这样一个故事，你听听是否有趣。传说有一个人穷得无以为生，便去盗墓。凿开第一个墓，只看见一人光着身子坐着，说：‘你没听说过汉朝杨王孙轻财傲世，下葬时连衣服也不穿吗？能有什么东西接济你呢？’这个穷汉又凿开了第二座墓，墓中是个帝王，笑眯眯地说：‘我是汉文帝，早已立下遗诏，墓中不放金玉之物，所有器皿皆陶瓦一类，你要我给什么呢？’穷汉气得没办法，又去找墓，发现有两座墓连在一起，心想必有宝藏，又奋力刨挖，先凿开了左边的墓室，只见一个羸瘦的身影晃了过来，说：‘我是伯夷，你看我面有饥色吧，那是因我饿死于首阳山下；实在对不起，我没办法满足你的需求。’穷汉叹道：‘我费了这么大劲，却一无所获。现在就剩下一座墓室了，或许还有点希望。’正要凿右边的墓室，伯夷劝道：‘我看你还是到别的地方去吧，隔壁那间住的是我兄弟叔齐，恐怕与我的情况差不多。’”

苏轼

苏轼讲完故事，意味深长地笑了起来，那个“故交”也只得赔笑，心中羞愧不已，此后再也不到苏府求职位了。

## 【悟在当下】直拒不如婉拒

苏轼是宋朝的大学士，著名的文学家。与他的闻名一起流传下来的还有他的机智幽默。苏轼是个非常典型的中国古代文人，他高风亮节，因此文中所说的苏辙的“故交”这样喜欢钻营的小人物是他所厌恶的。但是苏轼的教养使得他绝对不会当面指责别人的不是，于是讲了一个故事，把自己的不满与拒绝之意体现了出来。故事中的伯夷与叔齐正是隐喻苏氏兄弟俩，而那个盗墓的穷人就是那个想要从苏家得到好处的“故交”了。故事的讽刺性很强，又避免了正面拒绝的尴尬，苏轼可谓是深谙拒绝艺术的高手。

我们在为人处世的时候也应该学习苏轼，拒绝别人的时候要委婉，要巧妙，很多时候有些事只要做到心知肚明就可以了，不必摊开，让双方都尴尬。

# 虞允文巧言嘲怯帅

公元1161年，宋金采石矶大战，参谋军事虞允文代替主将指挥，击败金军。捷报传来，朝廷上下极其振奋。知枢密院事叶义问在金陵设宴款待卸职回来的虞允文。大家都对虞允文一介书生却能在主将不在的情形下带兵获胜感到鼓舞。席间大家谈笑风生，气氛热烈。

虞允文

酒过数巡，忽然传来警报，原来完颜亮不甘心失败，又改道去了瓜洲。在座的官员们沉默不语。叶义问环顾四周良久，说道："在座的冯校书、洪检详二君虽也在军帐中效力，但却没有上过战场；虞允文威名方起，士卒向往，还是请虞公再为国家建立勋业吧！"说着，斟满一杯酒，递给了虞允文。虞允文见这些人害怕的样子，又好气又好笑，本来，采石矶之战，以参谋军事的身份代行将权，是因主将未到，迫不得已而为之，现在各路兵将已齐，却又让书生擅权代将，岂不贻笑大方？但这是枢密院长官、本战区最高统帅的指示，又不好违抗。虞允文苦笑着饮完酒，起身说道："我去没关系。但突然想起一则故事，不妨说来供大家一乐。从前有个人得了一只鳖，想烹而食之，又怕担当杀生之名，于是就燃火煮了锅开水，在锅沿上横放一根木条，对鳖说：'你要能从这头爬到那头，我就放了你。'鳖知道这是主人设的计，但也只能尽力去爬，费了好大的劲儿，居然爬过去了。主人却说：'你能渡过去，很好，你再渡一遍，让我仔细看看。'"虞允文看着叶义问，又说道："我今日此行，正像刚才说的那只鳖一样。"众人听了皆笑个不停，心里暗暗愧疚。

**【悟在当下】巧喻嘲讽刁难人者**

南宋国力衰弱，与金国开战也是败多胜少，因此宋朝将领普遍都有畏金的心理。虞允文作为一个文臣而取胜，实属侥幸，谁知吓破胆的宋将们却明知形势凶险，还硬推一介书生上战场，其为难程度不吝于让鳖爬木条。虞允文的故事狠狠地讽刺了那些胆小懦弱、推托自己责任的宋将，刻画出了他们强人所难的嘴脸。

现实生活中也有很多这样的人，担当不了自己的责任，只会把自己的事情推托给别人，这样的人是不会有成绩的。

## 赵鼎巧言平众议

南宋初年，懦弱的宋高宗偏安江南，根本无心与金军作战，还准备向金人割地称臣，签订屈辱的和约，以求得暂时的和平。

这天，宋高宗召集群臣，对他们说："金人已经答应，如果我们不再袭击金国军队，便可订立和约，并将皇太后和先帝的棺木送回。"当时抗金形势很好，宋军接连取胜，满朝文武大臣正期待着收复中原的喜讯，一听皇上说要停战议和，还要割地称臣，顿时群情激愤，议论纷纷。张俊先后五次上书，反对议和；岳飞、韩世忠等将领也拒绝休兵；还有的大臣上书说："现在群议汹汹，皆因关心'和'与'战'，陛下应深戒前车之鉴，多听取朝中懂得军事的大臣的意见，共谋长久保邦之计。"

赵鼎

宋高宗见大臣们竟敢违抗旨意，十分生气，想下旨惩治他们。左相赵鼎虽也主战，但见高宗主意已定，为了不使君臣闹僵，保存朝廷中主战派的实力，只好采取疏通的办法。赵鼎对宋高宗说："臣等知道皇上与金人有不共戴天之仇，现在只是迫于形势，为了对亲人尽份孝道，迫不得已才答应讲和。"听他这么一说，高宗的表情稍微缓和。赵鼎见皇上的态度有了变化，马上趁热打铁，说："虽然大家说了一些愤懑的话，但这绝不是不尊敬皇上，相反这是在爱护皇上，希望皇上圣明，不要见怪。"接着又为高宗出谋划策："皇上可下这样一道圣谕，讲明议和其实并不是您的本意，只是因为亲人的缘故才不得不这样做。等到先帝的棺木和皇太后自金国返回以后，若是金人撕毁和约，那么现在是否签约也就无所谓了；若是金人遵守和约，那正是我们希望的，也就不必再恐惧和后悔了。”

宋高宗马上采纳了赵鼎的意见。深明“忠”“孝”二字分量的众大臣只好缄口不语，君臣间的这场矛盾才暂时缓和下来。

**【悟在当下】委曲求全换取最后的胜利**

身为宰相的赵鼎，面对即将发生的君臣冲突，为了避免主和派把持朝政，保存主战派的实力，只好暂时采取委曲求全的策略，力平众议，使皇上找不到借口治罪大臣，也使大臣们提不出更充分的理由责怪皇上，可见其用心良苦。

在工作中，周围的同事有时和上级领导的意见是相抵触的。这时候，灵活机动的人就应该适时调整策略，调解双方矛盾使其不致激化，以暂时的委曲求全换取最后的胜利，既保全了领导的面子，又使同事之间更加和睦。

## 管道升以曲劝夫

元朝初期，有一位著名的女书画家管道升，她很有才情，与她的丈夫赵孟頫几乎齐名。赵孟頫官运亨通，官至翰林院学士承旨。他一朝得志，心里得意，想到同事们哪个不是三妻四妾，只有自己还苦守着一枝花，就想纳妾，但又担心管道升不满，便写了一曲词来试探管道升，看看她对自己纳妾的看法如何。

“我为学士，你做夫人，岂不闻王学士有桃叶桃根，苏学士有朝云暮云，我便多娶几个吴姬越女无过分？你年纪已过四旬，只管占住玉堂春！”

意思是如今我做了学士，你看当年不论是王学士还是苏学士，哪个没有一两个小妾呀，你现在是我的正室夫人，但也年过四旬，韶华老去，而我却正值壮年，纳几个姬妾不过分吧？

管道升看到后，心里一阵凄凉，想：当初可是你说的非我不娶的呀，如今我年华逝去，你就喜新厌旧了。但管道升并不是一个寻常女子，她爱她的丈夫，她也不想和其他女子分享丈夫的爱。为了挽回丈夫的心，她决定用自己的一片深情来打动丈夫。于是她也写了一曲词以表达自己的看法。

“你侬我侬，忒煞情多，情多处，热如火！把一块泥，捻一个你，塑一个我，将咱两个，一齐打破，用水调和，再捻一个你，再塑一个我，我泥中有你，你泥中有我；与你生同一个衾，死同一个椁。”

此曲温柔委婉，把自己和丈夫比成泥人，你中有我，我中有你，这么多年的夫妻情分已经深入骨髓，密不可分了，极为形象地表达了管道升对爱情的忠贞不渝。曲中既没有表现出愤懑怨恨，又没有乞求怜悯，而是用她的一片深情来打动丈夫的心。看了这首曲，赵孟頫深为感动，也想起了夫妻间深厚的情谊，从此便不再提纳妾的事。

**【悟在当下】以柔克刚，以情动人**

管道升是个才女，她很清楚如果自己大吵大闹不允许丈夫纳妾，就算丈夫放弃了纳妾，但心里总是存有芥蒂，夫妻间的感情也不可能回复到原先的甜蜜了。于是她以柔克刚，把自己对丈夫的一片忠贞深情全写在词里，凭借自己的智慧挽回了丈夫的心。

所以说，有些时候以情动人会比以理服人要有用得多，会让人从心底里信服。

## 吴熊光谏嘉庆帝

有一次，清嘉庆帝去盛京（今辽宁省沈阳市）祭拜祖陵，回京时驻跸夷齐庙，召见大臣吴熊光、戴均元及董诰等人，谈论一路上的观感。嘉庆帝说：“有人说通往盛京的道路崎岖不平，沿途没有什么好的景致值得观赏。可是这次巡幸

清仁宗嘉庆

不仅路途平坦，而且沿路风景绝佳，真是人言不可尽信呀！”

不等其他人开口，吴熊光抢先回答说：“皇上这次巡幸，主要是为了目睹太祖、太宗当年创业的遗迹，不忘当年创业的艰难，为子孙后代树立恪守祖制的榜样，只是顺路注意一下沿途的风景罢了！”

过了一会儿，嘉庆对吴熊光说：“朕曾经在南巡时去过苏州，那里的风景真是天下无双。”

吴熊光却说：“皇上在苏州看到的花坛，不过是用采来的花布置好，专供您一人观赏的。苏州城外的虎丘可以称为名胜，实际上只是一座大坟墓。城中的街道都临河而设，河道狭窄，舟船集结，每到午后就臭不可闻，哪里有风景可言？”

嘉庆帝有些不快，问道：“如果真像你所说的那样，父皇（指乾隆皇帝）为什么六次驾临苏州呢？”

吴熊光叩头说：“臣从前陪同皇上谒见太上皇，记得太上皇说过这样的话：‘朕治理天下六十年，没有大的过失，只有六次南巡，是劳民伤财、害多于益的事情。将来皇帝（指嘉庆帝）如果提出南巡，你作为朕之特选大臣，不做谏阻，那就是辜负了朕的期望。’先皇的悔悟之言，犹在耳边，希望皇上牢记在心，谨慎从事。”

吴熊光的话说得太直率，简直就是在教训皇帝，在场的大臣都替他捏了一把汗。然而，嘉庆帝并没有在意，他虽然对吴熊光的话没有公开表示褒贬，但是在他执政期间却很少像他父亲那样兴师动众地组织南巡。

**【悟在当下】转移话题，巧妙应答**

吴熊光批评嘉庆帝却没有受到斥责，除了元老重臣的特殊身份之外，回答得巧妙、得体也是重要的一个原因。在回答皇帝的时候，他灵活地运用了转移话题的方法，话语中既包含着对皇帝的规劝，又反映出吴熊光对朝廷的忠诚。

有时候对别人善意的规劝却不一定得到对方的认可，为什么呢？诚然，忠言逆耳利于行，但逆耳的话说得多了，毕竟会引起对方的反感，所以当一个话题无法继续的时候，不妨换一个角度，殊途同归。

# 洞察篇

既目光敏锐、明辨是非，又观察入微、洞察事理，这就是明察并举。因为目光不敏锐就不能观察入微，更谈不上洞察事理。相反，能够洞察真相，便会自如地处理一切，这样才称得上是精于智谋。

# 沈子高的寓言

春秋时期，楚国太子建因为在众王子的权力斗争中不幸失败，太子之位被其他王子取代。为了防止太子建东山再起，新的太子便秘密派人将建杀死在郑国。太子建被废后，他的家人死的死，逃的逃。建的儿子胜，为了防止新太子斩草除根杀害自己，就跑到吴国隐居起来，表现出一副与世无争的态度。

楚国令尹子西对胜有一定的了解，他认为胜还是个值得一用的人才，于是便想把他召回来，为国效力。大臣沈子高听说了这件事情，便去劝阻子四。沈子高见了子西，问道："听说您想要召回胜，有这回事吗？"于西说："是啊。"沈子高又问："您准备怎么用他呢?"子西又答道："我听说胜这个人为人耿直刚强，而且我也曾经和他接触过，对他有一定的了解，我觉得他是个人才，一定可以为国效力。"沈子高连忙阻止道："不行啊！我听说胜这个人心地狭窄，为人狡诈，犯上作乱，他的父亲建是被楚国废黜后秘密谋杀的，他又是那样一个性格孤傲急躁的人，他一定不会忘记自己父亲被杀的宿怨。现在他没有报仇的机会，以后一旦他得了机会一定会报仇的。"子西说："不会的，杀胜的父亲的人现在已经不在了，他还怎么报仇？"沈子高继续说:"虽然怨的人已不在人世了。但是，如果他回来后不能得到宠爱，他内心必使他的愤怒的情绪更加激烈；如果他得到了宠爱，他就会贪得无厌。我们国内出了什么事情，他一定不会老老实实地待在边境，他一定会趁着内乱，伺机寻衅闹事。"子西不以为然，沈子高继续说道："我听人说，国家将要灭亡，必然会用小人。而现在赏识小人的，不就是您吗？再说，谁没有灾病呢？智者不过是能早日将它除掉罢了。胜的父亲被杀的宿怨，是国家的一大隐患。如今我们应该是关上城门，防止他回来报仇。而像您这样公然地把他召回来，这不是引狼入室吗？我看您离死期没有多长时间了。"

子西听了很不高兴，认为沈子高这是危言耸听，难道自己连人都看不清吗？他越想越觉得沈子高是无病呻吟，不必要担心。于是，他毅然把胜接回了国，对他赞赏有加，并且让他掌管了与吴国接壤的边防军队，还封他为白公。胜当时对子西感激涕零，跪下来发生要一生效忠于子西， 定会为他鞠躬尽瘁。一番话说得子西心里暖洋洋的，禁不住热泪盈眶，他连忙把胜搀扶起来，还赐给他很多珠宝、牛羊。

白公自从控制了边防军队后，就加紧操练部队，使自己的部队战斗力大大提升。子西看着胜为自己这样卖命，就更加地喜欢他，不断地给他奖赏。后来，胜带领部队打败了吴国军队，子西大喜。胜就趁此机会，要求回到都城向楚王敬献战利品，楚王同意了，还为他准备了盛大的庆功宴会。胜就趁着这个机会，带着自己的部队发动叛乱，在朝堂上亲手杀了子西和楚王，为自己的父亲报了仇。而这些都被沈子高言中了，子西真是自讨苦吃！

**【悟在当下】由外而内，由表及里**

看一个人不能简简单单地从这个人的外表看，而应该深入分析他的性格，看到他的内心。外表的东西有很多都是假象，只有内心的东西才是真的。所以，在我们的生活中，尤是在交友的过程中，万不可以貌取人。

子西坚决要胜回国就是因为他只看到了胜外表的刚强耿直，而没有看到沈子高所看到的胜的心胸狭窄、为人狡猾等。本来胜的父亲被杀，他心中就充满了愤怒，只不过不表现出来罢了，对于这样一个心胸狭窄的人来说，一定不会忘记杀父之仇，一定会伺机报复。而子西要胜回国，明显是在给自己找麻烦。

看事物要看其本质，有的时候，本质的东西是不容易做发掘的，但是，只要你有一颗善于发现、善于分析、善于观察的心，你就一定能透过迷雾看到本质。

## 知子莫若父

春秋时期，范蠡在帮助越王勾践成功地灭掉吴国后，便改名为陶朱公，隐居在陶地做生意。不久，他的夫人为他生下了小儿子。当他的小儿子长大成人后，他的次子由于犯了杀人罪而被囚禁在楚国。眼看自己的儿子就要被处死了，陶朱公一家当然十分伤心，虽然儿子犯了法，但毕竟是自己的亲生骨肉啊。陶朱公的夫人尤其伤心，哭闹着要陶朱公想办法救儿子。

陶朱公想了一下说："杀人者偿命，这是国法，任何人也无法改变。但是，我听说'拥有千金的富翁，是不会在闹市里被执行死刑的'。"于是，他便拿出了一千两金子，打点行装，准备派小儿子前去楚国救援。这时，陶朱公的大儿子不高兴了，心想我是长子，按理说有什么事情应该派我去啊，为什么派最小的去呢？于是，他央求陶朱公让他去楚国，陶朱公不同意。大儿子认为，父亲不派他去一定是认为自己不肖，便以自杀相威胁。眼看次子就要没命，大儿子也要自杀，陶朱公夫人更加难受了，赶忙劝陶朱公，"就让老大去吧，我可不愿意再失去一个儿子了，求求您了。"陶朱公起初还坚持自己的意见，但是，老大看父亲不肯改变意见，真的拿出丝绸，拴在房梁上，准备上吊。这回陶朱公真的没有办法了，只好勉强同意了。他写了一封信给他原来的好友庄生，将信和一千两金子一起交给了大儿子，临行前，嘱咐大儿子道："孩子啊，到了楚国，你一定要把信和金子交给庄生叔叔，然后听他的安排，千万不要自作主张而不听庄生叔叔的话。"大儿子连连点头称是。

几天以后，大儿子到了楚国，找到了庄生的家。见到庄生，他便按父亲的吩咐，将信和金子都交给了他。庄生对他说："侄儿，你还是赶紧回家去吧。不要在这里久留，这里的事情交给我办就成了。以后即便是你弟弟回去了，也不要问这是为什么。"老大表面上点头答应，可实际上却并没有走，而是偷偷地住在一位贵人家里。庄生过去家境贫寒，但在楚国却以清廉耿直而为世人所尊重，楚国的大臣们都想把他当作老师来侍奉。范蠡大儿子送来的金子，庄生并不想收下，他想等事成之后再把金子退给他们，以表示信用。然而范家长子并不明白其中的道理，他看庄生收下了金子，就以为庄生和其他人一样贪婪。

不久，庄生找了个机会拜见楚王，他故作神秘地对楚王说："大王，昨天我夜观天象，发现有个星宿对楚国大为不利，只有大施仁德，才能转危为安啊。"楚王一向都很相信庄生的话，现在听他这么一说，便马上派人封了国库。与范蠡大儿子相识的那个贵人，探听到了这一消息，便慌忙跑回家告诉范蠡大儿子：

“好消息，楚王一定是要大赦天下了，每次大赦之前，他都要封国库的。”这时，范蠡大儿子想，既然要大赦天下了，自己的兄弟也必然会放出来了，那前些天送给庄生的一千两金子不是打水漂儿了吗？于是，他就又跑去见庄生，庄生吃惊地问道：“你不是已经走了吗？怎么又回来了？”范蠡大儿子说：“是的，叔叔大人，我知道我兄弟即将被大赦释放，所以，我特地向您来道别。”庄生一听这话，就知道了他的意思，于是，便请他进屋，让他取走那尚未启封的金子。

范蠡大儿子走后，庄生越想越不对劲，觉得自己一片好心，竟然被那浑小子给歪曲了，他感到自己受了莫大的屈辱。第二天，他又拜见楚王说：“大王，您大赦天下原本是为了施行仁政除灾星的。但是，老百姓纷纷造谣说，陶朱公是当地的大富翁，他的儿子杀了人囚禁在楚国，现在他的家里拿出许多金子来贿赂大王的左右，所以，大王才大赦天下。由此可见大王的大赦天下，并不是为了拯救楚国的百姓，而是为了释放陶朱公的公子一人罢了。”楚王一听，顿时火冒三丈，下令马上杀了范蠡的次子，杀完他以后，才宣布大赦天下。

于是，范蠡大儿子竟扶着兄弟的灵柩哭丧着脸回家了，他的母亲和乡邻们都很悲痛，唯独陶朱公苦笑道：“我早料到他这一去，我的二儿子就难以活着回来。他并不是不爱自己的兄弟，只是他从小同我在一起，知道创业的艰难，因此，他太看重钱财，而不愿意无故抛弃那一千两金子而已；而我的小儿子，生来就过着富裕的生活，出门乘车，哪里知道钱财是怎么来的。我开始打算派我的小儿子去，就是考虑到他不会吝啬那一千两金子，而我大儿子因为吝惜那一千两金子，结果，反而误杀了自己的亲兄弟。唉，这都是天意啊，不能责怪哪个人，我早就料到你会带着你兄弟的尸体回来的啊！”

**【悟在当下】了解充分，合理调配**

作为一个领导者要想成功支配自己的下属，让他们在最短的时间内完成最多的任务，首先就需要你对每个人都有充分的了解，知道他们每个人的优势和劣势，然后再优势互补，合理搭配人员，这样才能使工作完成好。

故事中范蠡就是知道大儿子与小儿子对待钱财的看法不一样，所以才准备让小儿子去救二儿子，这无疑是正确的做法。

# 智仁的纪成子

春秋时期，鲁国大夫纪成子被聘到晋地做官。他乘着马车，一路风尘仆仆赶往晋地上任。当他的马车经过卫国的时候，卫国的右宰相谷成听说了这件事情，就亲自来到路旁邀请纪成子到他府上喝酒。席间，二人言谈甚欢，谷成的客厅中陈列着很多丝竹管乐的乐器，可是却不让人演奏。二人畅谈天下大事，谈各国的国王和谋士，谈天下的英雄，分析谁可以统一全国，谁可以成为忠臣良相。二人喝酒到微醉的时候，谷成就送给纪成子一块玉璧，其色泽清透，丝毫没有杂质，一看就是一块上等的好玉。谷成和纪成子交谈的时候，虽然面带笑容，但是明显觉得其心中不悦，有一股淡淡的忧郁的感觉。纪成子并不推辞，愉快地接受了谷成送的玉璧。

后来纪成子从晋地回鲁国的时候，途中经过卫国，但是他却不去辞谢上次右宰相谷成对他的热情招待。他的仆人就问他："大人，从前卫国右丞相以美酒招待您，席间您和他谈得非常愉快，可是今天您经过卫国，到了右丞相的家门口却并不去拜访他，这么做是不是有点不合礼仪呢？"纪成子却说："上次他留我在他家饮酒畅谈，是想和我一同欢乐，他虽然设宴邀请我，而且在厅堂中还摆放着很多乐器，但却不让人演奏，这就说明他心存忧虑。在我们喝酒喝到微醉的时候，他还送了我一块上好的玉璧，从他的眼神中，我可以看出他的心思，他虽然表面上展颜欢笑，但是实际上在他的眼中我却看到了忧思。他之所以把玉璧送给我只是暂时寄存在我这里，由此推断，他是担心卫国将要发生叛乱了。"说着，就快马加鞭，离开了卫国。等他们的马车行至距离卫国三十里的地方时，就听有人说卫国发生了叛乱，密喜驱逐国君，自立为王。叛乱中，宰相谷成被杀。听到谷成被杀的消息，纪成子立即命令车夫调转车头，回卫国去救谷成的家人。他把谷成全家都接到了鲁国，并在自家隔壁给他们买了一座院子，还把自己的薪俸分给他们一部分。那时候，谷成的孩子们都还小，等到谷成的儿子长大了，纪成子就把谷成送给他的那块玉璧还给了谷成的儿子。

【悟在当下】讲信用赢信任

纪成子从谷成的眼神和表现中猜出了谷成的心思，他虽然送给纪成子价值连城的玉璧，但是，成子知道这是谷成有事求他，是为了将来万一自己有不测，让纪成子代为照顾其家人。纪成子终没有辜负朋友所托，实现了自己的诺言。

答应别人的事情就一定要办到，只要你努力去办了，即使办不到，朋友也不会怪你。作为一个人，就该讲信用，否则别人就不会相信你的人格，当你求别人办事的时候，别人也不会真心诚意地为你办事。友谊是双方的，只求收获，而不付出，是不可能的。

## 管仲以浅辅浅

管仲

齐桓公与管仲及其他的大臣一起在朝堂上商议讨伐卫国的事情，退朝回宫后，正巧有一个卫国国王的妃子前来拜见他，这妃子见到齐桓公拜了又拜，态度十分恭敬，同时还替卫国国君请罪说："我国国君不懂礼数，请您饶恕他的过错吧。"齐桓公心中纳闷：自己又没有把攻打卫国的消息透露给她，她是怎么知道我的心思的呢？于是，就问她说："你为什么这样，一心为你国国君请罪呢？"那妃子答道："我刚刚看到您下朝回来，一副趾高气扬的样子，我就猜想您一定是要讨伐某个国家，因而才表现出如此的盛气凌人。而我卫国是个小国，又与多个国家接壤，各国都想攻打我们，齐国也不例外。可是，当您见到我的时候，脸色就变了，这又进一步证明了您有攻打我国之心啊。"齐桓公听后很佩服这妃子的眼力和智慧。

于是，第二天上朝，见到管仲，齐桓公亲自给他作揖，然后把他拉到后堂，请他坐下。管仲一看齐桓公这样的举动，就知道他一定有事情要说，于是，管仲问他说："君王放弃攻打卫国的打算了吗？"齐桓公问："仲父，您是怎么知道的？"管仲拱手说："君王的拱手礼很恭敬，说话缓慢，见到我好像面有愧色，我就知道您改变主意了。"

又有一次，齐桓公与管仲谋划讨伐莒国的事情，计谋还没有商定，国内已经有所流传，齐桓公十分奇怪，将此事问管仲，管仲说："国中一定有圣人在啊。"齐桓公感叹地说："哦，白天我雇来干活的人中，有一个手拿拓杵舂米，眼睛向上看的人，我想您所说的圣人应该是他吧。"于是，就让自家主管再召那个人进来。不一会，那个人就低着头进来了。管仲看了那人一眼，便对齐桓公说："这人一定是圣人了。"于是吩咐专门迎接宾客的迎宾队按照当时迎接智慧的人的礼仪迎接这个人。管仲问他说："你说过我齐国要讨伐莒国的事吗？"他回答说："是的。"管仲显得很生气，又问："我从来就没宣布要打莒国，你为什么擅自说我要打莒国？"他从容地回答说："君子善于谋划，小人善于揣摩，这是我自己猜到的。"管仲问："我没说攻打莒国，你是怎么臆断的？"他回答说："我听说君子有三种主要表情：悠然欣赏的样子是庆典的表情；忧郁清冷的样子是服丧的表情；红光满面的样子是打仗的表情。白天我看君王在台上坐着的时候，红光满面，精神焕发，是打仗的表示。君王唏嘘长出气却没有出声，看口型应该是说莒国；君王举起手远指，也应该是指向莒国的方向。我私下认为小诸侯国中不服君王的只有莒国，因此，我就这样说了。"

**【悟在当下】察言观色，见机行事**

齐桓公的一举一动，一般人和妇女都能猜透，看起来大概天下已经交给浅薄的人了。因此，管仲也用浅显的方法辅助齐桓公。

其实，管仲所用的辅助国君的方法是最简单的道理，生活中有许多最简单的道理蕴含着很丰富的内涵。你不必去追求什么高深的道理，只要掌握最基本的道理，并将其运用自如，就能发挥出最大的效用。

同时，善于从他人的表情变化猜测对方的心理，也是管仲的智慧。一个人的表情发生变化，就说明他的内心也在发生变化，你要根据这些变化，判断对方的心思，从而改变自己的应对策略。

# 子贡观礼而知存亡

鲁定公十五年正月，按照当时的规定，各诸侯都要来朝拜君主。郏隐公这天来拜见鲁定公。孔子的弟子子贡当时也在旁边，他仔细观察鲁定公和郏隐公的一举一动。只见郏隐公手持玉佩，亲自献给鲁定公。他昂首挺胸，仰头向上，双手奉上玉佩，请求鲁定公收下。这是一块上好的玉佩，鲁定公在接收玉佩的时候，表情谦和，低头向下。子贡看到这些，退朝后就对朋友说："从现在的礼仪来看，两位君主都有灭亡的征兆啊。"朋友不解，请他详细说明，他就接着说："礼仪是生死存亡的标志。左右周旋，进退俯仰都需要有一定的礼数。朝拜、祭祀、治丧、开战，从这些场合能够观察礼仪的存在。现在正月里朝见君主，这正规的场合却达不到礼仪的要求，可见守礼的思想在鲁国已经消失了，重大国事尚且不能合乎规则，国家又怎么能够长久？本来，鲁定公作为君主，接受礼物时应该精神焕发，仰头向上，表现出一副趾高气扬的高傲样子，可如今他却低头向下，谦恭的接受礼物，一点帝王的霸气都没有。这是衰败的表现，衰败离疾病不远了；而作为臣子的郏隐公，向君主进献礼物，理应谦恭，头向下，这才是一个臣子的本分，然而他却高昂着头，充满了傲气，这样根本不是一个做臣子的本分。臣子骄傲，这可不是一件好事，我看郏隐公他日必定会造反啊！鲁定公作为主人，恐怕要先死去吧！"

果然，五月，鲁定公就死了。

**【悟在当下】透过现象看本质**

子贡从鲁定公和郏隐公会见的场面，看出了二人必将灭亡的趋势。做臣子的应该谦恭，但是郏隐公却高傲，这自然是不服管教的表现，而做君王的没有丝毫霸气，这自然不能领导群臣。

人们常说，外表的东西是掩盖不住实质的。能否透过现象看出其本质，这就需要你的观察和分析能力了。

# 子产辨哭

郑子产

春秋时期，郑国的子产是个出色的政治改革家，他曾经创立按“丘”征“赋”的制度，铸“刑书”（即法律条文）于鼎，不毁乡校，以听取国人意见。他还着意整顿田地疆界和沟壑，发展农业生产，给郑国带来了新的气象。不仅如此，子产还是一个“明察秋毫，见微知著”的断狱能手。他精明强干、善于观察，任何细微之事他都能观察得到，因此在判断事物是非曲直方面，常常有自己独到的见解。

有一天早晨，子产坐着车子出门，经过一户人家时，听到里面有女人哭的声音。子产忙令赶车的车夫停下来，仔细听了听。车夫听到院中女人的哭声，忙说：“哎呀，这个妇人的哭声好凄惨啊，是不是家里人出了什么事情了？”子产说：“你进去看一看到底是怎么回事。”车夫忙下车，推开门，只见床上躺着一个男人的尸体，那个男人显然是被人毒死的，只见他的脸已经扭曲，口角还有未擦干净的血迹，脸色也不正常，浑身一种青紫色。一个妇人正趴在床前不住地哭号，她的哭声是那么的凄惨，以至于车夫和其他来看的人都被感染了，也禁不住落下泪来。看着那个妇人伤心的样子，车夫也动了恻隐之心。忙劝她不要悲伤，赶快去报官，还说自己家主人子产就是当地的地方官，一定会为她申冤的。

妇人听了车夫的话，哭得更加伤心了。她边哭边说：“我和我男人一起开了个包子铺，日子虽然不十分富裕，但是也还过得去，不至于饿肚子。我男人虽然长相不太好，但是勤劳能干，我们两个的日子过得挺好。我男人的父母早死，就剩下他和他兄弟，他兄弟小的时候就送给了别人，可是前些日子我那小叔子回来了，说是他养父母已经死了，自己没有亲人了，就回来投靠我们。我们待他很好，让他在我们的包子铺帮忙。可是……可是……他竟然……竟然不满意，呜呜……呜呜。”那妇人说着说着又哭了起来，车夫忙安慰她，她继续说道：“我那小叔子嫌我们不给他钱出去喝酒，就和我男人起了争执，而且吵了好几次，最后，他竟然拿我们辛辛苦苦存的钱跑了，还在我男人喝的酒里面下了毒，呜呜……呜呜……”那妇人越说越伤心，以致再也说不下去了。

车夫已经基本上了解了案情，就回来向子产报告，重复了一遍刚才那妇人的话。子产只是点点头，并不说话。

到了府中，那妇人前来报官，子产命人把那妇人带到堂前，让她陈述案情。

那妇人又连哭带说地陈述了一遍，一副十分难过的样子。

子产听完，大声喝道：“大胆刁妇，还敢说谎，毒死你男人的不是别人就是你！你的小叔子是不是也被你毒死了？”

那妇人被子产的话惊呆了，她顿了一下，连忙说：“大人，冤枉啊，我怎么会杀死我的丈夫和小叔子呢？您明察啊！”说着又哭了起来。子产厉声喝道：“好歹毒的妇人，你若再不说我就大刑伺候！”

那妇人听说用刑就大喊：“冤枉啊！冤枉啊！”

子产身边的侍卫看那妇人好像真的是受委屈的样子，就对子产说：“大人，您看那妇人哭得那么伤心，您有什么根据怀疑那个妇人就是杀人凶手呢？”

子产说道：“好吧，我现在就拿出证据，让你们心服口服。”

子产冲着那妇人说：“大胆刁妇，今天早上我经过你家门前时，听到了你的哭声，旁人听起来觉得的你哭得很伤心。可是，我仔细听了一下，发现你的哭声中带着一种非常强烈的恐惧情绪。大凡一个人对其所亲所爱的人，见其病而忧，其临死而惧，其已死而哀。如今，你的丈夫已经死了，你不是悲哀，而是恐惧，这当然是不符合常规的。”子产身边的侍卫都点头称是，而那妇人也被说得哑口无言，再也不敢有什么争辩，只好老实交代了自己的杀人罪行。

**【悟在当下】仔细观察，精微辨事**

中国有句形容人英明的话，叫作“明察秋毫之末”。秋毫之末，比针尖还细，但有些事情本质的区别，往往存在于秋毫之末。审理案件者所面临的情况往往很复杂，虚实相间，真假难辨，这就需要审理者能做到“先知”。所谓“先知”就是要进行调查，了解案情。子产就是因为辨事精微、观察详细，做到了

“先知”，才能准确断案。

生活中，有许多事物展现给你的不是它最本质的东西，你要善于观察，发现它的本质，才不至于犯错误。才能准确地抓住事情的根本，从而确定正确的解决办法。

## 调节粮价备荒振恤

谁都熟悉田忌赛马的故事，孙膑给田忌出策，让他那三等的马对大王一等的马，而让自己二等的马对大王三等的马，用自己一等的马对大王二等的马，结果顺利取胜的事情。孙膑的聪明之处就是了解双方实力对比，制定正确的策略。那么，战国时候的李悝在调节粮价备荒振恤方面也和孙膑一样有异曲同工之处。

李悝

李悝，战国时期魏文侯手下。由于他的聪明才智，赢得了魏文侯的赞赏，官职一升再升，最后做到了宰相的位置。这一年，魏国周边的几个国家发生了水灾，人民流离失所，苦不堪言，有好多饥民都跑到了魏国乞讨，给魏国的社会治安带来了不少的麻烦。看着那些饥民可怜的样子，魏文侯很是伤心，虽然也为饥民提供了一些饭食，但毕竟本国的粮食储备也不富裕，更何况魏文侯担心如果本国发生了水旱灾害，那该怎么办呢？这件事愁得他几天都没有睡好。这天早晨，大臣们到朝堂议事，魏文侯说起了自己的担心。问群臣有没有什么好的办法。当问到管理粮食的官员时，他吞吞吐吐地说：“我……我每年都把粮仓存得满满的！”魏文侯显然对他的回答不太满意，并未做任何表情，接着问李悝道：“您可有什么意见？”

李悝慢条斯理地对魏文侯说道：“要做好一个管理粮食的官员，最重要的就是要根据不同年份制定不同的粮食收购价格和收购量。”魏文侯对这个答案显然很感兴趣，对他说："先生，请仔细说说看。"李悝接着说："善于稳定粮食收购价格的官员，一定要注意考察一年收入的情况。一般来说，年成的收入有上、中、下三等：上等收成是农民一年的吃、穿、住、用等留四成外，还剩余四百石粮食；而中等收成则是农民吃、穿、住、用留三成，还剩余三百石；下等收成是农民留一成外，还剩余一百石。至于小歉收的年份则是只收1百石，中歉收则只收七十石，大歉收则只收三十石。因此，在上等收成的年份里，政府平价收购农民收成的四分之三，而留给农民四分之一；中等年份里，则平均收购二分之一，留给农民二分之一；下等收成的年份里，则收购四分之一，留给农民四分之三。这样，使得农民有足够的余粮，价格平稳就行了。至于遇到小歉收，政府就拿出下等收成收购的粮食，用于弥补本年度的粮食不足；遇到中歉收，则拿出中等收成收购的储备粮食用于弥补；遇到大歉收，则拿出上等收成收购的储备粮食用于弥补。这样，遇到水旱灾祸，老百姓面临饥荒，农民买进的粮食也不贵；农民就不会流离失所，四处逃荒了。"

魏文侯不住地点头表示赞许，连声说："好，好！用这种政府采取丰年收购的储备粮来弥补灾年不足的方法，我魏国定可以从容面对一切自然灾害啊！"说着就给李悝升了官，任命他为宰相，负责每年的粮食收购计划和粮食收购价格。李悝的政策在魏国实行以后，魏国一天一天地强大起来，农民丰衣足食，社会经济逐步繁荣起来，使魏国一跃而成为当时的强国。

**【悟在当下】未雨绸缪，有备无患**

俗话说"有备无患"，李悝的举措正是应了这句话。在对待国家储备粮的问题上，李悝能够采取正确的粮食收购价格和收购量，才能确保国家面临水旱灾害的时候，使农民免于流离失所。

现代生活中，人们处在瞬息万变的信息时代，要想成功地在商界站稳脚跟，你不仅要具有抓住机会的能力，更需要具有高度的洞察力，时刻做好准备，以应付突如其来的问题；而作为政府的官员，你也需要学习李悝的这种治国方略，才能保证人们的根本利益；对于日常生活中的普通人来说，考虑事情要想得长远，这样才能使自己的生活蒸蒸日上。

# 龚遂依法巧治盗贼

汉宣帝是西汉时期比较开明的君主，在他统治期间继续推行汉高祖的治国方略，同时勤政爱民，赢得了广大百姓的爱戴。这一年，渤海郡和周边的几个郡县闹了饥荒，人民没有吃的，就到处逃荒要饭，吃树皮草根，更有甚者就开始明目张胆地抢劫。还有的竟然纠结在一起，形成了一窝一窝的盗贼。虽然他们也是出于无奈，为了填饱肚子，才落草为寇，但是他们经常骚扰周边的乡邻，搞得周边地区的人民怨声载道。更让人无法容忍的是，当地官员对这些盗贼一点办法也没有，就只好听凭这些盗贼胡作非为。

很快，渤海郡盗贼猖獗的消息就传到了皇帝的耳朵里。汉宣帝一向自称爱民，如今渤海郡盗贼四起，却得不到有力的治理，汉宣帝心中不免着急。于是，他就召集群臣在朝堂议事，商议对付渤海郡盗贼的事。大臣们都分析说，如今盗贼之所以四起的原因就是因为当地官吏办事不力，如果派一名得力的官吏去治理渤海郡，一定能够解决问题。汉宣帝问群臣哪个官员可以胜任呢？丞相、御史都推荐当时在其他地方任太守的龚遂，并说：“此人才高八斗、机智聪颖，是个不可多得的人才。”皇帝听了他们的话，就召见龚遂进朝拜见。

当时，龚遂已经是70岁的老人，虽然身体很好，精神也不错，但是他身材矮小，相貌平平，也看不出有什么特别之处。当他拜见汉宣帝时，汉宣帝看他那副样子，觉得是丞相和御史有点夸大其词，把这个干瘪老头说得太好了，心中不免对龚遂有点轻视，便斜着眼睛，轻蔑地问道：“龚太守，你到了渤海郡打算采取什么措施来制止混乱啊！”龚遂叩首低头答道：“陛下，渤海郡濒临大海，远离京都，没有濡染圣人的教化。那里的老百姓饥寒交迫，而当地的官吏却不会体恤他们。所以，才使得陛下的子民沦为强盗。他们好像是陛下的士兵拿着武器在浅水池里戏耍一样，不足为虑。”汉宣帝听到这里，对龚遂的态度顿时改变了许多，再也不敢不正视他了，于是恭恭敬敬地问：“您有什么好的治理办法呢？”龚遂继续说：“陛下，现在您是打算命令微臣去战胜他们，还是安抚他们呢？”汉宣帝和蔼地说：“朕选用贤良的臣子，当然是希望去安抚百姓了！”龚遂又叩首请求道："陛下，臣听说治理乱民就好像是清理乱丝一样，不能急躁。臣恳请丞相、御史不要用朝廷的法律条文来约束下臣，请您允许我上任后见机行事。"汉宣帝点头表示同意，说："渤海郡的问题就交给你了，我一定尽全力支持你，我在这里等你的好消息啊！"于是，皇帝派快马去渤海郡，宣读任命龚遂为渤海郡太守。

渤海郡的官吏听说新的太守即将到来，恐怕路上发生意外，赶忙派出一支军队前来迎接。而与此同时，那些盗贼们也听说新任太守就要来了，他们心想这些当官的没有一个好东西，正摩拳擦掌，打算打劫新任太守，要给他点颜色看看。渤海郡派来的军队很快就迎上了龚遂的队伍，而那些盗贼也悄悄地跟着军队，神不知鬼不觉地来到了龚遂身边。龚遂见到迎接他的军队，并不热情，而是训斥了他们一顿，让他们马上回去，而且还颁布了第一道公文，让这些人带到各县衙门，即全部撤换正在追捕盗贼的官吏，凡是手持锄钩等农具的人，都是良民百姓，官吏一律不得过问；而凡是拿兵器者，则是盗贼。此一消息一时间在渤海郡炸开了锅，那些盗贼都是因为饥荒而沦为盗匪的，其实他们并不想过盗匪的日子，整天提心吊胆，一方面担心自己被官府的人抓住，另一方面也担心自己的妻子儿女将来要当一辈子盗贼，永远无法过正常人的生活。而今新太守的政令宣布只要是拿着农具的人就是良民，也就是说以前干过盗匪的只要现在重新做良民就不再追究。听到这个消息，这些可怜的人再也按捺不住内心的激动，纷纷放下武器，回家拿起锄具，开始了平常人的生活。

**【悟在当下】抓住根本，对症下药**

对于因饥荒而被迫沦为盗贼的人来说，其实他们不想做盗贼，他们也希望过正常人的生活，龚遂正是看到了这一点，明了这些人内心的苦楚，才颁布了政令：只要是拿锄具的人都是良民，拿武器的人为盗贼。这就是宣布了以往的事一概不予追究，只要能重新拿起农具，就是良民。

生活中，有许多复杂难以解决的问题，它们看起来麻烦，不好解决，其实只要你能够抓住事情的根本和关键，对症下药，就能以最快的速度，顺利地解决问题。

# 君臣不相疑

汉昭帝的同父异母兄长燕王刘旦，因为没有当上皇帝，心里老是怨恨不已，意欲谋反。而当时因为昭帝年幼，就让大将军霍光辅政。左将军上官桀妒忌大将军霍光辅佐皇帝，心里很是不平衡，他心想他与霍光都是差不多年纪，论带兵打仗，所立战功并不比他霍光少，为什么偏偏先帝让他辅政，而没有自己的事呢？他越想越憋气，于是就想方设法给霍光捣乱。他想到了燕王刘旦对小皇帝不服，于是就勾结燕王，密谋策划先挤垮霍光，再废昭帝拥立燕王为帝。燕王刘旦恨不得马上当皇帝，就催上官桀等人早点想办法动手。以燕王刘旦为首的政变集团，在暗中布下了罗网，就等着霍光往里钻了。

霍光

有一天，霍光出长安城去检阅御林军操练，并且调了一个校尉到大将军府里来工作。上官桀等人认为这是整垮霍光的好机会，于是乘机假冒燕王刘旦的名义给昭帝上书，状告霍光。他们一告霍光出城集合御林军操练，一路上耀武扬威，坐着像皇帝出巡时一样的车马，违反礼仪规定，不像个大臣的样子；二告霍光擅自做主，私自调用校尉，有图谋不轨的阴谋。最后还表示愿交还燕王大印，回到宫里来警卫皇上，查处奸臣作乱的阴谋等等。昭帝看了告状信后，当时没有表示可否，就把此事先放下了。

第二天早朝时，霍光已知道被他们告了，就不敢上朝，留在偏殿里等待昭帝的处置。昭帝一上朝，没有看见霍光，马上问："大将军怎么没来上朝？"上官桀立即回答说："大将军因被燕王告发，心虚不敢进来了。"汉昭帝派人去叫霍光进来。霍光怀着忐忑不安的心情入朝，脱下帽子叩头请罪说："臣该万死！请皇上发落。"汉昭帝当着满朝文武的面，对霍光说："大将军戴上帽子，请起来。我知道这封告状信是假的，你没有过错。"

霍光听了小皇帝的话后，又惊又喜，问昭帝："陛下怎么知道信是假的呢？”昭帝说：“你出京城去阅兵，只是最近几天的事，选调校尉也不过十天，可是燕王远在北方，怎么就知道了呢？就算知道了，马上就写信派人送来，现在也到不了。如果大将军真的要作乱，也用不着调一个校尉。这件事明摆着是有人想陷害你。我虽然只有十四岁，但也不会上这种当的。”聪明机智的汉昭帝下令追查冒名伪造信件的人。上官桀等人焦急不安，怕查下去会暴露自己的阴谋，就劝昭帝说：“这点小事算了，不必再追查了吧！”昭帝不仅没有松口，反而更加怀疑上官桀等人了。

**【悟在当下】明辨是非而后做定夺**

疑人不用，用人不疑，这是自古至今一条基本的用人原则，汉昭帝虽然年幼，尚且懂得这个道理。那么聪明的现代人就更应该懂得这个道理了。对于领导者来说，你应该充分相信下属对你的真诚，只有这样他们才能死心塌地地为你效劳；作为普通人，你要充分相信你身边的亲人、朋友，这样你才能获得纯真的友谊，受到大家的尊重和爱戴。

同时，我们也为年少昭帝能够明辨是非，不人云亦云的精神所感动。当你遇到某种事情时，先不要着急，仔细考虑一下它的真伪，再做打算，不要冤枉了好人，同时也不能放过一个坏蛋。

## 隽不疑智辨假太子

汉昭帝始元五年的一天，长安城中发生了一件大事：一个中年男子身穿黄色短衣，头上戴着黄色小帽，乘着一辆黄色小牛拉的车子来到皇宫门前，并打算进皇城，被侍卫们拦住。只见那中年男子在车上大喝：“大胆奴才，敢拦我的车驾，你们可知罪。”守门的人不禁哈哈大笑，说：“呵呵，你是何许人也，我们在皇城门口站了这么多年的岗，还从没看到过你啊，你是从哪里冒出来的田野村夫？你再不走可别怪我们不客气了！”那男子厉声说道：“大胆奴才，我乃是先皇的儿子，卫皇后乃我亲生母亲。我是前朝太子，现在的皇帝还得管我叫哥哥！”

当年，汉武帝刘彻晚年，曾发生了遗祸无穷的“蛊惑之乱”。那时长安流行瘟疫，死者极多，人心不安，民间及贵族皆信巫术。武帝突然生病，方士传说宫中有巫蛊，并牵涉到卫皇后及太子刘据。武帝病重下变得昏聩，怀疑皇后、太子不忠，因此搬去甘泉别宫居住。巫蛊一事，牵连极广，诸邑公主、阳石公主皆因巫蛊获罪处死，京师三辅连及郡国，前前后后共数万人受牵连被杀。武帝更是听信方士谗言，说是宫中有蛊气，所以他才害了重病，下令水衡都尉江充入宫，四处掘地求蛊。江充带人一直挖到皇后、太子宫中，卫皇后和太子刘据连站的地方都没有。太子忍无可忍，愤怒之余杀了江充。于是长安纷称太子谋反。原来武帝严刑峻法，太子刘据仁慈，常有平反。执法大臣生怕太子一日嗣位，对他们不利，所以在武帝面前多有诽谤。武帝在别宫养病，即皇后和太子想给皇帝请安，也是不得见。太子担心父皇遭了毒手，矫诏起兵，要诛奸臣方士。武帝听说太子谋反，开始并不相信，派人去召太子，使者不敢进城，回去向武帝谎言说太子要杀他。武帝大怒，令左丞相刘屈氂与太子战于长安，因之两方都召集军队，保皇党与太子党在京城大战了五日，死者数万。太子兵败自杀，皇后卫子夫也自杀。

听说是卫太子，这些守门的侍卫一时都糊涂了，他们听说当年“蛊惑之乱”时，卫太子已经自杀了，难道说，卫太子又复活了？于是，他们慌忙向昭帝禀报。昭帝下诏命公卿以下的官员都去城门口辨认此人的真伪。文武百官赶到后，看那自称卫太子的人信心十足，颇有几分当年太子的神情，于是他们都站那里低声议论，不敢说明其真假。

京城的隽不疑听说了这件事，慌忙赶来，他看了一眼那个人，当即命令随从将那人捆绑了起来。文武百官对他这一突如其来的行动感到迷惑不解，纷纷问：“真假尚未分出，是不是先别抓他啊！”隽不疑解释说：“就是真太子来了，也没有什么可怕的。当年卫国的蒯聩逃往国外，晋国派人把他送了回来，卫公拒绝接受他。这在史书《春秋》中是受到称赞的；卫太子得罪了先帝，亡而不死，还来此招摇，理应擒获问罪。况且卫太子已死，死人又怎么能够复活？”说着就把他关进了监狱。

昭帝与辅政大臣霍光听说了这件事情后，都称赞隽不疑说：“公卿大臣，应当用那些懂得经学而又深明大义的人来担任。”自此以后，隽不疑在朝廷中的声名大振。后来，在廷尉的审讯下，那个自称卫太子的人承认自己是假冒的。于是，他被宣布犯了欺骗朝廷罪，将他腰斩于闹市。

**【悟在当下】逆向思维想问题，多个视角看问题**

对于这个突如其来的自称是太子的人，因为谁也无法证实他的真假，就必须采取某种措施，使事情真相大白。如果他是真的，因为卫太子当年是被汉武帝判为有罪的，那么现在隽不疑抓他就是名正言顺了。而如果他是假，冒充皇亲国戚，当然是要问罪的了。所以，隽不疑不问他真伪，抓了就是，反正不管真假，都是有罪。

当你不知道一件事情该如何办理的时候，最好从其他方面想想，看看有没有其他的方法，不要总用一种思维去考虑问题，试着用多种思维，从多个角度去思考，这样会得到意想不到的效果。

## 王商沉着冷静识破谣言

王商，字子威，继承父亲的封号为乐昌侯，是汉成帝的丞相，他为人耿直，作风正派，是个不可多得的良才。

汉成帝三年的秋天，关内连续下了四十多天的大雨，那时正值收获季节，农民的稻谷、麦子都还没有收割，这连绵的大雨，几乎毁掉了整个关内农民的庄稼，有很多人是冒着雨去收割粮食的，希望大雨赶快停了，好晾晒粮食。可是，老天似乎和他们作对似的，就是不肯停雨。搞得百姓们愁眉苦脸，一年的收成就这样眼睁睁地看着它们烂掉了。他们求神祭祖，祈望老天爷能够救救他们，但老天爷一点面子也不给。

大雨淹没了庄稼，也给京城的人带来了恐慌。本来关内距离京城比较远，按理说关内发生水灾，应该不会波及到京城，更何况京城还有一定的防水灾的设施，人们可以不用那么担心。但不知道是哪里来的消息，说关内的大水把整个关内都淹没了，房屋、田地都被大水淹没了，现在大水正向着京城的方向流淌，大水必定于一天内流到京城啊！这个消息一传十，十传百，顿时成了整个京城人人皆知的消息。人们听到这个消息，顿时惊慌失措。人们知道流离失所的滋味，所以听到这个消息，百姓们再也坐不住了，纷纷回家收拾行装，准备逃亡。他们扶老携幼、惊慌失措地挤着出城，很多老人和小孩被挤得连哭带号，甚至还有人在逃荒的过程中被人流践踏而丧了命，首都长安一时大乱。

这个消息很快就传到了宫中，汉成帝立即召集文武百官到宫中议事，商量对策。成帝显然也被这个消息吓坏了，他焦急地问大臣们："诸位爱卿，如今大水就要来了，眼看我们的都城就要被淹没，你们可有什么好的对策？"成帝的舅父、大将军王凤也惊慌失措，他慌忙说："陛下，如今之际，只能是您和太后以及后宫的妃子们乘御船撤退到没有水的地方；而文武百官和百姓可以登上城楼去避水。"众大臣听了这个建议，都纷纷说好，建议皇上马上行动，事不宜迟。许多大臣也坐立不安，想赶快回家收拾东西。

可是右将军王商却没有丝毫的紧张情绪，因为凭他的分析，大水肯定不会淹没京城，一定是有人在造谣，扰乱民心。于是他就对皇上说："陛下，自古以来，即使是那些无道的国家，大水尚且不能淹没他们的城市，现在圣上英名，天下太平，怎么会有大水在一天之内突然暴涨的道理呢？这一定是那些唯恐天下不乱的人制造出来的谣言，您万不可下令百官登上城墙，以免增加老百姓的恐慌感。"汉成帝听他夸自己是明君，心里当然高兴，紧张的情绪也缓解了许多。再想一想的确是这么回事，京城距离关内那么远，根本不可能那么快就到京城。于是他听从了王商的意见，并没有采取行动。而且成帝还要求大臣们回家去做家人、亲戚的思想工作，让他们不要被谣言所迷惑。

过了两三天，大水丝毫没有来京城的意思，谣言不攻自破，城里的秩序也慢慢恢复了正常。后来，汉成帝派人去调查这件事情，果然是有人趁此造谣生事。汉成帝对王商在谣言面前能够冷静应付的表现，表示了高度赞赏。

【悟在当下】面对谣言保持清醒的头脑

面对谣言许多人顿时就失去了理智和分析的能力，而惊慌失措，可是王商却能够临危不惧、沉着冷静，令人佩服。

生活中，我们也会遇到类似的情况，有些谣言开始的时候可能不是恶意的，可是被人们一传，就可能变质，对此，我们要保持清醒的头脑，不要丧失理智，遇事要冷静，仔细分析一下它的真伪，万不可人云亦云。

谣言是最害人的东西，许多人因为它而失去了亲爱的朋友，或者失去了善良的本性，聪慧的现代人万不可重复前人所犯的错误！

## 暗验识骗术

汉武帝笃信鬼神，妄想成仙，虽然多次被方士所骗，其性难改。元鼎四年，即公元前113年，了成侯丁义，为了讨汉武帝欢心，就给他推荐了一个方士，名叫栾大。栾大原本是已故胶东王刘寄的家人，因为刘寄的王后为丁义的妹妹，所以丁义就把栾大推荐给了汉武帝。

等到栾大入宫见武帝的时候，汉武帝见他生得一表人才，心中很是高兴，就问他："你都学过什么学术啊？"栾大说："臣曾来往海中，遇见安期、羡门等仙人，并且拜他们为师，他们向我传授方术。臣所学，可以点石成金，可塞河道，还可以炼取人生不老仙丹，也可以请仙人下凡。"武帝听后，便说道："你有什么方术，尽可直言，如果有什么要求，也尽管告诉我，我一定满足你的条件。"栾大接着说："我的老师都是仙人，他们与人无求，陛下您若真心求仙，须先好好宠爱仙人的使臣，把他视为亲属，视为上等的宾客，他才可以帮助您通告仙人。"武帝听后，将信将疑，一时没有回答栾大的话。栾大看到这，就让随从取来几百个小旗子，分别插在宫殿的前面，然后走出宫殿，来到殿门口，闭目念咒，只见他口中念念有词，却听不出在叨念什么，他念了一会，就突然大喝一声"疾"，接着就有微风刮来，且越刮越大，将刚才插的小旗抛向天空，相互撞击后，又落在殿前10余丈外。大臣们看见了，都连连称奇，武帝也被他这一招惊呆了，连连称好。随即，武帝就拜栾大为五利大将军。栾大接受了封赏，只简单地说了声谢谢，便扬长而去。

武帝见栾大面无喜色，知道他还不满足，可是当时国库亏空，又逢上黄河决口，正是需要栾大点石成金、堵塞河道的时候，于是，武帝觉得这个时候还吝惜什么官爵印绶呢？索性在一个月之间，连封栾大为天士将军、地士将军、大通将军，但是栾大入朝的时候，仍然没有什么笑容。武帝索性加封他为乐通侯，食邑二千户，赐甲第，给童仆，连车马帷帐也一齐预备好了，给他送到府上。一切布置妥当后，武帝又把卫皇后所生的长公主，嫁给了栾大。武帝再命刻玉印，上有“天道将军”四字，特地派大臣深夜里穿着羽衣，手拿白茅，授予栾大。栾大也按此装束接受大印。从此，一个贫贱的家奴，在不到数月之间，就封侯爱主，身悬六印，可谓富贵震天下。

谁知，半年过去了，栾大并没有什么动静，也不见他请来仙人，更不见他点石成金。于是，武帝就派人催促栾大入海迎接仙人。栾大开始一推再推，最后实在没有办法，就只好收拾行装，辞别武帝，别了娇妻，动身往东，赴海寻仙去了。

武帝虽然迷信方术，但是并没有丧失理智。他求仙心切，虽然依了栾大的种种要求，并没有见到任何实绩，心中不免起了疑心。在栾大走后不久，他便派了宫中一个内侍，装扮成平民的模样。暗中跟随栾大，以探虚实。栾大一路东行，来到东海岸边，只见风大浪高，怎么敢入海呢？他就又返回泰山，找了一块平地，坐下来祈祷了一番，也没见神仙下凡。接着他又祈祷了一会，便在海边游玩了几天，动身返回长安了。

栾大的所作所为都被武帝派的内侍看得一清二楚。内侍见栾大西返，就急忙买了一匹快马，抢先回到长安向武帝报告栾大的所作所为。武帝听了气得拍案而起，恨不得将他碎尸万段。

不久，栾大也风尘仆仆地回来了，刚见到武帝，他还试图捏造谎言欺骗武帝，说神仙们都不在家，出门去了，要等些日子再请。武帝当即大怒，责问栾大怎么敢欺君罔上？栾大还要诡辩，武帝当即叫来内侍与他对质。至此，栾大才俯首认罪，武帝令人将其押入大牢，择日将其腰斩。

**【悟在当下】擦亮眼睛，破除迷信**

为什么有些方士的骗术并不高明，而“聪明者”却执迷不悟，屡屡上当呢？恐怕原因不在于骗子本身，而真正的敌人就是来自上当者笃信仙道的心理。

骗子在行骗之前，就已经预示了自己的失败。因为“机智之巧，必有机智之败”。汉武帝虽然一时懵懂，而一旦恢复了理智，稍加判断，就能识破奕大的骗人伎俩。

近年来社会中行骗的人越来越多，而且手段也越来越高明，只要你保持自己内心的平衡，不贪图便宜，不迷信术士，就一定能识破那些人的阴谋。

# 刘庄智断吏牍

西汉末年，社会动荡，豪强地主纷纷聚众自保，修筑田庄堡垒，组织私人武装，以备不时之需。东汉王朝建立后，豪强地主在经济上的势力越来越强大，他们占有大量土地，拥有大批人口，封建国家政权深深感到天下垦田数量不实，国家劳动人口越来越少。根据这种情况，汉光武帝刘秀在建武十五年（公元39年）六月发布了一道诏书，要求各州郡的长官统计核实本地区田地的亩数和编户百姓的年龄，并严格免除了那些屈服豪强执法不公的地方郡守及属官。

法令虽然发出，但是地方上豪强的势力极大，州刺史、郡守根本不敢碰这些豪强地主，但又不敢违背皇上的旨意，只好在私下里弄虚作假。想以此既保全自己官爵又不招惹麻烦。他们把豪强地主的实际田亩数隐瞒起来，而把普通百姓的土地数字扩大，弄得百姓嗟怨，奔走哭号。各郡长官派人向朝廷汇报情况时，光武帝发现陈留城郡吏的公文里，有一片简牍上有这样一行小字：颍川、弘农可问，河南、南阳不可问。

颍川、弘农、河南、南阳分别是四个郡名。颍川郡的治所在今河南禹县，弘农郡的治所在今河南灵宝北，河南郡的治所在今河南洛阳，南阳郡的治所在今河南南阳。都是土地辽阔的大郡，为什么有的可问，有的不可问呢？光武帝刘秀感到非常奇怪，他一个劲地追问陈留郡吏这句话是什么意思。陈留郡吏一时慌了手脚，支支吾吾地说，这片简牍是在街上捡的，也不知道是什么意思。光武帝大怒，他知道此人显然是在说谎，便要治他的罪。此时，光武帝的儿子也就是后来的明帝刘庄恰巧在旁边，他扯了扯他父皇的衣袖，将他拉到帷幄之后，说："父皇，依孩儿所见，那句话是郡守给下属的一个命令，这恐怕和你的核实田亩的命令有关。那个蠢郡吏忘记把它拿出去了。"光武帝觉得有点道理，接着问："既然如此，为什么说河南、南阳不可问？"刘庄继续分析道："河南是朝廷的都城所在，这里有很多父皇的近臣；南阳是咱们的故乡，那里有您的许多亲戚。这些人的田宅都超过了国家法律的规定，但是无人敢用朝廷的标准去衡量。"光武帝刘秀顿时恍然大悟，命令虎贲将亲自审问那个郡吏，郡吏最后终于说了实话，和刘庄分析的一模一样。当时，刘庄还只是一个年仅12岁的孩子，真是有智不在年高啊！于是，刘秀派近臣到郡中去考核，将郡守们的奸诈行为全都弄清楚了，并做了相应的处理。

**【悟在当下】有疑必解，有惑必察**

古人说："智莫大于阙疑。"说的是凡事都要多问几个为什么，对可疑之处，一定要细加探察，切不可轻易下结论。断案更是如此。对于案子的疑点，要穷究不舍，直到弄清楚事情的来龙去脉，发现真相为止。

刘庄十二岁就能断出郡吏牍书一案，亦属奇智。同时，历史上还有许多少年从小就智慧非凡。我们不能因此说古人比现代人聪明，其实，从小就培养孩子的判断、分析、解决问题的能力，就一定能够成为像刘庄一样聪明的孩子。

## 冯绲辨伪求真

东汉安帝时，一天，幽州原刺史冯焕已被官府查封的居所，被官兵拆了封，当冯家老老小小都泪流满面地来到阔别多时的家，他们心中有多少委屈，只有他们自己知道。朝廷派来钦差，宣读圣旨：原幽州刺史冯焕，因遭人陷害，被查封了宅第，病死狱中，现真相大白，将冯家宅第归还其后人，并赏赐冯家金银珠宝无数，厚葬冯焕……冯家老小跪在地上接旨，一个个哭得泪眼蒙眬。

原来，冯焕本是幽州刺史。他在任时多次揪恶惩奸，深遭恶人嫉恨。他的儿子冯绲，自幼爱学习，尤其喜欢《春秋》《司马兵法》等书，还喜欢动脑筋想问题，深得冯焕喜爱。

冯焕在任时，玄菟郡太守姚光在任上也得罪了不少的人。安帝建光元年，即公元121年，冯、姚二人的对头伪造皇帝玺书，谴责冯焕、姚光二人，并赐其宝剑令其自裁。接着又伪造玺书给辽东都尉庞奋，监督并催促二人执行。庞奋立即将姚光斩首，并将冯焕逮捕。冯焕正要自杀，聪明的冯绲觉得诏书的文字有问题，便对父亲说："父亲大人，您在任上多年，多次惩恶救善，没有犯过任何错误啊。皇帝为什么要赐您死呢？"冯焕无精打采地说："君叫臣死，臣不得不死啊！"说着就要拔刀自刎。冯绲赶忙夺下父亲手中的宝剑，说："父亲，您这么多年来肯定得罪了不少人，我想这一定是奸恶之徒从中捣乱，您不如给朝廷上书，将事情讲清楚再服罪也不迟啊。"冯焕仔细想想，觉得儿子说的也对，自己的确得罪了不少人，便给朝廷上述为自己辩解，庞奋一时杀不了冯焕，就把他关在了监狱里。冯焕因为受不了监狱中潮湿的环境，再加上心中郁闷，不久就旧病复发，死在狱中。

后来，冯焕的上书传到了皇帝那里，皇帝亲自派人追查此事，发现这诏书果然是有人伪造的，皇帝从来没有发过这样的诏书。结果，庞奋以失职抵罪，冯焕虽然病死在狱中，但是终于沉冤得雪。

**【悟在当下】常有怀疑的态度**

封建社会，人们总是把皇帝当成真龙天子，对他绝对地服从，信奉"君要臣死，臣不得不死"的荒唐信条。故事中的奸恶之徒就是利用了冯焕、姚光的这一点，才发了假诏书，以致二人都上了当，幸亏冯绲及时发现疑点，虽然没能挽救冯焕的性命，但终于将事情真相大白于天下。

在生活中，我们也要有"怀疑一切"的态度，对于不知道、不熟悉的事情和人，要用怀疑的态度去面对，不要轻信别人说的话，要时刻保持清醒的头脑，这样才能在竞争激烈的现代社会立足。

## 诸葛亮慧眼辨刺客

刘备，三国时期蜀国的皇帝。他本是汉朝皇室，但是到他这一代的时候，他的家境已经非常贫寒，他曾经和母亲一起卖过草鞋。后来，他趁着各路诸侯讨伐董卓的机会，拉拢了一批人，更得到关羽、张飞等虎将的帮助，逐渐使自己的势力扩大。后来经过千辛万苦的努力，终于占据蜀中地区，建立了霸业。

刘备本人论武功不及关羽、张飞、赵云，论智慧不及诸葛亮、庞统，但是他却能网络一批能人志士为他效命，其根本原因就是此人能够礼贤下士，当年他曾经三顾茅庐请诸葛亮出山。所以，刘备是个求贤若渴的人，凡是有些本领的人，他都喜欢，并想把他纳为己用。

这一天，有个陌生人来到刘备住所外面，此时，刘备已经称帝。侍卫们为了保障他的安全，拦住了陌生人。陌生人就在殿外大喊："玄德公，早就听说您是个爱才如命的人，为何不肯见我呢？"侍卫们将他推出门外，他就更大声地喊："当今三国鼎立，谁都想统一华夏，但这岂是易事，我有良策愿献给您啊！玄德公！玄德公！……"侍卫们越是不让他进，他就越是喊得声音大，终于让刘备听到了，刘备听说此人有治国的良策，心中爱才的念头又油然而生，不禁走到殿外，让侍卫退下，亲自迎接此人进殿。刘备拉着这个人的手，无比恭敬地说："先生，侍卫们不懂事，您不要怪罪他们。"随后，就请那人上座，并吩咐左右奉茶。那人先是恭维了一番，就与刘备谈论起来。两人谈论天文、地理，谈论各国的英雄，谈论三国地理、人文和各自施政得失。刘备觉得此人谈吐不凡，心中对他的喜爱之情油然而生，两人越谈越起兴，以至于忘记了吃饭的时间。

正当二人谈得十分投机的时候，诸葛亮突然走了进来，陌生人见诸葛亮来了，起身托词说是要上厕所。刘备就对诸葛亮极力夸奖此人，说此人是个不可多得的人才，上知天文，下晓地理，对各国形势分析得头头是道，想说服他为自己所用。还想让诸葛亮帮助他说服刚才那个人。可是诸葛亮却不以为然地说："陛下，臣看此人见了臣，脸色骤变而神情紧张，眼睛不敢正视我，而是左顾右盼，奸行外露，此人必定心怀不轨，我想一定是曹操派人来杀您的！"刘备听了大吃一惊，赶忙前去命人捉拿，岂料，那个人早就翻越院墙逃走了。刘备此时才知道自己险些丧命，不禁冷汗直冒。

**【悟在当下】从脸色上判断**

察言观色，从一个人脸色的变化看出破绽，这是诸葛亮的高明之处。生活中我们要善于观察，做生活的有心人。

在你与人交往、谈话的过程中，你需要仔细观察对方的神态变化，这样你就可以从对方神情的变化中，推断出对方的感觉。如果你发现对方出现不耐烦的表情，你就要尽快结束你的谈话；如果对方对你的谈话虽然表面赞同，但脸上已经出现不屑的神情，你就该转变话题了……总之，注意观察一个人的脸色变化，从而调整自己与人交谈的话题，能够使你很准确地抓住对方的兴趣点，让别人更喜欢与你交往。

## 巧计察逆

国渊在曹操手下做魏郡的太守时，有人对曹操不满，就写了一封匿名信到处投递。终于，信到了曹操手里，曹操气得脸色发青，恨得咬牙切齿，他怒气冲冲地找来国渊，先是对他大发了一通脾气，接着狠狠地对他说："你给我听好了，我限你在一个月之内，把写匿名信的人给我找出来，否则我就治你的罪。气死我了！气死我了！"曹操一边说一边捶胸顿足，恨不得一把揪出那个写匿名信的人，砍他十刀都不解恨。国渊看曹操的怒气稍微小了些，就对曹操说："主公，您放心，我一定能够找出那个写信的人，只不过这件事情您先不要声张，把信压下来。我自会处理的。”

国渊仔细审查了匿名信，发现信中多处引用了东汉张衡所做的《二京赋》中的话。他料定作案的人一定很熟悉《二京赋》。于是，他找来自己手下负责学问的功曹，对他说：“魏郡是京城所在地，这个地方地域广阔，只可惜有学问的人不多。你从本地召集一批学术基础比较好的年轻人，让他们自己寻找导师进行深造吧！”功曹就找来当地三个比较有作为、有志向的青年人，引见给国渊。国渊先是和他们聊天，探访他们的学术底蕴到底如何，然后就对他们说：“哎呀，你们的学问还不算多啊，还有相当大的提高余地，而且我发现你们还有许多书没有读过啊。比如《二京赋》这篇文章，这里面内容渊博，蕴含着丰富的学识，只不过现在一般人都没有注意到它，我认为要想成就大事业，在学术上有所成就，必须得看看这篇文章啊。你们大概都没看过这本书吧！”三个人一听果然没有看过这本书，他们问：“大人，怎样才能读好《二京赋》这篇文章呢？”国渊继续指点说：“你们去寻访熟悉《二京赋》的人，然后拜他们为师，虚心求教就是了。”

几个青年遵照国渊的话认真寻访有学问，熟悉《二京赋》的人去了。不到半个月的功夫，他们就找到了好几个熟悉《二京赋》的先生。三个青年在拜访这几位先生的时候，都请先生题字留念，以做永久的保留。国渊就派人把那几位先生题的字都拿了回来，然后与匿名信的笔迹做比对，果然发现其中有一个人的笔迹与匿名信完全一致。国渊就派人把那个人抓来审问，那个人在证据确凿的情况下不得不承认匿名信是自己写的。

**【悟在当下】理清头绪，各个击破**

利用投递匿名信对人进行攻击、诽谤，是一种最省力、最不担风险的报复方式。但是再狡猾的狐狸也会露出马脚。国渊就是通过不动声色的细心查找，通过笔迹，巧妙了破解了疑案，其人其智值得我们学习。

有的时候，面对一个复杂的、毫无头绪的棘手问题，你可能觉得不可能解决，但是只要你放松心情，不要着急，仔细地考察，从细微之处发现问题、寻找线索，就一定能够慢慢地打开缺口，一步一步地发现解决问题的关键。注意一定不要着急，要耐心。

# 高柔巧审窦礼案

高柔，字文惠，是陈留郡管马人。曹操平定袁绍后，高柔投奔了曹操，曹操任命他为刺奸令史，由于他判案公正，监狱中几乎没有滞留未判的犯人。之后，到文帝、明帝即位，高柔已当了二十三年的廷尉（法官）。

护军所统的兵营有个士兵叫窦礼，有一次，上司派他出去执行任务，本来这个任务很简单，就是去附近的一个军营送个消息，应该两三天就能回来，可是过了很长时间他也没有回来，军营里的人都以为他逃跑了，就发出了通缉令，到处搜捕他，并且把他的妻子和女儿都抓了起来，送到官府做了奴隶。窦礼的妻子无法忍受这种屈辱，一次又一次地到州府衙门上诉喊冤，但是没有人受理她的上诉。窦礼的妻子哭得死去活来，她相信自己的丈夫不会舍弃她和女儿自己逃走，她要为丈夫鸣冤，但是无人受理，她一度陷入了绝望中。有个好心的老人告诉她说："现任的廷尉高柔断案公正，你不如去找他，或许他能够帮助你，使你丈夫的案子水落石出。"

于是，窦礼的妻子就来到了廷尉高柔处，击鼓鸣冤，高柔传讯她向她了解案情。高柔问："你怎么肯定你的丈夫没有逃跑？"她哭着说："我丈夫从小就失去了父母，被一个好心的老妇人收养，并认老妇人为母亲。他长大后像对待亲生母亲一样对待她，恭恭敬敬地伺候她。而窦礼对自己的儿女也很疼爱，他细心抚养、照顾周全，是个很顾家的男人。所以他根本不会逃走。"高柔又问："你丈夫有没有仇人？"窦礼妻子回答说："我丈夫是个很善良的人，他对人亲善，没有和谁有仇啊。"高柔想了想，又问："有没有人向你丈夫借过钱呢？"她回答说："哦，对了，有个叫焦子文的人，和窦礼是同营士兵，曾经向我们借过钱。前段日子我向他要账，可是他推辞说没钱，不肯还。"于是，高柔就立刻派人去查询焦子文的下落，恰好焦子文因为触犯军纪，犯了小罪，被关押在军队的牢房中。于是高柔马上提审焦子文。高柔见此人高大威猛，面目狡黠，眼睛中露出凶光，不住地打量高柔。高柔先问他在军队里犯了什么罪，接着又突然问："你借过别人钱没有？"焦子文吞吞吐吐地说："我自己很孤单，平时没有什么朋友，虽然穷，但从来不向别人借钱。”高柔大喝一声说：“你曾经向同营的弟兄窦礼借过钱，为什么说没有？”焦子文一下脸色就变得煞白，以为事情泄露了，吓得语无伦次。高柔见状，眼睛直直地盯着焦子文，用非常肯定的语气说：“是你杀了窦礼！你老实交代吧，我已经掌握了充分的证据，你最好不要狡辩，免得罪上加罪。”焦子文一听这话，吓得顿时坐在了地上，赶快磕头作揖说：“大人饶命，饶命啊！我交代，我交代。”然后，就说出自己为什么要杀窦礼，以及杀害窦礼的过程，窦礼尸体的埋藏地点。高柔派人按照焦子文的供词，立即挖出窦礼的尸体。就这样，一件冤案得到了昭雪，明帝亲自下令恢复窦礼妻子和女儿的平民身份，为她们昭雪。

**【悟在当下】巧用排除法找出事实真相**

分析问题的方法有很多，其中一种最重要的方法就是排除法。当问题出现了种种不同的假设时，不妨把可能性不大的一一排除，再从中找出问题的症结所在。

高柔在审理窦礼一案中，就是经过对窦礼妻子细心查问，排除了窦礼失踪的可能性，从而断定焦子文杀人犯罪的事实，丝毫未动刑具，就逼迫他招出了事实真相。

## 智断无头案

陆云，字士龙，是三国时期东吴名将陆逊的孙子，陆抗的儿子。此人很有文才，16岁就被举为贤良，与他的哥哥陆机齐名，人称“二陆”。

吴国灭亡以后，陆云随其哥哥陆机来到了洛阳，被刺史周浚召为从事。周浚和他相处一段时间后，对他说：“陆士龙是当今的颜回啊！”对他赞赏极高。

不久，陆云被推荐到太子府里做事，颇得太子赏识，后又出补浚仪县令。浚仪这个地方，位置重要，情况复杂，很难治理，以前的很多位县令都因为治理不利而被革了职。现在陆云来做了浚仪的县令，大臣们见陆云只不过是个文弱的书生，而且年纪又不大，阅历肯定不够，要治理好浚仪岂不是难事。但是陆云上任后，把该地管理得很有条理，百姓之间互相欺诈的事情少了，做买卖也能够公平交易。

有一天，浚仪地区发生了一件谋杀案。这是件无头案，作案者没有留下丝毫线索。陆云亲自去死者家里勘查，依然找不出线索。但他发现死者家里没有丢失任何东西，就断定此案不是因财而起。他又发现死者的妻子神色恍惚，言辞支吾，就凭直觉感到这个女人不善，有奸杀的可能性。不过这些仅仅是猜测，并没有证据可以证明。于是，他心生一计，命人把死者的妻子带回县衙拘禁。奇怪的是，陆云并不急于审问她，而是把她关在牢房里，关了十几天，每天按时送吃送喝，招待得很好，丝毫不像是在坐牢。一天，陆云来到牢房对她说："经过这十多天的调查取证，我们已经破了你丈夫被杀的案子了。这件事情和你没有丝毫关系，你明天就可以回家了。"同时，陆云还让手下人把这个消息放出风去，让全县的人都知道。

第二天一早，陆云就命人放死者的妻子出狱。同时，陆云秘密地让几个差役紧随其后，对他们说："这个女子走出县衙不出十里路，一定会有个男子等在那儿，和她说话，你们就把他们两个给抓回来。"

差役照着陆云的话，偷偷地跟在死者妻子的后面，果然不出陆云所料，走了将近十里路，有个男子等着这个女人。二人一见面，就窃窃私语，喜形于色。差役们立即上前把他们抓住，带回了县衙。

陆云即刻升堂审讯，他拍着醒木，厉声说："大胆刁妇，还不从实招来，你到底是如何与这个男人合谋杀了你的丈夫？"那女人起初还嘴硬，说："大人，您搞错了吧，您不是说案子已经破了，与我无关吗？"陆云笑笑说："大胆！竟敢狡辩，我那是在糊弄你。好引出你的奸夫。呵呵！"这下，那女人吓得脸色苍白，那男人也吓得直打哆嗦，那男人说："大人饶命，小人一直与这个女子私通，为了做长久夫妻，便和她共谋杀死了她丈夫。自从她被抓后，我不知道情况如何，总是心神不定，昨天听说她今天就被放出来，便想问问。我怕离县衙近了，别人会识破，所以就在远处等候她。不想大人都已经算计好了。我认罪！"

于是这个无头案真相大白，全县的人都赞扬陆云断案神明。

【悟在当下】欲擒故纵找破绽

断案者要善于察言观色，这样才能发现破绽；还要善于假设、推理，才能巧设计谋，找到证据。路云的神明也在于观察敏锐，肯动脑筋，采取欲擒故纵的计谋，轻而易举就将这个毫无头绪的无头案破获了。

“欲擒故纵”，这个计谋在孙子兵法中就曾出现，它被广泛运用在打仗、破案当中。随着时代的发展，这个计谋也应用到我们的日常生活当中。比如在谈判中、在推销自己的产品中、在求职中，我们就可以采用这个计谋。

## 张县令焚猪捉真凶

三国时吴人张举任句章县县令的时候，有一次，县里有个女子杀了自己丈夫，又放火烧了房子毁尸灭迹，然后对外宣称丈夫死于火灾。周围的人都相信了这女人的话，只有她的小叔子对此很有怀疑。因为平时他哥哥和嫂子的关系很不好，自己嫂子经常和哥哥吵架，而且大打出手。他怀疑哥哥是被嫂子害死的，于是就告到县衙，要求官府给他个公道。张举接到报案后，就亲自到火灾现场去查看，房子已经被烧成一片灰烬。而那女人丈夫的尸体被埋在灰烬中，只剩下一副骸骨，很是可怕。

张举让人到附近买来两头猪，并命令手下人把其中一头猪杀死，另一头却未杀。然后又命人找来一堆干柴，把两头猪放在火里烧，人们都不明白这是什么意思，就疑惑地问张举：“大人，您这是干什么啊！”张举神秘地说：“不着急，等一会儿你们就知道了。”那头活着的猪被放在火里的时候，发出“嗷嗷”的惨叫声，叫声凄厉，让所有在场的人都听着心悸。为防止活猪乱跑，在点火前，张举早就命人把那头猪牢牢地绑在了木桩上。尽管如此，那头猪还是拼命地挣扎，拼命地喊叫。开始的时候，它的声音洪亮，慢慢地，它的声音开始嘶哑，到最后再也动弹不得，活活地被烧死了。火慢慢地熄灭了，张举就让人把那两头猪的骸骨找出来，然后来到猪骸骨前，对大家说：“大家请看好，这只是那头被火烧前已经被杀死的猪。”随后，他掰开猪嘴让大家看，猪嘴里什么也没有，很干净。接着，他又让大家看那头被火烧前没有被杀死的猪，这头猪由于拼命地喊叫，进了很多的灰尘。看完了猪，张举让人看看那女人的丈夫，叫手下人掰开他的嘴，发现他的嘴里什么都没有。这回大家都明白了。原来，死者是这女人事先杀死，然后又被她放在火里烧掉的。

那女子被抓到县衙，因为不能自圆其说，只好承认自己杀了丈夫。

**【悟在当下】从基本做起**

张举先是通过两头猪做实验，让人们自己判断死猪和活猪被烧后的异同，猪和人一样，活猪由于被烧时，拼命喊叫，因而肯定在嘴里吸入了很多灰尘，而死猪就不会喊叫了，自然也不会吸入灰尘。这样，杀人的那个女人就无法自圆其说了。

其实这是个非常简单的常识。只要平时注意观察，一定知道其中的道理。但是很多时候，人们往往对这些最简单的道理视若无睹，而去追求什高深的东西。试问，如果连最简单的道理都不知道，又如何去探索高深的道理呢？所以，学习或工作时，一定要从基础学起，从基本做起，只有这样，才能在此基础上添砖加瓦，逐步深入。

## 贼喊捉贼

苻融是前秦皇帝苻坚的弟弟。他聪慧超群，下笔成章，耳闻则诵，过目不忘，而又体力雄健，骑射击刺，百人莫敌，文武双全。由于他尤其善于断狱，奸人无所容身，因此被苻坚委以重任，他曾经当过司隶校尉。破了不少疑案，因此名声很大。

苻融在任冀州牧时，曾破获过这样一个案子。故事发生在前秦甘露年间冀州首府房子城。

一天，有个老妇人去女儿的婆家做客，回家时天色已经很晚了，她提着一个小包袱急匆匆地赶路。包袱里还藏着女儿给她的一笔私房钱和亲家送给她的一些礼物，显得沉甸甸的。老妇人知道这么晚了，身上又带那么多的钱物肯定不安全，所以一路上很是担心出事。正这么想着，突然半路上不知从哪里窜出来一个歹徒，把她手里的包袱抢走了。老妇人还没来得及醒悟过来，那个贼早就跑出去很远了。急得老妇人大喊起来："抓坏人啊！抓坏人啊！我的包袱被人抢走了。"

正好身边有个小伙子，看见歹徒从老妇人手中抢走了包袱，听老妇人一喊，立即追了上去。歹徒拼命地逃，小伙子死劲地追，一步一步向歹徒逼近。正当小伙子一把抓住歹徒的时候，谁料歹徒反身也抓住了他，并且嚷嚷："你这个坏蛋，你跑不了了！竟敢在大街上抢东西！胆子不小啊！"

小伙子没想到歹徒还有这么一手，愣了一下，但丝毫也不松手，训斥他说："你抢了人家的东西，还要诬赖人！真是不要脸！"两人互相拽着不放，扭打在一起。

这时，老妇人和街上的人也都追了上来，把他们围在中间。两人几乎同时对老妇人说："老太太，您看看抢您东西的强盗给抓住了。"

街上的人纷纷问老妇人："大娘，您仔细看看是谁抢了您的包袱？"老妇人看看小伙子，又看看歹徒，一样的年轻，一样的个头，事情发生得那么突然，天又快黑了，她也没有看清楚歹徒的模样，所以弄不清楚究竟谁是抢她包袱的强盗。歹徒见老妇人认不出他，就更加猖狂起来，骂小伙子不务正业，不走正道，居然抢走老妇人的东西，简直是丧尽天良。

小伙子见歹徒这么耍无赖，也更加气愤，说他是贼喊捉贼，反咬一口，真是无耻之极。大家听了他们两人的争辩，难分真假，不知如何是好。于是把他们一同送到了官府，请当时担任冀州牧的苻融断案。

苻融问情了事情经过以后，微微一笑，说："此事好办。你们这两个年轻人，一定有一个是抢包袱的歹徒，有一个是见义勇为的好汉，而且歹徒逃跑了，好汉把他追上了，是不是？"这两个年轻人和老妇人、路人都说："是啊，是啊！"苻融接着说："那么，你们两个人现在从这儿出发，跑到前面的凤阳门，谁先跑到，谁就不是强盗。把那个后到的人，给我抓起来。"大家一听，一下子开了窍：既然见义勇为者能抓住歹徒，他当然一定比歹徒跑得快。于是，纷纷让开一条路，让他们赛跑。

只见其中一个人还没等苻融说开始，就抢先跑了起来，另一个人还在等号令，苻融说："你还不赶快去追！"他才快步追了上去。虽然比赛尚未结束，但苻融心中已明白先跑的那个人是强盗。

果然，先跑的那个人尽管使出浑身的劲没命地跑，后跑的人却很快追上了他，还没等跑到凤阳门，就把他抓了回来。谁好谁坏，立见分晓。苻融对耷拉脑袋的歹徒说："你抢了别人的东西，还要诬陷好人，太可恶了，应该罪加一等！"大家都拍手称快。

**【悟在当下】看穿对方心思，抓住对方心理**

贼喊捉贼，这是心虚的人惯用的伎俩。苻融在审理这件贼喊捉贼的案件时，能够凭借智谋断明真伪，维护正义。他先是正确分析了歹徒跑得慢才会被抓住的事实，想用赛跑来证明谁是见义勇为者；同时也抓住了犯罪者做贼心虚的心理，因此，当歹徒抢先跑时，他就果断地做出了正确的评断。

在你与人交往的过程中，也要善于发现对方的心理，这样你可以很明确地看出谁是值得交往的真心朋友，而谁是弄虚作假、道貌岸然的伪君子。

## 审丝剖鸡

傅琰，是北地灵州人。从南朝刘宋时期，傅琰开始任县令。刘宋前废帝永光元年，即公元465年，任诸暨、武康等县县令。公元470年，又被迁为山阴县令。多年的县令生涯，尤其是在山阴的县令生涯，使得傅琰积累了丰富的治理地方的经验。

刘宋末年，萧道成为辅政大臣。山阴县在当时为东土大县，在此地为官尤其难。当时，山阴县的诉讼案件特别多，好几任县令都觉得治理这个地方很难。萧道成认为还得靠傅琰，便把正在担任江夏录事参军的傅琰调回山阴重任县令。

有一次，两个老太婆边走边相互打骂着往县衙方向走，其中一个怀中抱着一团丝，另一个则使劲地抢，抢不到就骂，另一个抱着丝的也不甘示弱，嘴里也不住地骂。惹得路上的人争相观看。两个人就吵得更凶了。原来她们为的是一团丝的归属。一个说那团丝是她的，另一个说她才是丝团的真正主人。两个人争得不可开交，分不出那团丝到底是谁的。傅琰先是制止住二人的争吵，开始审案。“你是干什么的？”傅琰问其中的一个老太婆。那老太婆说：“回大人，我是卖针的。”傅琰又问另一个老太婆：“你呢？”她回答说：“我是卖糖的。”傅琰问到这里，顿时有了主意，他对两个老太婆说：“你们两个的话都不可信，还是让我问问丝团吧。”

两个老太婆顿时糊涂了。他们不知道对团丝该怎样审问。只见傅琰对那团丝问道：“你说说看，她们俩的话谁说的是真的？”团丝当然不能回答。傅琰就装出一副非常生气的样子，大喝道：“大胆团丝，本官问你话，你竟然敢不回答，蔑视本官？来呀，将它给我绑在柱子上，重重地鞭打。”于是，上来了两个手拿皮鞭的威猛的衙役，他们按照傅琰的吩咐，重重地抽打团丝，傅琰就在旁边仔细观看，他发现团丝中掉出一些金属屑，就明白了团丝到底是谁的，很明显，团丝是卖针的老太婆的。经过审问，最后卖糖的老太太终于承认自己是冒认团丝的。

还有一次，两个老者为一只鸡的归属问题吵了起来，就来找傅琰断案。傅琰想了想，就问他们：“你们都说鸡是自己的。可是你们知道鸡的生活习惯吗？”两个人都说知道。傅琰便把两人分开，分别向他们提出问题，而且是相同的问题：“你的鸡爱吃什么？今天喂的是什么食物？”一个人回答说：“我的鸡爱吃小米，今天喂的是小米。”而另一个则说：“我的鸡爱吃豆子，今天喂的是豆子。”于是，傅琰命人把鸡剖开，结果发现鸡肚子中的食物都是小米。事实摆在面前，说假话的人只得认错。傅琰不但将死鸡还给了它的主人，还罚说假话的人赔偿活鸡给鸡的主人。

**【悟在当下】注意取证，用事实说话**

在断案的时候，打官司的双方都会各执一词，公说公有理，婆说婆有理，面对这种情况该怎么办呢？除了察言观色外，还要注意取证，让事实来说话。傅琰就是这样，用自己的智慧，细心观察，巧妙取证，破获了许多疑案。

在生活中，我们要有意识地提高自己的观察能力和判断事物的能力。这需要坚持“眼见为实，耳听为虚”的原则，重视事实论据的收集，不弄清事情的原委，不要轻易下结论。只有自己亲眼看到的才是真实的，有的时候自己看到的也可能是假的，这就需要你具有高度的辨别分析能力，不要被假象迷住了双眼。

## 魏先生识透李密

隋朝末年，皇帝杨广昏庸无道。他派人开凿京杭大运河，无数劳动力远离故土，被调来修运河。不仅如此，他还挥霍无度，不理朝政，整日沉迷在女色与美酒之中，给全国人民带来了无穷的灾难。因此，各地纷纷组织了许多起义的队伍。其中比较著名的人物有李密、杨玄感等人。这些起义的队伍，各自占据一块地盘，在此经营，并建立自己的政权。他们彼此之间既有矛盾也有共同利益，因而相互间打打停停，小的政权可能就会被大一些的政权所吞并。

此时，魏先生隐居在梁、宋交界的地方。著名的起义领袖杨玄感，因为与隋朝军队打仗的时候遭到惨败，军队纷纷溃逃，有的人就投降了对方的军队。他的军师李密也因此而逃到了雁门关。为了免于被敌人发现，李密就脱去戎装，换上普通百姓的衣服，同时更名改姓，当起了教书先生。就在他做教书先生的时候，认识了魏先生。

有一次，二人闲谈。谈起了当今天下大势，说起了如今的朝廷正大肆镇压起义队伍。魏先生开玩笑似的说：“我看先生您神色恍惚，目光涣散，心神不定而说话支支吾吾。现在朝廷正在大肆搜捕蒲山的叛乱分子，莫非你就是他们的头领？”李密慌忙起身，紧紧握住魏先生的手说：“先生你我相知虽然不久，但是言谈甚欢。您既然知道我的底细，难道不能救救我吗？”魏先生眼睛盯着他，诚恳地说：“我看先生既没有称帝的胆识，同时也不具备将帅的才略，而只是一个乱世中的英雄罢了。”接着，就向他详细阐述了帝王将相与乱世英雄各自成功失败的道理，魏先生接着说：“昨夜，我夜观天象，发现汾晋一代已有圣人诞生，如果你能去辅佐他，或许能够得到荣华富贵。”

听完这番话，李密拂袖而去，傲慢地说：“你这个迂腐的书生，我看我是不能与你一起商议国家大事的。”因为他不相信自己不能成就一番事业，他要做皇帝，要享受人间最高的荣华富贵，不久，李密就借故脱身往西逃走了，沿途他招兵买马，不断壮大自己的队伍，但是他的军队却屡战屡败，后来不得不投降了唐高祖李渊。可是他在李渊手下并不甘心，还做着自己的皇帝梦，不久，就又叛唐捣乱，最终被杀身亡，弄得身败名裂。

**【悟在当下】虚心听取他人意见**

魏先生是位智者，他通过观察李密的言谈举止已经看出他不是一个做帝王将相的材料，顶多是个乱世中的英雄。因而劝他去投靠李渊。可李密不听劝告，终于落了个失败的下场。

生活中，我们也要善于听取智者的忠告。不要对别人的意见不理不睬，一意孤行。须知别人的意见是你行为的最好指导，虽然有的时候别人的意见并不一定正确，但是你也要虚心接受，通过自己的分析判断，做出正确的选择。一个人不可能脱离社会而独立存在，在与人交往当中，虚心听取别人的意见，是做人最基本的一条准则。

## 小忍避祸

长州有个大户，叫作尤翁，他开了一家非常大的当铺，每年有上万两银子入账，生活当然非常富有。这一年，将近年关，各家各户都忙着准备过年了。家家张灯结彩，好不快活，尤翁家的当铺也高高地悬起了红灯笼，家里人忙里忙外，准备年货。

这天，当铺外面突然传来一阵争吵的声音，尤翁此时正在屋内休息，听到吵闹的声音，他就走出去看看到底是怎么回事。原来是一位邻居在和伙计吵闹。尤翁问伙计到底是怎么回事，伙计说："主人，这个人先是将衣服当了钱，现在却空手来取衣服，小人与他讲道理，他反而骂人，天下哪有这样的道理呢？没有钱却来赎当，当铺还不亏死了。"尤翁再看看那邻居一副气势汹汹的样子，丝毫没有退缩的意思。尤翁便将那人拉到一旁，和声细语地对他说："老兄，我明白你的意思，不就是为了过年吗？这点小事，何必搞得这么紧张呢？"说完，就让伙计去屋里找出那人曾经当过的四五件衣服，指着其中一件棉衣对他说："这件棉衣是冬天御寒不可缺少的。你拿回去穿吧。"接着又指着一件道袍说："这件嘛，过年的时候给亲戚朋友，穿的着，你也拿回去吧。至于其他几件不是急用的，可不可以先放在我这呢？"那邻居也不推辞，更不言谢，拿了两件衣服，就默默地走了。

那天夜里，这个人竟然死在了另一户人家，他的亲属与别人打了多年的官司才得以了结。后来，人们才知道，那邻居因为欠了很多债，无力偿还，于是，就事先服了毒，准备去诈骗，如果人家不给他钱，他就赖在那里，直到毒发身亡，让对方吃官司。他首先想到的就是尤翁，他知道尤翁很富有，准备来诈他一笔钱，但是由于尤翁的忍让，他的目的没有达成，于是他便转到了另一户人家，实现了他的目的。

后来，有人问尤翁："您是怎么预先知道那人喝了毒药，是在敲诈您，所以才那么容忍他呢？"尤翁谦逊地答道："哪里哪里，我怎么会事先知道他有这么一手呢。不过，就我的经验来看，凡是无理取闹的，他一定有所倚仗，如果我们小不忍就要遭到大的祸害了。"大家听后，都很佩服尤翁有见识。

**【悟在当下】小不忍则乱大谋**

尤翁的智慧体现在他的忍耐和洞察力。

生活中，有很多事情，其实不要太较真，如果尤翁与邻居据理力争，其结果肯定是尤翁被邻居敲诈。适当地容忍别人，是给自己留下更宽阔的余地，小不忍则乱大谋，在小处容忍别人，是为了成就大事业。不要那么事事斤斤计较，要想成就大事业，必须有宽阔的胸怀。

## 东宫棋手

唐德宗宠信宦官。那些贪得无厌的宦官，想尽办法来欺压和剥削百姓，不择手段地掠夺财物。他们设立了“宫市”，让一批太监专门到宫外采购宫里需要的东西。这些太监见到老百姓在市上出卖货物，只要他们需要，就强行购买，只付十分之一的价钱。后来，索性派了几百个太监在街上蹩望，看中了什么，抢了就走，叫作“白望”。

还有一些宦官在长安开设“五坊”。五坊是专门替皇帝养雕、养鹘、养鹞、养鹰、养狗的地方。有一批太监在五坊里当差，叫作五坊小儿。这批人吃饱了饭不干正经事，到处向百姓敲诈勒索。他们要敲哪家的竹杠，就把鸟网张在人家的门口或者井架上。谁要是在家门口进出，或者到井里去打水的时候，碰到了鸟网，就说谁吓走了供奉皇帝的鸟雀，围住他痛打，直到这家人出钱赔礼，他们才扬长而去。

五坊小儿常常在酒店里要酒要菜，大吃大喝，喝得醉醺醺的，就摇摇晃晃地扬长走了。酒店主人向他们要酒钱，不是挨骂，就是挨打。有一次，五坊小儿喝了酒不付钱，他们把捉来的一袋蛇交给店主说：“大爷没带钱，把它放在你这里做个抵押吧，过几天我拿钱来取。不过这些蛇都是宫里捉鸟雀用的，你得小心饲养，要是饿死了一条，小心你的脑袋。”店主人吓得要命，苦苦哀求五坊小儿把蛇带走，至于酒钱，当然不敢再要了。宫市和五坊小儿的胡作非为，引起了长安百姓的痛恨，但是在宦官掌权的日子里，有冤到哪儿去诉呢？

那时候，在太子李诵的东宫里，有两个陪伴太子读书的官员。一个叫王叔文，是个好棋手；另一个叫王简，写得一手好字。李诵除了读书之外，喜欢下棋写字，王叔文、王简就经常在东宫陪太子读书下棋。

王叔文出身下级官员，多少知道一些百姓疾苦。他利用跟太子一起下棋的机会，向太子反映外面的情形。太子听到宦官借宫市为名在外面为非作歹，很不满意。有一次，几个侍读的官员一起在东宫议论起这件事，太子气愤地说："我见到父皇，一定要提出这件事。"

大家都称赞太子有正义感，还为太子出谋划策，商讨用什么方法代替目前宫廷采买，或者该如何写奏折向皇上提这件事情。大家讨论得不亦乐乎，唯独王叔文缄默不语。太子的兴致很高，和大臣们说得很起劲，他见王叔文一直不说话，心里挺纳闷。等到大臣们都走了，太子让王叔文留下，询问他为什么刚才讨论的时候不肯说话。

王叔文说："太子的职责是侍候皇上的饮食起居，早晚给皇上请安，学好本领。而不应该随意讨论宫外的得失。既然您是太子，那么皇位迟早是您的。现在您和大臣们随意的讨论国事，让皇上知道了，准会对您产生误解。认为您急着做皇帝，拉拢大臣，您对此又有何解释呢？"太子一听这话，顿时吓得出了一身的冷汗，流着眼泪说："先生，您说得太对了。要不是您及时提醒我，我就犯了大错了，恐怕连性命都不保啊。您真的是我的恩师啊。"从此，太子不再和大臣们讨论国事弊端，老老实实地做人，按时给皇帝请安，也更加宠爱王叔文。

**【悟在当下】三思而后行**

在封建社会里，皇帝的威严是最不容侵犯的，皇帝对危及皇权的所有言行都是最为重视的。所谓"伴君如伴虎"，假如皇上发现谁有危及自己的苗头，是绝对"六亲不认"的，哪怕自己的亲生骨肉，也可能当机立断，乃至赐以死刑。太子差点犯下大错，幸亏有人指点，才化解危险于无形。

当然，在当下的时代，这样的危险是没有了。但是，做事不图一时之痛快，多考虑后果，这是值得每个人借鉴的。

# 偶借阳光识破假信

唐代武则天当政时期，湖州佐史江琛，偶然间得到了刺史裴光写的一些书信。裴光这个人为人正直，刚正不阿，江琛身为他的上司，却贪恋钱财，收受贿赂。有好几次，快到手的钱财，都是被裴光给搅黄了，对此江琛很是不满。总想找个机会，收拾一下裴光，可是裴光平时做事小心，又清正廉明，很难找到他的破绽。江琛很是苦恼。这次，他无意中得到裴光的亲笔书信，不禁计上心头，他想，为何不用这些信做做文章呢？

于是，他就小心翼翼地把裴光所写的字，一个一个地剪下来，然后按照自己的意思重新组合拼凑起来，搞了一封谋反信。心想，这次一定要让裴光这个不识抬举的家伙身败名裂。于是，江琛就上书给武则天，说裴光企图和徐敬业勾结共同谋反朝廷，并交上了自己伪造的那封书信。武则天听后大怒，立即派了一个御史去彻查这件案子。这个御史先是核对了裴光的字迹，得出的结论是："字无疑是裴光的，但话却不像裴光的话。"从而否定了原告。江琛不死心，继续在武则天面前诉说裴光的"罪状"，说："裴光表面上讲的是仁义道德、效忠朝廷，暗自里却勾结反叛，想做皇帝，一心想推翻皇帝您，他还说自古以来从没有女人做皇帝的……"听到这，武则天大怒，她最恨别人说女人不能做皇帝了。于是，她又派人去查这件事情。可是一连派了三个人，都没有定案。武则天是个猜疑心很重的人，她不允许别人对她有丝毫的不敬，在她看来，宁可枉杀一千，也不能放过一个对她不利的人。于是，她又派了张楚金接办此案。

张楚金是唐代的诗人，曾任秋官尚书。他接手这件案子后，立即进行了调查，可是调查的结论仍然和以往相同，根本得不出什么更新的证据证明裴光无罪。他很烦恼，觉得无法向武则天交差，搞不好自己还会因为办事不力而受罚，他心中十分郁闷。这天，他躺在靠西窗的床上休息，阳光从外面照射进来，他随意拿起那封"谋反信"对着阳光看，因为光线是从纸的背面照射过来的，他突然发现，信上的字竟然是经过修补粘贴而成的。他顿时心中一亮，立即把湖州的官员们都召集起来，又让人端了一个大水盆，然后，他喝令江琛自己把那封信放入水中，不一会儿，信上粘贴的字便一个一个地掉了下来。江琛见阴谋败露，只得低头认罪。

【悟在当下】从生活中汲取经验

面对这样一个没有丝毫进展的案子，所有人都无计可施，可是张楚金却利用一个偶然的机会把它破获了，也许这里面存在很多的偶然因素，但是我们还是要为张楚金的灵机一动和善于发现问题而喝彩。

阿基米德在洗澡的时候无意中发现了浮力定律；伦琴在试验中发现了X射线；牛顿在树下休息的时候看到落下来的苹果而发现了万有引力……他们善于发现问题，成就了自己的事业。

生活中有许多这样的事情，它看起来没有问题，可是让人心里总是不舒服。这时，你就要仔细观察，学会从生活中汲取经验，这样你才有可能发现问题。如果你不懂得生活，对生活中的常识一无所知，相信你也不会有什么大的成就。

## 明察疑案

张希崇，五代时期后唐名臣。后唐明宗天成元年，即公元928年，他率众由契丹回归祖国，明宗嘉许他的义举，任命他为汝州防御使，迁灵武节度使。

张希崇是个性情温和，为人宽厚的人，可是他对奸邪之事却疾恶如仇。他到汝州不久，就遇到了一件非常棘手的案子。有个姓郭的人状告他的弟弟独吞了父母留下的家产，要求与弟弟平分遗产。这天，张希崇公开审理此案，到堂外旁听的百姓也很多。张希崇先让原告哥哥陈述案情。哥哥说自己本与弟弟是同胞兄弟，理应得到父母留下的遗产，可是弟弟却不承认他是其父母亲生，而是收养的养子，并且早已被父母赶出家门，遗产不能分给他。弟弟听到这里，大声说：“大人，他不是我的同胞哥哥！不是！”张希崇问哥哥说：“你到底是不是郭氏亲生儿子？有何为证？”哥哥十分痛苦地说：“我的确是郭氏亲子，父母去世后，弟弟为了独吞家产，侮蔑我非父母所生。不信您可以问问我家长辈我是否为郭氏亲子。”张希崇立刻传了郭家的亲属数人，大家都说原告的确是郭氏亲子，而弟弟却坚决不承认，不住地叫喊：“他们胡说，他们胡说！”兄弟两个就在公堂上大吵了起来，张希崇看审理没有结果，便宣布退堂，稍后再审。

回到后堂，张希崇就找来关于这件案子的案宗，发现这是一桩久拖未决的疑案。为什么这个案子迟迟都不能定案呢？这里面一定有什么蹊跷？张希崇想。于是，他就脱了官服，换上平民百姓的衣服，带了一个随从，亲自到兄弟俩的家附近明察暗访，终于弄清楚了事情的真相。原来，原告的确是郭氏所收养的义子。原告本是个无家可归的孤儿，郭氏夫妇从小将他抚养成人，像对待亲生儿子一样疼爱他。但是他却生性顽劣，刚愎暴戾，惹了不少的麻烦，郭氏夫妇实在忍无可忍，就把他逐出了家门，从此与他断绝关系。从此以后，他就更加肆无忌惮，横行乡里。自己也不做工、种地，就靠着纠结了几个小混混到处混吃混喝，甚至明偷暗抢，乡里人见了他都像见到瘟神一样，避之不及。后来，郭氏夫妇相继去世，而郭氏的亲生儿子也已经长大成人，顺理成章地继承了父母留下的遗产。横行的哥哥看到父母留下了那么多的田产给弟弟，就想趁机攫取，于是，他就买通了郭氏的亲属，要状告弟弟。郭氏亲属都惧怕他的强横，或者贪图其财贿，都相继做了伪证，证明他是郭氏的亲生儿子。在张希崇前的几任官员，不能明察，遂成疑案遗留下来。

案情搞清楚之后，张希崇又开堂审理。他宣判说：“告状人郭某，本为郭氏养子。父母在世时即与其脱离关系，父母去世时连吊唁都没有来参加。如此不孝之人，如果称为养子，则辜负了父母二十年养育之恩；如果还要说是亲生儿子，那就犯了三千条悖逆之罪。原告不忠不孝，横行乡里，串通作伪，欺瞒官府，败坏风俗，竟然妄索田产，真是岂有此理！判郭氏田地财产为其亲子所有，原告与朋比为奸者全都交法官按律定刑。”听到案子的审理结果，在场旁听的人都十分敬佩张希崇的明察。

**【悟在当下】不偏听偏信**

证据在断案中十分重要。而许多的证据都是由证人提供的。断案者注重证词，但又不能完全唯证词是断。要想断明是非，还必须注意调查研究。张希崇之所以明断疑案，就是因为他细心体察案情，不偏听偏信，根据事实推翻伪证。

生活中我们也会遇到类似的情况，很多时候并不是多数人说的就是正确的，真理往往掌握在少数人的手里。所以，对于别人所说的话，或者别人所传的话，不要轻易相信，甚至跟着传说，你要具有分析辨别的能力，亲自实践得出的结论才是真实的、可信的。

## 狄仁杰不惧妒女祠

狄仁杰

狄仁杰任度支员外郎的时候，有一次，皇帝将要巡视汾阳，狄仁杰奉命前去筹办皇上旅途中的供应。古代皇帝出巡，沿途需要不断供给各种食物、水果等。正当狄仁杰忙着准备的时候，并州长史李玄冲前来报告，说："狄大人，我们事先安排皇上所走的路线要经过妒女祠。"狄仁杰不明白这有什么不妥，疑惑地问："怎么，有何不妥？"李玄冲继续说："民间传说凡是穿着华贵衣服的人和大队车马经过妒女祠的，一定要遭到雷轰风袭的。所以以往如果有结婚的队伍或者达官贵人回乡省亲的大队都会绕过这妒女祠，以防不测啊。如今不如我们赶快通知皇上的卫队，改路而行吧。"狄仁杰听到这儿，知道这民间传说不足为信，肯定是不怀好意的人为麻痹百姓而造的谣言，以吓唬人们。于是，就对李玄冲说："天子外出巡幸，千车万马，声势浩大，皇上乃是上天的儿子，天上的神仙都要对皇上十分尊敬，风伯要为皇上清除前行的灰尘，雨师要为皇上淋洒前行的大道，这妒女只不过是个普通的小仙，哪敢跑出来加害皇上，所以皇上根本不需要回避什么啊！"李玄冲听后，也觉得狄仁杰说得有道理，就不再坚持己见了。后来皇上巡幸经过此地的时候，果然无事。

**【悟在当下】以彼人之道，还之彼身**

狄仁杰的智慧首先体现在他不相信妒女祠的无稽传说，其次在于他对李玄冲的巧妙解释。李玄冲既然相信妒女祠的传说，说明他是个迷信的人，如果在这么短的时间内说服李玄冲放弃他脑中根深蒂固的迷信思想肯定是不可能的，所以狄仁杰就以彼人之道，还之彼身，用迷信的说法来说服李玄冲，最后不费吹灰之力就达到了自己的目的。

生活中，当我们面对像李玄冲这样的对某种思想坚信不疑的人时，采用直接的办法说服他可能不容易，不妨用间接的方法说服他，这样不但不会损害你和他的关系，而且能达到说服目的，一举两得。

## 东院主知乱储粮

唐朝末年，由于宦官专权，皇帝昏庸，致使朝廷政局不稳，人民受到残酷的剥削和压迫，于是各地纷纷有举起义旗的农民，他们试图通过造反来改变目前的艰难生活。而在岐地的李克用和朱温为了争当首领，从而大打出手。住在东院的主人，知道战乱将起，于是就召集全家人开会，让家人千万不要出门，也不要参加唐朝军队或者是任何一支起义队伍，老老实实地待在家里，听候他的安排。

于是，这家人从早到晚，每天都是把储存的豆子、小米磨成粉，磨了一堆又一堆，直到把家里储藏的所有粮食都磨完了为止。然后东院主吩咐自己的大儿子把原来的墙推翻，重新砌墙。吩咐二儿子和其他女眷把这些粉做成砖坯准备垒成墙。

本来东院主家的房子和墙都是近期才弄好的，现在又推翻了重新垒，邻居们觉得很奇怪，纷纷问："您家的墙和房都是刚刚盖好的，为什么要重新砌啊？"院主只说："我看这墙和房子砌得都不坚固，还是重新砌一下吧。"

邻居们都觉得老头子有毛病，砌的那么好的墙居然说不牢固，真是有钱没处花了。等儿子们把砖坯做好，他就命令大家垒墙，在墙外面再用黏土抹好，这样谁也看不出是用粮食做的墙。后来，他们又买了很多木材加固房屋。

这家人，连续干了好多天，从不出门，邻居好奇，就爬着墙头看看这一家人到底在干什么，当他们看到东院主一家人把磨好的粮食做成砖坯，在垒成墙的时候，不禁哈哈大笑，不住地说："这家人疯了，这家人疯了，他们竟然把好好的豆粉、小米粉做成砖坯垒墙，这不是疯了是什么，再傻的人也不会用粮食垒墙啊。"可是，东院主仍旧不说什么，只是闷头干活。

后来，战乱真的发生了，李克用和朱温大打出手，两股队伍发生了长久的战争。百姓的田地都被毁了，人们没有了收成，只好靠自家储存的粮食过活，但是那个时候，农民的生活很艰难，家里哪有那么多的富余粮食，况且朝廷不管是丰年还是歉收都要收租税，家里仅有的粮食交了租就没剩下什么了，再遇到土匪抢劫，家里几乎没剩什么吃的了。所以没到冬天，很多家里就没有粮食，他们四处逃难，最后只好吃树皮，吃野菜，到了冬天，天寒地冻连野菜也挖不到了，这些可怜的人就只有被冻死被饿死了。而东院主这时却把自己家的墙推翻，挖出其中的砖坯，把它打碎，做成米粥，把房木劈开做柴烧，一家人免于战乱之苦。

**【悟在当下】事预则立，不预则废**

东院主看到起义军队内部发生争执，就知道一定会发生叛乱，于是将粮食做成砖坯砌墙，用木材加固房屋，以备来日战乱所需。真可谓心思细密，目光长远，相比那些嘲笑他的邻居，真是不可同日而语。

其实，每个人都应该对将来发生的事情有所预料，并事先做好应对的准备。这就要求你具有高度的洞察力，能够根据目前形势的发展，预测将要发生的事情。用一颗有所准备的心去应对问题，比突然接受某个事实，更容易。

## 吕端谏太宗毋杀敌母

宋太宗时期，西夏王李继迁时常率部到宋朝的西部边境骚扰，他们烧杀抢掠，搞得民怨沸腾。有一天，宋朝边境上的守将上书说，捉住了西夏王李继迁的母亲。向皇帝请示该如何处置。宋太宗接到奏折，很是兴奋，心想：好你个西夏王，你骚扰我边境居民，搞得我头昏脑涨，而今我抓住了你老母亲，非得给你点颜色看看。于是，就下令将李继迁的母亲押往京城，准备择日杀了她。可是，高兴过后，他又觉得心里有些不踏实，于是，就把枢密使寇准召来商议到底该如何是好。

寇准退朝后回家，当他路过宰相府的门口时，被宰相吕端拦住了去路，并邀请他到宰相府聊聊。寇准屁股还没坐稳，吕端就迫不及待地问："皇上是否专门嘱咐过你，不要将杀李继迁母亲的事情告诉我？"寇准笑笑说："那当然没有！"吕端又问："那么皇上打算怎么杀她呢？"寇准说："皇上打算再保安浚的北门外将其斩首，以此警告匪首李继迁。"吕端听到这里，不禁脱口说道："如果这样处理，那事情就糟了。"说完，就匆匆地将寇准送出门外，坐着马车向皇宫驶去。

宰相这么着急拜见皇帝，太宗感到事情突然，一定是出了什么大事了，就赶忙召见他。

吕端一路小跑着来到皇上的宫殿，先是叩谢了皇上，然后平静一下心态说："陛下，想当年楚汉决战，项王捉住了汉王的父亲，并扬言要煮了他吃，以此来威胁汉王，而汉王却冷静地对项王说：'好啊，您如果真的这么做了，请也分给我一杯肉汤吧！'项王顿时无话可说。由此可见，凡是想成就大事业的人，心是很残酷的，常常不会顾惜到自己亲人的死活，又何况大宋今天所面对的是像李继迁这样一个反叛之臣呢？陛下可以想一想，您如果今天杀了李继迁的母亲，他明天真的会来投降吗？如果不能，那么情况会更糟糕，这只会加深他的仇恨，使他的反叛之心越来越强烈，更加肆无忌惮地骚扰我边境居民，甚至会公然向您发出挑战啊。"

太宗听到这里，不禁出了一身的冷汗，赶忙扶起吕端，恳切地问道："爱卿，你所言极是，只不过现在我们已经抓到了他的母亲，难不成就这样放回去？你看该如何处置比较妥当呢？"

吕端胸有成竹地说："陛下，依微臣的意见，可否将她安置在离西夏很近的延州，并派人好好地款待她，然后以此为诱饵来招降李继迁？纵然李继迁一时不来投降，但是因为他母亲在我们手里，使得他不敢胡来，因此而拴住他反叛的心，因为他母亲的生死存亡掌握在我们的手里，谅他也不会不考虑这一点。”

太宗听完，拍着大腿连声叫好，称赞道：“爱卿，要不是你，朕险些误了大事了！”

后来，李继迁的母亲老死在延州，朝廷派人给她举行了隆重的葬礼。虽然李继迁依然没有来降宋，但宋朝的高尚举动，让他不敢胡来，宋和西夏边境也保持了一段时间的和平。李继迁死后，他的儿子竟来向宋称臣，以求宽恕昔日他父亲的罪过。

**【悟在当下】得容人处且容人**

如果宋太宗真的按照自己的意思，杀了李继迁的母亲，那后果是可想而知的。幸亏吕端及时觐见，帮助宋太宗认识到问题的严重性，才避免了一次流血冲突。

生活中、工作中我们也会遇到类似的事情，当你的对手的亲人或其本身遇到意想不到的危机，这个时候，我们不要落井下石，拍手称快。因为很多时候，往往你在对方最困难的时候给以其宽容，这会赢得意想不到的效果。你的宽容也许会使你们尽弃前嫌，成为生死与共的好友。所以生活中不要那么尖锐、刻薄，用一颗宽容的心对待别人，你将会收获更多。

## 陈觉远见卓识善处难事

北宋时期，有一次，谏官陈觉奉旨从外地刚刚赶回京城，就听说圣上有旨，命令中书、尚书、门下三省，将那些由于上奏而遭到贬谪的臣僚们的奏章全都送缴上去，三省打算照办。陈觉赶忙对宰相的幕僚谢圣藻说：“这一定是有奸臣欲盖弥彰，打算洗刷自己从前的罪过而想出的花招。如果全部都交上去了，那么，以后万一时局有什么变化，三省的官员们将用什么来为自己开脱呢？”随即便举出户部尚书蔡京曾上书请求诛灭侍御使刘挚等家族，就捏造刘挚曾非法携剑进宫，想斩尚书左仆射王申等几件事。谢圣藻一听，胆战心惊，忙请教该如何是好，陈觉对他耳语一番。谢圣藻马上告诉宰相，将准备上缴的奏章全都录下副本，以防万一。果然，后来蔡京一伙欺君罔上的罪行难以洗刷干净，就是因为这些真凭实据还在。

宋哲宗时，邹浩由于揭露张惇被贬到新州；徽宗即位以后，又重新起用他，回到了朝廷。皇上再三称赞他当初进谏立刘氏为皇后的事，并询问奏折的底稿还在不在。邹浩说："底稿已经被臣烧掉了。"退朝后，邹浩将这件事告诉了陈觉，陈觉说："你的祸事恐怕就要从这里开始了！以后如果有奸臣伪造一封你的奏折，那么皇上就真的无法辨认真伪了。"先前，哲宗皇帝曾有一个儿子，即献愍太子赵茂，他是昭怀刘氏做妃子时生的，当时哲宗没有其他儿子，而孟后被废，正宫的位子一直空着，刘氏因此被立为皇后。不料，仅仅过了三个月，赵茂就夭折了。邹浩曾三次上书，请求立刘氏为皇后，当奏折的底稿都被毁了。奸臣蔡京当政以后，因为他一向嫉恨邹浩，就指使党羽伪造了一封邹浩当时的奏折，其中说："刘氏杀了卓氏（哲宗的另一个妃子）而抢去了她的儿子，以此来冒充自己的儿子，这事骗人也许还可以，但怎么能够蒙蔽上天呢？"宋徽宗看了这封奏折，误认为是真的，于是下诏披露了这件事。接着，再次将邹浩降职为衡州别驾，以后又贬到昭州，这一切都证实了陈觉当时的话。

宋徽宗刚即位时，曾想纠正哲宗绍圣年间的弊端，以安邦定国，于是广开言路。大家都认为，贤臣将会重新得到重用，当务之急就是追封司马光、吕公等旧臣的官职。陈觉当时正担任谏官，力排众议，指出："前朝废黜孟皇后，追封遭贬且已身亡的宰相，当时都是立有罪名的，非同小可。现在要给他们恢复名誉，就应该先分辨诬陷不实，昭雪无辜，追究制造这些冤案的奸臣的刑事责任，然后，再由皇帝下诏公布于世，按照礼仪的规定来进行，这样，才不至于留下后患，千万不要只图求一时之快，而遗恨无穷啊！"但是，当时的一些大臣们却认为大家被压抑的太久了，希望尽快地做出决断，以博得世人的欢心，于是，就仓促追封了司马光等人，起用了一些贤臣。可是不久，奸臣蔡京当政，便又把先前的旧案全部都翻了过去。于是，人们这才不得不佩服陈觉的远见卓识。

**【悟在当下】保持理智，远见卓识**

陈觉具有远见卓识，一次又一次未卜先知，令人佩服。究其原因就是他遇事善于分析，不感情用事，能够把事情的前因后果分析透彻，所以才会看事情看得那么准。

很多时候，我们也希望自己能够未卜先知，或者往往后悔自己为什么当初不仔细考虑一下，也可以避免今天的错误。其实，每个人都可以像陈觉一样具有远见卓识，只要你遇事不头脑发昏，能保持理智，用你的大脑去想问题、分析问题，预见可能出现的后果，然后再谨慎出行，就可以避免事情过后而暗自后悔。

# 王旦妥善处理国事

宋真宗时期，兵马副都指挥使张旻，奉皇上旨意挑选训练骑兵。由于他执行军令过于严格，士兵稍有差错，就棍棒送上，还有的犯了大一点错误的，命就没了，因而士兵们在他的手底下都像惊弓之鸟，唯恐哪天犯了错误，被他责罚。于是，士兵中间胆子大的、不甘于被张旻如此管束的人就联络在一起，偷偷地在士兵中做宣传，准备密谋一场兵变，打垮张旻对他们的残酷控制。

世上没有不透风的墙，这个消息竟然传到了皇上的耳朵里。皇帝赶忙召集大臣们商量这件事情该如何处理。宰相王旦说：“陛下，张旻对士兵过于严酷，的确不该，但是如果现在惩罚他，那么以后将帅还怎么带兵呢？如果马上逮捕那些密谋造反的士兵，那么又会惊动整个京城，骚乱百姓。”皇帝急忙问：“这也不好，那也不好，到底该如何处置这件事情呢？”王旦接着说：“陛下，不如这样，您不是几次都想认命张旻为枢密使吗，现在您可以降旨提拔他，这样既可以解除他的兵权，同时又使那些密谋者安定下来。这不是一举两得吗？”皇帝对他的建议很满意，对左右大臣夸奖说：“王宰相善于处理国家大事，是个名副其实的好宰相啊。”

又有一次，契丹王上书朝廷，请求在每年朝廷所赐给他们的物品之外，再额外给些钱。宋真宗很是不爽，本来每年给契丹的物品就是所有附属国中最多的了，如今他们还不满足，竟然要钱了。皇帝很是生气，可是契丹位于宋朝西北部，有着重要的战略意义，如果契丹与宋反目，那么宋就面临危险了。皇帝一时不知道该如何是好，就找来王旦商量。王旦说："陛下您正准备去泰山封禅，行期马上就要到了，御驾就要启程了，他们这个时候来索要钱财，无非是想探听一下朝廷的意图罢了。如果您不给他们，他们就会乘机来攻打我们京城。"皇上也说："是啊，朕也知道这个契丹惹不得，可是白白给他们那么多银两，朕实在不舍得啊！"王旦继续说："陛下，我有一计，不如我们再每年给他们的三十万缗钱的基础上，说是再借给他们六万，并说明这借的六万将在下一年扣除。这样我们虽现多给了他们六万，但下一年又扣回来了，实际上根本没有多给。"结果，契丹王得到这笔额外的钱财感到十分羞愧。第二年，王旦又根据皇帝的旨意，通告有关部门："契丹先前借的六万钱财，对大宋来说只不过是一件小事，不用从中扣除了，请按常年所付的钱数给他们，但下不为例了。"

**【悟在当下】凡事以大局为重**

王旦能够时刻从朝廷的利益角度出发，处处为朝廷着想，才能妥善地将国事处理好。试想如果他处处以自己的利益、个人的好恶为出发点，恐怕就不会做出好的决策了。

那么，我们在工作中也应该学习王旦的这种精神，既然我们都在这个集体中，我们的命运时刻与所在的集体联系在一起，它亡你亡，它荣你荣，你应该时刻为了它的繁荣而贡献自己的力量，而不要只顾自己，没有集体，哪有个人呢？所以，我们提倡爱岗敬业，实际上正是从每个人的前途着想啊。

## 欧阳晔细微之处识别真凶

欧阳晔，是北宋时期著名文学家欧阳修的叔叔，他在鄂州做官时，曾经遇到这样一件事情。有一天，当地百姓因为相互争抢船只而打起架来，还出了一条人命，事后，官府抓了几个当时参与群殴的人，但是他们谁也不承认是自己杀了人，所以一时无法定案。欧阳晔到了此地为官后，听说了这个案子，就决定尽快查明真相。他首先找来关于这个案子的卷宗，了解了被害者的情况，包括他的伤口、家里人的情况，等等。

这天，欧阳晔亲自来到牢房，把那几个被抓的人都提了出来。这几个人被关在地下的牢房，基本都见不到阳光，而且他们涉嫌杀人，狱卒们对他们管得都很严，不要说吃的是最差的，他们稍有不服，还会遭到狱卒的痛打。所以这几个人在牢房里关得久了，又迟迟定不了案，心里很是烦闷，今天，好不容易有人来提审他们，他们反倒很高兴。欧阳晔让他们坐在庭院里，解下手铐脚镣，还给他们预备了一桌丰盛的酒席，这么久没有好好吃东西了，这几个人简直像饿虎扑食一般，狼吞虎咽地吃了起来。按照当时的法律，死刑犯在被杀之前，官府都会给他们预备一顿上好的吃喝，以做送行。这班人哪里还顾得了这些，心想死就死吧，在死之前能够痛痛快快地喝、痛痛快快地吃，也不亏了。而欧阳晔则在一旁观察。

吃完饭后，欧阳晔来到他们面前，他们还以为是自己的时辰到了，该上路了，不禁失去了刚才吃饭时的精神头。欧阳晔对他们说："你们不必难过，我不想杀你们，你们这些天在牢房也吃了不少的苦，这是对你们打架的惩罚，今天让你们出来吃喝，只是想告诉你们，我已经找到真正的杀人凶手了，只不过你们还要在牢房待一段时间，等我将此人抓获，你们才可以出去。"说完就让这些人回牢房了，但是却留下了其中一个人。这个人见欧阳晔唯独留下了他，不禁四面张望，显得神色紧张。欧阳晔说："杀人的，就是你！"犯人听了这话惊慌得不知所措，他还想狡辩，欧阳晔抢先说："我看你们这班人吃东西的时候，都是用右手拿筷子，而只有你是用左手，现在死者的伤口正是在右肋，试想一个用右手拿刀的人怎么会去砍死者的右肋呢，而只能是左肋。这就是说只有用左手拿刀的人，才可以砍死者的右肋啊。你还有什么可狡辩的？"那犯人见欧阳晔说到了要害，只得俯首认罪。

**【悟在当下】细节决定成败**

面对这样一起群殴事件，由于参与的人非常多，混乱之中很难分辨到底谁是杀人凶手。而心思缜密的欧阳晔却找到了破案的缺口。他首先观察死者的情况，发现其受伤的地方是右肋，这一点一般人也许不会觉得有什么疑义，但是欧阳晔却从中发现了问题，他知道右手拿刀的人是不可能砍到死者右肋的。随即他又通过观察犯人们吃饭的情景，找出了真凶。

为什么欧阳晔能够那么快就发现问题，找出凶手呢？其原因就是他善于观察生活中的细节，了解人们的生活常识。通常我们往往忽视这些，所以也就不容易发现问题。要做生活的有心人，这样遇到难以处理的事情，才能轻而易举地将其解决。

## 巧用亲情了结告子不孝案

宋代韩彦古任平江知府的时候，有个士族女人，前来控告她丈夫前妻的儿子，说她这个儿子不孝顺他，自从她丈夫死后，这个儿子就不养活她，也不给她钱花，不给粮食吃。她还说自己来到她夫家的时候，这个不孝顺的儿子才刚刚五六岁，她对待这个儿子像亲生儿子一般，都说后娘不好，可自己对待这个孩子真的是好得不得了，谁知道等这个孩子长大了，根本不知道报答自己。自己只好和亲生儿子一起过。她边说还边哭泣起来。扶着她的是个年轻的身穿士族子弟衣冠的人，看样子应该是她的亲生儿子。

这时，韩彦古身边的幕僚悄悄地对韩彦古说："大人，其实事情根本没有老太太说的那么严重。老太太是偏向她的亲生儿子，也就是扶着她的那个人。我听说老太太自从她丈夫死后，就特别讨厌她那个大儿子，总挑大儿子的毛病。其实，她大儿子挺孝顺她的，只不过是老太太看他不顺眼罢了。"韩彦古听完，就对老太太说："这件事情很严重，应该稍加惩罚一下。"老太太说："大人，我已经呈了状子，请您依法处理吧。"韩彦古说："这个自然，不过，我们必须先把您这个不孝的儿子关起来，然后才能进行审定判罪。您老年纪大了，肯定不能到公堂上来当面与他对证，我看暂且把这个搀扶您的儿子留下来吧，放在监狱查证，等我慢慢研究后再判决吧。”老太太一听说要把自己的小儿子扣下，放到监狱里受罪，心疼得不得了，于是赶忙说：“大人，我看还是把诉状还给我吧，我回家教训我那不孝的儿子，等以后他要是再犯，我再来申诉他吧！”此后，这个老太太再也没有来告过他的大儿子。

**【悟在当下】利用亲情解决问题**

韩彦古知道老太太是成心找大儿子的毛病，所以就巧妙地利用老太太对小儿子的疼爱，不仅让老太太撤回诉状，还避免了以后老太太找大儿子麻烦，真是一举两得啊。

利用亲情解决问题，这种事情自古就有。比如三国时期徐庶是个不可多得的人才，同时也是个大孝子。徐庶开始去投奔刘备，为刘备出了很多好的主意。曹操知道了这件事情，就抓了他的母亲，徐庶因为救母心切，只得离开刘备，结果到了曹营，就被曹操扣留了。

其实，生活中我们也可以利用这种办法解决问题，前提是你必须对对方有充分的了解，以免弄巧成拙。

## 李南公巧治绝食者

北宋的李南公任河北提行的时候，有个叫班行的犯人被关在监狱里。但他对审判表示不服，整天在狱中大喊“冤枉”。狱卒们被他吵得实在受不了，就去报告李南公。李南公查阅了所有关于班行的卷宗，实在看不出有什么不妥，觉得此人是罪有应得，就让狱卒好好看管他，到时候可以给他点颜色看看。

班行见如此喊叫得不到大人的注意，就在牢房又跳又蹦，狱卒们对他讨厌得不行，就拿鞭子打他。班行见这些招数都得不到大人的注意，就想了个更狠的招数。于是，他就绝食，以表示抗议。他盘腿坐在牢房里，闭着眼睛，一句话也不说。开始，狱卒们还以为班行是做做样子给他们看，挺一两天，他受不了就自然会吃饭了。于是也不去管他，随他怎么办。可是，很多天班行都不肯吃饭。这回狱卒们有点着急了，害怕班行死在牢中，给自己找麻烦。狱卒们就去禀告李南公，李南公心想一般人几天不吃饭就会饿得受不了，如果能挺过一个月，已经是十分不容易了。现在这个班行竟然一个多月不吃饭，肯定有什么问题。于是他就亲自来到牢房，看个究竟。只见那个班行盘腿坐在房中，一动不动，而且双眼禁闭，仔细看看似乎这个人在运气。看到这里，李南公就明白了一切。于是，他对狱卒们说："我有办法让他马上吃东西。"接着，李南公下令把班行从狱中提了出来，对侍卫们说："来啊，给我找东西把班行的鼻孔堵住。我看他还怎么绝食。"那人一听害怕得不得了，马上就吃起东西来，而且全都招认了自己的罪行。原来，这个人真的善于运气，如果用东西堵住了他的鼻孔，堵住了他的气道，那么，他就没有办法再运气绝食了。李南公之所以能制服他，也是因为他的知识广博起了作用。

**【悟在当下】广闻博识**

李南公知识广博，能够看出班行是运气才能绝食多天而保不死。其实，作为一个法官，不光要有敏锐的洞察力，而且还要有广博的知识。不管古代还是现代，这一点都是适用的。同样无论你做什么工作，都需要在具有专业知识的同时，也有其他方面的知识，须知知识永远也不会嫌多。

古代有很多名人都是在很多方面有所成就，现代社会，虽然分工细化、专业细化，但是，掌握多方面的知识，对自己本专业的学习大有裨益。

## 毕仲游分析司马光变法

北宋王安石于宋神宗熙宁年间进行的改革，是要变法立制，富国强兵，改变积贫积弱的现状。

王安石变法以“富国强兵”为目标，从新法实施，到守旧派罢废新法，前后将近15年时间。在此期间，每项新法在推行后，基本上收到了预期的效果，使豪强兼并和高利贷者的活动受到了一些限制，使中上级官员和皇室减少了一些特权，而乡村上户地主和下户自耕农则减轻了部分差役和赋税负担，封建国家也加强了对直接生产者的统治，增加了财政收入。但是，各项新法或多或少地触犯了中上级官员、皇室、豪强和高利贷者的利益，最终被罢废。

司马光与主持变法的王安石发生严重分歧，在政见不同、难于合作的情况下，司马光退居洛阳，通过编纂史书，从历史的成败兴亡中，提取治国的借鉴，“使观者自责善恶得失”。后来，王安石被废黜后，司马光继续执政，他反王安石变法之道而行之。当时，毕仲游任河东路行狱提点，写了封信给司马光，信中说：“过去王安石以兴作之论，说动了先帝，但忧虑财力不足，所以，凡是可以得到民间钱财的政策，没有不用的。发放青苗贷款，设置‘市易务’、收敛‘助役钱’、变革盐法等等，都是事；而想振兴宋室，忧虑财力不足，才是情。没有能杜绝他兴作之情，只想禁绝他散敛变置之事，这是之所以百说而百不行的原因。现在废除了‘青苗法’，取缔了‘市易务’，免掉了‘助役钱’，废弃了盐法，凡只是为了获利而伤害老百姓的事，都一扫而光，更改了它。那些过去在实行新法时被重用的人，心里必然不高兴，心怀不满的人，必然要说‘青苗法’不可废除，‘市易务’不可取缔，‘助役钱’不可免掉，‘盐法’不可废弃；必然要处于不足之情，说不足的事，以感动皇帝。他们的话就是让石头人听了，也会动心的。如果这样，那么被废除的可以再发放，被取缔的可以再设置，被免掉的可以再收敛，被废弃的可以再存在。现在治理国家的办法，应当让天下有识之士献计献策，深入了解收支的数字，将各地所积蓄下来的钱粮，一并收归地方官府，使他们的经费可以支付二十年的所需。几年以后，又将会是今天的十倍，使天子清楚地知道天下在钱财上的剩余。那么‘不足’之论，就不可能陈述在天子面前，然后新法才可以永远被废弃而不再实行。”

毕仲游信中又说：“当初王安石身居高位，朝廷内外都是他的人，所以他的变法能够实行，今天你想疗救前日的弊病，但您身边担任各种职务的官吏，十有

王安石

七八都是王安石的门徒。虽然起用了两三个旧臣，用了六七个正人君子，然而，上百人中才占十几个，这种形势哪里能有所作为呢？不具备可以做事的条件而想去做，那么‘青苗法’虽然废除，又会再实行，何况还没有废除呢？‘市易务’‘助役钱’‘盐法’等也无不如此。用这样的办法去疗救前日的弊病，就好比一个人旧病稍愈，使他的父亲、儿子、兄弟都面有青色，但不敢贸然祝贺，因为他的病并没有根除。”司马光看了这封信，面色严峻，他深知事情正像毕仲游所忧虑的那样。

**【悟在当下】做事前先看条件是否具备**

毕仲游在给司马光的信中有一句话说得最好，就是“不具备可以做事的条件而想去做，那么‘青苗法’虽然被废除，又会再实行，何况还没有废除呢”。要改革，必先除旧换新，旧的不除，新的又怎么能实行呢？只有将旧的清除干净，才能实行新的。否则新旧在一起，必然会起冲突。

同样，我们在做事情的时候，也要先考虑做这件事需要什么条件，只有条件具备了，才能顺利进行，否则条件不具备就去做，无论如何你也是完不成的。

## 王旦为何荐李及

曹玮在秦州任职已经很久了，他多次上书，请求皇帝派人接替他的职位，他准备告老还乡了。宋真宗就招来王旦，问他说：“曹玮在秦州任职期间，屡见功绩，这也是我为什么这么久都不肯让他离开的原因，而今曹玮真的老了，该回家休息了，你认为谁可以代替曹玮呢？”王旦回答说：“我看李及可以代替曹玮。”真宗同意了。

大臣们都十分怀疑，虽然李及这个人谨慎、忠厚，行为检点，但根本不是驻守边疆的将才，让他去接替曹玮的位置，恐怕他不能胜任吧。于是大家就托韩亿大将军去拜见王旦，说明大家的意见和担忧。王旦知道韩亿来拜见他的目的，对于韩亿的话，王旦并不回答，只是说些乱七八糟的事情，韩亿几次想让王旦正面回答自己的问题，可总是被王旦给岔过去。

后来，李及到了秦州，将吏们因为他不是将才，所以很看不起他。李及吩咐任务，他们都爱答不理的。李及也并不生气，总是笑呵呵的。就在李及上任后不久，秦州发生了一件事情。屯戍禁军中有个士兵大白天在街上抢夺妇女的银钗，官吏们抓住了他，将他带到李及那里。

当时，李及正在屋中看书，就将那人叫到跟前，略略加以审问，那人就认罪了。李及也不再与下面的官吏商量，马上命令将这个犯罪的士兵斩首，随即又悠闲地看起书来。将吏们都表示惊叹和佩服。因为他们想不到这个不是将才的李及竟然能够这样爽快地处理事情。

后来，李及的声誉传到了京城，韩亿听到后，就又去见王旦，将李及在秦州的事迹告诉给王旦，并且称赞王旦有先见之明。王旦笑笑说：“戍边的士卒干偷鸡摸狗的事情，主将将他斩首，这是很一般的事情啊，有什么好称赞的？我之所以使用李及，并不是因为这个原因。”韩亿追问说：“那您是出于什么考虑呢？”王旦继续说：“因为曹玮在秦州任职多年，边境的羌族等少数民族都害怕他，佩服他，所以不敢轻易来捣乱，骚扰边境。曹玮处理边疆的事宜，可以说已经做到了尽善尽美。假如我派其他人去，他们必然会自作聪明，大大地改变先前曹玮的治理措施，败坏曹玮的政绩。我之所以派李及去，就是因为他为人稳重忠厚，定然会谨守曹玮的事业罢了。”

韩亿听了，越发叹服王旦的见识与气度了。

**【悟在当下】知己之所长**

作为一个合格的领导者，最重要的一点就是会用人。你手下的人有什么特长，个人的脾气、秉性如何，善于做哪方面的工作，对此你都要有个清醒的认识，然后根据他们个人的特点去安排工作。王旦就是这样一个善于用人的高手。

一个人要了解自己，知道自己在哪方面有特长，在哪方面不足，在做工作的时候，尽量寻找自己擅长的去做，这样更容易做出成绩，也就更容易得到领导的赏识。当然自己不擅长的也要通过学习，争取成为自己擅长的。

## 程颢识破石佛发光的邪说

程颢是北宋哲学家、教育家，读书人都称他明道先生。

这一年，程颢刚刚到某处上任，就听说南山寺庙里有一个会发光的石佛。这件事情引起了百姓的极大关注，人们纷纷来到南山，想看个究竟。可是和尚们说石佛发光每年只有一次，而且一般都在冬天，而具体的时间就不定了，因此要耐心地等待。他们还说，在石佛发光的时候许愿，愿望就一定能够实现。人们都十分相信和尚们的话，都想看看石佛到底如何显灵。南山寺也因此门庭若市，原本冷清的寺庙，一时间如同最热闹的集市。和尚们所收的香火钱更是比往日多了好几十倍。

程颢

当地的官员也害怕石佛真的如此神灵，因此不敢制止这件有伤风化的事情，害怕惹怒神灵。程颢来到这里后，听说了这件事情，当即赶往南山寺，找到领头的和尚说："我听说这石佛头上年年都要发光，真的有这件事吗？"和尚恭恭敬敬地说："回大人话，真的是这样。"程颢就若无其事地说："哦，那等佛像头发光的时候，你一定要来通知我啊，如果我公务繁忙不能前来，你就把石佛像的头砍下来给我看看。"和尚一听这话，顿时傻了眼。其实，所谓石佛发光，都是这班和尚胡乱说的，他们之所以说石佛能够发光，无非是想赚几个百姓的香火钱花花。听到程颢这么说，和尚们当然心虚，从此以后再也不敢说佛像能够发光的事情了。

**【悟在当下】破案之力，贵在推敲**

其实，有的案件并不复杂，由于审案人过于草率，妄断是非，结果将很容易看出的问题忽略过去。所以审案之时，既要重视智慧，更要重视心力。所谓“心智”，就是“心”与“智”的结合。程颢作为著名哲学家，其“治心”功夫，在中国历史上影响很大。这一案例，只是显示其“治心”效果的一个典型而已。

只要你识破了对方的心理，就能轻而易举地将对方打垮，这个道理无论在古代还是在现代都是适用的。因而，掌握一定的心理学知识，将其应用到自己的工作、生活中，可以帮助你解决很多问题，为你的成功奠定坚实的基础。

## 周新“冷面寒铁”

明永乐年间，天下初定，成祖皇帝为了整肃纲纪，重用了一些有才干、有魄力的监察官员，其中就有担任浙江按察使的周新。周新，曾任监察狱吏一职，因为敢于直言，公正无私，权贵们都很怕他，背后称他为“冷面寒铁”。他明察秋毫，不仅经常弹劾贪官污吏，而且善于审狱断案。他到浙江一上任，当地百姓便欣喜异常，纷纷奔走相告，说：“我们有活路了！”

他骑着马外出巡视，走到城外偏僻的地方，突然成群结队的绿头苍蝇迎面扑来，绕着马头飞来飞去，怎么赶也赶不走。周新心里一惊，马上凭着敏锐的直觉嗅到了某种血腥的味道。他急忙下马，循着飞蝇的踪迹寻找，果然在榛木丛中发现了一具男尸。尸体已经腐烂，很难辨认，发出阵阵恶臭的味道。吏卒们把尸体抬走，发现尸体下面有一块印章。周新细细验查，印章上的字清晰可见，便暗暗记了下来，随后他叮嘱吏卒把现场保护好，不要声张此事，就打道回府了。

回到府中，他想：这木印章是唯一的线索，要想破案，必须知道它的主人到底是谁。这印章上的字……突然，他恍然大悟。原来木印章是布商用来做凭证的，从这儿可以断定，死者必定是一位贩布的商人。他眼珠一转，计上心头。于是，他派人打扮成买布人，到集市上去四处打探，只要发现与死者的印章相符的布匹，就可以认定卖布人有重大嫌疑，因为这些布匹肯定是从死者那里抢劫来，又拿到集市上去卖的，这样就很容易找出凶杀案的线索。不出他所料，果然在市场上找到了与这印章相符的布，经过审讯这些贩布人，所有参与杀人的盗匪，都被一一捉拿归案。

此案发生后不久，又出了一桩离奇的事情。一天，一位商人外出做生意，归家途中，他见天色已晚，害怕遭人抢劫，便把赚来的金子埋藏在祠堂外草丛的石头底下，想第二天天亮了再去取。可是第二天，金子却不翼而飞。商人心如刀绞，便到周新处来投告。周新仔细询问了他昨天埋金子及回家后的情景，便让他回去等候。

周新先派人到这商人家的四邻去打探，得知有一个陌生男人经常趁商人不在家的时候出入他家。这是一条非常重要的线索，一定与失金案有关系！周新想：商人常年在外，让他的妻子独守空房，她若是个不本分的妇人，难免会惹上什么私情，二人串通一气窃取商人的金子，是完全有可能的。那陌生人一定与此有重大干系！想到这里，周新马上派人拘来商人的妻子。

大堂上，这妇人百般抵赖，拒不承认她参与偷金的事情。当周新说出只有她一个人知道埋金地点的时候，她才招认与情夫私通的事情，但发誓与窃金无关。周新一看时机成熟，又派差役拘来奸夫严刑拷问。那奸夫经不住大刑，终于说出实情。原来，商人昨天夜里回家时，他妻子正在与情夫通奸，商人突然回家，奸夫来不及逃走，只好藏在商人家中，偶然间听到商人对妻子说起藏金的事情，便起了贼心。晚上，他趁商人和妻子都睡熟了，就偷偷地跑走，并连夜窃走了金子。案情水落石出，商人的金子失而复得，那对奸夫淫妇也得到了应有的下场。

**【悟在当下】不调查就没有发言权**

任何推理都应该建立在周密的调查基础上，经过调查分析，来证明自己的假设，从而做出符合事实的判断。周新就是从案发现场的蛛丝马迹入手，深入调查，缜密分析，从而做出令人信服的推理。

推理一定要建立在掌握充分证据的基础上，没有事实依据的胡乱猜疑，是站不住脚的。

## 吴履、叶南岩大事化小

明初，吴履为南康县丞，有个叫王琼辉的人和富豪罗玉成结了仇。有一天他抓住了罗玉成，就用鞭子痛打了他一顿，还侮辱了他。罗玉成的哥哥罗玉汝和他的儿子非常愤怒，就纠集了一千多人，手拿棍棒，浩浩荡荡地来到王家，包围了王家，夺回了被王琼辉抓走的罗玉成，并把王琼辉绑了起来，扔在路上，用棍棒乱打了一顿，打得王琼辉鼻青脸肿，奄奄一息，他们才肯罢休。王氏兄弟五人看到兄弟被打成这样，不禁很心疼，于是，就把罗家告到了县衙，他们在公堂上割破手指，发誓此仇不报誓不为人，要罗玉成家全都死光。

吴履仔细询问了事情的前因后果，本来双方都有责任，如果此案成立的话，那么将牵连上千人，这岂不是影响很不好吗？于是，他就叫来王氏五兄弟，问他们说："你们告罗家，我来问你们，只有罗家一家人包围你们家吗？"那王琼辉回答："不是，有一千多人。"吴履又问："那一千多人都侮辱你了吗？"王琼辉回答说："不是，只是有几个人罢了。"吴履再问："你因为恨这几个人，就连累一千多人，这样做你觉得好吗？况且众怒难犯，倘若这些人都不怕死，一怒之下把你们全家都赶尽杀绝，虽然我可以抓他们伏法，让他们一命抵一命。但是这时候你已经死了，这对你还有什么好处呢？"王琼辉兄弟立刻惊醒了，赶紧向吴履磕头谢罪，表示愿意听从他的处理意见。吴履就将用棍棒打王琼辉的那几个人抓来，当着王琼辉的面，各打了几十大板，打得他们皮开肉绽，血直流到脚后跟，随后吴履又命令罗氏兄弟向王琼辉跪下来磕头认罪，这件事情才算了结。

叶南岩做蒲州刺史的时候，一伙打群架的人到州里告状，其中一个人，血流满面，受了重伤，头上好几处开裂，已经危在旦夕，叶南岩看见这情景对伤者很同情，当即拿出家里的刀疮药，亲自为伤者捣药，还命令手下人赶快将其抬入府中，为他清理伤口，敷了药，还派一个谨慎忠厚的看门人和一个州府的要员来照顾这个伤者，并对他两个说：“你们要好好照顾他，不要让伤者着风，如果他死了，我就找你们两个算账。还有，暂且不要让伤者的家属靠近他。”

接着，叶南岩就对案情做了了解，将打人的凶手吴进关进了大牢，把其余参与斗殴事件的人都给放了。叶南岩的朋友问他为什么要这么做，叶南岩回答说：“凡是打架斗殴的肯定都没有好气，这个受伤的人如果不立即抢救，就会有生命危险，如果这个人死了，就必须有一个人来偿命。但是两个人都死了，那么他们的妻子就会年轻而守寡，他们的孩子就会成为孤儿，而且还有可能牵连旁人，那就不止一个人家破人亡了。但是如果这个伤者的伤势好了，那么这件事情就仅仅是一件斗殴事件。加之当时人的心情，只想打赢官司，虽然牺牲了自家骨肉，也心甘情愿。所以我不能让他的家人靠近他。”不久，受伤的那个人康复了，诉讼也就停止了。叶南岩略微加以调停，就保全了许多家庭和许多人，真是大智慧啊！

**【悟在当下】大事化小，小事化了**

大事化小，小事化了，其实生活中有很多事情不必要那么较真。只要每个人都相互让一步，那么很多冲突、犯罪事件就不会发生，也不会造成那么多的人生悲剧。就像故事中的吴履和叶南岩一样，将大事化小，成功地保全了数个家庭，数千个人。

生活中，不要和别人斤斤计较，在你想要和别人起争执的时候，先平静一下自己的情绪，不要那么冲动。如果你一时控制不住，事后也不要因为爱面子，而不去主动和对方承认错误。主动与对方和好，朋友总比仇人好，多一个朋友多一条路嘛。

# 殷云霁巧取笔迹辨真凶

明武宗正德年间，殷云霁任清江县知县。有一天，县里有个叫朱铠的人死在了文庙的西厢房里，看样子应该是一起谋杀案，可是罪犯却没有留下丝毫的证据，殷云霁仔细查看了死者所在的文庙，并没有发现任何可疑之处，看样子，这是个手段高明的人或者懂得破案的人所干的。殷云霁和县衙的人都陷入了沉思，一时找不到破案的线索。所以，好几天过去了，案子都没有一点进展。

可是，就在殷云霁无计可施的时候，突然有人禀报说在县衙的大门口发现了一封匿名信，送信的人不知所踪，打开匿名信一看，只见那上面写着：“杀朱铠的是某某。”大家看了这封信都相信无疑，纷纷说：“好几天都没有线索的案子，现在终于有证据了，大人，快去抓某某吧。”说着就准备出发前去抓人。殷云霁看着这封匿名信，并不急于让衙役们去抓人，而是让大家等等，他自己则拿着信陷入了沉思，突然他灵机一动，对大家说：“不对，这是凶手想拖延时间而采取嫁祸于人的花招。”大家不太明白，殷云霁就解释说：“大家想想，我们在凶案现场并没有发现任何线索，也没有看到什么可疑的人的脚印或者指纹等，这样我们就可以排除凶案发生时有第三者看到的情况，那么既然如此，怎么还会有人写匿名信呢？这无疑是杀人凶手干的。现在凶手终于露出马脚了。”说完就问大家：“你们知不知道平时谁和朱铠有来往？”衙役们说：“县衙的姚某平时与他关系很好。”殷云霁就把所有县衙办事的人员召集在一起，对他们说：“本官想找一个负责誊写书信的人，我想看看大家的书法水平，你们各自写一张字呈上来让我看看。”大家都当殷云霁是真的想找个负责誊写书信的人，也就没有什么意见，纷纷拿出纸笔写了起来。等到大家写完后交给他，他发现有个叫姚明的人，字体和匿名信上的字迹很相像。于是就厉声说：“姚明，你别走，你为什么要杀朱铠？”姚明大吃一惊，慌里慌张地说：“大……大人，我怎么可能杀朱铠呢？我们平时关系很好的。您不要胡乱猜疑啊！”殷云霁大怒说：“大胆姚明，到这个时候你还在狡辩。我刚才让你们写了字，发现你的笔迹和匿名信的笔迹是一模一样的，你还有什么可说的？”姚明见事情已经败露，也不敢再隐瞒，只好老实交代说："朱铠打算到苏州去做买卖，只让我一个人去送他，我由于一时起了贪念，所以才对他下了毒手。"

**【悟在当下】通过笔迹辨真伪**

殷云霁的聪明之处首先在于他不轻信匿名信的内容，并从中发现了问题，其次是他巧妙地通过笔迹，最终将罪犯拿获。

自古至今，很多人都会采用匿名信的方法给人透露消息，对于这些匿名信，你要认真对待，不可不信，也不可全信，首先就是要分析匿名信的内容到底是不是真的。如果不加鉴别地一味相信它，那很有可能冤枉好人。

## 何心隐与张居正

何心隐是明代学者。论学以"心"为万物本源，肯定人的物质欲望，认为应适当加以满足，反对道学家把人欲看成罪恶的说法。

张居正

张居正也是一位名士。当张居正在荆州江陵的一位秀才的家里呱呱坠地的时候，其先祖的余荫早已不能庇护他，迎接他的只是曾祖父的一个白龟梦。梦中的月亮落在水瓮里，照得四周一片光明，然后一只白龟从水中悠悠地浮起来。曾祖父认定白龟就是这小曾孙，于是信口给他取了个乳名"白圭"，希望他来日能够光宗耀祖。

白圭的确聪颖过人，很小就成了荆州府远近闻名的神童。嘉靖十五年，12岁的白圭报考生员，其机敏伶俐深得荆州知府李士翱的怜爱，他嘱咐小白圭要从小立大志，长大后尽忠报国，并替他改名为居正。这一年，张居正补府学生。四年后，才高气傲的张居正又顺利通过乡试，成为一名少年举人。湖广巡抚顾瘸对他十分赏识，曾对别人说“此子将相才也”，并解下犀带赠予张居正说：“希望你树立远大的抱负，做伊尹，做颜渊，不要只做一个少年成名的举人。”嘉靖二十六年，23岁的张居正中二甲进士，授庶吉士。随后入翰林院，策划明朝隆庆年间的改革，为挽救明朝岌岌可危的政权做出了不少的功绩。

有一次，何心隐到京师游学，住在了好朋友耿定向的家里。此时耿定向为朝廷的御史，与张居正同朝为官。一天，耿定向和何心隐正在厅堂内喝茶聊天，有下人禀报说翰林院张居正来拜见耿大人，何心隐听说张居正来了，赶紧放下手中的茶碗，一溜烟跑到后堂躲了起来。耿定向还没来得及问他原因，他就跑得无影无踪了。耿定向没有办法，他知道何心隐这个人性格特别也就没和他计较，出门迎接张居正去了。张居正早就听说何心隐在耿家，于是，进门就要求见见何心隐。耿定向就派下人去请何心隐，何心隐却躲在自己房中，爬在床上，盖着被子，喃喃地对仆人说：“哎呀，你告诉两位大人，就说我得了风寒，不便出去见客，请大人们原谅。”仆人将何心隐的话带到。耿定向心中纳闷：刚才他还好好的，怎么一听张居正来了，就突然病了。心想这里边肯定有原因，就对张居正说：“哦，大人，昨天我和何兄晚上在花园赏月，估计他是着了风凉。”张居正也不强求，就和耿定向寒暄了几句，随后就走了。

张居正走了，何心隐才从床上爬起来，耿定向问他：“你为什么不见张居正啊？”何心隐说：“我怕他啊。”耿问：“为什么啊？”何心隐说：“这个人将来一定能够掌握国家大权。”耿定向不以为然。何心隐就说：“当年，分宜要灭道学而没有做到，华亭要兴道学也没能做好，能让道学兴盛和禁除的人只有张居正。这个人看透了我，他迟早要杀我啊！”后来，张居正果然当了宰相，终以何心隐聚徒乱政的罪名，逮捕并杀掉了他。

**【悟在当下】防患于未然**

何心隐一见张居正就知道他日后一定能够掌握国家大权，又预感到他要杀自己，可以说是智者。但是，最终他还是自取灭亡，被张居正给杀了。这又能怪谁呢？大概都怨何心隐他自己不知道小心谨慎行事，最终被张居正抓个正着吧。

既然能够预料到自己将来的灾祸，为什么不想办法避免灾祸的发生，还要迎头去做呢？这样的人到底是智者还是愚者呢？

聪明的现代人对此应该有自己的认识，既然能预料到自己的灾难，那就该想办法去克服才对啊。

## 缓兵擒盗

明隆庆年间，进士张淳任永康知县。当时，永康世风颓败，猾吏、刁民不可胜数，官府还积压了很多陈案，在短短几年里，皇帝就罢黜了七任县令。张淳了解到这种情况，并没有退缩，而是下决心要把此地治理好。他日夜审阅案卷，不敢稍加怠慢，并且他料事如神，断案非常流畅迅速。常常在乡民裹一包饭的功夫就可以断一件案子。因而百姓送了他一个“张一包”的雅号，用来称赞他断案神速。

永康出过一件盗劫库金的大案，据说是巨盗卢十八所为，但他生性狡黠，出没不定，十多年都没能将其拘捕。御史对张淳的办案能力有所耳闻，就让他负责查办这件案子。张淳爽快地答应了，并且还给自己限期三个月抓获案犯，并请御史亲自监督。御史索性依计而行，时常派人去催问他，故意提醒他期限将临。

张淳显得不慌不忙，似乎并不急于捉拿盗贼，而是像往常一样料理公事。当御史每次派人来问时，他都故意露出尴尬的神色，还在众人面前笑着说：“盗贼逃遁很久了，一时怎么能抓到呢？”其实，张淳做这些不过是用的障眼法，借此来迷惑隐藏的盗匪。他想，如果自己兴师动众的去四处搜捕，盗贼肯定会藏而不出，可能还会逃到异地，何不用个缓兵之计，引蛇出洞呢？因此，他外松内紧，暗中派出得力干将，多方查找盗贼的下落。

一天，有人探知县衙中一位小吏的妻子，长期与卢十八私通，小吏却因惧怕卢十八，不情愿地做了他的耳目，定期去通风报信。张淳听后心中暗自庆幸，但却装成一副郁郁寡欢的样子，放出话去说：自己已经黔驴技穷，破不了这案子，过几天就要向御史大人谢罪去，并且辞去现有官职。然后又故意让家人打点行装，做出要走的样子。

这小吏果然把张淳的话转告给卢十八，卢十八长长地舒了一口气，觉得可以高枕无忧，继续逍遥法外了。张淳见此计得逞，便开始下一步计划。他当机立断，借以其他罪名将小吏拘捕，然后亲自审问。他先是恐吓小吏因通盗将要被处死，转而又假装好心地教其所谓保全之计，即让他的妻子代为在狱中服刑，而自己出去设法用钱来赎妻子。小吏为了活命，只好托人转告妻子，让她照此办理。

小吏之妻不知如何是好，只能捎信给卢十八，求他务必来见上一面。卢十八情急之中，也来不及考虑，就急匆匆地来探视。不料，张淳早就在小吏家门附近设了埋伏，正好来个瓮中捉鳖，将其抓获。

等御史接到张淳破获盗案捷报时，还不足两个月。

张淳不仅擅长断狱，整顿治安也很有办法。

有一年大旱，粮食歉收，百姓吃不饱肚子，不法之徒就趁机打劫。当时，在光天化日之下，就有人胆敢出来抢劫，使地方上无一宁日。张淳身为永康的父母官，对这种严重骚扰治安的行径，当然是不能容忍的。他制定了非常时期的严厉法令，将劫夺者一律处死。

一天，一个人因为抢了五斗米而被拘捕，罪当处死，但许多乡亲都为其求情，希望饶恕他这一回。张淳刚开始不为所动，认为法纪是对事不对人，宽恕了这个人，将来又如何能治众呢？并且不杀一儆百，也难以刹住这股蔓延的抢劫之风。但后来又从求情者的口中得知，此人的确不是惯盗，而是因为他家中有一老母需要抚养，出于无奈才这样做的。张淳动了恻隐之心，可是如何才能既不违反法纪，又让他保住性命呢？

第二天，张淳令人解来一名死囚，故意将其用布蒙住了脸，当众宣布以“劫米者”的罪名执行死刑，然后将其毙死杖下。大家都以为处死的是那位抢米者，其实是张淳偷梁换柱，真正的“罪犯”已经释放了。

人们知道了这件事情的内情后，无不为张淳的机智和明断是非所敬服，不法之徒也被震慑住了，因为他们惧怕严惩而不敢再行凶。于是，很短的时间内，这个地方就恢复了安宁。

**【悟在当下】巧设机关，使其自投罗网**

古代善于断狱的人，大多敏于判断，精于推理，还能巧借外部有利条件，侦破案件。张淳就是这么一位善于运用谋略的高手。对卢十八一案，他先是欲擒故纵，麻痹对方心理，然后利用小吏之妻与罪犯的情感关系，巧设机关，使卢十八自投罗网。他的神机妙算是建立在逻辑推理之上的，能从一些看似没有关联的事情上，准确地探测出信息，使预见成为现实。

世界上的事物是广泛联系的，看似没有任何关系的事物之间，人与人之间，可能也存在着莫大的关系，因此分析问题时要善于运用广泛联系的方法。

## 尹见心辨首级破血案

县城里有这样一个老翁，他的侄子由于勤劳节俭，又善于经营，不几年就发家致富，成了县城里小有名气的富人。而老翁由于爱吃喝嫖赌，又懒惰不肯下力气，他的儿子们也学着爹爹的样子，家里的日子一天比一天差。老翁看到侄子的日子一天比一天红火，而自家的日子却一天比一天差，心里难免不平衡。于是，就起了贪念。他找到大儿子，和他密谋了一番，决定杀了侄子，抢占侄子的财产。

这天，老翁将侄子请到家中，侄子是个爱面子的人，伯伯亲自请自己，岂有不来之理。侄子到了老翁家里，老翁和大儿子准备了丰盛的酒菜，不住地向侄子劝酒，侄子看伯伯这么热情，也就盛情难却，一杯接一杯地喝，本来他的酒量就不太好，再加上老翁父子俩左一个右一个不住地劝，侄子很快就喝醉了，趴在桌子上一动也不动。老翁就拿出刀子，将自己亲侄子的头一刀就给割下来了。大儿子害怕自己老婆知道这件事情，就事先把她锁在了屋里，再加上平时他和老婆矛盾就很深，恨不得老婆快点死了，自己好重新找一个。于是，就提着刀来到内室，一刀把自己老婆的头也砍下来。然后大儿子和老翁就提着两个人头，去官府报案，他们对知县尹见心说："大人，今天我爹爹出门喝酒，很晚才回来，可是回来的时候，就看见我老婆和我这个叔叔的儿子通奸在床，我一时气愤，就一刀砍了他们。”

尹见心此时刚刚从20里外去迎接上司返回，一路风尘仆仆，接到报案已经是三更半夜了。他从灯下仔细看了两个首级，发现其中一个首级的皮肉已经向上萎缩起来，而另外一个却不是这样，就当即断定这两个人不是被同时杀死的。既然原告说是捉奸在床，那怎么可能不是同时杀死的呢？于是，他就问原告说：“这两个人是同时杀死的吗？”大儿子爽快地回答说：“是的，不信你问我爹。”尹见心又问：“你们有小孩吗？”大儿子说：“嗯，我有一个小姑娘，才几岁。”尹见心就说：“那好吧，你们先在监狱住一晚上，等天亮了我们再审理吧！”接着，他就让手下人去老翁家里找老翁的小孙女。小孙女找来后，尹见心就给她好多水果、糕点，小姑娘显然是受了惊吓，躲在一个差役的身后不肯说话。尹见心就又给她找来很多玩具，还好言劝慰她，并耐心仔细地向她询问昨天晚上家里发生的事情，原来，小姑娘一直在家里，偷偷地看到了爹爹和爷爷杀害自己叔叔和母亲的全过程。老翁和儿子以为孩子很小，不懂事，也就没注意她。小姑娘看他们都被杀了，由于害怕就躲了起来。差役们是在她家的地窖里找到小姑娘的。

**【悟在当下】观察生活，体验生活**

作为一个合格的断案者，要善于观察，掌握各种物理、化学等知识，尹见心正是看到了其中一个首级的皮肉萎缩，而另一个没有，而准确断定两个人不是在同一时间被杀，大儿子的谎言不攻自破。

其实，生活中有很多我们非常熟悉的事情，然而我们却熟视无睹，不注意它们，以至于类似的事情发生了一次又一次，却看不出其中有什么不同。所以，要想成为一个成功的人，在具有大智慧、大志向的同时，还要培养自己观察生活、体验生活的能力，这也是助你成功的关键之一。

# 王佐由酗酒案查获奸情

王佐任平江太守的时候，尤其善于受理诉讼案件。有一天，一个男人来控告进士朱安国酗酒。王佐就命令役卒抓来朱安国，问他是否有这件事情，朱安国也不犹豫，爽快地说："是的，大人。但是我并不知道这样做冒犯了刑法，我老母亲患病服药时，必须要用一点没有灰尘的酒。作为不孝子我就先替母亲尝了尝，这难道也犯法吗？"王佐听了很受感动，更同情他的一番孝心，就放他回去了。

可是，后来那个告状的人又来告诉王佐说："大人，您千万不要相信朱安国的谎话，他母亲根本不需要什么没有灰尘的酒下药，我知道朱安国的酒藏在哪里，就在他家床脚的书箱里。"王佐听后，悔恨自己当初只听了朱安国片面之词，可是又一想，不对啊，这告状的人怎么知道朱安国的酒藏在哪里，而且还知道得那么清楚？就继续问他说："你与朱安国很熟悉吗？"那人回答说："不熟。"王佐又问："难道你去他家喝过酒吗？"那人赶快摇头说："没有，没有，大人，小人滴酒不沾啊。"王佐越想越觉得奇怪，既然你和朱安国不熟悉，怎么能知道他藏酒的具体位置呢？于是又问道："你和朱安国家的奴婢们熟不熟？"告状的人顿了顿，说："不熟，不熟。"

王佐看那告状人有点心虚，就找来朱安国家的小奴婢，问她和告状的人某某和朱安国熟不熟，那小奴婢爽快地说："不熟，从来没来过老爷家。"王佐又问她说："你家老爷藏的酒在哪里你知道吧？"小奴婢胆怯地说："知道。可是老爷不让和人说。"王佐又问："你和告状的某某熟不熟？"她吞吞吐吐地说："不熟，不熟。"朱安国从中发现了破绽，就追问说："既然不熟，那你家老爷藏酒的地点他是怎么知道的？"小奴婢吓得不知所措，一时回答不上来，王佐严厉地说："你还不说实话，到底和告状的熟不熟，你们之间到底有没有什么见不得人的勾当？再不说我就用大刑了。"小奴婢被吓坏了，只好招认了自己和那告状的人曾经通奸的事实，而告诉告状人朱安国酒藏在哪里的也是这个小奴婢。

这样，王佐不但惩罚了酗酒的朱安国，更惩治了通奸的这对男女。

**【悟在当下】聪明反被聪明误**

王佐从一个案子中，发现了另一个案子，其心思缜密让人佩服。

人是个复杂的动物，一个再聪明的人，再心细的人，其说话、办事的时候也必有破绽，只要你善于发现，就一定能抓住破绽。所以，要想人不知，除非己莫为，既然你做错了事情，即使你隐瞒得再好、再深，也迟早会被人发现。与其这样，还不如老老实实做人，踏踏实实干事，而不要靠小聪明，耍小把戏。

## 一心求死的樊举人

樊举人是寿宁侯张峦的门客。寿宁侯地位显赫，名震朝野，连皇帝也要让他三分。而樊举人虽然有一些本领，但更善于趋炎附势，结交权贵，因而得到寿宁侯张峦的信任。于是，凡寿宁侯府中一切要呈给皇帝的奏章，寿宁侯都交给樊举人替他写。樊举人开始还能够实事求是，遇事都和寿宁侯商量，后来寿宁侯越来越相信他，就告诉他不必再事事请示，小事由他自己做主就行。这下，樊举人像得了圣旨一般，可以想写什么就写什么了。他的一些奏折出现了没有事实根据的现象，后来就被他的仇人告发了，朝廷将案子交给刑部处理。刑部郎中韩绍宗在详细调查了樊举人的全部情况后，就下令把他抓起来。当时，樊举人躲在寿宁侯府里，十分隐蔽，再加上寿宁侯千方百计地阻挠，想保住樊举人，韩绍宗费了九牛二虎之力还是把樊举人给抓住了。

樊举人被捕入狱后，一天早上，韩绍宗正要出门，突然有人报告说在门口发现了一封匿名信。韩绍宗打开一看，里面有一卷纸，那上面详细列举了樊举人的种种罪状，控告他罪大恶极，死有余辜，不死不行。韩绍宗看后，笑道：“这是樊举人写的。”大家不明白，纷纷问：“大人，您怎么知道这是樊举人写的，世上哪有自己检举自己，自己说自己死有余辜的人啊。”韩绍宗说：“其一，我记得樊举人的字迹，一看便知道这是他写的。再者说，樊举人所干的事，只有他自己最清楚，他的仇人也只是对他的所作所为略知一二，试问又怎么可能列举出这么详细的罪状呢？”于是，韩绍宗马上提审樊举人，樊举人果然承认这封信就是自己写的。同僚们都很纳闷，便问樊举人为什么要把自己置于死地，他回答说：“韩公这个人，是不能用权势和金钱使他改变态度的。向他求生，他一定会让你去死；而现在我说自己该死，则有可能得到一条生路。这叫作欲擒故纵，反向思维罢了。”韩绍宗则笑笑对他说：“不是这样的，其实你的罪责根本不至于判死刑。现在你老实交代了自己的问题，我会请求皇上给你宽大处理的。”果然，最终樊举人并没有被杀，而是让他到辽地去戍边了。

**【悟在当下】处理事情要因人而异**

樊举人最聪明的地方就是他了解韩绍宗这个人。

其实，有很多事情，解决的办法不只有一个，这个时候，你就该考虑一下当事人的情况，了解当事人的心理，从他们的角度考虑他们会接受那种解决的办法，你就用哪种办法。总之，你要因人而异。

## 养马的差役

先前京城里有户人家被小偷打劫了，小偷临走的时候似乎是在无意间丢下了一个小本子。第二天，这家的主人发现了这个小本子，只见上面记载的尽是城里一些富家子弟们的名字，还写着这样的话“某日，某甲在某地邀请某某等人喝酒商量什么什么事情”，或者“某日在某地聚众赌博，玩弄娼妓”等等，一共有20条之多。于是，这家的主人就把这个小本子交给了官府，希望官府能够以此为据，找到抢劫他家的人。官府按照小本子上提供的名单把这些人一一抓了起来。因为这些人都是有钱人家的公子哥，平日里总是横行霸道，不干好事，大家都相信这种打家劫舍的事，他们干得出来。

其实，这次真的是冤枉这些小混混了。这小本子上所记载的这些少年公子哥们饮酒作乐、聚众赌博等事情，全是那真正的小偷平时在暗中观察而记录下来的。为的就是要栽赃陷害。可是这些娇生惯养的公子哥哪里受得了大堂上的刑具，没打几下就连哭带嚎，好不痛苦，只得委屈地承认是他们打劫了那家。而当县官问他们把抢来的赃物放在哪里的时候，他们有的说放在西郊，有的说放在东郊，众口不一。县官很生气，就大拍醒木，厉声说："你们还在狡辩，快从实招来，否则我就要动大刑了。"那几个公子哥一听动刑，不禁又害怕了起来，其中一个像是头领的公子哥就抢先说："大人，我们说实话，其实那赃物是我埋的，在西郊的某个地方。"县官这才罢休，其实，这又是他胡乱编造的，他们是怕再受刑罢了。他们心想既然自己没有偷，而胡乱所说的藏金地点自然也不会有赃物，官府找不到赃物，也就会放了他们了。可是当官府派人去挖时，竟然找到了赃物。这下人证物证均在，这些公子哥可傻了眼，不禁暗自叫苦道："这是老天爷要咱们的命啊！"就这样，案子了结了，他们就等候裁决了。

但是，京师指挥对这件案子仍有怀疑，尽管一时还找不到其中的缘故。但是，他总觉得这件案子有什么不妥的地方。一天，他沉思了很久，心想："我左右的人中，有一个留着络腮胡子的差役，他的职责是负责养马，为什么每次提审他们时，这个养马的都站在旁边呢？"于是，他先后4次提审了这批犯人，发现那个养马的差役都要来，而他审问其他案子的时候，那个养马的都不来。于是，在审完那几个公子哥后，京师指挥突然叫住那个差役，问他为什么来听审。他推说没有什么，只是闲来无事过来看看，京师指挥又继续追问说："那为什么我审其他的案子时，你不来听呢？"他吞吞吐吐不知如何回答，只说："凑巧，凑巧吧。"说着还不住地擦汗，显然是心虚所致。京师指挥立刻下令手下人拿出炮烙的刑具来，那差役一看吓得立刻瘫软在地上，这才老实交代说："开始，奴才并不知道这案子的来龙去脉，后来小偷贿赂奴才，让奴才在您每次审理这案子的时候，必须记住您和那些公子哥所说的话，并马上向他报告。他答应事成之后给奴才一百两金子做报酬。"京师指挥这才明白官府之所以能挖到那些被盗的财物，都是因为小偷事先得到了情报，而连夜赶到那里埋下的。那差役请求指挥给他一个立功赎罪的机会。京师指挥同意了，于是命令几个士兵换上普通百姓的衣服，跟随他一起来到一个偏僻的地方，把隐藏在那里的小偷一网打尽。这样，那些无辜的公子哥们才得以释放。

**【悟在当下】相信自己的直觉**

有的时候一个人的直觉是很灵敏的，京师指挥就是觉得案子有些不妥，虽然一时还想不出什么地方不妥，当他的直觉使他相信一定有什么地方有问题。于是他就仔细回想审案时的情景，终于想到了养马的差役。

古今中外有许多关于直觉的例子，直觉的力量在我们的生活中是非常重要的。它可以广泛地应用在断案、艺术或者人生的重大关头。相信直觉的力量，它可以给你带来意想不到的收获。

## 樊莹活用政策除弊病

明朝的樊莹任松江知府的时候，当地的赋税繁重而且徭役很多，人民怨声载道。自从周忱去世后，他先前所制定的那些受人民欢迎的政策虽然没有被废除，但是由于执政者没有认真执法，所以导致弊病百出，较大的弊病就是转运消耗折扣递增，而权贵豪门也趁机无止境地勒索盘剥，就连管理仓库的文书、记账的小吏，也采取用新账掩盖旧账的手段，千方百计地侵吞国家的财产。这些都是人所共知的事实，但是，朝廷从来没有给予任何有效的惩处。这样长此下去，但凡有点权力的人就趁机捞上一笔，受苦的还是当地的百姓。樊莹到任后，看到原来在周忱管理下那么井井有条的地方如今竟然变成了这个样子，不禁暗自叹息。他发誓要把松江治理好，使它重现当日的辉煌。

樊莹到任后夜以继日地研究这里面的问题，希望能够尽快解决，他走访百姓，向他们了解情况，还到粮食收购部门亲自了解情况，最终他发现了其中的秘密。他说："运粮的损耗，应该付给那些运粮的老百姓，但由于没有统一的管理，使得狡猾者浑水摸鱼，大得其利，而善良的循规蹈矩的老百姓，则深受其害。然而夏税供应军需的运输费用，与上交朝廷其他用品的运输费用，都加到秋税里面去了；而余米被收回来又卖出去，循环往复，弊病便由此而产生了。"

于是，他奏请朝廷削减转运的民夫，而由粮长专门负责押运，并适当地增加运输的费用，税粮除了规定的正常数量标准外，其余的可以变通，全部征收白银，并按所需的数目支付使用。这样，粮长的运输费用支出，便关系到他的切身利益，于是，他们也就不再敢浪费了；至于负责记账的人，由于出入的数额有限，他们也无法隐瞒私吞了。而将白银交入官府，由于比缴纳实物还要宽泛，老百姓当然欢迎了，都十分愿意这样做。于是多年的流弊，去掉了十分之八九。

接着，樊莹又着手改革乡里收粮团户的制度，以阻止粮长的侵吞和从中渔利；他还让经营布匹的商人取代粮长运输布匹，并允许他们可以携带小部分私货，以补贴运费的不足。这些做法都给老百姓带来了很大的实惠，因此，樊莹在经营松江的时候，使该地的生产生活蒸蒸日上。此后，当地的巡抚还下令推广樊莹的措施，让其他州县也效仿实行。

**【悟在当下】用发展的眼光看问题**

周忱的政策是很好，但是由于他死后，官员们不再按照他的政策执行，纵是再好的政策也无济于事。针对出现的问题，樊莹认真调查取证，根据当时的实际情况，做出了改动，使松江地区重新恢复了往日的良好状态。

前人的经验值得我们学习，但是随着时代的发展，也会出现许多新的问题，这就要求我们能够根据事情的发展变化，制定出正确的政策。而不能抱着原来的经验不放，时代在发展，我们的思想也要跟着发展，否则你的头脑就跟不上时代的发展，你最终也会被时代所抛弃。

# 处世篇

为人处世，对不同的人要采取不同的方法，要顺应时势，依据情况的需要去做事，既能做到明智审慎，又能做到掌握最为实用的处世艺术，从而成为人际战场上最精明的操控者。做到这一点，才算是真正掌握了处世智慧。

# 渭水钓鱼顺时应势

姜子牙

姜子牙，名尚，号飞熊，东海上人。姜子牙曾在商朝做过小官。商朝末年纣王荒淫无道，残暴不仁，只知沉湎酒色，全不问国家大事，使得奸臣当道，天下大乱，忠良不是被杀就是被疏远，人民生活非常艰苦。姜子牙因不满纣王暴政，毅然辞官，离开商都朝歌，躲到渭水河边过着隐居的日子。

渭河一带是周文王姬昌的管辖范围，周文王胸怀大志，很爱惜人才，四处寻访智谋之士。姜子牙是个有雄才大略的人，他胸怀济世之志，想施展自己的抱负，可是一直怀才不遇，大半生在穷困潦倒中度过。他曾经在朝歌宰过牛，又在孟津卖过面，岁月蹉跎，转眼已到了垂生暮年，两鬓白发苍苍。他听说周文王的圣名后，便来到渭水河畔，假借垂钓之名来观望时局，希望能得到周文王的常识，使自己的才华得以施展。为了吸引周文王的注意，姜子牙天天坐在河边钓鱼。他的鱼钩是直的，没有鱼饵，离水面有三尺高。他一边钓一边说："鱼儿呀，你快点上钩吧！"有人好意地告诉他这样钓不到鱼，姜子牙只是笑着说："鱼儿自己会上钩的。老夫在此，虽然名义上是垂钓，但是我的本意不在鱼，鱼儿自己会上钩的。我宁可直中取，不向曲中求。不为锦鳞设，只钓王与侯。"人们听了之后都嘲笑他，他也不理会。姜子牙异于常人的做法最终惊动了求贤若渴的周文王。周文王心想他可能是个有才能的奇人，就派士兵去请他来。姜子牙看到是士兵，不但不理睬，还继续钓鱼，嘴里还一边念着："钓、钓、钓，鱼儿不上钩，虾米来捣乱！"士兵只好回去报告。周文王到底是有心之人，他对垂钓老人的言行举止苦思冥想许久，终于恍然大悟：也许这个不同凡俗的老人正是自己苦苦寻求的天下奇士、智谋非凡的大贤人呢，只怪自己没有恭敬谦虚地向人家求教，所以他才如此清高自许。

其实，周文王的想法一点也不错，垂钓渭水之滨的正是大贤大德之人姜子牙。他早知道周文王有心兴师伐纣，解除天下黎民疾苦，就想助他一臂之力。

周文王一改往日的矜持，亲自去请姜子牙。他毕恭毕敬地来到渭河边向姜子牙施礼，姜子牙说："我久闻大王贤良，也愿出山相助。只是不知大王是否能信得过我？大王是否真的真情相邀。"周文王赶忙说："本王真是求贤若渴呀！"随后向他请教兴国大计。两人谈得非常投机。让周文王惊讶的是，一个天天以钓鱼为乐的穷老头，对天下大事以及国家的武攻文治知道得这样清楚，知识又是如此的渊博，而且观点新颖，见解独到。他还发现这个钓鱼的穷老头对五行数术及用兵之法有很深的造诣。

求贤若渴的周文王从姜子牙睿智、机敏的谈吐中发现，此人正是自己所要寻访的大贤人。他高兴地感叹："我的先祖太公，早就寄希望于你啦！"于是周文王用最隆重的礼节款待他，并把他让上自己坐的马车。

于是，八十三岁的姜子牙出山当上了西周国师。他大力辅佐周文王姬昌。由于他辅国有方，安民有法，文王得辅，国势初定，西周国力日渐昌盛起来。周文王逝后姜子牙又辅助周武王，起兵伐纣，经过多次有道征无道的血战，终于开创了兴周八百载大业。

**【悟在当下】宁可直中取，不向曲中求**

一粒种子，若落到肥沃的土地上，能得到充分的水分和阳光，就可能长成参天大树。但如果落在贫瘠的土地上，再没有水分和阳光的滋润，就可能先天不足，长得十分弱小。"姜太公钓鱼，愿者上钩"是对姜子牙"钓"的机遇和时势的最好写照。

事物在不同的时间有不同的时势，在不同的地点、地位、位置，也会有不同的位势。对于人来说，时势就如同肥沃的土地和充分的阳光、水分一样。古人讲："良禽择木而栖，良臣择主而侍。"一个人要想充分发挥才干，就要选择或把握时势。总之，要强化自身，形成强大的势能，才是调整位势的上上之策。

# 周公因人三变

周公

周公是中国古代杰出的政治家，周文王的第四个儿子，周武王的弟弟、周成王的叔叔。他曾先后两次辅佐周武王东伐纣王，并制作礼乐，大治天下。因其采邑在周（今陕西岐山东北），爵为上公，故称周公。

周文王在世时，周公就很孝顺、仁爱，行动从不敢自主，规规矩矩，做事向来不敢自专。他在父亲面前，尽行儿子之道。与此同时，辅佐武王伐纣，被封于鲁。但周公并没有到自己的封国去，而是留下来辅佐武王。

武王死后，成王继位，当时成王还是个十多岁的孩子。当时的形势迫切需要一位既有才干又有威望、能及时处理问题的人来应付复杂的局面，这个责任便落到周公肩上。周公摄政，顺理成章，理所当然。然而受封在东方监视武庚的管叔和蔡叔，对周公摄政很不满意。按照兄弟间排行，管叔行三，周公排四；管叔是兄，周公是弟，不论是继位，还是摄政，管叔都比周公有优先权，所以管叔不服。蔡叔虽然行五，但他的态度是支持管叔。他们散布谣言，说周公“将不利于孺子（成王）”，想谋害成王，篡夺他的王位。

灭商后的第三年，管叔、蔡叔鼓动商朝旧势力发动叛乱。响应的有东方的徐、奄、淮夷等几十个原来同殷商关系密切的大小方国。一时间，周王室处于风雨飘摇之中。

周公临危不乱。他首先稳定内部，保持团结，说服太公望和召公。他说：“我之所以不回避困难而主持政务，是担心天下背叛周朝。否则我无颜回报太王、季王、文王。三王忧劳天下已经很久了，而今才有所成就。武王过早地离开了我们，成王又如此年幼，我是为了成就周王朝才这么做的。”

周公统一了内部意见之后，于第二年举行东征，讨伐管、蔡、武庚的叛乱。

出征前进行了占卜，他说："殷人刚刚恢复了一点儿力量，就想乘着我们内部混乱，起来造反，重新夺回他们已经失掉的权位，妄图再让我们成为他们的属国。这是白日做梦！我告诉大家，殷人里头有一伙人，愿意出来帮助我们，有了他们的帮助，我们一定能够平定叛乱，一定能保住文王和武王的功业。"又说："我们小小的周邦，是靠了上天的保佑才兴盛起来的，我们承受的是天命。为了这次出征，我又占卜一次，卜兆表明，上天又要来帮助我们了，这是上天显示的威严，谁都不能违抗，你们应该顺从天意，帮助我成就这个伟大的事业！"大家听了，众志成城，随同周公一起东征。

周公东征持续了三年，终于平定了管叔、蔡叔、武庚联合的武装叛乱，粉碎了以武庚为首的复辟阴谋，把周朝的统治地区延伸到东部沿海地区。

后来，当东都洛邑建成时，周公的礼乐也制成。这时成王已经长大，周公便把政权交给成王，自己退居辅佐地位。周成王迁都洛邑后，周公召集天下诸侯举行盛大庆典。在新都正式册封天下诸侯，并且宣布各项典章制度，也就是所说的"制礼作乐"。

周成王执政后，周公担心成王年少，贪图安逸，便写了一篇《无逸》，劝勉成王：要懂得勤劳辛苦的好处，不要一味贪图享受。要学习商代几个贤王和周文王的榜样，爱护百姓，励精图治，以便长久地享有王位。他谆谆告诫成王，要成为一个有作为的国君，要像文王那样礼贤下士，治理好国家。

成王执政后，按照周公制定的典章制度治理国家，重视农业和手工业的发展，并在中原和沿海地区进行贸易活动，使商业走向发达。成王执政37年，继位的康王执政26年，出现了"成康之治"的繁荣景象，这是我国奴隶制发展的鼎盛时期。

**【悟在当下】为人处世，贵有自知之明**

聪明的人，时时刻刻都很好地把握自己在社会中所处的位置。人的一生是复杂多变的，人处于世，往往要扮演多个角色，在不同的场合、不同的历史阶段、与不同的人相处，都在经历着完全不同的人生体验。

如果用一个框框待人处世，将会四处碰壁。应区分不同情况，采取不同的办法。正如人与人有所不同，事与事有所差异，时与时又有先后。因此，对人对事对时不能一样对待，必须因人因事因时而采取不同的对策。

# 孔子辩证处世

孔子

孔子是春秋末期著名的思想家、政治家、教育家，儒学学派的创始人。

他三岁丧父，随母亲颜征在移居阙里，并受其教。孔子少时家境贫寒，十五岁立志于学。年龄稍大，做过管理仓库的“委吏”和管理牛羊的“乘田”。他虚心好学，相传曾问礼于老聃（即老子，道家学派的创始人），学乐于苌弘，学琴于师襄。三十岁时，已博学多才，成为当地较有名气的一位学者，其思想核心是“仁”，“仁”即“爱人”。他把“仁”作为行仁的规范和目的，使“仁”和“礼”相互为用。主张统治者对人民“道之以德，齐之以礼”，从而再现“礼乐征伐自天子出”的西周盛世，进而实现他一心向往的“大同”理想。

当时，孔子为国君介绍自己的治国思想，都不被接受，于是就带领弟子周游列国，另寻施展才能的机会。但是，很遗憾，他始终没有机会来施展自己的才能。公元前484年，鲁国季康子听了孔子弟子冉有的劝说，派人把他从卫国迎接回来。

孔子回到鲁国，虽被尊为“国老”，但仍得不到重用。他也不再求仕，转而集中精力继续从事教育及文献整理工作。

孔子大约在三十岁时，开始收徒讲学。在我国教育史上，以私人身份从事讲学活动四十多年，而且影响最深远的，当首推孔子。相传他有弟子三千人，得意门生七十二人。当时孔子的学生中，从地区说，有鲁国的颜渊、冉求，卫国的子夏、子贡，宋国的司马耕，吴国的子游，楚国的公孙龙，秦国戎族的秦祖；从出身来说，有贵族出身的孟懿子和南宫适，有贫贱出身的冉雍，有商人出身的子贡，还有梁父大盗颜涿聚。

一天，有一位鲁国的大夫前来拜访孔子。谈话间，这位大夫问孔子说："听说先生致力于教书育人，收了许多门徒，他们个个都有过人之处。那么请问先生您的学生颜渊的优点在哪呢？"孔子回答道："颜渊是个有仁爱之心的人，我自叹比不上他。"那人接着又问道："那子贡有何长处呢？"孔子回答说："他能言善辩、口若悬河，很少有人能比得上他，我虽为他的老师但也比不上他。"那人停了停，又问道："那您如何评价您的学生子路呢？"孔子回答说："他勇敢过人，我这点也比不上他。"这人便质问："照先生的说法，这三人都在很多方面优于先生，那为何还要跟随先生学习，听从先生的教诲呢？"孔子听后静静思考了一会说道："是这样的。我不仅有仁爱之心而且也有严厉残忍之时；需要的场合我会能言善辩，不适宜的场合我会言语钝拙，保持沉默；有时我表现得很勇敢，有时我就表现得胆怯。只有如此，灵活处世，才能应付自如。上面您提到的三人，各有自己所长，我单方面皆不如他们。但是，他们又不具备我的辩证处世为人之道，所以会跟随我学习，听从我的教诲啊！"那人听罢，连连点头称是，佩服先生的智慧。

孔子以自己的学问与德行深得学生们的爱戴，他在七十三岁那年病死。他的死使弟子们十分悲痛。他们在他的坟前搭棚连住了三年，表示哀悼。子贡甚至一共住了六年。临别时，他们都哭了。弟子们认为孔子就像江水洗过、太阳晒过那样洁白光明。

**【悟在当下】辩证处世，如鱼得水**

万事万物都具有矛盾性，矛盾着的事物又具有自己的特点。因此，要具体问题具体分析，"一把钥匙开一把锁"，不同的情况要有不同的处理方法，恰到好处，辩证处理正是处世的智慧。

现实生活错综复杂，人际交往亦是如此，身处其中要想如鱼得水，就需运用辩证处世的智慧，灵活处理，学会具体情况具体分析，察言观色，审时度势，应付自如，做到恰到好处。

# 花要半开，人要半醉

郑庄公准备伐许。战前，他先在国都组织比赛，挑选先行官。众将一听露脸立功的机会来了，都跃跃欲试，准备一显身手。

第一项是击剑格斗。众将都使出浑身解数，只见短剑飞舞，盾牌晃动，斗来冲去。经过轮番比试，选出了6个人，参加下一轮比赛。

第二项是比箭，取胜的6名将领各射3箭，以射中靶心者为胜。有的射中靶边，有的射中靶心。第5位上来射箭的是公孙子都。他武艺高强，年轻气盛，向来不把别人放在眼里。只见他搭弓上箭，3箭连中靶心。他昂着头，瞟了最后那位射手一眼，退下去了。

最后那位射手是个老人，胡子有点花白，他叫颍考叔，曾劝庄公与母亲和解，郑庄公很看重他。颍考叔上前，不慌不忙，3箭射击，也连中靶心，与公孙子都射了个平手。

只剩下两个人了，庄公派人拉出一辆战车来，说："你们二人站在百步开外，同时来抢这部战车。谁抢到手，谁就是先行官。"公孙子都轻蔑地看了一眼自己的对手，哪知跑了一半时，公孙子都却脚下一滑，跌了个跟头。等爬起来时，颍考叔已抢车在手。公孙子都哪里服气，提了长剑就来夺车。颍考叔一看，拉起车来飞步跑去，庄公忙派人阻止，宣布颍考叔为先行官。公孙子都怀恨在心。

颍考叔果然不负庄公所望，在进攻许国都城时，手举大旗率先从云梯上冲上许都城头。眼见颍考叔大功告成，公孙子都十分嫉妒，竟抽出箭来，搭弓瞄准城头上的颍考叔射去，一下子把颍考叔射了个"透心凉"，从城头栽下来。另一位大将假叔盈以为颍考叔被许兵射中阵亡了，忙拿起战旗，又指挥士卒冲城，终于拿下了许都。但处世锋芒太露的颍考叔却落了个被人陷害的下场。

**【悟在当下】低调做人**

所谓"花要半开，酒要半醉"，是说凡是鲜花盛开娇艳的时候，不是立即被人采摘而去，就是衰败的开始。人生也是这样。当你志得意满时，切不可趾高气扬，目空一切，不可一世，这样不让别人当靶子打才怪呢！所以，无论你有怎样出众的才智，一定要谨记：不要把自己看得太了不起，不要把自己看得太重要，不要把自己看成是救国济民的圣人君子似的，还是收敛起你的锋芒，夹起你的尾巴，掩饰起你的才华吧。

个人，尤其是作为一个有才华的人，要做到不露锋芒，既能有效地保护自己，又能充分发挥自己的才华。凡事太张狂，太咄咄逼人，不是一种智慧的处世方式。

## 高山流水觅知音

俞伯牙是春秋时期著名的音乐家，楚国郢都人。据说他弹琴时，连水里的鱼都要跃出水面倾听；他弹琴时，正吃草料的马也会仰首而听。

俞伯牙的成就来自其师成连的独特教学方法，他年轻时跟成连学琴三年，技巧已经掌握，就是达不到精妙的地步。成连称要带他去见自己的老师，就把他带到了蓬莱山，成连将伯牙留在山上，自己则乘船而归。伯牙独处山上，近望无人，但闻海上汩没崩澌之声，山林杳冥，群鸟悲号，伯牙怆然叹曰：“先生将移我情，乃抚琴而歌之。”他将听到的声音，看见的景物，融入自己的情怀之中，果然韵律与心神合而为一。伯牙因此悟得琴之妙趣，遂成为天下妙手。

后来，俞伯牙被周天子拜为司乐太师。为编修乐谱，他专程去楚地采风。伯牙离开楚国12年了，思念故国江山之美景，想从水路观赏一路风景而回。楚王同意了他的奏请，命水师拨大船二只，一正一副，都是兰桡画桨，锦帐高帆，非常齐整。

伯牙是个风流才子，那江山美景，正投其怀。张一片风帆，凌千层碧浪，看不尽遥山叠翠，远水澄清。不一日，船行至汉阳江口。当时正值八月十五日中秋之夜，突然乌云盖顶，狂风大作，大雨如注，波涌浪翻，惊涛怒吼，将俞伯牙所乘的船颠得起伏摇晃泊于山崖之下。过了一阵子，风恬浪静，雨止云开，俞伯牙见风住雨停，便站立船头，只见月儿初升，挂在崖顶，月影沉碧，波澜不惊，杜鹃啼鸣，更添幽静，不禁触动乐思，犯了琴瘾。他命童子焚上香炉，开囊取琴，曲犹未终，指下“嘣”的一声响，琴弦断了一根。按当时的说法，只有遇到懂得音乐并理解弹琴人心境的人，琴弦才会崩断。伯牙大惊，命童子去问船头船行至了什么地方。船头答道：“因为风雨，船停于山脚之下，只有草树，并无人家。”伯牙惊讶，想道：“是荒山了，若是城郭村庄，或有聪明好学之人，盗听吾琴，所以琴声忽变，有弦断之异。这荒山之下哪里会有听琴之人？肯定是可疑之人。”便令手下人下去查看，这时崖上有人答道：“舟里面的大人，您不必多疑。小人并非奸盗之流，只是个樵夫。因为打柴回来晚了，又赶上骤雨狂风，雨具不能遮蔽，潜身岩畔。恰好听到您在弹琴，被优美的琴声吸引住了，少住听琴。”伯牙笑道：“山中打猎之人怎懂得‘听琴’？快快离开吧！”那人不走，说道：“大人出言谬矣！岂不闻‘十室之邑，必有忠信’。大人若欺负山野中没有听琴之人，这夜静更深，荒崖下也不该有抚琴之客了。”

伯牙见他出言不俗，就把他请到船舱中，二人谈论起各种音乐理论与知识。樵夫对伯牙的提问对答如流而且还有自己的独到见解，伯牙很是佩服，有感相见恨晚。于是换好琴弦，为樵夫弹奏起来。伯牙弹琴志在高山，乐曲刚完，樵夫就赞叹说：“太好了！多么巍峨的泰山啊！”伯牙弹琴志在流水，音乐一停，樵夫就赞美说：“太好了，多么浩荡的江河啊！”伯牙兴奋极了，激动地说道：“你真是我的知音啊！下官年长你一旬，若不嫌弃的话，咱们以后就以兄弟相称，不负知音契友。”樵夫笑道：“大人差矣！大人乃上国名公，小人乃穷乡贱子，怎敢攀附？”伯牙回答道：“相识满天下，知心能几人？下官碌碌风尘，得与高贤结契，实乃平生之万幸啊。”便命童子添炉焚香，在船舱中与樵夫顶礼八拜。伯牙年长为兄，樵夫为弟。谈论正浓，不觉月淡星稀，东方发白。两人依依不舍。伯牙把樵夫送至船头，洒泪而别。

### 【悟在当下】人生得一知己足矣

知音难觅，知己难寻。所以人们常说：人生在世，得一知己足矣。朋友可以有很多，但是真正可以称得上知己的又有几个呢？所谓知己，并不是指那些臭味相投的酒肉朋友。简单地说，知己应该是建立在更高的价值追求和学识基础之上的。知己难求，唯有努力修身自立，获得真才实学，以真诚换真诚，方可友谊长存，共同进步提高。

人虽然有社会地位的高低之分，但真正的知音是可以穿越这些世俗的东西的，只要彼此的心中存在着相互欣赏、相互认同，这些又算得了什么！

## 魏武侯任才强国

魏武侯是位雄武过人的国君，在历史上名声虽不及他的父亲魏文侯大，但在魏国历史上仍占有非常重要的地位。

魏武侯为太子时，因受到父亲魏文侯和田子方等儒家名流的教导和影响，遂成为一个明理识道也很注意自身道德修养的人。

即位后，魏武侯没有只守父业，而是希望干出一番更大的事业。元年，即助赵公子朔袭赵的邯郸。二年在安邑、五垣筑城。七年，又发动伐齐之役进军至桑丘，九年又伐齐，进军至灵丘。

魏武侯一生为魏国做出了重大贡献。文侯在世时，魏国人才济济，为诸侯所侧目。文侯“师子夏，友田子方，礼段干木”；又有李悝、吴起、西门豹等名臣名将，各司其职，文武相济，魏国大治，盛极一时。魏武侯承继基业，老臣犹在，在用人方面虽与其父有些差距，但还是能礼贤下士，招引人才。虽没有“贤人是礼，国人称仁，上下和合”的局面，但他还是能善于任用良才，富国强兵。

吴起

当时的吴起曾师从于曾子，著有《吴子兵法》。初为鲁将大破齐军，后入魏为将，任西河郡守二十多年，以拒秦、韩。先效力于魏文侯，魏文侯死后，吴起又为魏武侯效力。有一次，魏武侯乘船顺西河而下，行至中流，回顾吴起说："真是太好了！山河险固，这是魏国之宝啊！"吴起回答说："重要的在于德政而不在于险固。从前三苗氏左有洞庭，右有彭蠡，由于不修德政礼义，结果被夏禹灭亡；夏桀居有的疆土，左有河水、济水，右有泰山、华山，南有伊阙，北有羊肠，但不修仁政，结果被商汤放逐；殷纣王的国土，左有孟门，右有太行，北有常山，南经大河，因为不修德政，被周武王所杀。由此看来，国家的兴亡在于德政而不是险固。如果您不修德政，那么今天船上的人都要属于敌国了。"武侯说："你讲得好。"遂重用他。

还有一次，魏武侯问吴起："赏罚严明就能打胜仗吗？"吴起回答说："只谈赏罚严明，还不能说清问题的实质。同时，打仗也不能只靠赏罚严明，因为赏罚只是手段。打胜仗靠的是三条：发号施令人们乐意听从；兴师作战人们踊跃参加；两军交战时将士能前赴后继，这才是赏罚要达到的目的。"

魏武侯问："如何做到这三条呢？"吴起回答说："君主可以宴请作战立功的将士，同时激励没有立过战功的人。"

按照吴起的意见，魏武侯在宗庙的大庭中摆下宴席，分成前、中、后三排，让立有大功的将士坐前排，使用上等规格的餐具、享用上等菜肴；立有一般功劳的将士坐中排，餐具和菜肴次一等；立过小功的将士坐后排，餐具和菜肴再降一等。宴会结束后，又向有功将士的父母妻儿颁奖，并按战功大小有所区别，另外，每年都派专人对阵亡将士的家庭进行慰问、赏赐，表示没有忘记他们。

这个办法实施到第三年的时候，秦国出兵攻打魏国，魏国边境人民不待命令就自行奋起反抗。魏武侯召见吴起说："你的指教如今已有成效了。"吴起回答说："士气是由盛到衰、由衰到盛变化着的。建议您将没有立过战功的5万人交给我，我率领他们去抗击秦国军队……"

魏武侯听从了吴起的建议，让吴起率5万人去抗击秦军。果然，在与秦军作战的过程中，魏军将士个个勇猛无畏，很快就取得了重大胜利。

后来，魏武侯完成了魏文侯的未竟事业，使魏国的地盘更大，国力更强，成为战国七雄之一。

**【悟在当下】赏罚严明，调动积极性**

赏罚严明自古就是很多君主、将相惯用的治理方法。在赏罚的运用中，赏与罚的作用各有其侧重。赏是用人的激励机制，而罚则是纠正机制。

要做到赏罚严明，本身并不太难，但要灵活运用赏罚手段，来充分调动人的积极性、激发人的潜力，就是一种领导艺术了。之所以说它是艺术，是因为能够依据人的物质和精神需求，艺术性地掌握赏罚的法度。无论是赏是罚，都不能只停留在赏罚手段的层次上，而必须上升到了解和掌握人的心理欲望层次上。

## 王翦故意自污避免猜疑

王翦是秦国杰出的军事家，是继白起之后秦国的又一位名将。与其子王贲在辅助秦始皇统一六国的战争中立有大功，除韩国之外，其余五国均为王翦父子所灭。王翦智勇双全，有王翦请田的故事流传。

王翦

战国末年，秦王嬴政灭了韩、赵、魏三国，赶跑了燕王，多次击败楚军。秦王嬴政准备一鼓作气，吞并楚国，继续统一中国的大业。为此，他召集文臣武将们商议灭楚战争。

青年将领李信，在攻打燕国时，曾以少胜多，秦王认为李信忠勇贤能，很是赏识他。所以，他首先问李信：“李将军，你看吞并楚国需要多少人马呢？”李信年轻气盛，不假思索地回答：“二十万人足够了！”秦王暗暗称赞李信果然是少年英雄。秦王又把目光转向老将王翦，问道：“王将军，您的意见呢？”久经沙场的老将王翦，已经觉察出秦王对李信意见的倾向，他神色凝重地面对秦王，回答说：“灭楚，非六十万大军不可。”秦王听了，冷冷地说：“哼，哼，看来，王将军果真是老了，为什么这么胆怯呢？还是李将军有魄力，我看他的意见是对的。”于是，秦王就派李信和蒙恬率领二十万大军南下攻楚。王翦因为自己的意见没有被秦王采纳，就托病辞官，归老家频阳养老。这时的秦军在李信的率领下攻平与，蒙恬攻寝丘，大破楚军。李信又乘胜攻鄢、郢，均破之。于是引兵向西与蒙恬军会师城父。谁知项燕率领的楚军乘机积蓄力量，楚军趁势尾随追击秦军，三天三夜马不停蹄，攻入秦军的两个壁垒，杀死七名都尉，李信的部队大败而归。

秦始皇闻秦军失败，非常生气。他终于知道王翦的确有远见，因此，立即将李信查办革职。然后，亲自飞马前往频阳，请老将王翦出马，统率灭楚大军。秦王向王翦道歉，说：“由于寡人没有听从将军的意见，轻信李信，李信终使秦军受辱，误了国家大事。现在楚军天天西进，将军虽有病在身，怎能忍心背弃寡人？务请将军抱病上阵，出任灭楚大军的统帅。”王翦推辞道：“老臣体弱多病，狂暴悖乱，脑筋糊涂，希望大王另选良将。”秦王嬴政恳求道：“好了，老将军就不要再推辞了。”王翦说：“如果大王一定要任用我为灭楚大军的统帅，那就非六十万人马不可。”秦王连忙说：“我完全按照老将军的意见办。”

随后，王翦率领六十万大军出发攻楚，六十万人马，几乎是秦国的全部军力。王翦统率六十万军队，等于完全掌握了秦国的兵权，秦王嬴政当然不会完全放心。大军出征那天，秦王亲自率领文武百官送行到灞上。王翦深知秦王嬴政为人多疑，因此，喝了饯行酒后，王翦便请求秦王赐给他一大批良田、住宅和园林。秦王听了，笑道：“老将军放心地去作战吧。你是寡人的肱股之臣，我富有四海，你还用得着担心贫穷吗？”王翦说：“大王废除了裂土分封制度，臣等身为大王的将领，虽立战功却终不得封侯。所以只得趁着大王还相信我的时候，请求多恩赐些良田、池塘、住宅、园林，作为留给儿孙们的产业。”秦王笑着答应了。

王翦到达函谷关后，先后五次派使者回朝廷，请求恩赐良田、住宅、园林和池塘。有的部将对王翦的做法不理解，问王翦：“老将军这样不厌其烦地请求赏赐，不是太过分了吗？”王翦说：“不！我这样做，是为了解除后顾之忧。秦王的为人你们不是不知道，他性情粗暴，又对人不轻易相信。为了灭楚，他如今把六十万大军全部交给我指挥，他心里不会不对我产生疑虑。我只有以多请田宅作为子孙基业的方法来稳固自家，打消秦王对我的怀疑，认为我并没有什么野心，从而使他不再疑心我军权在握会威胁到他的王位。”

秦王果然因此而相信王翦没有异心，放手让他统军对楚作战，不到一年的时间就吞并了楚国。王翦因功著而晋封武成侯。

**【悟在当下】埋头拉车，更要抬头看路**

大凡有心计的政治家，都知道释疑避谗必须讲究艺术，而不能直来直去地分辨。在事业上，老黄牛的实干精神是必要的，但不能只埋头拉车，不抬头看路。只有时刻提防来自四面八方的谗言，消除来自顶头上司的疑忌，才能保证劳而有功。这也是一种与上司相处的智谋。

## “不可救药的文人”

苏东坡，本名苏轼，和父亲苏洵，弟弟苏辙，三人在宋代文坛上皆享盛名，后人称之为“三苏”，皆列入唐宋八大家。

北宋熙宁四年元月，苏轼被任命为杭州通判，此后辗转到密州、徐州和湖州。苏东坡以罪谪之身，被贬来到荆天棘地的黄州。他在黄州总共有四年，是他一生中极为重要的一段时期。为了糊口，他不辞劳作，情愿做个躬耕自给的农夫，也不受众人的怜悯。他的好友马梦得，替他在东城门外请领了一处荒弃的营地耕种。苏东坡一向爱好白居易的诗，且当年白居易做忠州刺史时作有一首《东坡种花诗》，而忠州、黄州皆是他们的谪地，且都是在城东，所以苏东坡就将这块土地称之为东坡，从此自号为“东坡居士”。黄州的生活对于苏轼来说变成了一种享受，他在此地交游，读书作文，豁达心境，享受着这里的月光和美酒。

元丰七年三月，神宗手诏苏轼改任汝州团练副使，诏中有“人才实难，不忍终弃”的句子，苏轼感到欣喜。不久神宗驾崩，新皇帝登基，小皇帝赵煦年方九岁，由祖母高太后摄政。高太后倾向于保守派，反对变法，对于苏轼的才华也是颇为赏识，于是召苏东坡回京。他迅速升官，到任五日又以礼部郎中召还京师，很快升迁为起居舍人、中书舍人，成为三品的翰林，负责起草诏书，即翰林学士知制诰。苏轼达到了他一生仕途的最高峰，也是他人生的又一个转折点。

苏轼既然是两派的共同敌人，这一次又是在劫难逃。绍圣元年十月，苏轼被谪到惠州，苏轼在惠州学习佛经，吟咏创作，支撑他的无疑又是他的达观和洒脱。绍圣四年，反对派看到苏轼如此旺盛的生命力，自然是恨得咬牙切齿，于是，一纸贬书，苏轼再次被贬为琼州别驾，安置于昌化军，也就是儋州，位于海南岛的西北部，所谓天涯海角，就是这儿，这里可谓是历代贬官的最远的地方。可是苏轼在此依旧活得丰富多彩，更为可喜的是他的创作也极为丰富。

元符三年正月，哲宗驾崩，年仅二十四岁。即位的是宋徽宗，向太后垂帘听政。向太后也是倾向于元丰老臣的，于是流放边地的许多人接诏内迁，当时有人作诗曰："时雨才闻遍中外，卧龙相继起东南"，苏轼也在召还之列。年过花甲的苏轼得以生还，自然感慨万千，他与苏辙决定聚首常州。

不幸，苏轼到达仪真的时候染病，坐船来到常州后，不见好转，而且病情日益加剧。公元1101年，苏轼病逝，终年66岁，死后苏辙遵遗嘱将其葬于汝州的峨眉山。苏轼在临终前，把三个儿子叫到身边说："我一生没有做过坏事，我不会下地狱。"充满了自信与达观。他曾说："吾上可陪玉皇大帝，下可以陪卑田院乞儿，眼前见天下无一个不好人。"今天我们吟读苏轼之诗、之文、之词，品味其书画，再看他得意或者贬谪之时的所作所为，可以得到很好的启迪。他执着而善于变通，独特的思维和人格，无论在朝还是在野，都始终如一保持着自己，未曾有所改变。有这样一个"不可救药的文人"，实在是中华之幸，可以说，苏轼是中国文人精神之集大成者。

**【悟在当下】坦然面对不如意**

苏东坡自云："吾上可陪玉皇大帝，下可以陪卑田院乞儿，眼前见天下无一个不好人。"可是封建官场对于他，注定是失败的地方，那不是因为他不懂官场，而是懂得太多。

人的一生，很难是一帆风顺的。这就要我们必须坦然面对不如意的事情。有时候，压力和困难，未尝不是一种财富，可以丰富我们的人生体验和增强我们的人格魅力。今天看来，这样的“不可救药的文人”才是中国历史的光荣，不仅因为他留下的大量诗书作品，还因为他的处世精神，为后世提供了一个理想的范式。

## 司马相如的“绝招”

汉代的大辞赋家司马相如，出川漫游，一篇《子虚赋》博得了海内文名。当时的博雅之士，无不以结识司马相如为荣。但司马相如放任不羁，不拘礼节，虽然很贫穷，却自有一副高节之士的风度。

有一次，司马相如外游回成都的路上，路过临邛。临邛县令久仰司马相如的名声，恭请至县衙。此事惊动了当地富豪卓王孙，他也想结识一下，以附庸风雅。但他仍摆脱不了商人的庸俗，故而实为请司马相如，但名义上却是请县令王吉，让司马相如作陪。司马相如本来看不起这班无才暴富之人，所以根本没准备去赴宴。

到了约定日期，司马相如却没有来。卓王孙如热锅上的蚂蚁，王吉只好亲自去请。司马相如驳不过王吉的面子，来到卓府。卓王孙一见他的穿戴，心中早已怀瞧不起之意，司马相如全然不顾这些，大吃大嚼，只顾与王吉谈笑。

忽然，后院楼上传来悠扬婉转的琴声。这琴声似溪涧流水潺潺，又似微风拂过春皱的水面；似骏马奔驰原野，又似惊涛拍岸……原来这是卓王孙的女儿卓文君所奏。卓文君一向爱慕司马相如的相貌和才华，于是故意在司马相如到来之后弹奏一曲向司马相如表达爱慕之心。司马相如一下子停止了说笑，倾耳细听起来。此时的司马相如感到自己碰到了前世冥冥注定的知音。琴声让他不仅忘却了眼前的一切，而且使他在情不自禁中忘却了自我。司马相如乘着酒兴，弹了一曲《凤求凰》向卓文君表达爱意。就在这音乐的交流与碰撞中，他们遂定终身。卓文君当夜私奔到司马相如处，两人一起逃回成都。卓王孙知道后，气得暴跳如雷，发誓不准他们返回家，不给他们一分钱。

卓文君随司马相如回到成都后才发现，她的夫君虽然名声在外，但家中却很是贫寒，用家徒四壁、一贫如洗来形容一点也不为过。在万般无奈的情况下，他们只好返回临邛，硬着头皮托人向卓王孙请求一些资助。不料，卓王孙破口大骂，将他们蛮横地拒之门外，并且让来人带话让他们永远不要回来。

夫妇俩心都凉了半截，可是到底他们都有才，很快想出了一个“绝招”。第二天，司马相如把自己仅有的车、马、琴、剑及卓文君的首饰卖了一笔钱，在距卓府不远的地方租了一间屋子，开了一个小酒铺。司马相如穿上伙计的衣服，撸起袖子和卷起裤腿，像酒保一样，又是擦桌椅，又是搬东西，里里外外忙个不停；卓文君则粗布衣裙，忙里忙外，招待来客。酒店刚开张，就吸引了许多人前来目睹这两位远近闻名的落难夫妇。司马相加夫妇一点也不感到难堪，内心倒很高兴，因为这正好有了一部分收入，而且还达到了他们的目的——给顽固不化的老爷子点颜色看。卓王孙在临邛县也是有头有脸的一方士绅，哪里允许临邛县的父老乡亲在他背后指指点点，戳着脊梁骨说笑话呢？这让卓王孙很伤脑筋，撒手不管不闻不问吧，闹得满城风雨，耳朵根子实在不得清静，去管他们吧，却又抹不开面子。正在他左右为难、一筹莫展之际，有几个朋友劝卓王孙说：“俗话说得好：‘嫁鸡随鸡，嫁狗随狗！’令爱既然愿意嫁给他，就随她去吧。再说司马相如毕竟有相当的过人之才，而且还是县令的朋友，尽管现在贫寒，但凭他的才华，将来一定会有出头的日子，应该接济他们一些钱财，何必与他们为难呢？”

这样一来，尽管卓王孙气歪了胡子，但也万般无奈。只好借着这个台阶给自己下了台。于是送给司马相如夫妇仆人两名，钱财百万。司马相如夫妇大喜，带上仆人和钱财，回成都生活去了。

### 【悟在当下】抓住对方爱慕虚荣的弱点

对于那些在社会上有身份、有地位的上流社会的人来说，名声是非常重要的。这里涉及所谓的“面子”问题。“面子”应该说人皆要之，但好之则有虚荣之嫌。对于那些爱慕虚荣的人来说，这就是一大弱点。如果通过细致入微的观察，抓住了交往中对方的这一弱点，并适当地加以利用，或许还能收到“山重水复疑无路，柳暗花明又一村”的效果呢！

## 班超高一步立身

班超是东汉著名的军事家和外交家。他外表虽不修边幅，却自小胸怀大志，希望干一番大事业。在家的时候，他脏活累活都抢着干，照顾母亲，打理家务，从不觉辛苦。他从小勤奋好学，博览群书，能言善辩，对问题分析透彻清晰，并能权衡轻重。明帝永平五年，班超的兄长班固被召入朝任校书郎，班超和母亲也跟着迁居洛阳。因为家境十分贫寒，他经常到官府担任抄写文书以维持生计，奉养自己的母亲。

班超在官府帮忙抄写文书，认真细致。这一天，班超早早来到官府的办公地，收拾打理好一切后，就开始伏案抄写文书。他一字一句地分析，每个问题都要斟酌再三。突然，他被所抄的一段内容所触动，心有灵犀，猛然顿悟，不禁丢下笔站起身来，透过窗户，面向远方感叹道：“堂堂七尺男儿大丈夫应该有宏伟的志向，就算是没有更高的志气和胆略，也应当像傅介子、张骞一样，到国外去建功立业，博取功名，又怎么能长期坐在这里，老是从事笔墨工作，虚度了大好时光呢！”

一起抄书的几个人听到班超的这番话以后，都纷纷报以讥笑嘲讽。有的人对他蔑视地说：“就凭兄台你现在的境况，还想去建功立业啊？安分点！老老实实在这抄抄书混口饭吃吧，别做白日梦了。”也有人嘲笑道：“贫贱之人还想登什么大雅之堂，为国君开疆拓土、建功立业，你这样的人有资格谈吗？快省省吧！继续抄吧！待会交文书了！”接着便是阵阵哄笑声。

班超听了他们的这些话，正颜厉色地说道：“你们这些庸碌小人怎能会理解壮士的胸怀与志向啊！古人有‘燕雀安知鸿鹄之志’的豪言壮语，吾辈为何不能高一步立身，胸怀大志，为国效忠，贡献自己的力量呢？……”

又过了一段时间，明帝问班固："你的弟弟现在做什么呢？"班固说："为官府抄写文书，领取薪俸来照顾母亲。"明帝于是任命班超为兰台令史，掌管奏章和文书。凭此从高立身的意识，班超日后投笔从戎，并通过一番努力，终于成长为东汉著名的军事家、外交家，有了施展抱负的机会。

永平十六年，班超跟随窦固击退北匈奴后，奉命率吏士三十六人出使西域，巩固了汉在西域的统治。建初三年，他率疏勒、于阗等国的士兵大败姑墨的侵犯，又上疏请兵，欲平定西域。从章和元年到和帝永元六年，班超陆续平定莎车、龟兹、姑墨、焉耆等国，西域遂平。班超任西域都护，封定远侯。班超在西域活动长达31年之久，平定内乱，外御强敌，为西域的安全以及丝绸之路的畅通做出了卓越的贡献。

**【悟在当下】立大志者方可成大业**

纵观古今中外任何领域的名人，无一人不是立大志而得以成大业的。高一步立身就能够强化自己对社会的责任感，更严格地磨砺自己，充实自己，促使自己为人民的事业、国家的利益去拼搏，踏实工作。

"立身不高一步立，如尘里振衣、泥里濯足，如何超达？"洪应明以疑问的语气，肯定地说明了为人处世应立大志、立高志，唯有比别人高一步立身，才可以超越眼前事物带给人的那些局限，否则，就如在尘土飞扬之时抖衣服，在泥泞中洗脚……展开的只能是一团糟的人生。反观历史与现实，常常可以看到，成功者与失败者之差，往往仅是一步之遥、一分之差。高一步的立身，高一步的追求，往往就能使一个人成为生活中的强者、竞争中的赢家。

## 一屋不扫，何以扫天下

东汉的时候，有位大臣名叫陈蕃，他以忠直敢谏闻名于世。汉桓帝在位时，陈蕃是朝廷议郎。他曾经上奏桓帝说："眼下农事不佳，连年歉收，庄稼有五六成遭灾，农人中成千上万人处在饥寒之中，啼饥号寒，民不聊生。然而宫中有女几千人，每日吃鱼吃肉，穿戴绫罗绸缎，施为脂油粉黛，这要耗费多少资财啊？俗语说得好：‘谁家养有五个闺女，会穷得连贼都不肯去。’现在后宫有女千人，这不是穷国之举吗？再说，把这么多宫妃放入后宫，这是灾祸的根源呀。历史上有多少教训呀，难道不该汲取吗？”皇帝于是采纳了陈蕃的意见，放出宫女五百多人。大臣们也称赞陈蕃说：“你真是忠心耿耿、公正无私啊！”

陈蕃能如此有远见智谋，敢于直言纳谏，成为皇帝的忠臣，有一番大作为，得益于他小时候“一屋不扫，何以扫天下”的传为佳话的故事。

陈蕃自幼勤奋，博览群书。为了寻求读书的安静环境，他便独立生活学习。十五岁的时候，曾经独自住在一个地方偏僻的小院落里读书写文章。由于读书刻苦，常常钻进书堆而不能自拔。在知识的海洋里畅游，让他很有满足感。除了睡觉，大部分时间都被读书写作所挤占，自己从不注重衣着打扮，还疏忽了对庭院房间的打扫。院子里杂草丛生，砖瓦石块、污水随处可见，可他却视而不见。走进他居住的房间就更是不堪入目了。桌椅板凳放得哪都是，上面的尘土有很厚一层，桌上还有吃剩下的饭菜和没有洗的碗筷。各种书籍到处乱堆，有的放在床头翻卷着，有的在桌上和地上散落着。屋角蜘蛛网密布。

有一次，他父亲同城的一个朋友薛勤，听说陈蕃在这里居住学习，就打算来看望他。陈蕃像往常一样，早上起来后，没有怎么洗漱梳理，蓬头垢面，更没有打扫收拾房间，就去读书了。读至兴奋之时，听到有人喊自己的名字，才意识到有客人来访，急忙出来迎接。薛勤说明来意，陈蕃一阵寒暄过后，便请薛勤进屋。

薛勤见陈蕃蓬头垢面，走进院里，又是一片脏乱不堪，就已有些气愤。等被陈蕃请进屋中，看到那番场景，实在忍无可忍，便教训他道：“小伙子！你为什么不整理打扫房间，难道你就这样来迎接客人吗？陈蕃呀，你可是官宦家的子弟啊，客人会常来常往，你应该把庭院清扫得干净些，好迎接宾客呀！”陈蕃听了，理直气壮一本正经地说：“大丈夫处理事情，应当以扫除天下的坏事为己任，何必在乎这院子、房间屋子的事情，局促于一房一室呢？”薛勤听后，点点头，心里暗自认为陈蕃能有澄清世道的志向，还是与众不同的，是个可造之才。

于是，便继续引导他，说道："贤侄所言极是，真是志向高远啊。"但又用反问进一步引导他："大丈夫胸怀大志，的确需要高一步立身，以扫除天下的坏事为己任。但你想过没有，如果你连自己的庭院、房间都不能清扫干净整齐，又如何来扫除天下呢？海不拒细流，方能成其大；山不拒纤土，方能成其高！所以从点滴小事做起，才能为将来的大抱负打下坚实的基础。"

一席话，终于使陈蕃懂得了这两者其实并不是互相排斥的，懂得了成大事必自小事做起，这对他后来的成长，确实有很大裨益。

【悟在当下】从小事做起

要成大事必须先从小事做起的道理，对于每个人的成长都是大有裨益的。

用这种认识来反映现实，也能看到其中的合理之处。家庭事务处理好了，对于家庭成员更好地投身于工作、学习中，享受到家庭的天伦之乐，都是一项必不可少的前提。而且从由近及远、由己及人的原则出发，中国传统的文化还将治家与治国平天下相提并论。一是力图将它们统一起来，治国治家有方有略，相得益彰。二是治家的方法、策略和技巧对于治国而言，也有借鉴的意义。虽然治家是小事，治国是大事，但是两者并不是决然分开的。

## 介子推宁死不出山

介子推，介休人，也称介子。清明节的由来就与他有关。

相传春秋战国时代，晋国爆发了"骊姬之乱"，晋献公的妃子骊姬为了让自己的儿子奚齐继位，设计谋害了太子申生。申生的弟弟重耳，为了躲避祸害，逃亡出走。后来跟着他一道出奔的臣子，大多陆陆续续地各奔出路去了，只剩下随行的贤士五人，介子推即是其中之一。在流亡期间，重耳受尽了艰难险阻。

有一次，在一处渺无人烟的地方，重耳又累又饿，再也无力站起来，随臣找了半天也找不到一点吃的。正在大家万分焦急的时候，介子推走到僻静处，从自己的大腿上割下一块肉，煮了一碗肉汤让公子喝了。重耳渐渐恢复了精神。重耳发现肉是介子推从自己腿上割下的时候，流下了感激的眼泪。

介子推跟随重耳流亡国外19年，历尽千辛万苦，立下了汗马功劳。19年后，重耳回国做了君主，赏赐和提拔了许多有功之臣，却独独把介子推给忘了。有人为介子推打抱不平，就对介子推说："重耳这人只可同甘共苦，不可共同享受啊。"介子推却说："晋文公作为国君，要日理万机，实在是太忙，不可能什么事情都想得那么周到。再说，我是个没有什么文化的人，在主公渡过难关时可能还有点用处，现在到了治理国家的时候，我的能力就不行了。对这些，我是有自知之明的。我有自知之明，从不怪他人。"他打点好行装后，同母亲悄悄地到绵山隐居去了。

晋文公听说这件事之后，忆起旧事，羞愧莫及，亲自带人去请介子推，可介子推早已离开家去了绵山。绵山山高路险，树木茂密，找寻两个人谈何容易。于是有人献计，从三面火烧绵山，留下一个方向，逼出介子推。晋文公乃下令放火烧山，大火烧遍绵山，烧了三天三夜，却没见介子推的身影，大火熄灭后，上山一看，人们发现介子推母子俩抱着一棵烧焦的大柳树已经死了，晋文公后悔莫及。晋文公望着介子推的尸体哭拜一阵，厚葬了他们的遗体，发现介子推留下了一片衣襟，上面题了一首血诗：

割肉奉君尽丹心，但愿主公常清明。
柳下做鬼终不见，强似伴君作谏臣。
倘若主公心有我，忆我之时常自省。
臣在九泉心无愧，勤政清明复清明。

晋文公将血书藏入袖中，然后把介子推和他的母亲分别安葬在那棵烧焦的大柳树下。为了纪念介子推，晋文公下令把绵山改为"介山"，并把放火烧山的这一天定为寒食节，每年这天禁忌烟火，只吃寒食。

以后，晋文公常把血书带在身边，作为鞭策自己执政的座右铭。他勤政清明，励精图治，把国家治理得很好。此后，晋国的百姓得以安居乐业，对有功不居、不图富贵的介子推非常怀念。每逢他死的那天，大家禁止烟火来表示纪念，寒食、清明由此成了全国百姓的隆重节日。

**【悟在当下】客观评价自己**

认识的客观性，决定了一个人的价值观。介子推从实际出发，客观地评价自我，是对集体的负责，也是对自我价值的定位。

当今社会，竞争激烈，想在世上立足，更应客观评价自己，准确给自己定位。不能好高骛远，孤芳自赏，认为自己的事业应从精英行业起步，而不能委曲求全，从基层踏实干起。这种想法恰恰违背了认识的客观性，不利于自身的发展。

## 祖逖礼贤下士

祖逖是东晋名将，著名爱国将领。祖逖家是北方一个官僚大族，祖上世代担任二千石的高官。祖逖轻财好施，慷慨任侠，注重节操。因此博得宗族乡里的敬重。后来，祖逖发奋读书，“博览书记，该涉古今”。他游历京师，见到他的人都说他有经天纬地之才。

时值西晋“八王之乱”的前夜。大族擅权，政治黑暗；豪强纵横，民不聊生，社会危机日益加深。永康元年“八王之乱”终于爆发了，北方人民纷纷逃亡到南方避难，祖逖也被迫带着亲族宗党几百人南下。一路上大家风餐露宿，历尽艰辛，祖逖主动把车马让给老弱和病人，又把粮食、衣物和药品分给别人。他和大家同甘共苦。他还常常想办法，解疑释难。大家既感激他，又敬佩他，一致推举他担任流人队伍的“行主”。

西晋政权灭亡后，祖逖常怀“振复之志”。因此公元316年司马睿传檄约期北伐，祖逖欣然受命。经过一年多的苦战，祖逖攻占谯城，在豫州站住了脚跟，并打通了北伐的通道。正当祖逖以谯城为根据地，且战且耕，逐步扩大战果时，发生了蓬陂坞主陈川叛归石勒的事件。陈川是号称“乞活”的流民集团的首领，这支流民武装长期割据浚仪蓬陂，曾经投降石勒，又受晋官号。陈川部将李头攻打谯城的时候，立过大功，祖逖非常地礼遇他。有一次，祖逖获得一匹好马，李头是一个非常爱马的人，被戏称为“马痴”。李头看见这匹马后，非常喜欢，很想要但是又不敢说。祖逖知道他的心思后，说道：“宝马配英雄。这匹马就给你吧！”便把马给了他，李头欣喜若狂。以后李头经常感激地说：“我如果能有这样的主人，就是死也是心甘情愿的。”陈川听到后，勃然大怒说：“到底谁是你的主人，你竟然想投靠别人。真是该杀。”就把李头斩了。李头的亲信冯宠鼓动所属四百多人投奔了祖逖，陈川更加怒不可遏，大掠豫州诸郡以为报复。祖逖则针锋相对，命令卫策在谷水伏击。结果，大获全胜，虏获了大量的车马辎重以及大量的人口。祖逖下令，将车马人口全部归回给原来的主人，军队一点也不截留。陈川大为惊恐，最终于东晋大兴二年四月在浚仪投降祖逖。

祖逖礼贤下士，善体恤民情，即使是关系疏远、地位低下之人，也施布恩信，予以礼遇。将士“其有微功，赏不逾日”。而祖逖自身生活俭朴，自奉节俭，不畜私产，其子弟与战士一样参加耕耘、背柴负薪。他还收葬枯骨，加以祭奠。因此，北伐军得到人民群众的拥护和爱戴。一次，祖逖摆下酒宴，招待当地的父老乡亲，一些老人流着眼泪说：“我们都老了，想不到重又做晋朝的百姓，死了也没有什么可遗憾的了！”于是作歌道：“幸运啊！被遗弃的百姓免遭俘虏，日月星辰觉得明亮，是因为我们遇到了慈祥的人。一杯水酒忘劳苦，甜美如瓜脯，何以歌唱慈恩。让我们歌唱又跳舞。”祖逖就是这样深得人心。

因此，当祖逖的死讯传出时，豫州人民痛哭流涕，谯梁百姓还自发为祖逖修建祠堂，纪念这位热爱人民、不畏强敌、百折不挠的爱国名将。朝廷追赠祖逖为车骑将军。

### 【悟在当下】礼贤下士

祖逖虽居高位，仍能对地位低的人以恩德礼貌相待。因此在收复黄河以南的失地时坞主们感激尊重他而将敌军的密报告之，他的礼贤下士深得人心，在百姓中赢得了赞誉。

有许多身居高位的大人物，会记得见过一两次面的下属的名字，在电梯上或门口遇见时，点头微笑之余，喊出下属的名字，会令下属受宠若惊，这样富有人情味的上司必能获得下属的衷心拥戴。

## 东床坦腹，胸有成竹

王羲之出身于东晋一个书法世家的门庭，他的伯父王翼、王导，堂兄弟王恬、王洽等都是当时的书法名手。他本人是我国历史上著名的“书圣”。

晋代王、谢两族，世代簪缨，朝廷倚之为柱石。既有所谓“王与马共天下”的说法，又有所谓“山阴道上桂花初，王谢风流荡晋书”的说法。王羲之的父亲王旷当过淮南太守。他的伯父王导是东晋著名的宰相，历事元帝、明帝、成帝，乃正格的三朝元老。

王羲之自幼酷爱书法，七岁那年，拜女书法家卫铄为师学习书法，十二岁就已读过前人的书法论述。王羲之练习书法很刻苦，甚至连吃饭、走路都不放过，真是到了无时无刻不在练习的地步。没有纸笔，他就在身上画写，久而久之，衣服都被划破了。有时练习书法达到忘情的程度。一次，他练字竟忘了吃饭，家人把饭送到书房，他竟不假思索地用馍馍蘸着墨吃起来，还觉得很有味。当家人发现时，他已是满嘴墨黑了。王羲之常临池书写，就池洗砚，时间长了，池水尽墨，人称“墨池”。现在绍兴兰亭、浙江永嘉西谷山、庐山归宗寺等地都有被称为“墨池”的名胜。

王羲之的书法艺术和刻苦精神很受世人赞许。传说，王羲之的婚事就是由此而定的。王羲之的伯父王导是东晋的宰相，与当朝太傅郗鉴是好朋友，郗鉴有一位如花似玉、才貌出众的女儿。当时，人们讲究门第等级，门当户对。太傅郗鉴想选女婿。他知道王导门下的几个子弟都是俊才，便想从中选一个做他的乘龙快婿，便写了一封信给王导，说明了意思，即他想在他的儿子和侄儿中为女儿选一位满意的女婿。王导当即表示同意，并答应由他挑选。王导回到家中将此事告诉了诸位儿侄，儿侄们久闻郗家小姐德贤貌美，都想得到她。

过了几日，郗家来人选婿时，诸侄儿都忙着更冠易服精心打扮，希望被选中。只有王羲之，好像什么也没听到似的，仍躺在东厢房床上，还敞开衣服，露出肚皮，一手拿着烧饼吃，一手在衣服上比画。郗家来人看过王导诸儿侄之后，回去向郗鉴回话说："王家诸儿郎都不错，只是知道是选婿有些拘谨不自然。只有东厢房那位公子躺在床上毫不介意，只顾用手在席上比画什么。"郗鉴听后，高兴地说："东床那位公子，必定是在书法上学有成就的王羲之。此子内涵不露，潜心学业，正是我意中的女婿。"于是，郗鉴便把女儿嫁给了王羲之，王导的其他儿侄十分羡慕，称他为"东床快婿"，从此"东床"也就成了女婿的美称了。

**【悟在当下】反其道而行之**

人们在某些事物面前总有固有的观念和常规的做法，尤其是在某种重大或紧张的状态之下就更容易被常规做法所束缚。而这些常规做法在特定的环境下，往往并不是最佳的。

生活中，无论思考问题还是处理事情同样都需要这种创造性、反其道而行之的魄力和勇气。在现代社会的激烈竞争中，要想有施展才华和抱负的机会，就要善于观察和分析情况，在特定的情况下采取独特的方式方法，以期达到一鸣惊人的效果。

## 王导不争名利

王导是东晋丞相、政治家。王导和司马懿的曾孙司马睿相好，倾心与之相交，两人交往甚密。南渡后，王导依赖南渡的北方士族，团结江东大族，协助司马睿建立了东晋政权。王导历三朝为宰辅，保持了东晋的安定局面。

西晋末年，中原经过"八王之乱"和永嘉之祸后，北方大片土地落入胡人

王导

之手。北方士家大族十之六七纷纷举家南迁，史称“衣冠渡江”。西晋灭亡后，王导主动出谋献策，联合南北士族，拥立司马睿为帝，是为晋元帝，建立东晋政权。当时江南的顾、陆、朱、张、沈、周等地方士族，轻视避难南下的“伧父”（南人对北人的戏称）。而司马睿为晋皇室疏属，声望不高，江南的一些大士族地主嫌他地位低，不怎么看得起他，也不来拜见他。为了这个，司马睿心里不踏实，要王导想个办法。这年三月初三，司马睿乘肩舆出游盛具威仪，而王导、王敦和其他北方南下的大族名流都骑马随从，以提高司马睿的威望。江南有名的士族地主顾荣等听到这个消息，大吃一惊，怕自己怠慢了司马睿，纷纷拜见司马睿。这一来，提高了司马睿在江南士族中的威望。王导接着就劝司马睿说：“顾荣、贺循是这一带的名士。只要把这两人拉过来，就不怕别人不跟着我们走。”司马睿派王导上门请顾荣、贺循出来做官。司马睿殷勤地接见了他们，封他们做官。从那以后，江南大族纷纷拥护司马睿。王导又劝说司马睿把北方的士族中有名望的人都吸收到王府来。司马睿在建康站稳了脚跟，心里十分感激王导。他对王导说：“你真是我的萧何啊！”朝野上下也称呼他为“仲父”，可见其地位之高。但是王导并不居功自傲，蔑视皇上，而是忠于国事，不争名夺利，非常谦虚。这在他的行为中都有所表现。

晋元帝登基那天，王导和文武官员都进宫来朝见。晋元帝见到王导，从御座站了起来，把王导拉住，要他一起坐在御座上接受百官朝拜。这个意外的举动，使王导大为吃惊。他忙不迭推辞说：“这怎么行，臣何德何能能够享有这样的荣耀呢？臣不敢与太阳争辉。”因而再三地拒绝。晋元帝不再勉强。但是他总认为他能够得到这个皇位，全靠王导、王敦兄弟的力量，所以，对他们特别尊重，王家的子弟中，很多人都被封了重要官职。当时，民间流传着一句话，叫作“王与马，共天下”，意思就是王氏同皇族司马氏共同掌握了东晋的大权。

南渡后的北方士人，虽一时安定下来却经常心怀故国。每逢闲暇他们便相约到城外长江边的新亭饮宴。名士周岂叹道：“风景不殊，举目有江河之异。”

在座众人感怀中原落入夷手，一时家国无望，纷纷落泪。为首的王导立时变色，厉声道："当共勠力王室，克复神州，何至作楚囚相对泣邪！"众人听王导这么说，十分惭愧，立即振作起来。王导为晋室忠心耿耿，其堂兄王敦有夺取政权的野心，在他坚决反对和制止下，其阴谋没有得逞。王导历仕元、明、成三帝，明帝死后，王导和庾亮同受遗诏，共辅幼主成帝。当时庾亮出镇于外，有人向王导进谗，以离间二人关系，说庾亮可能举兵内向，劝他密为之防。王导坦然说："吾与庾亮休戚与共，悠悠之说，宜绝智者之口。则如庾亮若来，吾便角巾还第，复何惊哉！"可见王导淡泊名利，不计进退，正如其中宽和忍让，故能调和南北士族矛盾，基本上做到和睦共处，这对于稳定东晋的统治起到了重要作用。

**【悟在当下】不为名利所累**

有雅量，不争名利，对朋友诚心诚意，无疑是我们处世的一个重要准则。

在现实生活中，一个人对待名利的态度也从一个侧面反映了他自身修养的完善程度。只有不被名利所诱惑，凭借自己的力量埋头苦干，打下成功的基础，才能使未来的成功之路走得坚实可靠。同时，对待名利采取不争的态度，才能赢得他人的尊重，为自己争取荣誉，让自己处在有利位置。

## 石勒雅量待士

石勒是羯族人，他家世代是羯族部落的小头目。年轻的时候，并州地方闹饥荒，石勒和部落失散，曾经做过奴隶、佣人。有一次，石勒被乱兵捉住，关在囚车里。正好他的囚车旁边有一群鹿跑过，乱兵纷纷去追捕鹿群，石勒才趁机会逃走。

石勒受尽苦难，没有出路，就招集一群流亡的农民，组成了一支强悍的队伍。刘渊起兵以后，石勒投降汉国，在刘渊部下当了一员大将。羯族人的汉文化水平比匈奴人要低。石勒从小没有像刘渊那样受过汉族文化教育，不识字。他担任大将以后，渐渐懂得要成大事业，光靠武力不行，就依靠一个汉族士人张宾，采取了许多政治措施。他还收留了一批北方汉族中贫苦的读书人，组织了一个“君子营”。

由于石勒骁勇善战，加上有张宾一批谋士帮他出谋划策，石勒的势力更加强大。到公元328年，终于消灭了刘曜。过了两年，石勒在襄国自称皇帝，国号仍是赵。历史上把刘氏的赵国称为“前赵”，把石勒建立的赵国称为“后赵”。

石勒自己没有文化，但是却十分重视读书人。他做了后赵皇帝后，命令部下，凡捉到读书人，不许杀死，一定要送到襄国来，让他自己处理。他听从张宾的意见，设立学校，要他部下将领的子弟进学校读书。他还建立了保举和考试的制度。凡是各地保举上来的人经过评定合格，就选用他们做官。石勒严禁部下提到“胡”字、“羯”字，但是为了安抚汉族士人，有时候也不执行禁令。

有一次，有个汉族官员樊坦被任用做官。樊坦进宫朝见的时候，穿了一身破破烂烂的衣服。石勒吃惊地问他：“你怎么穷到这步田地？”

樊坦忘记了禁令，回答说：“刚刚碰到一批羯贼，把我的家当都抢走了，家里连一件像样的衣服都没有了。”

石勒知道他吃了亏，就安慰他说：“羯贼这样乱抢东西，太不应该！我来替他们赔偿吧！”

樊坦忽然想起触犯了禁令，吓得浑身发抖，连忙向石勒请罪。

石勒笑着说：“我这个禁令，是对付一般百姓的。对你们这些书生，我不怪罪。”

说着，真的赔给樊坦一些衣服钱财，还赏给他一辆车，一匹马。

石勒很喜欢读书。他自己不识字，就找一些读书人把书讲给他听，一边听，一边还随时发表自己的见解。

有一次，他让人给他读《汉书》，听到有人劝汉高祖封旧六国贵族的后代的历史。他就说：“唉！刘邦采取这样错误的做法，还怎么能够得天下呢？”讲书的人马上给他解释，后来由于张良的劝阻，汉高祖并没有这样做。石勒点头说：“这才对啦。”

又有一次，石勒举行宴会招待大臣，宴席上，他问一个大臣，说：“你看我可以比得上古代什么样的帝王？”

大臣吹捧说：“陛下英明神武，比汉高祖还强，别人更比不上了。”

石勒笑了笑说：“你说得太过分了。我要是遇到汉高祖，只能做他的臣下，大概跟韩信、彭越差不多。要是我生在汉光武帝那个时候，倒可以和他并驾齐驱，还说不定谁胜谁负呢。”

由于石勒重用人才，在政治上比较开明，后赵初期出现了兴盛的气象。

**【悟在当下】知识就是力量**

英国伟大的哲学家培根曾经说过：“知识就是力量。”当今的社会是科学技术迅速发展的时代，对个人而言，如果想在现代社会生存，没有文化是万万不行的，只有具有了丰富的知识，才有可能立于不败之地；对国家而言，当今世界全球化的趋势日益明显，国际竞争也更加激烈，国家如果不重视科学技术，必然会在国际竞争中处于被动地位。

## 贺敦诫子慎口

贺若弼，字辅伯，河南洛阳人。父亲贺敦是北周的一名大将，因武功卓著而闻名，立有大功。因为贺敦对朝廷赏赐不公心怀不满，便口出犯言，结果被权臣宇文护逼令自杀。临刑之前，他把儿子贺若弼叫到跟前对他说：“我决心要平定江南，但是这个想法没有成功，你要成就我的这一志向。我因为口舌之祸而遭诛杀，你今后说话不可以不加考虑。”为此，他拿起锥子把贺若弼的舌头刺出了血，以此来告诫他今后说话要慎重。

贺若弼年轻的时候慷慨、正直，胸有大志，矫健勇敢，精熟骑马射箭，能写文章，博览书史，在当时很有名望。北周齐王宇文宪听到这些，非常敬重他，召他做自己的记室参军。不久，又封他为当亭县公，升任王国内史。后来成为隋朝的要官。

刚开始的时候贺若弼还能记住他父亲的话，经常以“君不密则失臣，臣不密则失身”来提醒自己，遇事三缄其口。可随着他在隋朝功劳日大，地位日高，便把父亲的告诫忘到脑后去了。同父亲一样，他也因对朝廷封官不满而大发牢骚，被免去了官职；他不接受教训，反而怨言更多，于是被逮捕入狱，隋文帝斥责他道：“我用高颖、杨素为宰相，你在下面散布说这两个人只配吃干饭，这是什么意思？”

有人因此奏请将他处死，文帝因他立有大功，免他一死，但一针见血地向他指出：“你有三犯：嫉妒心太猛；自以为是，看不起别人的心太猛；目无君上之心太猛。”

这的确是贺若弼的致命之处，同僚有功他妒忌，同僚升官他不服气。有一次，皇太子杨广同他谈起朝中几位杰出将领，问他：“杨素、韩擒虎、史万岁三个人都是良将，他们的优劣如何？”贺若弼口无遮拦，毫无顾忌地回答：“杨素是员猛将，但没有谋略；韩擒虎是员战将，但不会带兵；史万岁是员骁将，别的本领平常。”

杨广问：“那么谁可以称之为大将呢？”

贺若弼深深一拜说：“这就要看殿下的眼光了。”

他自以为比别人都高明，贬低一切，殊不知这样一来，既得罪了同僚，又引起杨广的戒心。后来杨广当了皇帝（即隋炀帝），对他便十分疏远。

最为致命的要害还是最后一个“目无君上之心太猛”。在隋文帝平定江南的战役将要开始时，他便对人说：“江南倒是不难平定，可谁知道将来会不会出现‘飞鸟尽，良弓藏’之事呢？”明显地表示了对隋文帝的不信任。

还有一年，他随从隋炀帝出巡北方，在榆林，好大喜功的隋炀帝设置了一个可坐千人的大帐，来招待少数民族首领。这事其实和贺若弼毫无关系，他又在私下里评头品足，乱发议论，说皇帝太奢侈。这事被人告发，他被处以死刑，重蹈了父亲的覆辙。

**【悟在当下】相时对“言”**

贺敦因口舌之争而遭诛杀，留给儿子的是血的教训。我们在庆幸贺若弼“得以豁免”的同时，更应该明白一个道理：从察言观色中，可以了解对方的心理活动，话该不该说，要注重自我把握和控制。

当今世道，极为复杂，没有机智权变的能力，极难应付。而趋利避害又是人的本能。这就要求我们明察秋毫，耳听四方，深思熟虑。正如在职场面试时，只有随机应变，相时而“言”，才可以立于不败之地。

## 成人之美，忍人容事

张说是唐玄宗时的名臣，既耿直又富于智慧。一次，张说有个婢女，这位婢女既美丽又温柔，很得张说的宠爱。但是他很喜欢的一位书生竟然与这位婢女私通。张说知道这件事后很生气，准备送书生到京兆尹去接受审问叛罪。这位书生大声说：“见了美色情不自禁，是人之常情。您贵为宰相，难道就不会有紧急情况，需要人帮忙的时候？您何必要吝惜一位婢女呢？”张说听了他的话后很是惊异，心中暗暗称奇，觉得他说的很有道理，不仅饶恕了他们犯的过错，而且将那名婢女赏赐给他，并且给了他们一些钱财将他们打发走了。

书生离开之后，十个多月不见踪影，也无消息。有一天，他突然出现在张说眼前，十分忧虑地说：“我感激张公的恩德，大人不计小人过饶恕了我们，心里一直想着要报答您，只是苦于没有机会。现在我听说张公被姚相国陷害，御史台已准备调查，您的危险就要临头了。请张公早做打算为好，以防万一。”

张说听说后十分担心，急忙问怎么办。书生就说：“我听说当今皇上非常喜欢九公主，如果您能让九公主为您求情，我想会很管用的。九公主喜欢宝物，您就从您的宝物中选一件送给九公主吧。”于是张说就从最喜欢的宝物中，挑选了一颗夜明珠，连夜赶到九公主府邸，将夜明珠献给九公主，请她向皇上求情。

九公主收下了礼物后，就进宫对玄宗说：“皇上难道不想想在东宫当太子时，不是一直说以后要好好对待张丞相吗？现在怎么一听到一点对他不利的消息，就要对他严加处罚呢？”玄宗听后深受感动，赦免了张说，张说因此得救了。

**【悟在当下】乐善好施，成人之美**

张说因能够容忍别人而得以保全性命，则更接近于经营人生的智谋。人不是商品，要舍弃自己很喜爱的人，玉成两个真心相爱的人，却不是一件易事。在这里，既有对人才的重视，又有“以防万一”的深谋远虑，对一般人来说，是很难做到的。

俗话说“在家靠父母，出门靠朋友”，多一个朋友多一条路。要想人爱己，己须先爱人。当时刻存有乐善好施、成人之美的心思，才能为自己多储存些人情的债券。这就如同一个人为防不测，须养成“储蓄”的习惯，这甚至会让子孙后代得到好处，正所谓“前世修来的福分”。

## 露一丑，遮百丑

唐朝时，对官员的选任有很严格的程序，就是科举得中，还要经过吏部考选。李林甫钻营当上了吏部侍郎，掌握选考官吏的大权。不久，就干了一件巴结权贵，捞取政治资本，表面装得正直不阿，暗地里作奸的事来。

吏部每年考选官吏，放榜公布。一次，在放榜前，玄宗的弟弟宁王暗地里拿给李林甫一张十人的名单，要他以优等列榜首放官。在选官中走后门，当时也是严禁的。

李林甫看到勾结宁王的机会来了。他接过名单，心里高兴，脸上装作为难的样子，说：“王爷一定知道这事不好办，何况一下子开出10个人来！”不等宁王有什么表示，李林甫马上说：“王爷把这件事交给我，说明王爷信任我，抬举我。王爷是皇家，为皇家办事。还能怕担责任？”这一番话，当然让宁王高兴，在他那尊贵的脸上，对李林甫显出抚慰的神色。李林甫又从这种神色中盘算出另一个主意。

“王爷，就这样吧！为了维护朝廷的法纪，也压压别人借机行私，请你允许我从这10人中任挑出一人，当众驳回，留到下次列为榜首，举荐个好住所。”李林甫把内心的奸诈全隐藏起来，表现出的是一副忠诚、恭顺、干练的模样。宁王心里自然高兴，把李林甫看成是忠心为朝廷办事、又能干的人，便大加赞赏。

出榜那天，李林甫当众说："某人托宁王说情，这是败坏朝廷选育，不能容忍！此人不能选。"话一落音，人人吐舌，相互传说："李侍郎，连宁王的情面都敢驳回，真是清明。"更有人说："他一定深受皇上宠幸，不然，能有这胆子？"这事传到玄宗耳中，龙颜大悦，心里说："朝中有这样的大臣，一定要重用。"

李林甫徇情枉法，却让朝野上下误以为忠，用的是"一丑遮百丑"的遮丑方法。这种方法利用了人的思维盲区：十个人都货真价实，没有问题，人们不免要怀疑，而一旦一个出了问题，人们便心想"果真不出我所料"，把目光集中到了有问题的一个人身上而心满意足。其余九个便被想当然地忽略而避开了审视的焦点。

**【悟在当下】向别人暴露自己的真面目**

苏东坡曾有诗云："不识庐山真面目，只缘身在此山中。"照此意推论，一个人是很难看到自己的缺点与不足的。反其意而论之，人为什么不能主动暴露自己的"庐山真面目"，而让别人了解一下真实的"我"呢？生活当中，人们都往往是从自己的角度去考虑事情、要求别人，但真正做得十全十美的事情是没有的。与其刻意掩饰自己的缺点和不足，倒不如主动暴露一点缺点更能让人接受。

## 程颐劝君济人利物

《续资治通鉴》记载有这样的故事，有一日，程颐听说贵为皇帝的宋哲宗在宫中洗漱时，曾有意地躲避蚂蚁，不忍踩伤它们。于是便进宫面君，问道："陛下，臣听说您在洗漱时有意躲开蚂蚁不忍踩碰，可真有此事？"

宋哲宗笑道："确有此事。"

程颐接着便说道："您的做法太仁慈了，如果您能把这种心肠推广至四海，

程颐

那就是做帝王的要道了。”

宋哲宗听后连连点头称是：“爱卿此言极是，寡人会做个有道的明君的。”

又有一次，正值春暖花开，一片欣欣向荣。宋哲宗心情舒畅愉悦，便带上程颐等人出去踏青，欣赏春景，顺便吟诗作赋。行至郊外的一片青青绿地，嫩嫩的柳树枝叶随风摇摆，让人不禁想起“碧玉妆成一树高，万条垂下绿丝绦。不知细叶谁裁出，二月春风似剪刀”的优美诗句。宋哲宗拂袖穿过垂下的柳枝，无意中折断了一小枝嫩条，并没理会，继续往前走欣赏前方风景。程颐见此情况，额头紧皱，疾步走到哲宗身旁，并且声色严肃地说道：“陛下，现在正值春天和暖的季节，草木万物正在发芽生长，怎能够无故地摧残折断它们呢？陛下有仁慈怜爱之心，洗漱时都不忍踩伤蚂蚁，今天这碧绿娇嫩的柳枝，您怎忍心随意折断它们而不理睬呢？”哲宗听闻程颐的这几句话心里很是愧疚，顿生怜悯之心。程颐接着说道：“为君之道，贵在有仁慈博爱、体恤百姓、宽容大度之胸怀，唯有这样，江山社稷才可长久啊……”

**【悟在当下】济人利物，仁爱先行**

济人利物中的济人，是接济、救济与帮助他人之意；利物则是指为一切有情感有意识的生物谋取福利与安乐，即佛教所说的利乐有情（众生）之意。程颐指出君主能以不伤害蚂蚁之类的仁爱之心来治理天下，那么四海平和百姓安乐的日子也就不远了。他还劝君“勿折嫩枝”，说明不应无端对弱小的动植物施以强暴，以防损坏大自然的和谐，又防止使人萌生荼毒生命的残暴心性。

世间的万事万物都有着千丝万缕的联系，我们要善于把握联系，济人利物实际上就是在利己利物，这是一种人生处世的智慧。从身边点滴做起，你会发现给予别人仁爱方便，你会获得心情的愉悦与收获的满足。

# 徐存斋勇于认错获得美誉

徐存斋是明朝时候的人，中国历史上一位很有雅量的名臣。他自小勤奋好学，考取了功名。年纪轻轻就已很有作为，并且遐迩闻名。由于备受重用，明嘉靖年间，他还不到而立之年，就进了翰林院当编修。随后被派去“督学浙中”，当主考官，同时负责督察指导浙江中部的教育事宜。可想而知，他当时该是何等的年少气盛了。

有一次，徐存斋做督学判卷，他很认真地为每位士子评判八股文。在阅卷的过程中，他看见一篇文章，文笔清新，论点鲜明，论证分析严密。但美中不足的是，他发现这名秀才在行文中引用了“颜苦孔之卓”一句，徐存斋以前没有见过相关的典故，也没有查找资料，就以为这是秀才自己生造的语句，于是前面的好印象顿时全部消失，认为该考生学习不踏实，胡乱编造，无中生有。他眉头一皱，拿起笔来，画了个黑杠，批上两个字“杜撰”。然后，“置四等”，等于现在的不及格，等着“发落”后，卷铺盖回家。凡是有主考的不佳评语，考生照例要到堂上“领责”，也就是去受训斥。

等成绩公布以后，试卷也都分发到考生自己手中。被徐存斋判为四等的那个考生，看到自己的卷子上“颜苦孔之卓”旁写着“杜撰”，觉得受到了督学的严厉指责，心里很不痛快。到了中午该吃饭的时候，他还是迟迟不离开学堂。同窗的一个好友见他闷闷不乐趴在那里，就问道：“你怎还不去吃饭啊？待会饭就凉了。”那人一脸委屈地说：“督学批评我了，他说我文章里的一句话是杜撰的。他还给我判了第四等。我哪里有杜撰，明明就是那样的，我实在吃不下饭去。不行！什么督学呀？我得找他评理去！”说着抓起试卷就要起身，他的那位同窗急忙拦住了，说：“唉！你小声点！你还想不想求取功名了。他可是翰林院派来的督学呀，是何等的风光，何等的气派。你怎能去他那儿理论呢？且不说督学判的有没有错，就算是督学果真是一时疏忽判错了，还真能给你改判吗？他们那样的大人物，怎会承认自己的学问不济，还你公道呢？别瞎想了，走吧！一起去吃饭吧！等回来好好跟督学说说，让他留下你，看你的表现。”说着拉着那个秀才就要走，秀才自认为自己有理，实在难解心中的结，挣开同窗的手，就跑出去了。

不一会儿，他便来到了徐存斋的书房，徐督学见着秀才急匆匆地进来，想是有事情要说，问他有何事，秀才见到徐存斋满脸愠色，恭敬地说道："非常感谢您的指教，可是这句话确实是出自扬雄的《扬子·法言》一书，并不是学生我自己编造的啊。"徐存斋听了这个秀才的一席话之后，连忙从太师椅上站起来，致谢说："我侥幸升官太早，学问不够，今天承蒙您的指教。"于是，拿笔将试卷改为"一等"。

这事很快就传遍开来，人人都称赞徐存斋谦逊、豁达。后来徐公做了大学士，皇帝赐封为"太师"。他去世后，皇帝又谥号为"文贞"。

**【悟在当下】不耻纠错，谦虚为人**

主观世界的改造可以有两种渠道，一是靠自身，二是借用外力。徐存斋主动的认错，不耻纠错，恰是一种雅量的表现。

对于个人来说，认识是有局限的，即使是最有天才的人也是如此。所以要始终保持谦虚的态度，不能自我满足，而是要不断学习，继承前人的智慧，接受今人的成果。这才能更好地认识客观世界，改造主观世界。

## 解缙巧赦冤囚智治盐商

八月十五的夜晚，月光犹如碎银似的洒落在地上，明晃晃的，好一幅美景。解缙正聚精会神地在院子里画竹子。他画着画着，隐隐约约听到从县牢中传来十分悲伤的哭声。八月十五中秋佳节，家家团圆欢喜，何来如此伤心之人？他停住笔，把衙役叫来细问。原来是解缙下午出去私访，前脚刚走，大丰盐号后脚就把此人押来，说此人贩卖私盐。一般犯人送来，解缙不在家是不收的，但衙门的陈典史和大丰盐号的藤老板交往密切，开后门收下了这个人。

解缙

接着，解缙又仔细地审讯了这个犯人。得知此人叫张三，这几年连遭劫难，父亲去世不久，家又遭大火，使本来就穷的家更是雪上加霜。半个月前，相依为命的老母又病倒床上。为了抓药救母，张三迫不得已贩了点私盐，沿村叫卖。不巧，被大丰盐号的藤老板知道了，硬说张三抢了他的饭碗，把张三吊起来毒打一顿不算，还送了官，并准备押解到莱州府治罪。张三在监狱里想到老母亲还等他抓药回家，便伤心地痛哭起来。

解缙听了张三的诉说，眉头皱得老高，倒背着手，在院子里来回踱步，本想将张三放了，可是又想：皇上有旨，贩卖私盐是违法的，如若就这样打发他回去，万一藤老板他们告到上面，查起来就不好办了；如果惩处吧，就贩了这么一点点盐，而且是为了抓药救母，岂不有点冤屈！不如先给他一点银子，派个贴身的老衙役跟张三连夜回去看一下老母亲，再速回来听候处理。

张三和老衙役走了以后，解缙仔细一琢磨，陈典史收下案子居然也不禀告，葫芦里到底卖的什么药？解缙是个聪明人，经这么一审一问一琢磨，那葫芦里卖的什么药，他心中有数了。

第二天，解缙就把陈典史和藤老板叫来，假装同他们商量如何发落私盐贩子张三的事。藤老板诉苦道："大人，这几年贩私盐的刁民越来越多，若不严加处置，我们卖官盐的就要关门喝西北风了。所以这个张三嘛，一定要送莱州府问罪，不然刹不住这股歪风！"解缙哈哈笑道："藤老板，我看你的算盘打错了。你不说贩私盐的多吗？那就是将他们都送莱州府，也不见得治本。我倒想了个主意，不用送莱州府，叫他在你大丰盐号门口挂牌示众三天，这一示众比押解莱州府要厉害，今后，谁还敢抢你的金饭碗？"藤老板一听，连声叫好，杀一儆百，只是认为三天太少，要求多来几天。解缙爽快地说："行，十五天如何？"藤老板连忙点头同意，并一再强调："一言为定！"

第三天，解缙叫监牢的狱卒把张三颈上几十斤重的木枷拿掉，拔了张芦席，芦席中央剜了个圆洞，套在张三的脖子上，代替木枷，分量轻得多了。芦席上光光的，解缙就画了翠竹、兰花，写了几张条幅，贴在芦席上，叫他站在大丰盐号门口示众。

不想，看热闹的人太多，以致大丰盐号的店门都打不开了。一天不开门，就是一天的损失，等于把白花花的银子往水里丢，响都不响就流走了。

就这样，一连五天，大丰盐号没做成生意，损失太大了，藤老板犹如被人剜了心头肉。不能再示众了，他着实受不住了，就从侧门溜出去，找解缙说情。藤老板刚从侧门出来，就看见解大人的轿子到了大丰盐号门口，他急忙奔过去，双膝朝下一跪，双手紧紧抓住轿杠不放。解缙见有人拦轿，掀帘一看，是藤老板，问道："大街上拦轿，是何道理？""老爷，不示众了，不示众了！""为什么？你不是说要示众十五天吗？现在才开始五天，只是个零头，怎么就不示众了？"藤老板磕头作揖，哭丧着脸求道："只要你说不示众了，我就不再追究此事了！"解缙对张三说："不示众了，你回去吧！这芦席上的字画，谁要买你就卖了吧，卖的银子你拿回去替你老母亲看病！"说完，上轿走了。

一眨眼的工夫，字画被人们争着抢着买走了，卖了几十两银子。藤老板望着张三手上白花花的银子，如大梦初醒，懊恼他说："解大人这哪是惩罚张三，明明是惩罚我啊！"

**【悟在当下】贪便宜吃大亏**

爱贪小便宜，是人的弱点。虽然看上去是一个小毛病，但有些时候，尽管得了小便宜，却真的让人有那种哑巴吃黄连有苦难言的感觉，小便宜虽然占了，却是以更大的代价换来的。

现实生活中，在我们身边也时常有一些爱占小便宜的人。由于有些时候不便于正面呵斥，所以，利用他们的这一弱点给他们一点颜色看看也未尝不可。不过一定要适可而止。

# 方孝孺论瞻前顾后

方孝孺是浙江宁海人。在明建文帝的臣子中，他是一位重要的人物。方孝孺自幼聪明过人，双目炯炯有神，长大后师从宋濂，文才出众，渐渐有了名气，每写一篇文章，海内争相传诵。但方孝孺自己却不以文章为重，而是时常“以明王道、致太平为己任”。朱元璋曾召见过他，当场就对太子说：“此方士，当老其才。”建文帝即位后，方孝孺便受到重用，历任翰林侍讲、侍讲学士和文学博士，主修《太祖实录》，朝廷诏书、檄文大都出自他的手。

方孝孺

方孝孺曾在其《深虑论》一文指出：“虑天下者，常图其所难，而忽其所易；备其所可畏，而遗其所不疑。然而祸常发于所忽之中，而乱常起于不足疑之事。岂其虑之未周与？盖虑之所能及者，人事之宜然；而出于智力之所不及者，天道也。”他用史实说明其论点：秦统一中国后，认为周朝之亡在分封诸侯，便改为郡县制。但灭秦的却是崛起在田野间的刘邦。汉兴鉴于秦孤立无援而亡，于是大封诸子及兄弟为诸侯王，结果导致“七国之乱”。武帝、宣帝削弱诸侯王势力，但代汉的是外戚。宋太祖看到五代时期方镇势力足以挟制君主，便以杯酒释兵权，重文轻武，其后人因而被敌国所逼。

根据方孝孺的论断分析，有这样一个故事很值得人们以为鉴戒。

很久以前，在山脚下的一隅，有一个独身男子住在一间自建的茅草房里。他靠着自己的双手耕植，日出而作，日落而息，生活也算自给自足，悠闲自在。但是美中不足的是这个地方鼠患严重，几代老鼠在他家“安营扎寨”。白天，老鼠成群结队地东跳西蹿，扰得他不得安宁；夜间，老鼠又吵又叫还不停地咬吃他家的东西，糟蹋他辛苦耕种收获的粮食，使他整夜难以入睡。这些老鼠把他害得苦不堪言。这个男子也恨透了这些“不速之客”。

有一天，他心情苦闷去外面讨酒喝，喝得酩酊大醉，踉踉跄跄回到家中，准备倒头就睡。他刚一上床躺下，老鼠们又开始了每天例行的活动，吵闹开来。更有甚者，竟有一只胆大包天的老鼠跳上了他的床，还吱吱地叫个不停。他开始酒劲正酣没有理会，可老鼠得寸进尺竟咬起了他的脚丫。这下把他惹火了，他火冒三丈，气得跳起来，嘴里大声吼道："可恶的老鼠，我非得给你们点颜色瞧瞧。否则你们还不知道本大爷的厉害。"说时迟，那时快，他一个箭步冲进厨房，拿了个火把，把整个房子的四处都点燃了。顷刻间，熊熊大火迅速蔓延起来，伴随着噼里啪啦的火声，老鼠全都被大火烧光了。可是，他的茅草房也被烧毁，化为一片灰烬。等他醒过酒来，一下子傻了眼。老鼠是没了，可他却变得无家可归了，愣愣地站在那儿，茫然不知所措。

**【悟在当下】应"瞻前顾后"地看问题**

世界上一切事物都存在着肯定和否定的方面，这两个方面既相互斗争又相互联系。当否定的方面战胜肯定的方面并取得支配地位时，事物的性质就会发生转化。事物就是这样曲折地前进的。有利往往预兆着不利，成功背后往往隐藏着失败。"螳螂捕蝉，黄雀在后""灭鼠毁庐"的故事对那些鼠目寸光、瞻前不顾后的人不是很有借鉴意义吗?

做事情深思熟虑，防备周密，仍不可避免地有疏忽的地方。倘若不仔细分析，轻忽从事，问题就更大了。现实生活中，没有一劳永逸解决矛盾的方法，因为有的矛盾解决了，在新的条件下又出现了新的矛盾。而解决新的矛盾需要新的措施和方法，这就要不断研究新情况才能提出。所以凡是想干出一番事业的人，必须谨慎从事，做事瞻前顾后，一点马虎不得。

## 棒子和胡萝卜

清朝乾隆皇帝对知识分子使用的"棒子和胡萝卜"堪称空前绝后。

乾隆在位期间，大兴文字狱，有案可查的竟有七十余次，远远超过他的先辈们，只搞得文人雅士人人自危，几篇游戏之章，几句赏花吟月之词，也往往弄出个莫须有的罪名，乾隆就是使用这样无情的“棒子”巩固了自己的地位。但他并没忘了“送胡萝卜”的重要，对知识分子采用怀柔政策。他规定见了大学士，皇族的老老少少们要行半跪礼，称“老先生”；如果这位大学士还兼着“师傅”，就称之为“老师”，自称“晚生”。同时，一方面大搞正规的科举活动，不断罗致文人秀士加入为朝廷服务的队伍；另一方面特开博学鸿词科，把那些自命遗老或高才、标榜孤忠或写些诗文发泄牢骚的文人，以及不屑参加科举考试而隐居山林又有些威望的隐士，由地方官或巡游大臣推荐上来，皇帝直接面试。乾隆搞了三次，录用24人。录用者自己春风得意，自然也感激皇恩浩荡；落榜的百余人，也无面目自命遗老孤忠去讽刺朝政。乾隆对被自己亲自面试的录用者关心备至，如其中有个叫顾栋高的人，录用时，年岁就不小了，当时被授予国子监司业之职；到年老辞官时，乾隆亲自书写了两首七言诗加以褒美；后来，乾隆下江南，又亲赐御书，越级封他为国子监的祭酒。

清高宗乾隆

乾隆之所以如此，全是出于维护他们的皇权至上、族权至上、朝廷至上的目的，是要保持“大清”永不“变色”。谁要是在这方面稍有越轨，红脸马上转换成白脸，满脸堆笑换成杀气腾腾。管你是有意无意，或是或非，都立即被逮捕入狱，轻者“革职”、重者“立绞”，甚至处死后要“弃市”，已死的也得开棺戮尸，连朋友、族人也都跟着倒霉。

**【悟在当下】恩威并重，又打对立**

人是社会中的人，如何与别人共事，尤其是和下属共事，并能够使下属心甘情愿、死心塌地地尽力，实在是一个不小的事情。这里面确实有一些处世的艺术。“棒子”和“胡萝卜”原理便是恩威并重，又打又拉。这一招在中国历史上有很多经典例子，在现实生活中也有其广阔的应用空间。

# 纪晓岚对下联

乾隆一生多次去江南巡游。乾隆下江南的真正意义除实地考察一些民情外，更主要的便是游山玩水。因此在随从官员中，少不了纪晓岚、袁枚等文人雅士们凑趣和解闷，而每次下江南都能给后世留下一些可供谈笑的风流佳话。这年，乾隆皇帝在宫里住得烦闷，又想出来走走，决定再次下江南，随行人员中依旧有纪晓岚、袁枚、和珅等人。

乾隆出了紫禁城，抛却宫中的繁杂事务，立刻觉得神清气爽，格外舒畅。不多时间即到了通州。乾隆打起轿帘一看，通州道路宽畅，行人来来往往，车水马龙，一片热闹景象。立刻来了兴致，召纪晓岚至轿前说："纪爱卿，通州乃京门首驿，一派繁华，你可知江苏也有一通州，也是交通要道，这真是'南通州、北通州，南北通州通南北'。"

纪晓岚一听，知道乾隆无意中出了一个上联，要自己对下联。刚出京，可千万不能扫了皇帝的雅兴。可这个上联说得巧，下联很难对。纪晓岚往路左右一瞅，看到有好多当铺，便有了主意，说："万岁，你瞧这路东西两侧，'东当铺、西当铺，东西当铺当东西'。"

乾隆一听，说："纪爱卿果然名不虚传，此联对得即景生辞，自然天成。"随后君臣一行弃马登舟，沿着京杭大运河兴致勃勃地继续南行。

来至沧州地界，远远看到运河东岸有一寺院。乾隆说："纪爱卿，到了你老家沧州了，这是什么寺院如此恢宏？"

纪晓岚马上回答："启禀万岁！此乃沧州名刹水月寺。"

乾隆说："水月寺，好啊！纪爱卿，我有一联，你何不对来？"

纪晓岚说："请皇上赐联！"

乾隆吟道："水月寺鱼游兔走。"这个上联看似平常无奇，实则构思巧妙，水中有鱼，月中有兔，月映水中，兔伴鱼动。又是本地风光，现成之景。

纪晓岚听后，略加思索，便说："山海关虎跃龙飞。"山海关对水月寺，虎跃龙飞对鱼游兔走，而且山中有虎，海中有龙，山海关本身又依山傍海，上下呼应，自然贴切，乾隆听后拍手称妙。

君臣一行过了长江，大自然也换了个天地，一改江北辽阔粗犷的面貌，处处山清水秀，景色宜人，乾隆不住称好。这时江南大才子袁枚上前说："万岁，我们南方是多山多水多才子。"乾隆称是。

纪晓岚上前说："袁大人，你们南方虽是多山多水多才子，但我们北方有一天一地一圣人。"

乾隆听后说："纪爱卿真是厉害，连开玩笑也不让过。"说完三人哈哈大笑，继续前行。

到了杭州，已是黄昏时分，君臣一行下榻行宫。

第二天一早，畅游西湖。西湖的早晨别有一番景致：四周袅袅的炊烟，湖面上一层薄雾，水中的红鲤成群结队地游来游去。远处有一艄公头戴斗笠，身披蓑衣，划着小船，唱着渔歌，优哉游哉，自得其乐。见此情景，乾隆兴致大增，问道："众位爱卿，谁能就眼前景象用十个'一'字做一首诗？"话音落后，沉默了很长时间，无人答话。

乾隆说："论文才，有'南袁北纪'之说，袁爱卿先说说看。"只见袁枚搜肠刮肚，一脸的木讷，说："万岁，微臣愚钝，一时想不起来。"

乾隆说："那纪爱卿呢？"

其实纪晓岚早就想好了，只是一路上出尽了风头，这次不愿占先罢了。听到皇上钦点，才轻轻吟道："一篙一橹一渔舟，一个艄公一钓钩；一拍一呼还一笑，一人独占一江秋。"吟罢，大家一数不多不少，正好十个"一"字，乾隆赞叹道："论才华还是纪爱卿胜大家一筹啊！"

君臣等人一唱众和，妙语连珠，气氛高涨，时不时地传出一阵笑声。不觉已到傍晚，艳红的晚霞照在湖上，波光粼粼，树影倒立，给美丽的西湖增加了一道诱人的光环。

**【悟在当下】投其所好，以情感人**

"动人心者莫先乎情。"在与人相处和交往的过程中，如何"读人"，怎样才能"读懂"别人，是一门非常难以掌握的处世智慧。这对于形成良好的人际关系会起到不可替代的作用。

现实生活中，倘若能够在和别人，尤其是和上司或重要的人物在一起的时候，把握准他们的所好，倘若也是你的所长，倒是不妨露一手，让他对你另眼看待。事情也许就会在不经意间向着有利于你的方向发展！

## 乾隆计请刘墉

刘墉辞官回了山东历城老家，就没有人常给乾隆出主意了，虽说有的是大臣，可把他们绑在一起也比不过刘墉。乾隆有心把刘墉请回来，可又怕他摆架子，不买账。想来想去，终于想出了一个办法。一天早朝，他对满朝文武说：“我这有个问题，限你们三天内答上来，答不上来，统统撤职。”什么问题呢？他说：“什么上，什么下，什么东，什么西，什么肥，什么瘦。”文武大臣听了，一个个心里犯嘀咕：这怎么答呀？又想：要是刘墉在就好了，他准能答上来。他们找到了九门提督和珅，请他深夜赶往历城，请教刘墉，救大家一救。

刘墉

和珅对刘墉是又怕又恨，巴不得他不在朝上。可是大伙一个劲地求他去，他不去，别人的官不保，自己的官也不保啊，只好硬着头皮去了。和珅快马加鞭赶到了刘墉家里，此时刘墉正在拾掇菜园子，和珅见了他喘着气，不管情愿不情愿只好叫了声：“老、老师，快、快救救我，我们吧。”然后把乾隆出题的事说了，可只说了“什么上，什么下，什么东，什么西”，后边两句“什么肥，什么瘦”就给忘了。刘墉说“这还不好答”，指着菜园子那些菜说：“黄瓜上，茄子下，冬瓜东，西瓜西。”和珅一听，一拍脑袋，哎呀，这么简单，高兴得他一翻身上了马，照马屁股一鞭子，马撒开蹄子就跑回了京城。

第二天早朝，他赶忙穿好朝服，上了金銮殿。乾隆说："已经三天了，我的那个问题谁能答上来。"和珅跪奏："臣能答。"乾隆说："你说给我听听。"和珅说："黄瓜上，茄子下，冬瓜东，西瓜西。""那什么肥，什么瘦呢？"和珅一拍脑门心想：哎呀，忘了问了。乾隆心里明白，可故意发怒："什么黄瓜茄子，冬瓜西瓜的，胡说八道，拉出去给我斩了。"和珅心里正恨着刘墉呢，就大叫："皇上息怒，这不是我说的。""谁说的。""是刘墉。""好个刘墉，把他给我带来。"和珅得意了，心里想：刘罗锅呀刘罗锅，这回该叫你吃不了兜着走了吧。

太监捧了乾隆的圣旨来到了山东历城宣刘墉进京。刘墉进了金銮殿，乾隆问他："什么上，什么下，什么东，什么西，什么肥，什么瘦，你能答上来吗？"刘墉说："臣能答上来，君为上，臣为下，文为东，武为西。肥，肥不过春天的雨，瘦，瘦不过九月的霜。"乾隆又问："那你为什么告诉和珅黄瓜茄子呢？"刘墉说："我这叫在哪里说哪里的话，那会儿我在菜园子里说的自然是黄瓜茄子。今天我是在朝廷，说的当然是天下大事。"乾隆连说："有理，有理。"亲自下殿拉着刘墉的手："刘爱卿，你可不能再走了呀。"他心里美滋滋的，为自己用"计"请回来了刘墉而高兴。

这则故事充分地展现了乾隆与刘墉的机智与变通。

**【悟在当下】随机应变，见风使舵**

宋代罗大经《鹤林玉露·临事之智》中云："大凡临事无大小，皆贵乎智。智者何？随机应变，足以得患济事者是也。"从一定意义上说，智者便是能随机应变、见风使舵之人。应变的最终目的是使自己永远处于主动地位，驾驭事态发展，以实现既定目标。具体一点说：应变从功用上讲不外乎保持主动和变被动为主动两种。在这种情境下，善于见机行事，处世变通，是一个人在日常交际中人情操纵水平的重要表现。乾隆皇帝就是巧妙地抓住了这一点才处于主动地位。

# 刘墉妙答怪问

有一年中秋节，乾隆皇帝在清漪园闲暇无事，就来到西堤散心游玩，他身旁有许多大臣陪着，刘墉也在其中。那时候，西堤早已辟为御果园，沿堤种了许多果树，果树上结满了将要成熟的果子。走在西堤上，摆脱了俗事缠身的乾隆兴致很高，玩得很尽兴。休息的时候，他吩咐太监在昆明湖里采了一个莲蓬，亲手剥开，尝了一粒莲子，又吐出来，随口吟了一句诗“莲子心中苦”，让大臣们对诗。大臣们都不知道皇上葫芦里卖的什么药，都在仔细琢磨。平时爱在皇帝面前讨好的和珅急急忙忙抢先诌了一句：“母猪肚里臭。”乾隆一听不高兴了，把脸一沉，训斥他说：“今日是中秋佳节，你用这些污言秽语来煞风景！该当何罪？”和珅讨了个没趣，慌忙跪倒在地，说：“臣罪该万死，请皇上恕罪！”乾隆平时就十分宠信和珅，现在看着和珅那可笑的样子，也没再追究。乾隆看见刘墉也在人群中，便冲他招呼说：“刘爱卿，过来。”刘墉向前走了几步，跪在地上问：“万岁唤臣有何旨意？”乾隆说：“刘爱卿，朕问你，刚才朕的话想必你也听见了，平时都说你是大才子，满腹经纶，现在你可有佳句来对朕的上联啊？”刘墉一听就知道皇上是有意要为难自己，略微沉思了一下，他从路边梨树上随手摘下来一只梨子，咬了一口又吐出来，吟出了一句：“梨儿腹内酸。”乾隆听了，连连点头说：“好！”他掉回头来对和珅说：“你要好好读点诗文，也要学得文雅一点。”

虽说如此，乾隆一向嫉妒刘墉的文才，今天成心要把他难倒，让他在大臣面前出一出丑。乾隆看见路旁一棵树上挂满了青柿子，还没成熟，如果现在就吃会很涩。他对刘墉说：“刚才那一联你对得很工整，朕很满意，特赏赐你一个大柿子吃。”刘墉不慌不忙地从太监手里接过一个青柿子，说“谢主隆恩”，暗地里想：“想出我的丑，没那么容易。”他随后就从身上掏出一把小刀，把柿子切成几片，分给几个大臣，并且说：“这是皇上的恩赐，我不敢独自享用，分给几片，也请诸位分享吧！”大臣们当着皇帝的面，谁也不敢不吃，结果个个涩得吐舌咋嘴，狼狈不堪，但是也不敢有丝毫的怨言，只能忍着。

休息完之后，乾隆带着大臣们顺着西堤继续往南走，到一棵梨树底下站住。他让太监选了一个又大又黄的鸭梨，赏给刘墉吃。刘墉正好口渴，接过鸭梨，也不管别的，就一口一口地吃起来，边吃边说："真甜！真香！"直把旁边的大臣们馋得直淌口水。乾隆奇怪地问他："这次为什么不分给大家吃啊？"刘墉说："皇上万岁！这鸭梨虽然人人想吃，但是我不能给诸位分梨吃！今天是团圆节，若是众大臣分梨（离）了，那还怎么能效忠皇上，保住大清的一统江山呢！"乾隆听了，乐得开怀大笑，说："刘爱卿，你真是机敏过人，你那一颗保国的心，朕是明白了。"随后，就赏赐给刘墉三眼顶戴花翎，对他更加信任了。

从这则故事可以看出，机智幽默的语言是多么的巧妙与重要。

**【悟在当下】适时幽默**

语言是一门艺术，机智幽默的语言风格有赖于个人的素质与修养，同时也会每每化险为夷，使事情发生转机。

幽默的谈吐和行为是一个人智慧处世的体现。应变所推崇的急中生智，最能代表变通水平的非幽默莫属。同时，人在快乐和幽默的过程中也更会产生智慧，使人和人之间的交往前进。不妨试一试，培养些幽默的智慧，在生活、工作和处世中运用，会化解很多尴尬的窘境，起到事半功倍的效果。

## 反话讥讽更为辛辣

清朝有一学士叫童引年，颇有名气，因此自恃才高。一天，童引年游览吴山时骤然下起了大雨，匆忙间到一户农家避雨。这户人家中有一老者，拿出一把纸扇请童引年题字。童引年轻视老者，随便题几字敷衍。他故意写了"荣龟"二字，并把"孔雀"两字颠倒错写，心想乡下人愚笨不识文字，不懂词义；写完之后还注上同年朋友黄殿撰的名字，然后把扇子还给老者。

没想到那乡下老者拿着扇子看了看，笑着说："老拙一直认为'酒鳖'二字没有贴切的对子，今天扇头上‘荣龟’两字，难道不是天设地造的对子吗？”又审视良久说：“我这乡下老拙自小没有读书，不知‘雀孔’是什么东西？”接着又露出肃然起敬的样子说：“你的才名，足以响彻宇宙，何必假托殿撰之名？请你一定写上自己的大名，称呼也须斟酌，殿撰其实是愚老门下的学生。”

童引年听着老者的话，心中羞愧，汗流如雨，立即叩问其姓氏住址，这才知道老者原来是浙中名进士，隐居此地已经十年了。

还有一个故事也耐人寻味：

清朝有一县令，被分配到山东省候补，第一次去谒见抚军。按照惯例，凡是部属参见长官，必须穿蟒袍补服（所谓蟒袍是清代官员的公服，用缎做成，一般为夹层，视官阶大小，上绣五蟒至九蟒不等。补服是加在蟒袍上的外褂），即使酷暑也不能免除。因为当时正是炎热的夏季，这位县令刚在抚军的厅堂坐下，就汗流浃背，热不可当。于是拿起随身携带的圆扇振臂狂挥。抚军说：“为什么不脱掉外褂？”县令说：“是，是。”于是抚军让他的仆人帮他脱掉了外褂。过了一会儿，挥扇如故，抚军笑着说：“为什么不解带宽袍？”县令说：“是，是。”于是离开座位一件一件解带去袍。回到座位上，县令自顾自地在抚军面前谈笑风生，不自觉地把扇子换到右手，又从右手换到左手，不停地换来换去地扇个不停，把风扇得飒飒有声。抚军起初以为他是耐不住天热，继而为他的放肆而生气了，于是斜视着眼睛用反语戏弄他说：“怎么不连衬衫也脱去，那样比较凉快。”这县令应声就脱去衬衫。抚军看他这般无知无礼，立即拱手说：“清茶。”抚军的左右立即传呼“送客”。因为清时官场习惯，属员谒见长官，长官不愿意再继续谈下去，就以“清茶”示意。茶碗一端，侍役就高呼“送客”，这时客人必须立即辞出。县令听到“送客”，仓促间没有办法，来不及穿戴，急忙取了帽子戴在头上，左边腋下夹着抱服，右肘挂上念珠，提着短衣，踉跄而出。抚军署中的官吏小厮，哧哧地笑得直不起腰来。县令刚回到公馆，抚军命令他回原籍学习的告示牌，已经高高地悬挂在大门外面了。

县令的耳朵出了差错，误将抚军的气话当成了真心话，丢了自己的乌纱帽。这种听不出反话的“聋子”，怎能继续留任下去呢？

**【悟在当下】用反讽法有力回击**

反讽之创意始于抓住听众的判断。用适度的夸张和乍听之下颇有道理的反话，使人从“信其有理”到“发现矛盾”，进而抓住要表达的思想核心。这样，方能做到既给对方留有情面，又达到自己的目的。

## 曾国藩“屡败屡战”

清朝末年，统治腐朽，国家软弱。鸦片战争后，中国的社会矛盾急剧激化。不堪忍受清王朝残酷压榨和外国侵略者疯狂掠夺的各地人民群众，纷纷组织起来进行英勇顽强的抗争，爆发了太平天国起义。清政府的统治陷入危机，在这种情况下，曾国藩在咸丰二年奉旨至长沙，帮助湖南巡抚办理团练。太平军节节胜利后，他眼看办团练已无济于事，即上奏并获准按戚继光的办法组建新军，以其家乡湘乡的练勇为基础，招募质朴的农民为士兵，以当地儒生为军官，编练成一支军队，史称湘勇或湘军。

曾国藩

湘军组成之后，曾国藩即发布《讨粤匪檄》，誓师出战太平军。两军初战时在岳州、靖港，湘军连战连败，曾国藩痛不欲生，第一次投水自杀，被左右救起。痛定思痛后，曾国藩重整旗鼓，后攻占武昌重镇，奉诏任湖北巡抚。不久清廷怕他拥兵自重，无法驾驭，解除他的署任，让他长期以侍郎的虚衔带兵。其后，曾国藩率水师进攻九江、湖口。太平军翼王石达开率部来援，设计将湘军水师的轻便快船诱入鄱阳湖，再一举封锁湖口，使仍在长江中的湘军水师的笨重大船成为“无翼之鸟，无足之虫”，再用火攻，湘军水师的数十艘大船被毁，曾国藩率残部狼狈退至九江以西，其座船也被太平军围困。曾国藩第二次投水自杀，被随从救起。此后，他一天到晚吃不好睡不好，不到50

岁，连一寸大小的字都看不清，随时都有死去的可能。面对着这一切，他拿湖南乡间的一句俗话来安慰、激励自己说：“好汉打脱牙齿和血吞，我不能显示我得软弱，不恳求别人的怜恤，一切痛苦自己担当。”

但是，曾国藩要向朝廷汇报战况，在给朝廷的奏章中他就用了“屡战屡败”来说明战况。他的部下李鸿章看见后，就对曾国藩说道：“大人，我认为如果您把奏章中的‘屡战屡败’四字改为‘屡败屡战’，境界就大不一样了。文字虽然毫无不同，但次序如此一颠倒，满篇精神就大变了，这几个字表明了大人您决不屈服、毫不退缩的意志。跌倒了再爬起来，你是不会被打垮的，这样朝廷就还会对大人您给予重任的。”曾国藩听了之后，非常同意，说：“你的建议正好符合我的心意，就照你的意思写吧。”

本来，曾国藩与太平军作战，连续失败，朝廷对此已经非常的恼火，已经有了罢免曾国藩的想法。但是，当曾国藩的奏章送到京城，京都的皇帝与重臣们读后，只觉曾国藩及其率领的湘军精神可嘉，不觉得其屡屡失败有什么罪过，并且继续任用曾国藩征讨太平军。

**【悟在当下】不屈不挠**

正所谓“众人以顺境为乐，而君子乐自逆境中来”。作为一个现代人，同样应有超越逆境意识，并将此落实到具体行动中，因为这是时代发展的需要、社会前进的需要。

## 李莲英善于拉拢人心

李莲英可说是中国历史上最有名的太监之一，连任了同治、光绪两朝内务大总管。他出生在清代的直隶省，也就是今河北省的河间府。根据墓志铭的记载，他9岁入宫，入宫后的名字叫李进喜，同治十年左右，也就是他进宫14年的时候才由慈禧太后起名莲英。在慈禧太后与李莲英之间，几十年所形成的主仆关系与感情非同一般。慈禧太后有时还把李莲英召到她的寝宫，谈些长生之术，两人常常谈到深夜。

慈禧

慈禧太后与光绪皇帝政见不和，这是众所周知的。慈禧太后已经年迈，光绪皇帝虽然有病，但毕竟年轻，照常理讲，慈禧太后死在光绪皇帝之前是必然的。那么李莲英在慈禧与光绪之间采取什么态度呢？

李莲英在慈禧与光绪的斗争中，始终是慈禧的忠实打手，但在表面上，他对光绪深表同情。光绪被囚瀛台，慈禧故意派人给光绪送馊臭的食物，让光绪苦不堪言。李莲英看在眼里，就以请安之机，偷偷地在衣袖中藏些糕点带给光绪，使光绪感激不尽。八国联军攻入北京城，慈禧带王公贵族逃往西安。一路上，李莲英见光绪衣着单薄，当着众人的面，脱下自己的外罩给光绪披上。一路上问寒问暖，照顾得尽心尽力，连下人都为李莲英的善意所感动。

参与过维新变法的晚清文人王照曾经写过这样一首诗："炎凉世态不堪论，蔑主唯知太后尊。丙夜垂裳恭待旦，膝前呜咽老黄门。"诗中讲述了这样一个故事：庚子那年，慈禧率光绪和文武百官出逃后，第二年准备回京。他们走到保定住下。慈禧太后睡觉的地方，被褥铺陈都很华美，很珍贵，与在宫里差不了多少。李莲英住得稍差一点，但也很不错。而光绪皇帝睡觉的地方却很凄惨。李莲英侍候慈禧太后睡下后前来探望，见光绪在灯前苦坐，小太监无一人在殿内值班，一问才知道他竟然铺的盖的都没有，时值隆冬季节，没有被褥根本无法睡觉。李莲英看到这个情况跪下抱着光绪的腿，痛哭说："奴才们罪该万死！"并且把自己的被褥抱过来让光绪使用。光绪回到北京以后，回忆西逃时的苦楚，就曾经说："若无李谙达，我活不到今天。"（谙达，就是老伙伴或师傅的意思。）李莲英不仅在处理慈禧与光绪关系的时候懂得赢得人心，而且也因为他善于笼络人心，所以有时尽管一分钱都不掏，却得了一个"体恤"下属的好名声。慈禧借六十大寿重建颐和园，但是由于工程紧张，园中有些建筑的装修还没竣工，六十大寿就到了。李莲英带慈禧在园中游玩时，故意绕着走，躲过还没修好的建筑。如果有些地面的方砖没有铺好，李莲英就紧走几步，站在缺砖的地方，用长袍遮住，挡住慈禧的视线。这一招掩饰使负责修建颐和园的官员感恩不尽。

【悟在当下】急人之所急

在人际交往中，见到有人急需帮忙时，就应急人之难。因为人情就是财富，也许没有比帮助别人这一善举更能体现一个人宽广的胸怀和慷慨的气度。不要小看对一个失意的人说一句暖心的话，对一个将倒的人轻轻扶一把，对一个无望的人赋予真挚的信任。也许自己什么都没失去，而对一个需要帮助的人来说，也许就是醒悟，就是支持，就是宽慰。其实，人在旅途，既需要别人的帮助，又需要帮助别人。从这个意义上说，帮人就是积善。

## 提防小人的“变脸术”

公元1898年，以康有为、梁启超为首的维新派，在中国掀起轰轰烈烈的维新变法运动。他们的活动得到光绪帝的支持，但光绪帝是一个没有实权的皇帝，慈禧太后控制着朝政。光绪帝想借助变法来扩大自己的权力，巩固自己的统治地位，打击以慈禧太后为首的顽固派势力。作为精于权术和政治斗争的慈禧太后，当然感觉出自己权力受到威胁，所以对维新变法横加干涉，肆意破坏。于是，这场变法运动实际上又变成了光绪帝与慈禧太后的权力之争。在这场争斗中，光绪帝感到自己的处境非常危险，因为用人权和兵权均掌握在慈禧的手中，为此光绪帝忧心忡忡。有一次，他写信给维新派人士杨锐：“我的皇位可能保不住。你们要想办法搭救。”维新派为此都很着急，决定伺机发动政变。

正在这时，荣禄手下的新建陆军首领袁世凯来到北京。袁世凯在康有为、梁启超宣传维新变法的活动中，明确表态支持维新变法活动，并且也做了一些支持维新变法运动的事情，具有很强的欺骗性和隐蔽性。康有为曾经向光绪帝推荐过袁世凯，说他是个了解洋务又主张变法的新派军人，对袁世凯大加赞赏，并说如果能把他拉过来，荣禄（慈禧太后的主要助手）的力量就小多了。在当时，袁世凯已经具备架空荣禄的实力，甚至可以在必要的时候杀掉荣禄。光绪帝认为变法要成功，非有军人的支持不可，于是在北京召见了袁世凯，秘密封给他侍郎的官衔，旨在拉拢袁世凯，为自己效力。

荣禄

谭嗣同

袁世凯

当时康有为等人也认为，要使变法成功，要解救皇帝，只有杀掉荣禄，而能够完成此事的人只有袁世凯。所以谭嗣同后来又深夜密访袁世凯。

谭嗣同说："现在荣禄他们想废掉皇帝，你应该用你的兵力，杀掉荣禄，再发兵包围颐和园。事成之后，皇上掌握大权，清除那些老朽守旧的臣子，那时你就是一等功臣。"袁世凯表面上热血沸腾，慷慨激昂地说："只要是皇上命令，我一定拼命去干。"谭嗣同又说："别人还好对付，荣禄不是等闲之辈，杀他恐怕不容易。"袁世凯瞪着大眼睛说："这有什么难的？杀荣禄就像杀一条狗一样！"谭嗣同着急地说："那我们现在就决定如何行动，我马上向皇上报告。"袁世凯想了想说："那太仓促了，我指挥的军队的枪弹火药都在荣禄手里，有不少军官也是他的人。我得先回天津，更换军官，准备枪弹，才能行事。"谭嗣同没有办法，只好同意。

袁世凯是个心计多端善于见风使舵的人，其实袁世凯是想拖延时间，进一步察看一下事态和形势的发展变化。康有为和谭嗣同都没有看透他。袁世凯虽然表示忠于光绪皇帝，但是他心里明白掌握实权的还是太后和她的心腹荣禄等人，于是袁世凯又和慈禧的心腹们勾搭上了。他更加相信这次争斗还是慈禧占了上风，所以，决定先稳住谭嗣同，再向荣禄告密。

不久，袁世凯便回天津，把谭嗣同夜访的情况一字不漏地告诉荣禄。荣禄吓得当天就到北京颐和园面见慈禧，报告光绪帝如何要抢先下手的事。这样，一场孕育中华民族富强希望的变法维新运动，就结束在一个擅长玩弄政治权术的袁世凯手中。

第二天天刚亮，慈禧怒冲冲地进了皇宫，把光绪帝带到瀛台幽禁起来，接着下令废除变法法令，又命令逮捕维新变法人士和官员。变法经过103天最后失败。谭嗣同、林旭、刘光第、杨锐、康广仁、杨深秀在北京菜市口被砍下了脑袋。谭嗣同临刑前大义凛然，写下了“我自横刀向天笑，去留肝胆两昆仑”的悲壮诗句。

**【悟在当下】防人之心不可无**

变脸的小人不可使用，但不可不知。他们处世哲学是当面一套，背后一套；过河拆桥，不择手段。他们很懂得什么时候摇尾巴，什么时候摆架子；何时慈眉顺目，何时如同凶神恶煞一般。在你春风得意时，他们即使不久前还是“狗眼看人低”，马上便会趋炎附势，笑容堆面；而当你遭受挫折，风光尽失后，他们则会避而远之，满脸不屑的神气，甚至会落井下石。